NICOLA WHYTE
Marchfield Square

NICOLA WHYTE

MARCHFIELD SQUARE

Übersetzung aus dem Englischen von
Anke Angela Grube

Lübbe

NACHHALTIG PRODUZIERT

Die Bastei Lübbe AG verfolgt eine nachhaltige Buchproduktion. Wir verwenden Papiere aus nachhaltiger Forstwirtschaft und verzichten darauf, Bücher einzeln in Folie zu verpacken. Wir stellen unsere Bücher in Deutschland und Europa (EU) her und arbeiten mit den Druckereien kontinuierlich an einer positiven Ökobilanz.

FSC www.fsc.org MIX Papier | Fördert gute Waldnutzung FSC® C014496

Titel der englischen Originalausgabe:
»10 Marchfield Square«

Bei Fragen zur Produktsicherheit wenden Sie sich bitte an:
produktsicherheit@bastei-luebbe.de

Textredaktion: Evi Draxl, München
Umschlaggestaltung und Illustration: © Mia Butcher
Innenklappe: © Markus Weber | Guter Punkt München
Satz: hanseatenSatz-bremen, Bremen
Gesetzt aus der Adobe Caslon Pro
Druck und Verarbeitung: GGP Media GmbH, Pößneck

Printed in Germany
ISBN 978-3-7577-0112-3

5 4 3 2 1

Sie finden uns im Internet unter luebbe.de
Bitte beachten Sie auch: lesejury.de

1

Celeste

Celeste van Duren veränderte ihre Sitzposition und versuchte, nicht einzunicken. Die Spätnachmittagssonne tauchte ihren perfekt platzierten Sessel in goldenes Herbstlicht und schuf die idealen Voraussetzungen für ein angenehmes Nickerchen. Aber heute durfte sie nicht einschlafen. Sie wartete darauf, dass jemand die Leiche fand.

Die Leiche von Richard Glead lag jetzt schon fast einen Tag auf dem Küchenfußboden von Marchfield Square 10. Zuerst hatte Celeste nicht gewusst, ob er wirklich tot war. Verletzt auf jeden Fall, nach dem vielen Blut auf seinem Hemd zu urteilen, aber möglicherweise nur bewusstlos. Zudem standen einige Bierflaschen auf dem Tisch, es lag also durchaus im Bereich des Möglichen, dass der Mann nicht nur verletzt, sondern zudem sturzbetrunken war.

Aber wie sich herausgestellt hatte, war er nur tot.

Celeste hatte erwogen, die Polizei zu rufen, sich dann aber umentschieden: Alles in allem war es besser, keine Aufmerksamkeit auf ihre Angewohnheit zu lenken, dass sie ihre Mieter ausspionierte. Richard Glead war ein schrecklicher Mensch gewesen. Eigentlich kaum als Mensch zu bezeichnen, ihrer Ansicht nach. Es wunderte sie nur, dass ihn nicht schon längst jemand um die Ecke gebracht hatte.

Doch nachdem sie jetzt schon etliche Stunden das Fenster im Auge behalten und darauf gewartet hatte, dass Richards

Frau seine Leiche fand, befürchtete Celeste allmählich, dass die Unglückselige überhaupt nicht auftauchen würde. Vielleicht hatte Linda Glead ja endlich den Mut aufgebracht, ihren furchtbaren Mann zu verlassen, und war mitsamt ihren Tränen und Blutergüssen irgendwo anders hingegangen. Oder zu jemand anderem. Celeste wäre über einen solchen Ausgang sehr froh gewesen, aber sie fand auch, wenn irgendjemand es verdient hatte, Mr. Glead tot zu sehen, dann war es Mrs. Glead.

Celeste hob das Fernglas.

Der rote Blutfleck auf Richards Hemd war im Laufe der Stunden nachgedunkelt, doch soweit sie sehen konnte, war kein Blut auf dem Küchenfußboden. Darüber war sie froh. Sie hatte beobachtet, wie Linda Glead den Boden putzte, als hinge ihr Leben davon ab, was an manchen Tagen auch der Fall gewesen war. Die Silbermünze auf dem Küchentisch blitzte ein letztes Mal auf, als die Sonne hinter der Skyline Londons versank.

Vielleicht sollte sie doch die Polizei rufen. Ihr lag wenig daran, in den Ruf einer Klatschbase zu geraten, die stundenlang am Fenster saß, um ihre Nachbarn zu beobachten, aber wie sonst sollte eine Zweiundachtzigjährige mit einer künstlichen Hüfte und zahlreichen bereits verstorbenen Freunden ihre Tage ausfüllen?

Sie ließ ihr Fernglas über den grünen, nur für die Anwohner zugänglichen Platz gleiten. Vom Panoramafenster in der oberen Etage des Stadthauses – Celeste würde ihr Apartment nie als Maisonette bezeichnen – konnte sie in die Fenster der Wohnungen an der rechten und linken Längsseite des Squares sehen. Ihre Putzfrau Audrey, die in Nr. 7 wohnte, im ersten Stock der Häuserzeile rechts von ihr, war gerade nach Hause gekommen, und Celeste sah sie am Küchenfenster stehen. Vielleicht machte sie sich gerade einen Tee.

Mr. Hetherington saß in seinem Rollstuhl im Innenhof

und zeichnete, aber gerade kam seine Frau nach draußen, um ihn zurück in ihre Atelierwohnung im Erdgeschoss zu rufen, die direkt unter den Räumlichkeiten von Celeste lag. Es erstaunte sie immer wieder, wie gut die beiden sich verstanden, selten gab es ein böses Wort, obwohl sie fast jede wache Minute aufeinandergluckten. Der verstorbene Mr. van Duren war der wundervollste Mann auf der Welt gewesen und Celeste hatte ihn vergöttert, aber nach seiner Pensionierung hatten sogar sie innerhalb ihrer Beziehung ein wenig Freiraum gebraucht, um die Harmonie zu erhalten.

Sie ließ das Fernglas weiter schweifen. Captain Gordon aus der Nr. 4 saß wie immer auf seiner Bank und las die *Times*, obwohl das nachlassende Licht ihn sicher bald zwingen würde, ins Haus zu gehen. Brigitte Hildebrandt von Nr. 6 trat gerade durchs Tor, begleitet von ihrem neuesten Freund, der mit Einkaufstüten teurer Boutiquen beladen war. In der linken Häuserzeile schien niemand zu Hause zu sein; alle Fenster waren dunkel, grau und leer.

Ein leises Klirren kündigte das Eintreffen von Dixon an, ihrem Hausangestellten, und schon stand er an ihrem Ellbogen und setzte das Teetablett auf dem kleinen Tisch ab.

»Irgendwas Neues?«, fragte er.

Sie senkte das Fernglas und seufzte.

»Nein.«

»Sieht ihr gar nicht ähnlich, die ganze Nacht auszubleiben«, sagte Dixon, und Celeste unterdrückte ein Lächeln. Dixon missbilligte ihre Angewohnheit, die Leute zu beobachten, kommentierte selten ihre Eindrücke und vermittelte ganz allgemein den Eindruck, das alles sei unter seiner Würde. Doch gelegentlich verriet er sich.

»Diesmal hat er sie ziemlich zugerichtet«, entgegnete sie. »Vielleicht war das der letzte Tropfen, der das Fass zum Überlaufen brachte.«

»Würde aber nicht gut für sie aussehen, oder?« Er reichte ihr eine Tasse Tee. »In den Augen der Polizei.«

»Nein, vermutlich nicht.«

Dixon setzte sich in den zweiten Sessel, während Celeste nach einem Keks griff.

»Morgen Abend ist Pokerabend«, sagte sie und tunkte das Gebäck in ihren Tee. »Irgendjemand wird ihn schon finden.«

»Aber dann werden alle hier befragt, und die Polizei wird feststellen, dass Sie das Küchenfenster von Nr. 10 von hier aus sehr gut einsehen können. Sie werden sich fragen, warum wir nicht die Polizei gerufen haben.«

Celeste knabberte an ihrem Keks.

»Das stimmt«, räumte sie schließlich ein. »Unaufmerksamkeit ist schlimmer als Neugierde, zumindest in den Augen der Gesetzeshüter. Wir rufen nach dem Tee an.«

Wie sich herausstellte, war das dann doch nicht nötig. Als Dixon sich erhob, um Celeste aus dem Sessel zu helfen, bemerkte er im Augenwinkel eine Bewegung.

»Moment«, sagte er in seinem unüberhörbaren Yorkshire-Slang und richtete sich auf, um besser sehen zu können. »Sie ist wieder da.«

Sofort griff Celeste nach ihrem Fernglas und sah, dass »sie« tatsächlich wieder da war und gerade den Innenhof überquerte. Dann schloss die verhuscht wirkende Frau, der das mausgraue Haar ins Gesicht hing, ihre Wohnungstür auf. Celeste wartete mit angehaltenem Atem, das Fernglas auf das Küchenfenster von Nr. 10 gerichtet. Nach wenigen Sekunden erschien Linda Glead, blieb in der Küchentür stehen und blickte auf den Leichnam ihres Mannes herab.

Eins Mississippi, zählte Celeste die Sekunden, zwei Mississippi, drei Mississippi …

Linda löste sich aus der Erstarrung und machte einen unsicheren Schritt vorwärts, als wisse sie nicht genau, was sie da vor sich sah. Vielleicht hatte der Tod das Gesicht von Richard Glead verändert, oder vielleicht dachte sie, er schlafe und es werde ihr ein zweites blaues Auge einbringen, wenn sie ihn weckte.

Doch während Celeste die frisch Verwitwete beobachtete, die vor dem Leichnam ihres Mannes stand, fragte sie sich, ob Lindas verzögerte Reaktion vielleicht auf etwas ganz anderes zurückzuführen war.

Vielleicht konnte sie ganz einfach ihr Glück kaum fassen.

2

Audrey

Wie jeden Tag, wenn sie von der Arbeit nach Hause kam, trank Audrey Brooks ihren Tee auf der gepolsterten Fensterbank im Wohnzimmer. Sie genoss diese friedliche halbe Stunde, in der sie die Wohnung ganz für sich hatte, bevor sie sich an die Hausarbeit machte, um ihr Gewissen zu beruhigen. Mei versicherte ihr zwar immer wieder, ihr ständiges Reinemachen sei unnötig, dass sie gern den größeren Teil der Miete übernahm, weil sie mehr verdiente (und ein größeres Schlafzimmer hatte), aber Audrey konnte das Gefühl nie ganz abschütteln, ihr zu Dank verpflichtet zu sein. Mei war eine wunderbare beste Freundin, und dass sie hierhergezogen waren, war allein ihre Idee gewesen, aber die ungleichen Anteile bei der Monatsmiete lasteten schwer auf Audrey, und so versuchte sie eben auf diese Weise einen Beitrag zu leisten.

Sie blickte auf den Marchfield Square hinaus, wo Rafik Jones, der Hausmeister, gerade das Herbstlaub von den Steinplatten vor dem großen Haus fegte. Die im georgianischen Stil errichtete Stadtresidenz, die jetzt in zwei großzügige Wohnungen aufgeteilt war, nahm fast die ganze Stirnseite des Squares ein. Rafik sorgte stets dafür, dass das Pflaster frei von allem blieb, was Celeste oder die Hetheringtons behindern könnte.

Als ihr eine Bewegung ins Auge fiel, wandte sie den Kopf und ließ den Blick über den kleinen Garten schweifen, der jenseits des Innenhofs lag, bis zum schmiedeeisernen Eingangstor am anderen Ende des rechteckigen Platzes. Gerade trat Mrs. Hildebrandt in Begleitung ihres neuen Freundes hindurch, ganz der Filmstar, der sie einmal gewesen war. Der hellbraune Wollmantel und die Pelzkappe sorgten für herbstlichen Glamour.

Im Garten saß Captain Gordon auf seiner Bank und löste das Sudoku-Rätsel in einer echten Zeitung aus Papier mit dem silbernen Füllfederhalter, der immer in der Brusttasche seines Blazers steckte. Von Zeit zu Zeit hielt er inne, tippte nachdenklich mit dem Füller gegen seinen grauen Schnurrbart und setzte ihn dann wieder aufs Papier. Der Captain konnte manchmal ein bisschen aufgeblasen sein, aber Audrey mochte ihn gut leiden. Sie mochte alle hier, abgesehen von Richard Glead und dem merkwürdigen Typen aus Nr. 5, der immer so tat, als existierten die übrigen Bewohner gar nicht.

Die alten Wagenschuppen mit den Dienstbotenquartieren darüber, die jetzt zu Wohnungen umgebaut waren, erstreckten sich auf beiden Längsseiten des Gartens, zwischen dem schmiedeeisernen Eingangstor vorne und dem großen Haus. Audrey verfolgte, wie Mrs. H und ihr Freund auf Nr. 6 zuhielten, die Erdgeschosswohnung am Ende der gegenüberliegenden Reihe von Remisenhäusern. Audrey und Mei wohnten in der Nr. 7 auf der anderen Seite des Platzes; die Wohnung ging über zwei Etagen, der Eingang befand sich im ersten Stock. Die Nummerierung der Wohnungen war ungewöhnlich, gezählt wurden im Uhrzeigersinn zunächst die unteren Wohnungen und dann die oberen. Eine Ausnahme bildete das große Haus, das natürlich Marchfield Square Nr. 1 war.

Sie nippte an ihrem Tee und blickte zu Celestes Wohnung hinauf. Das verspiegelte Panoramafenster glänzte in den letzten rosafarbenen Sonnenstrahlen des Tages. Dahinter bewegte sich etwas. Vielleicht Dixon, der Celeste ihren Nachmittagstee brachte. Etwas blitzte hinter der Glasscheibe auf, aber Audrey hatte den Blick bereits abgewandt, um die Skyline der Stadt zu betrachten. Sie und die übrigen Bewohner waren gestern noch bis spätabends draußen gewesen, um das Feuerwerk im Battersea Park vom Laubengang vor ihrer Wohnung aus zu bewundern. Sie hatte sich so geborgen und sicher gefühlt, als sie ganz in der Nähe ihrer Wohnungstür stand, einen Becher Kakao in der Hand, um zusammen mit Mei und den Nachbarn das Spektakel zu verfolgen.

Audrey fragte sich, wie lange sie hier wohl noch wohnen bleiben konnte, in Celestes gepflegtem sicherem Hafen, abgeschirmt vor der Welt. Und was wohl aus alldem werden würde, wenn Celeste nicht mehr war. Sie schüttelte den Kopf, um den Gedanken zu verbannen. Sie wollte hier nicht weg. Und abgesehen von ihrer schlimmen Hüfte erfreute sich Celeste bester Gesundheit. Es würde noch eine Weile dauern, bis Audrey sich deswegen würde Sorgen machen müssen.

Als ihr Handy »pling« machte, griff sie danach und stählte sich innerlich. Schon wieder eine Warnmeldung von ihrer Bank. Eine erneute Abbuchung von ihrem Konto, das bereits am Limit war; bald würde der eingeräumte Dispo überschritten sein. Sie wischte die Nachricht weg, aber das beklemmende Gefühl in der Brust blieb, also atmete sie tief ein und stieß die Luft in kleinen Atemstößen wieder aus. Morgen war sie wieder bei Celeste im Einsatz, und die bezahlte immer bar; das Geld lag stets in einem kleinen braunen Umschlag auf dem Flurtisch für sie bereit. Sie würde es sofort danach zur Bank bringen. Das sollte die Meute für ein paar Tage in Schach halten.

Sie brauchte mehr Putzstellen, aber sie arbeitete sowieso schon jeden Tag in der Woche, und niemand wollte abends oder am Wochenende die Putzfrau im Haus haben. Das machten nur die Büroreinigungs-Agenturen, und die mied sie. Die Optionen, die ihr noch offenstanden, waren also ausgesprochen begrenzt.

Erneut atmete sie tief ein und wieder aus. Dann noch einmal.

Und noch einmal.

Sie trank ihren Tee aus, der bereits kalt wurde. Vielleicht würde sie sich mit dem Dampfreiniger die Kacheln im Bad vornehmen. Das war immer sehr beruhigend, und dann würde Mei nach Hause kommen, und sie konnten überlegen, was sie kochen sollten, und sich Meis Dating-Apps ansehen. Das machte Audrey gern. Es machte Spaß, und für sie war es völlig risikofrei.

Sie war gerade aufgestanden, als sie es hörte.

Einen Schrei. Draußen schrie jemand.

3

Lewis

Mit einem Seufzer hielt Lewis McLennon seine Schlüsselkarte vor den Zutrittsleser, drückte das Tor mit der Schulter auf und überlegte, was er heute Abend essen sollte. Ihm war nach Thai-Essen, oder vielleicht nach Pizza. Oder beidem. Gab es irgendwo Thai-Pizza? Er würde die Speisekarten auf seiner App durchgehen, mal sehen, ob er so etwas finden konnte. Das würde den ersten Teil des Abends in Anspruch nehmen. Dann würde er essen und danach, tja … Dieselbe alte Leier.

Er überquerte den Innenhof, nickte dem Captain zu, der wie immer auf seiner Bank saß, schloss auf, drückte die Tür hinter sich ins Schloss und warf die Schlüssel mit einem erneuten Seufzer in die Porzellanschale.

»Gut«, sagte er laut zu niemandem. Er war an diesem Tag früher gegangen, hatte furchtbare Kopfschmerzen vorgetäuscht und seinem Chef versichert, alle Anrufe für heute seien erledigt. »Mein Kopf hämmert wie verrückt«, so hatte er es natürlich formuliert, und sein Chef hatte genickt und »Geht klar, Mate« gesagt, und das war's.

Gott, wie er seinen Job hasste.

Aus dem Anzug raus und schnell unter die Dusche, und dann würde er bis morgen früh nicht mehr an seinen grässlichen Job denken müssen.

Lewis hatte noch nicht einmal den Mantel abgelegt, als er

den Schrei hörte. Er war laut, sehr laut, und schien ganz aus der Nähe zu kommen. Vielleicht aus einer der Wohnungen oben? Lewis griff nach seinen Schlüsseln und lief nach draußen.

Captain Gordon war aufgesprungen, die Zeitung in der Hand, und der Gärtner kam auf sie zugeeilt. Lewis machte den Mund auf, um die beiden zu fragen, ob sie es auch gehört hätten, aber es war offensichtlich, dass dem so war.

»Da oben«, sagte der Captain und deutete mit der Hand.

Lewis drehte sich um und sah die Frau, die über ihm wohnte – Linda irgendwas –, oben auf dem Laubengang stehen und durch die offene Eingangstür in ihre Wohnung starren.

»Alles in Ordnung?«, rief er zu ihr hoch. Eine dämliche Frage. Selbstredend war nicht alles in Ordnung, schließlich hatte sie gerade wie am Spieß geschrien. Kein Wunder, dass seine Lektorin der Ansicht war, er müsse an seinen Dialogen arbeiten.

Linda Wie-auch-immer-sie-hieß drehte sich um, ohne zu antworten, und in diesem Moment hörte Lewis schnelle Schritte. Eine junge Frau – rötliches Haar, rosa Wangen – kam über den Innenhof gerannt. Sie lief die Außentreppe zum ersten Stock hoch, wobei sie immer zwei Stufen auf einmal nahm, und steuerte auf Linda und die offen stehende Tür von Nr. 10 zu. Lewis und der Captain wechselten einen Blick, und Lewis wurde klar, dass er das vielleicht auch längst hätte tun sollen. Er tröstete sich mit dem Wissen, dass die Evolution für eine natürliche Auslese sorgte, wobei Menschen im Nachteil waren, die auf Schreie zurannten, wenn sie welche hörten, und nicht von ihnen weg.

Beschämt wurde er endlich aktiv, folgte der Frau und lief die Treppe hinauf.

»Was ist los?«, fragte er Linda und berührte ihre Schulter. Sie zuckte zurück.

»Ich … er …«

Sie deutete auf die offen stehende Tür, also folgte er der jungen Frau in die Wohnung.

Der Flur war kaum möbliert und makellos sauber. Lewis warf einen Blick durch die erste Tür rechts, hinter der das Wohnzimmer lag, aber dort schien alles in Ordnung zu sein. Die nächste Tür, zu seiner Linken, führte in die Küche, wo das Mädchen stand und auf etwas starrte, das am Boden lag.

»Was ist passiert?«, fragte er. Sie fuhr zusammen und schaute ihn erschrocken an, die Augen weit aufgerissen und verblüffend grün in dem jetzt aschfahlen Gesicht. Sie trat zur Seite, damit er die Küche betreten konnte. Auf dem Küchenfußboden lag ein Mann.

Lewis machte ein paar Schritte auf den Körper zu. Es war Lindas Mann, die Brust blutüberströmt und das Gesicht von einem wächsernen Grau. Lewis sah sofort, dass er tot war. Offensichtlich eine Schusswunde.

Er ging um den Toten herum, um ihn besser betrachten zu können. Der Mund des Mannes war zu einer Grimasse verzerrt, als hätte er versucht, in seinen letzten Augenblicken noch etwas zu sagen. Was auch immer einen Menschen lebendig hielt, es hatte diesen Mann eindeutig verlassen. Wie hieß er noch? Robert? Richard? Irgendetwas mit R jedenfalls.

Lewis hatte noch nie eine Leiche gesehen. Am liebsten hätte er sein Handy gezückt, fotografiert, sich ein paar Notizen gemacht, doch der Anstand – oder zumindest das Mädchen, das ihn beobachtete – verhinderte das. Er musste sich unbedingt den merkwürdigen schwachen Schimmer am Kopf des Mannes merken und die Veränderungen der Farbe seiner Haut im Bereich der Ohren.

»Was tun Sie da?«, fragte das Mädchen. Die Frau. Vermutlich Ende zwanzig. Eindeutig kein Mädchen. Jetzt sah sie ihn an, nicht mehr die Leiche, und runzelte die Stirn.

»Ich wollte nur sichergehen.«

»Wir müssen gehen«, sagte sie. »Die Polizei rufen. Und einen Rettungswagen. Oder sonst irgendwas.«

Lewis nickte. »Oder sonst irgendwas.«

Die Frau machte allerdings keine Anstalten, den Raum zu verlassen oder jemanden anzurufen. Vielleicht der Schock? Er ging um die Leiche herum auf sie zu, aber sie machte sofort einen Schritt rückwärts.

Lewis hob beschwichtigend die Hände.

»Entschuldigung. Ich dachte, Sie wären vor Schreck erstarrt. Ich rufe an, einverstanden?«

Sie nickte, drehte sich dann abrupt um und verließ den Raum. Lewis holte sein Mobiltelefon hervor und wählte die 999.

»Notrufzentrale. Wie können wir Ihnen helfen?«

»Bitte geben Sie mir die Polizei«, sagte er entschieden. »Ich möchte einen Mord melden.«

4

Audrey

Audrey saß neben Linda Glead auf der Bank des Captains. Mrs. Hildebrandt hatte eine Tasse mit starkem gesüßtem Tee gebracht, an der Linda nur dann nippte, wenn Audrey sie daran erinnerte. Hin und wieder schüttelte sie leicht den Kopf, als falle es ihr schwer, das Geschehene zu verarbeiten. Rafik Jones, der Hausmeister, saß schweigend zu ihrer Linken, das Gesicht still und verschlossen.

Mittlerweile war es dunkel, und die viktorianischen Straßenlaternen erhellten den Innenhof mit ihren goldgelben Lichtkegeln. Der Captain stand am Seiteneingang und unterhielt sich mit einem Polizisten, der dort postiert war, während zwei weitere Uniformierte am Haupttor standen und die eintreffenden Einsatzkräfte dirigierten. Der Mieter aus Nr. 5 stand derweil vor Lindas Wohnung herum. Sie sah den Mann heute zum ersten Mal aus der Nähe, und er benahm sich eindeutig merkwürdig. Er war überdurchschnittlich groß, hatte dunkles lockiges Haar und braune Augen. Sie schätzte ihn auf Mitte dreißig, aber er führte sich auf wie ein Kind in einem Freizeitpark. Er schien höchst interessiert an allem, was vorging, hielt die ganze Zeit aufgeregt sein Telefon in der Hand und tippte wie wild, sobald die Polizisten nicht hinsahen. Wahrscheinlich postete er alles auf Social Media oder markierte den dicken Max in irgendeinem Jungs-Gruppenchat. So sah er jedenfalls aus, mit seinem Börsenmakler-Anzug und den auf Hochglanz polierten Schuhen.

Neben der Bank stand eine uniformierte Polizistin. Gelegentlich blickte sie zu Linda hinüber und lächelte beruhigend, aber Audrey sah, dass ihr Blick an dem blauvioletten Hämatom unter Lindas rechtem Auge hängenblieb, das sie nicht ganz hatte überschminken können, und an den blauen Flecken an ihren Handgelenken. Audrey konnte sich vorstellen, was die Polizistin dachte, und musste dem Drang widerstehen, Linda zu sagen, sie solle ihre Ärmel weiter herunterziehen.

Es war unmöglich, am Marchfield Square zu leben und nicht zu wissen, was bei den Gleads vorging. Einmal war die Polizei gekommen, aber das hatte nichts geändert, und jedes Mal, wenn Richards Freunde auf dem Weg zu Nr. 10 über den Square schlichen, murmelten die übrigen Anwohner in sich hinein und tauschten wissende Blicke. Audrey wäre die Letzte, die Linda einen Vorwurf machen würde, wenn sie die Sache endlich in die eigenen Hände genommen hatte.

Wenn Linda nur so tat, als wäre der Tod ihres Mannes ein großer Schock für sie, machte sie ihre Sache jedenfalls sehr gut.

»Audrey, hallo«, sagte Mei, die aus der Dunkelheit aufgetaucht war, und Audrey fuhr zusammen. Mei trug ihre Aktentasche, und das maßgeschneiderte Kostüm war kaum zerknittert trotz des Neun-Stunden-Tags, den sie hinter sich hatte. »Ich bin losgefahren, sobald ich deine Nachricht abgehört habe. Was ist passiert?«

Audrey warf einen raschen Blick auf Linda, stand auf und zog Mei etwas zur Seite. »Richard Glead ist tot. Erschossen.«

Mei hob die Augenbrauen und schaute um Audrey herum zu Linda.

»Hat sie es getan?«, flüsterte sie.

»Ich glaube nicht. Sie macht den Eindruck, als wäre es ein richtiger Schock für sie.«

»Aber traurig ist sie nicht«, bemerkte Mei.

»Wärest du das an ihrer Stelle?«

Sie standen schweigend da und sahen zu, wie Mrs. Hildebrandt Linda mit zitternden Händen eine Decke um die Schultern legte. Mei schaute sich um, bemerkte die Polizisten oben auf dem Laubengang und blickte dann zum Tor.

»Oh, Mist«, sagte sie und wandte sich unvermittelt ab. Als Audrey aufblickte, sah sie einen Mann und eine Frau auf sich zukommen. Sie gaben ein seltsames Paar ab. Der Mann war eher klein, mittleren Alters und grobschlächtig trotz des Anzugs, dessen Knöpfe über einem kleinen Bauchansatz spannten, während die Frau jünger war – etwa Anfang dreißig, groß und gertenschlank mit blondgewellten Haaren –, und ihr Hosenanzug wirkte wie Haute Couture.

»Was ist?«

»Sofia«, murmelte Mei.

»Wer?«

»Sofia Larssen. Wir hatten letztes Jahr ein Date.«

»Die von der Kriminalpolizei, die Strafverteidiger und Phil Collins hasste?«

»Genau die. Wie könnte ich mit jemandem zusammen sein, der Phil Collins nicht mag?«

Die beiden Detectives hatten die Bank erreicht und schauten auf Linda hinunter.

»Mrs. Glead?«, fragte der Mann, der ein kleines Notizbuch in der Hand hielt. »Ich bin Detective Inspector Banham, und das ist Detective Sergeant Larssen. Wie geht es Ihnen?«

Linda hob den Kopf, schwieg aber.

»Was glauben Sie wohl, wie es ihr geht?«, fragte Rafik scharf, und Audrey sah ihn überrascht an. Sie hatte ihn noch nie in diesem Ton sprechen hören.

DS Larssen setzte sich neben Linda.

»Linda, nicht wahr?«, fragte sie sanft. Linda nickte. »Können Sie uns sagen, wann Sie Ihren Mann gefunden haben?«

»Als ich nach Hause kam«, sagte Linda leise. Es waren die ersten Worte, die sie von sich gab, seit Audrey hier war.

»Und wann war das?«

»Ich weiß es nicht.« Linda blickte sich um, als hoffe sie, irgendwo eine Uhr zu entdecken.

»Ich habe sie gegen Viertel vor fünf schreien hören«, meldete sich Audrey zu Wort. DS Larssen drehte sich zu ihr um, und als Mei sich neben Audrey stellte, sah sie in den Augen der Kriminalpolizistin Erkennen aufblitzen. Sie nickte kurz, ob als Antwort auf Audreys Bemerkung oder um Mei zu begrüßen, ließ sich unmöglich sagen. Banham blieb ganz auf Linda konzentriert.

»Gingen Sie sofort nach Betreten der Wohnung in die Küche?«

Linda nickte.

»Und was haben Sie getan, als Sie die Leiche Ihres Mannes fanden?«

»Gar nichts.«

»DI Banham meint«, warf DS Larssen ein, »ob Sie Ihren Mann vielleicht berührt haben? Um festzustellen, ob er noch atmet, oder beim Versuch, ihn wiederzubeleben?«

Linda runzelte die Stirn und wirkte ein wenig wacher.

»Er war tot«, sagte sie entschieden. »Alles war voller Blut. Ich habe ihn nicht angefasst, das war nicht nötig.«

Die beiden Detectives wechselten einen kurzen Blick, dann wandte sich DI Banham an Audrey.

»Und Sie? Sind Sie die Frau, die nach Aussage von Mr. McLennon als Nächste nach Mrs. Glead die Wohnung betrat?«

»McLennon?«

DI Banham zog sein Notizbuch zu Rate.

»Lewis McLennon, Nr. 5. Wie heißen Sie, bitte?«

»Audrey Brooks«, antwortete Audrey. Er notierte den Namen. »Ich wohne in Nr. 7. Ich hörte den Schrei und lief hinüber. Wie Linda bereits sagte, es war offensichtlich, dass er tot war. Ich habe auch nichts angerührt.«

Mei ergriff ihre Hand und drückte sie. Die Freundin machte sich Sorgen um sie, das wusste Audrey, aber sie fühlte sich seltsam unbeteiligt.

»Und was haben Sie dann getan?«

»Der Mann aus Nr. 5 sagte, er würde die Polizei rufen, also verließ ich die Wohnung wieder und brachte Linda hier runter.«

DI Banhan nickte und wandte sich wieder an Linda.

»Mrs. Glead, ich glaube, es wäre am besten, wenn Sie mit uns aufs Revier kommen. Wir haben noch einige Fragen, und hier ist nicht der richtige Ort, um das alles zu besprechen. Gibt es jemanden, der Sie begleiten kann, oder würden Sie gern jemanden anrufen? Gibt es jemanden, bei dem Sie heute übernachten können?«

»Meine Schwester Jane.« Linda tastete automatisch an ihre Seite. »Mein Handy! Es ist in meiner Tasche. Ich habe sie liegenlassen …« Sie blickte hilflos hoch zu ihrer offenen Wohnungstür. Drinnen brannte Licht, das schwach in der Dunkelheit leuchtete.

DI Banham wandte sich an DS Larssen.

»Würden Sie Mrs. Glead in ihre Wohnung begleiten und ihr helfen, ihre Handtasche zu finden und ein paar Sachen zusammenzupacken?«

»Natürlich.« DS Larssen legte die Hand unter Lindas Ellbogen, und sie erhoben sich gemeinsam von der Bank.

Mei löste sich von Audreys Seite und eilte zu Linda hinüber.

»Linda, ich weiß nicht, ob Sie einen Anwalt haben«, setzte sie mit einem raschen Seitenblick auf DS Larssen an, »und vielleicht werden Sie auch gar keinen brauchen, aber hier ist meine Karte, nur für alle Fälle.« Sie drückte Linda ihre Visitenkarte in die Hand. »Sie können mich jederzeit anrufen.«

Linda wirkte verwirrt, nickte aber und steckte die Karte ein. Audrey schaute ihr hinterher, als DS Larssen sie wegführte.

»Sie können jetzt nach Hause gehen, Ms. Brooks«, sagte DI Banham. »Ihre Freundin wird jetzt sicher für Sie da sein wollen. Sowas kann ein ziemlicher Schock sein, wenn man eine Leiche findet. Wir melden uns bei Ihnen, falls wir noch weitere Informationen benötigen. Das gilt auch für Sie, Mr. Jones.«

Der Hausmeister beachtete ihn nicht, sondern starrte weiter Linda hinterher. Audrey wollte protestieren, aber Mei nahm ihren Arm.

»Danke«, sagte sie zu dem Detective und zog Audrey weg. »Komm, wir gehen rein. Wir haben so einiges zu bereden.«

Während Mei die Wohnungstür aufschloss, schaute Audrey zum gegenüberliegenden Laubengang hinüber, wo Lewis McLennon mit dem uniformierten Polizisten plauderte, der vor der Wohnung der Gleads Wache hielt. Sie konnte nicht umhin zu bemerken, dass sie weggeschickt worden war, während seine Anwesenheit offenbar toleriert wurde. Morgen würde sie sich bei Celeste nach ihm erkundigen, um herauszufinden, was da los war.

Celeste. Sie musste das ganze Spektakel längst mitbekommen haben. Wie ihr wohl zumute war? War sie entsetzt darüber, dass am Marchfield Square ein Mord begangen worden war? Oder war sie entzückt über die ganze Aufregung? Wie sie Celeste kannte, vermutlich Letzteres, aber schließlich wusste man ja nie.

»Audrey?«

Mei stand in der Tür und wirkte besorgt.

»Entschuldige, ich musste nur gerade an Celeste denken. Ich hoffe, es geht ihr gut.«

Mei lachte.

»Machst du Witze? Celeste wird begeistert sein. Endlich ist hier mal was los! Und jetzt komm rein, ich will alle Details hören. Was zum Teufel ist mit Richard Glead passiert?«

5
Lewis

Lewis hatte Hunger. Es war fast elf, und er hatte vollkommen vergessen, etwas zu essen. Er stand vom Schreibtisch auf, der in einer Ecke des Wohnzimmers stand, und öffnete sämtliche Küchenschränke, für den unwahrscheinlichen Fall, dass er noch irgendwelche frischen Lebensmittel vorrätig hatte.

Hatte er nicht, also schüttete er Crunchy-Nut-Cornflakes in eine kleine Schüssel und verzehrte sie über die Spüle gebeugt.

Dann kehrte er zu seinem Computer zurück, setzte sich auf den teuren Bürostuhl aus Leder, der ihm seit dem Kauf absolut keine einzige gute Idee beschert hatte, und rieb sich die Hände.

Harding begutachtete den Tatort, wobei die Papierkapuze seines Einwegoveralls bei jeder Bewegung raschelte. Die Leiche von Ricky Speen lag ausgestreckt auf dem Rücken, die Vorderseite seines gebügelten Hemds steif vor angetrocknetem Blut. Hardings erfahrener Blick bemerkte die Leichenblässe der Haut und die kalten, blaugrauen Flecken um die Ohren herum, wo das Blut allmählich nach unten gesickert war. Ihm fiel die Position der Arme auf, das höhnische Lächeln auf den Lippen, und er schloss daraus, dass Speen sich nicht gegen seinen Angreifer gewehrt hatte, sondern vor ihm gestanden hatte, als er erschossen wurde.

Dann blickte er auf die Pantoffeln an den Füßen des Opfers und die Überreste einer Pastete auf dem Teller, der auf dem Küchentisch stand, und kam zu dem Schluss, dass der Mann vermutlich am Vorabend irgendwann zwischen achtzehn und zweiundzwanzig Uhr gestorben war. Auf dem Tisch stand kein zweiter Teller, also war Speen wohl beim Essen unterbrochen worden, es sei denn, der Täter hatte danach noch abgewaschen.

»Wahrscheinlich ist er zwischen sechs und zehn Uhr gestern Abend gestorben«, teilte er dem wartenden Detective Sergeant mit, einer jungen Frau, deren Namen er sich noch nicht gemerkt hatte. »Der Rechtsmediziner wird das nach Untersuchung des Mageninhalts bestätigen.«

»Das haut hin«, sagte sie und schaute in ihr Notizbuch. »Ein Zeuge hat ihn kurz vor achtzehn Uhr nach Hause kommen sehen.«

Es war ein gutes Gefühl, endlich wieder zu schreiben. Natürlich hatte er auch vorher geschrieben, klar. Aber mit dieser Intensität zu schreiben, wie unter Zwang, sodass die ganzen Informationen in seinem Hirn geradezu auf die Seiten drängten und er sich sicher war, dass es gut werden würde … es war schon sehr lange her, seit er das zuletzt erlebt hatte.

Die letzten beiden Stunden hatte er damit zugebracht, seine Notizen abzutippen. Über die Leiche, die Verfärbung der Haut, den verzerrten Mund, die Position der Hände, die Form des Blutflecks. Er hatte sogar notiert, was für ein Gefühl es gewesen war, mit dem Leichnam in einem Raum zu sein – eine seltsame Mischung aus Anspannung und Frieden. Es war, als würde der Leichnam durch seine völlige Abwesenheit von Leben alle Aufmerksamkeit absorbieren. Er hatte sämtliche Fragen notiert, die die Polizei ihm gestellt hatte, und jede Frage, die er PC Singh gestellt hatte, der bereit gewesen war, mit ihm zu reden, und das auch schon, bevor Lewis sich als Schriftsteller vorgestellt hatte.

Dann hatte er die Eröffnungsszene geschrieben. Die Beschreibung des Toten und des Tatorts, dann die Details, der Teller, die Bierflaschen und die seltsame, altmodisch wirkende Münze. Das war noch nicht viel, aber es war dabei, sich zu etwas zu entwickeln. Der Kern einer Idee begann sich durch die kompakte Sedimentschicht aus den verworfenen Ideen der letzten fünf Jahre hochzuarbeiten. Bloß ein winziger Keim, noch nicht einmal richtige Blätter, aber mit vielversprechenden Möglichkeiten. Jetzt musste er das Pflänzchen wässern, es an die Sonne lassen.

Die Figuren. Er sollte eine Liste aller Personen erstellen, die heute am Tatort gewesen waren, und sich Figuren ausdenken, die auf diesen Personen basierten. Alle Polizisten und Zeugen, und natürlich das Opfer und seine Frau. Alles in allem war es wahrscheinlich, dass Richard Glead von seiner Frau umgebracht worden war – er musste sich dringend ihren Namen aufschreiben, bevor er ihn wieder vergaß –, aber ein Krimi musste komplizierter sein als das wahre Leben. Interessanter.

Er nickte den Worten auf dem Bildschirm zu.

Gott, fühlte sich das gut an.

6

Audrey

»Ich bin froh, dass du heute bei Celeste bist«, sagte Mei am nächsten Morgen, ohne den Blick vom Toaster zu wenden. »Du solltest heute allein sein.«

»Mir geht's gut, ehrlich«, versicherte Audrey, die gerade die Nase in den Wasserkocher steckte. »Aber ich bin auch froh darüber. Ich würde mich gern selbst davon überzeugen, dass sie okay ist.«

Der Toast sprang hoch.

»Celeste geht's sicher gut.« Mei beförderte die Toastscheibe mit einer schnellen Bewegung aufs Brotbrett. »Sogar bestens, vermute ich mal. Ihr Urlaub in der Schweiz hat ihr wirklich gutgetan. Was um alles in der Welt machst du da?«

»Ich rieche am Wasserkessel. Ich habe ihn vorhin entkalkt, aber ich glaube, er riecht immer noch nach Essig.« Sie streckte Mei den Wasserkocher hin. »Oder?«

Mei schnüffelte.

»Nein. Und es ist noch nicht mal acht Uhr morgens. Wann hast du denn angefangen?«

»Ich bin um sechs aufgestanden.« Audrey setzte sich wieder an den kleinen Tresen. »Meinst du nicht, dass es uns mehr belasten sollte? Dass einer unserer Nachbarn ermordet wurde? Nur weil der Dreckskerl seine Frau geschlagen hat, kann uns das doch nicht egal sein.«

Mei blickte so mitfühlend drein, wie sie es mit dem Mund

voller Toast konnte. Sie schluckte den Bissen hinunter und sagte: »Das wird keine Zufallstat gewesen sein.« »Höchstwahrscheinlich war es Linda, und wer könnte es ihr verdenken? Wenn ich ihre Anwältin wäre, würde ich eindeutig auf Notwehr plädieren.« Sie überlegte. »Obwohl die Pistole das natürlich verkompliziert. Weist auf Vorsatz hin. Aber wie dem auch sei, Marchfield Square ist noch genauso sicher wie gestern, nur dass es hier ein Arschloch weniger gibt.«

Audrey kränkte es, dass ihr moralisches Dilemma als Eigeninteresse interpretiert wurde, also ließ sie das Thema fallen, und nach dem Frühstück umarmten sie einander und gingen beide zur Arbeit, Mei mit ihrer Lederaktentasche, Audrey mit ihrer Tasche Putzutensilien.

Sie schleppte die Tasche die Treppe hinunter und über den Innenhof zum Eingang von Marchfield Square 1. Celeste hatte nie erläutert, warum sie und ihr Mann auch die große Stadtresidenz in Wohnungen aufgeteilt hatten, warum sie einen Aufzug eingebaut hatten und in die beiden oberen Stockwerke gezogen waren. Sie waren reicher als Krösus, am Geld konnte es also nicht gelegen haben, aber es war wirklich ein sehr großes Haus, und die beiden hatten keine Kinder, also war es ihnen vielleicht wie Verschwendung von Wohnraum vorgekommen. Eins der vielen kleinen Rätsel um die Familie van Duren.

Audrey, die einen Schlüssel hatte, schloss die Eingangstür auf und nahm die Treppe. Wegen Celestes schlimmer Hüfte wurde darauf geachtet, dass der Aufzug immer funktionsfähig war, aber Audrey brauchte zu Fuß weniger als dreißig Sekunden, bis sie oben auf dem Treppenabsatz stand. Sie blickte auf die Uhr, ehe sie klingelte. Acht Uhr dreißig, auf die Minute.

Dixon öffnete ihr.

»Guten Morgen«, sagte er, trat zur Seite und ließ sie ein.

Anders als sonst war er nicht im Anzug, sondern trug Jeans und ein T-Shirt, und sie lächelte ihn an, als sie an ihm vorbeiging. Dixon war etwa Mitte vierzig, stammte aus Yorkshire und sah auf eine kantige, etwas ungeschliffene Weise gut aus, aber wegen seiner Förmlichkeit und würdigen Haltung konnte sie sich in seiner Gegenwart nie so richtig entspannen, obwohl er ihr durchaus sympathisch war.

»Audrey, Liebes!«, rief Celeste, die in ihrem Ohrensessel am Panoramafenster saß, und winkte ihr zu. Audrey ließ ihre Putztasche am Eingang fallen und durchquerte den prachtvollen Raum, um die ältere Frau zu begrüßen.

»Guten Morgen, Celeste.« Sie hockte sich auf die Armlehne des zweiten Sessels. »Wie geht es Ihnen?«

»Mir geht's bestens«, versicherte Celeste lächelnd. Auf ihrem Schoß lag eine sauber gefaltete Zeitung. »Ist das nicht aufregend?«

»Aufregend?«

»Ja! Und das ganze Kommen und Gehen. Die Polizei war die ganze Nacht hier, wissen Sie, hat alle möglichen Dinge rein- und rausgeschafft. Ich hatte eigentlich angenommen, es würde schon in der Zeitung stehen, aber nein, kein Wort.«

Natürlich hatte Mei recht gehabt. Celeste war geradezu begeistert.

»Machen Sie sich denn keine Sorgen? Wegen der Sicherheit?«

Celeste tätschelte Audreys Knie.

»Nein, Liebes. Mr. Glead bekam Besuch von allen möglichen zweifelhaften Gestalten und hat vermutlich seinen Mörder selbst eingelassen. Aber sobald die Polizei herausgefunden hat, was passiert ist, werde ich tun, was nötig ist, um die Sicherheitsvorkehrungen noch zu verbessern. Mein Wort darauf.«

»Sie glauben also nicht, dass es Linda war?«

»Gütiger Himmel, nein.« Celeste wirkte schockiert. »Als

Linda nach Hause kam, hat sie die Leiche doch entdeckt. Wir haben sie alle schreien hören.«

»Sie ist nach Hause gekommen und hat geschrien«, bemerkte Audrey. »Das heißt nicht unbedingt, dass sie die Leiche entdeckt hat.«

Die alte Frau kniff kurz die Augen zusammen.

»Vermutlich nicht. Was für einen scharfen Verstand Sie haben. Halten Sie denn Linda für die Täterin, Audrey?«

Sie biss sich auf die Lippen.

»Ich will nicht, dass sie es war, aber … also, ich weiß nicht, ob Sie es wissen, Celeste, aber Mr. Glead …«

»Kein Grund, wie die Katze um den heißen Brei herumzuschleichen, Liebes. Jeder hier hat sie gehört und ihre Blutergüsse gesehen. Sie meinen also, die logische Erklärung ist, dass es ihr zu viel wurde und sie durchgedreht ist. Nun ja, ich bin sicher, die Polizei wird das alles aufklären. Die können doch den Todeszeitpunkt feststellen, oder? Hoffentlich kann Linda beweisen, dass sie zu der Zeit woanders war.«

»Ja. Ja, natürlich.« Audrey blickte aus dem großen Fenster zur Wohnung der Gleads hinüber. Jetzt waren die Jalousien heruntergelassen, aber bei den richtigen Lichtverhältnissen konnte man von dieser Warte aus bestimmt so allerlei sehen. Sie schaute zu ihrer eigenen Wohnung hinüber und erkannte zum ersten Mal, dass ihre Vermieterin auch sie und Mei sehr gut im Blick hatte. Details, wie beispielsweise die Pflanze auf der Fensterbank im Wohnzimmer, waren nicht auszumachen, und Celestes Augen waren zweifellos sehr viel schlechter als die einer Achtundzwanzigjährigen mit hundertprozentiger Sehkraft, aber ihre Vermieterin würde es sicherlich erkennen können, wenn sich jemand in der Wohnung bewegte.

»Ich mache mich jetzt auf den Weg«, rief Dixon von der Tür her. »Brauchen Sie noch etwas, bevor ich gehe?«

»Nein, vielen Dank, Dixon.« Celeste lächelte ihn liebevoll

an. »Audrey und ich werden bestens zurechtkommen. Einen schönen Tag noch!«

Dixon nickte Audrey zu, und sie erhob sich und folgte ihm in den Flur, um ihn zu verabschieden.

»Sollte ich noch irgendwas wissen?«, fragte sie.

»Diese Geschichte hat sie mehr mitgenommen, als sie sich anmerken lässt«, sagte er leise. »Und wenn sie sich aufregt, wird sie manchmal etwas verwirrt, also lassen Sie sie vielleicht nicht allzu viel darüber reden. Um ehrlich zu sein, ich würde lieber hierbleiben, aber ich habe etwas Geschäftliches zu erledigen. Vermutlich wird die Polizei bald mit der Befragung der Hausbewohner beginnen, und ich wäre gern dabei, wenn sie befragt wird. Bitten Sie sie doch, morgen wiederzukommen, vielleicht klappt es ja.«

Audrey nickte. Celeste wirkte auf sie nicht anders als sonst, aber Dixon wusste es zweifellos besser.

»Klar.«

»Danke. Ich bin zur üblichen Zeit zurück. Rufen Sie mich an, wenn irgendwas ist.«

Sie schloss die Tür hinter ihm und kehrte zu Celeste zurück, die ihre Brille wieder aufgesetzt hatte und mit deutlicher Geringschätzung die mörderlose Titelseite der Zeitung studierte.

»Journalisten sind auch nicht mehr das, was sie einmal waren, oder?«

»Wahrscheinlich steht es in der Online-Ausgabe«, sagte Audrey und setzte sich wieder auf die Sessellehne. Celeste wirkte so geknickt über die fehlenden Schlagzeilen, dass sie sich trotz Dixons Warnung nicht zurückhalten konnte. »Soll ich mal nachsehen?«

Celeste wurde munterer.

»Würden Sie das tun? Ich hätte keinen blassen Schimmer, was ich bei Googly eingeben soll.«

»Google«, sagte Audrey, unterdrückte ein Lächeln und

zog ihr Handy aus der Tasche. »Googly ist ein Begriff aus dem Cricket.«

»Gibt es Cricket bei Google? Das wäre lustig, nicht wahr? Ein Googly bei Google?«

»Auf Google gibt es alles, Celeste«, sagte Audrey und gab den Suchbegriff ein. »Auch Googlys.«

»Sie müssen mir mal beibringen, wie das geht. Ich habe Dixon darum gebeten, aber er meinte, die Texteinstellung auf meinem Mobiltelefon sei zu groß, was mir unlogisch vorkam. Je größer, desto besser, das ist mein Motto. Habe ich von dem verstorbenen Mr. van Duren gelernt.«

Audrey stutzte. Celeste zwinkerte ihr über den Rand ihrer Brille hinweg zu.

»Aber Mrs. van Duren«, sagte sie tadelnd, und die alte Dame kicherte. »Ja, es ist in den Lokalnachrichten der BBC.«

»Der BBC? Großartig. Und was steht da?«

»Nach einem Gewaltverbrechen in der Pickering Lane, Chelsea, wurde eine 40-jährige Frau zur Vernehmung aufs Revier gebracht«, las Audrey laut vor. »Ein 45-Jähriger wurde in einer Mietwohnung im Marchfield Square erschossen aufgefunden. Detective Inspector Dean Banham von der Metropolitan Police bittet um sachdienliche Hinweise. Wer hat Informationen zu dem Mord, oder ist jemandem am fraglichen Tag in der Pickering Lane irgendetwas Ungewöhnliches aufgefallen?«

»Und das ist alles?«

»Ja. Ist von gestern Abend. Heute noch nichts Neues, soweit ich sehen kann.«

Celeste schnaubte.

»Und das soll moderner Journalismus sein? Pah.«

»Ich sollte langsam mal anfangen.« Audrey schob ihr Handy wieder in die Tasche. »Brauchen Sie noch irgendwas?«

»Nein, Liebes.« Celeste schlug die Zeitung wieder auf. »Machen Sie nur. Nachher nehmen wir dann einen schönen Lunch ein. Ich rufe, wenn ich Sie brauche.«

Audrey holte die Tasche mit ihren Putzsachen und fing mit der Gästetoilette an. Zuerst kam die oberste Etage an die Reihe – die Gästetoilette, das große Zimmer und, nach dem Lunch, die Küche. Dann unten das große Bad, die Bibliothek und Celestes Schlafzimmer. Das einzige Zimmer, das sie nicht anrührte, war das von Dixon, der die Position vertrat, ein Mann brauche ein wenig Privatsphäre, besonders wenn er mit Celeste van Duren in einem Haus lebe.

Die Gästetoilette war wie immer blitzblank und ordentlich, dennoch öffnete Audrey das Fenster und holte Dixons sorgfältig ausgewählte Reinigungsprodukte aus dem Waschbeckenunterschrank. Dann zog sie ihre Gummihandschuhe über und machte sich an die Arbeit.

7

Lewis

»Morgen, Mate«, krächzte Lewis. »Ich fühl mich furchtbar. Muss die Grippe sein, die Sie letzte Woche auch hatten.«

Er saß auf seinem teuren Bürostuhl vor seinem teuren Computer, wie schon die ganze Nacht. Die Worte strömten nur so aus ihm heraus, und er hatte nicht gewagt, ins Bett zu gehen, für den Fall, dass sie versiegten, während er schlief. Er ärgerte sich sogar über die Zeit, die er gerade verschwendete, indem er sich bei seinem furchtbaren Job krankmeldete und diese Scharade für seinen Baby-Boss spielte, der mindestens zehn Jahre jünger war als er. All dieser Mist hinderte ihn nur daran, das zu tun, was er wirklich mit seinem Leben anfangen wollte. Für das er bestimmt war.

»Bis dann, Mate. Mach ich. Bye.«

Er hieb auf die Trenntaste und warf das Telefon wieder auf den Schreibtisch. Wo war er stehen geblieben?

Lewis schrieb weiter, bis sein Magen dermaßen knurrte, dass er es nicht länger ignorieren konnte. Er stand auf und holte sich noch eine Portion Cornflakes, die er sich geistesabwesend am Schreibtisch in den Mund schaufelte, während er die nächste Seite plante.

Ein energisches Klopfen an der Wohnungstür ließ ihn zusammenfahren, und er fluchte, als Milch ihm am Kinn herabrann. Lewis wischte sich mit dem Hemdsärmel den Mund ab und stürzte dann zur Wohnungstür, bereit, dem Besucher gehörig die Meinung zu geigen. Wie dreist, ihn um – er blickte auf die Uhr – halb zehn morgens zu stören.

Vor seiner Wohnungstür stand der Detective Sergeant von gestern, begleitet von einem uniformierten Kollegen. Der Wutausbruch erstarb ihm auf den Lippen.

»Hallo, Mr. McLennon«, sagte die Kriminalbeamtin. »Schön, Sie wiederzusehen.«

»Guten Morgen, DS ...« Mist, wie hieß sie noch mal? Hanson? Flarson?

»DS Larssen«, beendete sie seinen Satz und lächelte so höflich, dass er verlegen wurde. »Und das ist PC Edwards.«

»Tut mir leid. Ja, DS Larssen. Ich habe ein miserables Namensgedächtnis.«

»Wir befragen gerade die Anwohner, um festzustellen, was sie gesehen und gehört haben. Wir versuchen, uns ein Bild von dem zu machen, was gestern hier passiert ist. Passt es Ihnen gerade?«

»Ja. Ja, klar. Bitte kommen Sie herein.« Er trat zurück und drückte sich gegen die Wand, damit sie in dem kleinen Flur genug Platz hatten, dann führte er die beiden ins Wohnzimmer. »Möchten Sie etwas trinken? Einen Tee? Kaffee?«

»Nein, vielen Dank.«

Der Constable blieb bei der Tür stehen, während Larssen sich im Wohnzimmer umsah, das Lewis jetzt, wo sich Gäste darin aufhielten, schmuddelig und unordentlich vorkam. Er schnüffelte dezent. Wann hatte er zuletzt gelüftet?

»Darf ich?«, fragte Larssen und deutete auf das Sofa. Lewis nickte.

»Sorry, klar. Bitte nehmen Sie Platz.«

Lewis setzte sich auf den Sessel, während Larssen ihr Notizbuch hervorholte. PC Edwards blieb stehen.

»Wir würden gern Ihre gestrige Aussage noch einmal durchgehen«, begann sie.

»Ja. Klar.« Das war schließlich alles gutes Material. Unschätzbar wertvolle Recherche.

»Fangen wir mit der Frage an, wann Sie nach Hause kamen. Um welche Zeit war das?«

»Äh … so gegen zwanzig vor fünf? Ungefähr.«

»Kommen Sie üblicherweise um diese Zeit nach Hause?«

»Nein. Normalerweise verlasse ich das Büro um fünf und bin um sechs zu Hause, aber gestern bin ich früher gegangen. Ich fühlte mich nicht gut.«

»Und was machen Sie beruflich, Mr. McLennon?«

»Recruiting. Ist ziemlich langweilig.«

Larssen blätterte eine Seite in ihrem Notizbuch zurück.

»Sagten Sie nicht gestern, Sie seien Schriftsteller? Sie haben viele Fragen gestellt, soweit ich mich erinnere.«

Es klang unverfänglich, aber er glaubte, einen kritischen Unterton herauszuhören.

»Ja, ich bin Schriftsteller. Aber die meisten Autoren brauchen einen Brotjob.« Unnötig zu erwähnen, dass zwei wunderbare Jahre lang das Schreiben sein Brotjob gewesen war. Bis ihm erst die Ideen und dann das Geld ausgingen.

»Verstehe. Also, Sie kamen um vier Uhr vierzig nach Hause, und dann?«

»Ich durchquerte den Innenhof. Grüßte Captain Gordon. Gerade als ich meine Wohnung betreten hatte, hörte ich den Schrei. Es klang, als wäre es ganz in der Nähe, also lief ich wieder nach draußen. Der Captain war aufgestanden und blickte zu Nr. 10 hoch. Dann kam die junge Frau von drüben angerannt, und ich folgte ihr.«

Larssen konsultierte ihr Notizbuch.

»Audrey Brooks? Aus Nr. 7?«

»Vermutlich. Ich habe ihren Namen nicht verstanden.«

»Sie kennen sich demnach nicht?«

»Nein.«

»Also Sie und Ms. Brooks stiegen die Außentreppe in den ersten Stock hoch, um nach Mrs. Glead zu sehen. Und was dann?«

»Die Wohnungstür stand offen. Die Frau – Ms. Brooks – war bereits reingegangen. Mrs. Glead zeigte mit dem Finger in den Flur, also betrat ich die Wohnung ebenfalls und entdeckte ihn in der Küche. Ihren Mann, meine ich. Mr. Glead. Auf dem Fußboden. Mit einem Loch in der Brust.«

»Und wo war Ms. Brooks?«

»Die war auch da. In der Küche. Starrte auf die Leiche. Dann ging sie wieder raus, und ich rief die Polizei.«

Sie machte sich eine Notiz.

»Ist Ihnen irgendwas Ungewöhnliches in der Wohnung aufgefallen, abgesehen von Mr. Gleads Leiche? Unordnung? Anzeichen eines Kampfes?«

Lewis brauchte nicht lange zu überlegen, er hatte sich ja alles ausführlich notiert und die Notizen seitdem schon mehrfach durchgesehen.

»Nein. Alles war sehr sauber und ordentlich. Ein bisschen leer allerdings, fast wie eine Ferienwohnung.«

Larssen nickte.

»Das ist uns auch aufgefallen. Was hielten Sie von den Gleads?«

Jetzt musste er überlegen. Um ehrlich zu sein, hatte er noch nie einen Gedanken an die Gleads verschwendet.

»Ähm, sie schienen ganz okay zu sein. Ich habe sie kurz kennengelernt, als sie eingezogen sind, aber wir haben eigentlich nie miteinander gesprochen. Er war freundlich. Grüßte immer. Sie war sehr ruhig. Ich habe sie nie mit irgendjemandem reden sehen.«

»Und was für einen Eindruck hatten Sie von den Gleads als Ehepaar?«

»Keine Ahnung.«

»Gab es gelegentlich Streit? Haben Sie mal etwas in der Art mitbekommen?«

»Ich glaube nicht. Aber tagsüber bin ich nicht da, und ich habe ein Surround-Sound-System für den Fernseher und setze schalldichte Kopfhörer auf, wenn ich schreibe.« Ein weiteres, eher flüchtiges Nicken der Ermittlerin. Zum ersten Mal dämmerte es Lewis, dass er vielleicht kein so guter Zeuge war, wie er es von sich erwartet hätte. »Warum? Was haben denn die anderen gesagt?«

»Ihre Nachbarn hatten alle den Eindruck, dass die Ehe nicht sonderlich glücklich war. Wir haben uns nur gefragt, ob Sie das bestätigen können, aber offenbar ist Ihnen nichts in der Richtung aufgefallen.«

»Nein, sorry. Damit kann ich nicht dienen.«

Es enttäuschte ihn, dass er nicht mehr beisteuern konnte. Wenn es sich vermeiden ließ, sprach Lewis nie mit irgendeinem seiner Nachbarn. Celeste war eine Ausnahme, aber er hörte auch nie so richtig zu, wenn sie irgendwelchen Klatsch über die übrigen Mieter erzählte. Er war immer ziemlich stolz darauf gewesen, dass er sich so abseits hielt. Bis jetzt.

»Sie haben also die Polizei gerufen. Und danach?«, fragte Larssen.

»Ich bin wieder rausgegangen und habe mich vor der Wohnungstür postiert, während die junge Frau Mrs. Glead wegführte, damit keiner reinging. Um den Fundort gegen weitere Veränderungen zu sichern.« Er lächelte und wartete darauf, dass sich die Profis beeindruckt von seinem Wissen um die Ermittlungsabläufe zeigten.

»Nur noch eins, dann können Sie sich wieder Ihren eigenen Angelegenheiten zuwenden. Waren Sie zwischen sechzehn Uhr am Mittwoch und zwei Uhr morgens am Donnerstag zu Hause? Haben Sie irgendetwas Ungewöhnliches gehört?«

Sein Lächeln schmolz wie Schnee in der Sonne.

»Ich war zu Hause, ja. Ab achtzehn Uhr jedenfalls. Aber nein, ich habe nichts gehört. Glauben Sie, dass er in diesem Zeitraum ermordet wurde?«

»Sie sind nicht rausgegangen, um sich das Feuerwerk anzusehen?«

»Das Feuerwerk?«

»Laut Ihren Nachbarn haben sich die Anwohner alle auf der anderen Seite des Platzes getroffen, um sich das Feuerwerk anzusehen. Sie waren nicht dabei?«

Lewis runzelte die Stirn. Er erinnerte sich vage, dass einer der Nachbarn von oben ihn zu irgendwas eingeladen hatte, aber er hatte automatisch abgelehnt und die Sache sofort wieder vergessen.

»Nein. Abends schreibe ich und habe meine Kopfhörer auf …«

»Kann das jemand bestätigen?«

»Mein Chef kann bestätigen, wann ich das Büro verlassen habe, und der Captain hat mich gesehen, als ich nach Hause kam. Später hatte ich einen Videoanruf, vielleicht hilft Ihnen das weiter? Dauerte ungefähr eine Stunde.« Er entsperrte sein Telefon und hielt es ihr hin, damit sie sich die Anrufliste ansehen konnte. Larssen spähte auf das Display und warf ihm einen kurzen Blick zu, bevor sie sich die Details aufschrieb.

»Sie haben also nichts gesehen oder gehört?«

»Nein. Tut mir leid.«

»Also gut.« Sie klappte ihr Notizbuch zu und stand auf. »Ich glaube, das wäre alles. Vielen Dank, Mr. McLennon.«

»Oh.« Er versuchte, seine Enttäuschung zu verbergen. »Sonst nichts?«

»Nein, aber wenn Ihnen noch etwas einfällt …« Sie fischte eine Karte aus ihrer Tasche. »Lassen Sie es uns wissen.«

»Klar.«

»Sie brauchen uns nicht zur Tür zu bringen«, sagte sie. »Sie müssen sich sicher fürs Büro fertig machen. Vielen Dank für Ihre Zeit.«

Lewis nickte. »Kein Problem.«

Er blieb sitzen, als sie die Wohnung verließen und leise die Tür hinter sich zuzogen, und ärgerte sich über sich selbst. Er war sehr gut in der Lage, über neugierige Nachbarn und aufmerksame Ermittler zu schreiben, und fiktive Motive für fiktive Morde fielen ihm zu Dutzenden ein, aber nun hatte es direkt vor seiner Nase einen Mord gegeben und er hatte nicht die geringste Ahnung, was da passiert sein mochte.

In Zukunft würde er es anders machen müssen. Aufhören, den einsiedlerischen Schriftsteller zu geben. Und keine Kopfhörer mehr. Er musste seiner Umgebung mehr Aufmerksamkeit widmen.

8

Audrey

Während Audrey im großen Zimmer wischte, polierte, wachste und staubsaugte, hielt Celeste sie über die Vorgänge auf dem Square auf dem Laufenden.

»Bei Brigitte waren sie eine ganze Weile. Ein bisschen Klatsch, oder was glauben Sie? Aber vielleicht hat sie ihnen auch etwas von ihrem Schokoladenkuchen angeboten.«

»Jetzt sind sie bei Lewis. Er ist bestimmt ein wichtiger Zeuge.«

»Die Jungs aus Nr. 9 sind bereits los zur Arbeit. So ein Pech.«

»Aus Captain Gordon haben sie offenbar nicht viel rausbekommen. Nur zehn Minuten.«

»Oh, jetzt klopfen sie bei Ihnen, Audrey, Liebes. Sie kommen ganz gut voran.«

Celeste saß in ihrem Ohrensessel in der Galerienische, wie sie es unerklärlicherweise bezeichnete. Audrey hatte keine Ahnung, wie so etwas eigentlich genannt wurde. Die »Nische« bestand nur aus ein paar Sesseln und niedrigen Bücherregalen, die um das große Fenster herum gruppiert waren. Mit Ausnahme der Küche, der Garderobe und dem Flur war die oberste Etage von Celestes Wohnung ein riesiger offener Raum, wie in einem New Yorker Loft. Durch die Möblierung waren separate Bereiche geschaffen worden. An einem Ende befand sich der Essbereich mit einem Mahagonitisch, grünen Samtkissen und einer mit Silberzeug überladenen Anrichte, während eine dreiteilige, silber-blaue Sitzgarnitur und goldgerahmte Gemälde am anderen Ende den Wohnbereich markierten. Der eigenartige kleine Beobachtungsposten, den Celeste in der Mitte des Raums für sich geschaffen hatte, kam in *Country Living* oder irgendeiner der anderen gehobenen Wohnzeitschriften, die Audreys Kunden immer herumliegen ließen, nicht vor.

»Glauben Sie, die Polizei spart mich als Letzte auf?«, rief Celeste zu ihr hinüber.

»Wahrscheinlich.« Audrey wischte den Rest der Polierpaste vom Esszimmertisch. »Vermutlich werden sie wissen wollen, was Sie von Ihren Mietern halten.«

»Denken Sie, ich sollte es ihnen sagen?«, fragte Celeste. »Das von Mr. Glead, meine ich. Dass er seine Frau geschlagen hat.«

»Alle anderen werden das bereits getan haben«, sagte Audrey und ging zu ihr hinüber. »Außerdem erwähnten Sie ja, dass Sie deswegen mal die Polizei gerufen haben. Das wird aktenkundig sein.«

»Ach ja.« Sie seufzte. »Die arme Mrs. Glead. Endlich ist sie diesen furchtbaren Mann los, und nun wird sie vielleicht des Mordes verdächtigt. So sollte das nicht laufen, wirklich.«

»Hängt davon ab, ob sie viele Alternativen hatte«, meinte Audrey. »Wenn nicht, dann musste es so laufen, oder?«

Von ihrem Platz am Fenster konnte Audrey direkt in den Innenhof sehen, wo eine blonde Frau in einer grauen Jacke, die sie als DS Larssen erkannte, in Begleitung eines Uniformierten gerade das Apartment der Hetheringtons verließ. Audrey lauschte, in der Erwartung, dass sie gleich bei Celeste klingeln würden, aber stattdessen machten sie kehrt und steuerten auf das Eingangstor am anderen Ende des Squares zu.

»Wer ist der Typ, der in Nr. 5 wohnt?«, erkundigte sich

Audrey und beobachtete, wie die beiden Ermittler am schmiedeeisernen Zaun stehen blieben. Sie inspizierten das Zutrittskontrollsystem, erkannte sie. »Vor gestern habe ich noch nie ein Wort mit ihm gewechselt.«

»Lewis McLennon«, antwortete Celeste. »Netter Junge. Schreibt Krimis, hat er jedenfalls früher mal getan. In letzter Zeit hat er nicht viel veröffentlicht.«

»Aha.«

DS Larssen und ihr Kollege hatten dem Haupteingang den Rücken gekehrt und kamen zurück.

»Ich glaube, jetzt sind Sie an der Reihe, Celeste.«

»Ah, gut.« Celeste griff nach ihrem Stock.

»Dixon wollte, dass ich die Polizei bitte, später wiederzukommen. Er möchte gern dabei sein, wenn Sie befragt werden.«

»Ach was.« Celeste tat ihre Besorgnis mit einer Handbewegung ab. »Dixon kann manchmal so ein altes Waschweib sein. Führen Sie sie rein, Liebes.«

Audrey war gerade im Flur angekommen, als es klingelte – die elektronische Nachahmung einer altmodischen Türglocke.

»DS Larssen und PC Edward, wir möchten zu Celeste van Duren«, sagte Larssen und hielt eine Marke in die Kamera. Audrey drückte den Türöffner.

»Kommen Sie rauf«, sagte sie in den Lautsprecher. »Mit dem Aufzug bis ganz nach oben, drücken Sie einfach auf den Knopf.«

Dann öffnete sie die Wohnungstür und wartete.

»Ms. Brooks, nicht wahr?«, sagte Larssen, als die beiden aus dem Aufzug stiegen. »Wir haben vorhin bei Ihnen geklopft.«

»Freitags putze ich bei Mrs. van Duren«, erklärte Audrey. »Ich bin den ganzen Tag hier. Kommen Sie bitte herein.«

Sie führte die Besucher durch den Flur ins große Zimmer, wo Celeste sie erwartete, schwer auf ihren Stock gestützt.

»Guten Morgen«, sagte sie lächelnd. »Nehmen Sie doch Platz. Hätten Sie gern einen Tee? Oder lieber Kaffee?«

»Nein, vielen Dank.« Larssen sah sich um. »Wir wurden bereits reichlich versorgt.«

Celeste wies auf das Sofa, während sie selbst auf dem silber-blauen Sessel Platz nahm wie eine Königin, die Hof hält. Audrey blieb unbeholfen hinter dem Sofa stehen, unsicher, ob sie sich unsichtbar machen sollte oder nicht.

»Eine wunderschöne Wohnanlage«, sagte Larssen und zückte ihr Notizbuch. »Ihnen gehört das Ganze?«

»Es ist nur ein kleines Areal«, sagte Celeste, als wäre es ein Gartenschuppen und kein Wohnkomplex, der Millionen wert war. »Mein Ururgroßvater besaß hier eine Stadtresidenz mit einem Garten und Stallungen. Mein Großvater hat die Stallungen zu Wohnungen umgebaut und diese kleine Enklave errichtet. Mein Vater hat sie geerbt, und dann ich. Leonard und ich haben das Haus dann in Wohnungen aufgeteilt.«

»Leonard ist Ihr Mann?«

»Er war es. Er ist vor einigen Jahren verstorben.«

»Das tut mir leid«, sagte Larssen. »Leben Sie allein hier?«

»Nein, mit Dixon.«

»Mit … Dixon?«

Audrey unterdrückte ein Lächeln.

»Mein Hausangestellter.«

»Er ist so eine Art Butler«, warf Audrey ein, »aber er macht eigentlich ein bisschen von allem.«

»Also Ihr Pfleger?«, fragte Constable Edwards, und Celeste riss empört die Augen auf.

»Ganz bestimmt nicht!«

»Ist er hier?«, fragte Larssen. »Wir werden auch mit ihm sprechen müssen.«

»Er hat heute seinen freien Tag«, erwiderte Celeste knapp.

Larssen warf einen Blick zu Audrey.

»Soll ich in der Küche weitermachen?«, bot Audrey an, die den Wink verstanden hatte. »Damit Sie in Ruhe reden können?«

»Dazu besteht kein Anlass, Liebes«, sagte Celeste. »Eine Frau hat keine Geheimnisse vor ihrer Putzfrau.«

Larssen schien nicht glücklich darüber, schwieg aber, also setzte Audrey sich in den zweiten Sessel und versuchte, sich so klein wie möglich zu machen.

»Also«, begann die Ermittlerin, »wie gut kannten Sie das Ehepaar Glead?«

»Nicht sonderlich gut«, antwortete Celeste. »Sie wohnen seit etwa zwei Jahren hier.«

»Haben Sie sie persönlich kennengelernt, bevor sie den Mietvertrag unterschrieben?«

»Ja, richtig. Sie waren sehr charmant, zumindest Mr. Glead war es. Sie schienen sehr verliebt zu sein.«

»Schienen?«

»Wie Sie sicher bereits gehört haben, hat sich das rasch geändert.«

Larssen nickte.

»Es gab häufiger Streit?«

»Erst waren es Auseinandersetzungen, ja, aber dann wurde er – wie sagt man noch mal? Handgreiflich. Und Mrs. Glead wurde sehr still. Hörte auf, mit den anderen zu plaudern. Bekam keinen Besuch mehr.«

»Verstehe. Und Mr. Glead? Bekam er auch keinen Besuch mehr?«

»Doch, er hatte ziemlich oft Besuch. Männer.«

»Immer dieselben?«

»Ich glaube schon«, sagte Celeste. »Auch wenn meine Augen nicht mehr das sind, was sie mal waren.« Sie warf einen finsteren Blick auf Constable Edwards, als wäre er persönlich verantwortlich für ihre nachlassende Sehkraft.

»Sie sagten, Mr. Glead sei handgreiflich geworden. Haben Sie je gesehen, wie er seine Frau geschlagen hat?«

Celeste zögerte kurz.

»Einmal«, sagte sie schließlich. »Letztes Jahr. Draußen auf dem Laubengang. Ich habe die Polizei gerufen. Meistens habe ich nur ihre blauen Flecken gesehen. Einmal hatte sie einen Gipsverband am Arm.«

Larssen nickte wieder und machte sich eine Notiz.

»Als Sie die Polizei gerufen haben … war das am 28. September letzten Jahres?«

»Du meine Güte.« Celeste hob eine Augenbraue. »Woher wissen Sie das? Das genaue Datum könnte ich nicht beschwören, aber ja, irgendwann um die Zeit muss es gewesen sein. Es war ungewöhnlich warm für die Jahreszeit, soweit ich mich erinnere.«

»Es gibt Aufzeichnungen über Notrufe, die von dieser Adresse eingegangen sind«, sagte die Ermittlerin und blätterte in ihrem Notizbuch zurück. »Offenbar hat Mrs. Glead es abgelehnt, Anzeige zu erstatten. Haben Sie je blaue Flecken an Mr. Glead bemerkt? Irgendwelche Anzeichen dafür, dass seine Frau sich gewehrt hat?«

»Nie.«

»Na gut. Reden wir über vorgestern. Haben Sie am Mittwoch irgendetwas von den Gleads gesehen oder gehört?«

»Oh ja«, sagte Celeste sofort. »Es gab einen Riesenkrach. Gegen sieben. Wir hatten gerade gegessen, Dixon räumte die Küche auf, und ich saß in meinem Sessel am Fenster. Ich hörte einen Mann herumbrüllen, und dann krachte irgendwas zu Boden. Als ich hinunter auf den Hof blickte, sah ich, dass einige der Nachbarn herausgekommen waren. Vermutlich hatten sie den Rabatz ebenfalls gehört.«

Larssen blickte stirnrunzelnd auf ihr Notizbuch und formte mit den Lippen das Wort »Rabatz«.

»Dann kam Mrs. Glead aus der Wohnung gerannt, lief die Treppe hinunter und über den Innenhof. Ihr Mann stand auf dem Laubengang und brüllte ihr irgendwas hinterher. Sie kam erst am gestrigen Nachmittag zurück.«

Celeste faltete die Hände im Schoß und lehnte sich zurück, offenbar zufrieden mit sich.

»Und woher wissen Sie, dass Mrs. Glead erst gestern Nachmittag zurückkam?«, fragte Larssen, die etwas in ihr Notizbuch kritzelte. »Wäre es nicht möglich, dass sie schon vorher zurückgekehrt und wieder weggegangen war, ohne dass Sie es mitbekommen haben?«

Jetzt kräuselte Celeste die Stirn.

»Also, möglich wäre das vermutlich. Aber sie trug noch dieselbe Kleidung.«

»Dieselbe Kleidung? Sind Sie sicher? Sie meinten eben, Ihre Augen seien nicht mehr so gut wie früher.«

»Möglich«, sagte Celeste. »Aber es ist doch unwahrscheinlich, dass eine Frau mehr als einen lila Rock besitzt.«

»Haben Sie eine Pistole gefunden?«, fragte Audrey, die sich nicht mehr zurückhalten konnte. »Und haben Sie Lindas Kleidung bereits auf Schmauchspuren untersucht? Das wird doch so gemacht, oder?«

Die Kriminalbeamtin und der Streifenpolizist sahen sie erstaunt an.

»Ja«, bestätigte Larssen nach einer kurzen Pause. »Das wird so gemacht. Und nein, wir haben die Tatwaffe noch nicht gefunden. Was ist mit Ihnen, Ms. Brooks? Was haben Sie gestern gesehen?«

»Ach so, richtig, also, ich kam gegen halb fünf nach Hause und trank gerade einen Tee, als ich Lindas Schrei hörte. Ich lief nach draußen, und sie stand einfach da, auf dem Laubengang, und deutete in ihre Wohnung. Also ging ich rein, und da lag er.«

»Wussten Sie auch Bescheid über die Eheprobleme der Gleads?«

»Das wusste hier jeder.«

»Nicht jeder«, murmelte Larssen und machte sich eine Notiz. »Sie wohnen direkt gegenüber von Nr. 10, nicht wahr, in Nr. 7?«

»Ja.«

»Also hatten Sie eine ziemlich gute Sicht auf die Wohnung. Haben Sie viel mitbekommen von dem, was da vorging?«

Audrey zuckte die Achseln.

»Ich arbeite den ganzen Tag, und abends sehen wir fern, also …«

»Mit ›wir‹ meinen Sie sich und Ihre Freundin? Mei Chen?«

Audrey wusste nicht genau, ob es nur Einbildung war, dass Larssen angestrengt in ihr Notizbuch starrte, beschloss aber, auf jeden Fall freundlich zu sein.

»Mei und ich sind nur Freundinnen. Wir sind kein Paar.«

Ein Nicken.

»Und Sie arbeiten als Putzfrau?«

»Ja.«

»Ich hoffe, es macht Ihnen nichts aus, dass ich das frage, aber wie können Sie es sich leisten, hier zu wohnen? Ein nur für die Mieter zugänglicher Gartenhof, die Sicherheitsanlage, eine Wohnung über zwei Etagen. Das muss doch eine schöne Stange Geld kosten.«

»Ist das hier relevant?«, fragte sie etwas erschrocken.

»Könnte sein«, entgegnete Larssen. »Der Zugang zum Square scheint gut gesichert zu sein, was bedeutet, dass es mit hoher Wahrscheinlichkeit ein Insiderjob war. Wir werden alle Mieter genau unter die Lupe nehmen.«

Celeste hüstelte höflich.

»Leonard und ich haben immer faire Mieten verlangt«, sagte sie. »Uns war es wichtig, dass hier gute Menschen wohnen, die Finanzkraft ist zweitrangig. Der Mörder ist keiner meiner Mieter, das kann ich Ihnen versichern.«

»Sie vermieten diese Wohnungen unter dem Marktwert?«, fragte Larssen und hob erstaunt die Augenbrauen, die unter den blonden Ponyfransen verschwanden.

»Das ist richtig.«

»Wie Sie ja wissen, ist meine Mitbewohnerin Anwältin.« Audrey war jetzt etwas bestimmter, in der Hoffnung, das Gespräch so bald wie möglich beenden zu können. »Sie verdient mehr als ich und übernimmt einen größeren Anteil an der Miete. So billig ist die Wohnung nun auch wieder nicht.«

»Verstehe.« Larssen kritzelte wieder etwas in ihr Notizbuch, gegen das Audrey eine leichte Abneigung zu entwickeln begann. »Aber zurück zum Ehepaar Glead. Hat mal jemand versucht, sich einzumischen? Mit einem der beiden zu reden?«

»Wir alle, zu unterschiedlichen Zeiten.« Audrey war jetzt voll und ganz im Verteidigungsmodus. »Joe und Manny, ihre unmittelbaren Nachbarn, waren ein paarmal dort, glaube ich, aber Linda hat sich immer geweigert, ihn anzuzeigen. Mei und ich sind auch mal rübergegangen, als Richard nicht da war. Mei hat angeboten, ihr zu helfen, aber Linda wollte das nicht.«

»Warum nicht, was glauben Sie?«

»Vermutlich, weil sie ihn geliebt hat.«

Larssen wandte sich wieder an Celeste.

»Mrs. van Duren, Sie sagten, es sei Ihnen wichtig, dass gute Menschen hier leben. Wie fühlten Sie sich mit dieser Situation?«

Celeste presste die Lippen zusammen.

»Furchtbar natürlich, aber was konnte ich schon tun?

Wenn ich ihnen gekündigt hätte, hätte sich an Mrs. Gleads Lage nichts geändert, ich hätte es nur nicht mehr mitansehen müssen. So konnte ich sie zumindest im Auge behalten.«

»Und haben Sie das getan? Sie im Auge behalten? Was haben Sie am Mittwochabend von Ihrem schönen großen Fenster aus beobachtet?«

Larssen lächelte, aber es war klar, dass sie annahm, Celeste wisse mehr, als sie zugab.

»Ich habe gesehen, wie Mrs. Glead gegen sieben die Wohnung verließ, wie bereits gesagt. Ich sah Mr. Glead in der Wohnung umhergehen, bevor um acht das Feuerwerk begann, und danach habe ich von meinem schönen großen Fenster aus, wie Sie es formulieren, nichts mehr gesehen.«

»Und am nächsten Morgen?«

»Am Donnerstagmorgen habe ich wie immer um acht im Bett gefrühstückt, und um halb zehn saß ich in meinem Sessel und löste das Kreuzworträtsel. Ich habe den Tag auf die gewohnte Art verbracht, dies und das erledigt, mich beschäftigt. Alles war ruhig, bis Mrs. Glead um Viertel vor fünf zu schreien begann.«

»Verstehe. Vielen Dank.«

Larssen stand auf und ging zum Panoramafenster hinüber.

»Von hier aus sind die vorderen Fenster klar einsehbar«, bemerkte sie und schaute über den Square. »Die sämtlicher Wohnungen.«

»Wenn ich Ihre jungen Augen hätte, vielleicht«, sagte Celeste mit einem resignierten Seufzer, den Audrey als ziemlich theatralisch empfand. Larssen nickte nur.

»Es gibt hier keine Überwachungskameras. Warum nicht?«

»Wir hielten das nie für notwendig«, sagte Celeste. »Die elektronischen Tore sorgen für Sicherheit, und wenn Leute nicht mal in ihrer eigenen Wohnung Privatsphäre haben können, wo dann? Niemand gelangt hier rein, ohne dass einer der Mieter den Türöffner drückt. Mr. Glead muss seinen Mörder also selbst hereingelassen haben.«

Larssen hob eine Augenbraue, schwieg aber. Sie wandte sich vom Fenster ab.

»Also, ich danke Ihnen beiden für Ihre Zeit. Wir werden noch mit Mr. Dixon sprechen müssen, aber wir kommen ein anderes Mal wieder. Edwards?«

Constable Edwards stand auf, Celeste erhob sich ebenfalls.

»Sie sollten sich Richards Freunde mal näher ansehen«, sagte Celeste, wieder schwer auf ihren Stock gestützt. »Alles Kriminelle, wenn ich mich nicht täusche. Wann darf Linda wieder nach Hause?«

»Der Tatort sollte heute Abend freigegeben werden«, sagte Larssen. »Aber Mrs. Glead wird noch vernommen.«

Audrey brachte sie zur Tür, wo Larssen stehen blieb und eine Karte aus der Tasche zog.

»Wenn Ihnen noch irgendetwas einfällt, rufen Sie mich an. Und richten Sie Mr. Dixon aus, dass wir gern mit ihm sprechen würden. Das ist ein ziemlich ungewöhnlicher Tatort hier. Wir versuchen noch, uns ein Bild von der Lage zu machen.«

Während Audrey zusah, wie sie in den Aufzug stiegen, meldete sich ihr Handy. Eine Nachricht von Mei.

Linda hat mich angerufen. Bin auf dem Weg zum Revier. Drück mir die Daumen.

Mist, schrieb sie zurück. Viel Glück x

Ein ungewöhnlicher Tatort. Das war die Untertreibung des Jahres.

9

Lewis

Als die Glocken von St. Luke's in der Ferne zwei Uhr schlugen, setzte Lewis sich draußen auf eine Bank und fing an, eine Karte vom Marchfield Square in sein Notizbuch zu zeichnen. Er wohnte jetzt seit fast fünf Jahren hier und hatte zu seiner Verärgerung feststellen müssen, dass er trotzdem keine genaue Vorstellung des Platzes im Kopf hatte, also blieb ihm nichts anderes übrig, als rauszugehen und sich alles mal genauer anzusehen.

Es war eine seltsame Anlage, wirklich, dachte er beim Zeichnen. Da es ein kleiner Platz mit historischen Stallungen war, die zu Wohnhäusern umgebaut worden waren, wäre die richtige Bezeichnung eigentlich Mews, aber die riesige Van-Duren-Residenz an einem Ende und die Gartenanlage davor machten es genauso zu einem Square wie die größeren grünen Plätze und Parks in London. Lewis zeichnete und radierte, zeichnete wieder und radierte erneut. Er war nie gut in Kunst gewesen und seine Skizze eher fragwürdig, aber er brauchte sie ja auch nur, um die möglichen Bewegungen seines fiktiven Mörders nachverfolgen zu können. Sie brauchte nicht hübsch zu sein, aber irgendwie schien sie die realen Gegebenheiten überhaupt nicht widerzuspiegeln.

»Die Proportionen sind ganz falsch.«

Lewis blickte auf und sah den Rollstuhlfahrer aus Nr. 2

vor sich, der seine Skizze betrachtete. Unwillkürlich schaute er den Gartenweg hinunter und fragte sich, wie es dem Mann gelungen war, sich so unbemerkt zu nähern. Er war schon etwas älter, mit ergrauendem blondem Haar und durchdringenden blauen Augen, und trug einen dicken Wollpullover über einem gestreiften Hemd sowie moosgrüne Cordhosen.

»Ha, ich hab Sie überrascht, was?«, sagte der Mann und wendete schwungvoll, um dann seinen Rollstuhl neben der Bank zu parken. Er hatte einen Skizzenblock dabei, und auf seinem Schoß lag ein Federmäppchen aus Baumwolle. »Soll ich Ihnen helfen?«

»Äh, nein, vielen Dank«, sagte Lewis. »Es muss nicht gut werden, ich brauche nur eine Art Karte.«

»Sie sind der Schriftsteller, oder?« Der Mann öffnete das Etui und nahm sich ein paar Sekunden Zeit, um einen Stift auszuwählen, der sich in Lewis' Augen in nichts von den übrigen Stiften im Mäppchen unterschied. »Ich bin Philip Hetherington. Ich wohne mit meiner Frau Mekhala in Nr. 2. Wir sind uns noch nie begegnet, oder?«

»Lewis McLennon. Nr. 5.«

Es war ihm peinlich, das zu sagen, da ihre Wohnungen nur wenige Meter voneinander entfernt lagen, aber Philip nickte nur und klappte seinen Skizzenblock auf.

»Typ zurückgezogen lebender Autor. Verstehe vollkommen.« Er fuhr mit der Hand über das Papier. »Trotzdem schön, Sie endlich mal kennenzulernen.«

Lewis zeichnete weiter, aber jetzt war er abgelenkt. Er sah sich nicht als Eremit, er war nur nicht besonders interessiert an anderen Menschen oder deren Leben. Und was stimmte nicht mit den Proportionen seiner Skizze?

»Schrecklich, diese Mordsache, was?«, bemerkte Philip, den Blick auf seinen Skizzenblock gerichtet. »Ein unangenehmer Zeitgenosse, Richard Glead. Trotzdem Pech, dass es gerade hier passieren musste.«

»Er war ein unangenehmer Zeitgenosse?«

»Einen Mann, der seine Frau schlägt, würde ich nicht als angenehmen Menschen bezeichnen. Sie etwa? Und dann diese Freunde von ihm. Allesamt Gauner.«

Lewis machte den Mund auf, um zu fragen, woher Philip das alles wusste, als er Schritte hörte. Er blickte auf und sah den Gärtner auf sie zusteuern, einen Laubsack in einer Hand und einen grünen Plastikrechen in der anderen.

»Tag, Rafik«, sagte Philip munter, ohne aufzublicken. »Der Garten sieht prachtvoll aus.«

»Danke, Philip. Ich mache alles winterfest und sorge dafür, dass die Wege für Sie alle frei sind.«

»Und das wissen wir sehr zu schätzen. Ich hoffe, die Polizisten haben nicht zu viel Schaden angerichtet, als sie hier rumgetrampelt sind?«

»Sie waren sehr rücksichtsvoll, im Großen und Ganzen. Trotzdem, eine schreckliche Sache.«

»Das sagte ich auch gerade zu dem jungen Lewis hier. Unangenehmer Zeitgenosse, aber eine schreckliche Sache.«

»Das trifft es perfekt, Philip.« Jones setzte den Sack voller Herbstlaub ab. »Und noch dazu mitten in der Wohnanlage der armen Mrs. van Duren. Furchtbar.«

Lewis verzog das Gesicht. Woher wussten alle außer ihm, dass Richard Glead ein furchtbarer Mensch gewesen war?

Jones begann, das Laub vom Rasen um die Bank herum zusammenzurechen. Der Geruch nach feuchter Erde stieg auf. Dann näherten sich wieder Schritte, die unverkennbare militärische Gangart von Captain Gordon.

»Was geht denn hier vor?«, fragte der Captain und unterzog alle einer misstrauischen Musterung. Er hatte sich eine

Zeitung unter den Arm geklemmt. »Kleiner Plausch? Sie sieht man ja nicht oft hier draußen, McLennon.«

»Wie geht's, Gordon?«, fragte Philip, bevor Lewis etwas entgegnen konnte. Der Captain war der einzige Anwohner von Marchfield Square, der Lewis schon oft aufgefallen war, vermutlich wegen seiner fast karikaturhaft militärischen Haltung und der abgehackten Sprechweise.

»Gut, gut«, antwortete der Captain. »Das bisschen Aufregung. Gut fürs Herz.«

»Aber Sie haben doch Ihre Tabletten genommen?«, erkundigte sich Jones. »Vorsichtshalber?«

»Ja, Rafik, ich habe meine Tabletten genommen.« Der Captain ließ sich auf der Bank gegenüber nieder, faltete seine Zeitung auseinander und betrachtete Lewis stirnrunzelnd. »Machen Sie sich keine Gedanken meinetwegen.«

Meine Güte, dachte Lewis. Er hatte ja keine Ahnung gehabt, wie sehr sich die übrigen Anwohner in die Angelegenheiten ihrer Nachbarn einmischten.

»Wie geht's Linda, weiß das jemand?«, fragte Philip, dessen Stift mit einer Leichtigkeit übers Papier flog, um die Lewis ihn nur beneiden konnte.

»Ist vermutlich froh«, schnaubte der Captain.

»Aber nein, nein, Captain«, sagte Jones, sammelte weiter Laub auf und stopfte es in den Gartenabfallsack. »So ist Linda nicht. Sie wird trauern.«

»Sie hätte ihn schon vor Jahren verlassen sollen«, stellte Philip fest.

»Ja«, bestätigte Jones. »Aber ich glaube, das kann sie nicht mit ihrem Glauben vereinbaren.«

»Ah, der Glaube.« Das weise Nicken des Captains war gespielt, wie Lewis stark vermutete. »Was kann man da machen? Insofern – gute Sache, dass jemand dem Kerl das Lebenslicht ausgeblasen hat.«

Es gab leises Protestgemurmel von Philip und Jones, aber ohne sonderlich viel Nachdruck. Lewis wurde das alles ein bisschen zu viel.

»Ich fürchte, ich muss jetzt wieder rein«, sagte er und stand auf. »War nett, Sie alle kennenzulernen.«

»Moment noch.« Philip hielt einen Finger hoch. Er machte noch ein paar Striche, dann riss er das Blatt von seinem Skizzenblock ab. »Hier. Das sollte genügen.«

Er reichte Lewis eine perfekte Skizze vom Marchfield Square, vom Haupttor aus gesehen, das dem großen Haus gegenüberlag. Der Garten war in einfachen, aber klaren Linien eingezeichnet, samt Bäumen, Wegen und Bänken. Die Zeichnung war von akkurater Schönheit.

»Vielen Dank.« Mehr fiel Lewis auf die Schnelle nicht ein.

»Gerne«, sagte Philip. »Ich habe diesen Ort schon so oft gezeichnet, ich könnte es mit geschlossenen Augen tun.«

Lewis lächelte, nickte dem Gärtner und dem Captain zu und trat hastig den Rückzug in seine Einsiedelei an.

10

Audrey

Audrey vergrub die Hände in den Taschen ihrer Winterjacke, als sie die Bankfiliale an der Cromwell Street verließ. Es hatte auch seine Nachteile, in einem der Nobelviertel Londons zu leben, zum Beispiel, dass alle Geschäfte in der Nähe auf einen sehr viel wohlhabenderen Kundenkreis ausgerichtet waren. Also hatte sie nach der Arbeit bei Celeste die anderthalb Kilometer zur Bank im Laufschritt zurücklegen müssen, um noch vor Geschäftsschluss dort zu sein.

Es war schon dunkel und ziemlich frisch, und sie genoss den Spaziergang zurück, warm eingepackt gegen die Kälte und unsichtbar für die übrigen Passanten. Schwarze Taxen, die Freizeichen ausgeschaltet, fuhren langsam vorbei und stauten sich, um in die Fulham Road einzubiegen und ihre Fahrgäste nach Hause oder ins Restaurant zu befördern.

Die Geschäfte waren bereits weihnachtlich geschmückt; die Schaufenster waren voller funkelnder Lichter, und auf den Bürgersteigen davor standen Weihnachtsbäume. Audrey liebte London zu dieser Jahreszeit, wenn die bunten Lichterketten der Stadt einen magischen Zauber verliehen und die Dunkelheit ihre hässlicheren Seiten verbarg.

Sie stellte sich zu den übrigen Passanten, die darauf warteten, dass die Ampel umsprang. Der Verkehr kam nur noch im Schneckentempo vorwärts, Busse, Taxen und Stadtautos stauten sich, während die Radfahrer sich durch sie hindurchschlängelten. Vielleicht würde sie noch irgendetwas Nettes machen, wenn sie zu Hause war, etwas polieren vielleicht. Nichts beruhigte die Nerven so sehr wie Polieren.

Im Pulk überquerten sie die Straße, und als Audrey in die Sydney Street einbog, weg von dem Lärm und den Menschenmassen, hielt vor ihr ein schwarzes Taxi, und sie hörte jemanden ihren Namen rufen.

Sofort blieb sie stehen und blickte sich um, um sicherzugehen, dass der Fluchtweg offen war, aber dann öffnete sich die Tür des Taxis, und Mei kam herausgepurzelt, gefolgt von Linda Glead. Linda wirkte nervös und abgekämpft, ihr Gesicht war leicht gerötet, das Haar schlaff und strähnig. Sie trug immer noch dieselben Sachen wie am Vortag, ging aber weniger geduckt als gewöhnlich, und ihr Blick verriet Audrey, dass der erste Schock überwunden war.

»Wir waren auf dem Heimweg, als wir dich entdeckt haben«, sagte Mei atemlos. »Ich fand, ein bisschen frische Luft würde uns guttun. Es war ein anstrengender Tag, besonders für Linda.«

»Das kann ich mir vorstellen«, sagte Audrey. »Wie geht es Ihnen denn?«

Linda lächelte schwach.

»Es geht schon«, antwortete sie. »Es hat eine Weile gedauert, bis die Polizei mein Alibi bestätigen konnte.«

»Das zum Glück felsenfest ist«, fügte Mei hinzu.

»Ja, wirklich?« Audrey lächelte. »Was für eine Erleichterung.«

Sie setzten sich in Bewegung. An der Sydney Street standen weiße Prachtbauten hinter schmiedeeisernen Zäunen, die Bürgersteige waren breit. Die fast einen Kilometer lange Straße verlief zwischen der Fulham Road und der King's Road, auf halber Strecke unterbrochen von der St. Luke's Church, die inmitten eindrucksvoller Grünanlagen lag.

»Ich war im Tierheim«, sagte Linda, die entweder Audreys brennende Neugier spürte oder das Bedürfnis empfand, sich zu erklären. »In der Bonfire Night. Ich arbeite da ein paar Tage die Woche ehrenamtlich, und sie haben Freiwillige gesucht, die abends bei den Tieren bleiben, wegen des Feuerwerks. Ich war bis zwei Uhr nachts dort, dann bin ich mit einem Uber zu meiner Schwester nach Streatham gefahren. Richard und ich … also, wir hatten uns gestritten.«

»Die Polizei weiß also, wann er …« Audrey zögerte. »Wann er starb?«

Linda wandte den Blick ab.

»Sie wollen sich da nicht so genau festlegen«, sagte Mei. »Aber sie glauben, dass der Tod irgendwann zwischen Mittwochabend um acht und Donnerstagmorgen um acht eingetreten ist. Wahrscheinlich wurde er während des Feuerwerks erschossen, das die ganze Nacht überall abgefeuert wurde, was erklärt, wieso niemand etwas gehört hat. Gesichert ist das noch nicht, aber es ergibt Sinn. Die Polizei hat beim Tierheim und bei Uber nachgefragt, also müssen sie jetzt nur noch die Verkehrskameras vor dem Haus von Lindas Schwester überprüfen, was eine Weile dauern könnte. Es gibt momentan viel Bandenkriminalität, da sind sie mit Arbeit eingedeckt.«

Nach Audreys Berechnungen war damit nur bis höchstens drei Uhr am Donnerstagmorgen bewiesen, wo Linda sich aufgehalten hatte, aber sie nickte trotzdem.

»Das freut mich. Aber halten Sie es für eine gute Idee, so bald schon wieder nach Hause zurückzukehren? Wäre es nicht besser, wenn Sie eine Weile bei Ihrer Schwester blieben?«

»Ja, das werde ich«, versicherte Linda sofort. »Aber ich muss vorher noch ein paar Sachen zusammenpacken und …«

Sie verstummte.

»Und was?«, drängte Mei.

»Nichts. Ich brauche nur ein paar Sachen. Ich packe meine Koffer, und dann werde ich nie wieder in diese Wohnung zurückkehren.«

Schweigend gingen sie ein paar Minuten weiter, bis Audrey merkte, dass Linda ihren Schritt verlangsamte. Vielleicht widerstrebte es ihr, zum Marchfield Square zurückzukehren?

»Wie lange arbeiten Sie denn schon im Tierheim?«, fragte sie möglichst unbefangen. »Liegen Ihnen Tiere sehr am Herzen?«

»Ich liebe Tiere«, sprudelte es aus Linda heraus. »Alle Tiere. Schon seit ich ein Kind war. Jane und ich, wir hatten es nicht leicht. Unsere Eltern starben, als wir noch klein waren, und wir wurden von einer Tante großgezogen, aber wir hatten unseren Hund, Bobby, und mit ihm war einfach alles besser. Eine so bedingungslose Liebe bekommt man nur von Tieren. Ich hätte so gern einen Hund oder eine Katze gehabt oder irgendein anderes Haustier, aber Richard ist hochgradig allergisch.«

Die Erwähnung ihres Mannes ließ Linda verstummen, und Audrey fiel auf, dass sie in der Gegenwartsform von ihm gesprochen hatte. Dann hob Linda das Kinn.

»Es gibt da einen kleinen Hund im Tierheim, eine Promenadenmischung, hässlich wie nur was. Er fürchtet sich vor allem und jedem, und niemand will ihn. Wir haben ihn Muffin getauft. Aber er ist unglaublich lieb und scheint mich zu mögen. Jetzt könnte ich ihm doch ein neues Zuhause geben, oder?«

An der Ecke vor St. Luke's angekommen, überquerten sie die Straße, und als sie sich der Kirche näherten, blieb Linda stehen.

»Ich glaube, ich geh noch kurz rein, wenn es Ihnen nichts

ausmacht«, sagte sie und blickte an der Kirche hoch. »Ich würde gern mit Reverend Fitzbride sprechen. Ich gehe dann allein nach Hause.«

Mei runzelte die Stirn.

»Sind Sie sicher? Ich warte gern und begleite Sie. Ich könnte Ihnen beim Packen helfen.«

»Sie sind sehr freundlich«, sagte Linda und blickte von Mei zu Audrey. »Sie waren beide sehr freundlich, aber mir geht's gut. Ich brauche nur ein wenig Ruhe.«

»In Ordnung.« Mei legte die Hand auf Lindas Arm. »Das wird schon, Linda. Die Polizei wird herausfinden, wer das getan hat.«

Linda nickte.

»Ich hoffe es. Ich will nicht, dass irgendwelche Zweifel bleiben, verstehen Sie? Es ist furchtbar, wenn alle einen ansehen und hinter deinem Rücken über dich tuscheln. Ich habe es sowas von satt, angestarrt zu werden. Ich will das alles hinter mir lassen.«

Sie schauten ihr nach, als sie den Weg einschlug, der zur Kirche führte, langsam die Treppe hochstieg und im Innern des Gotteshauses verschwand.

»Puh«, sagte Mei mit einem Seufzer. »Das war vielleicht ein Tag, und er ist noch nicht vorbei. Ich brauche einen Drink.«

Als sie weitergingen, ging Audrey der Gedanke an Linda und den bald adoptierten Muffin nicht aus dem Kopf. Der bescheidene, einfache Traum einer einsamen Frau, die jetzt frei war und tun und lassen konnte, was sie wollte.

Wurde auch Zeit.

11
Lewis

Leicht desorientiert wachte Lewis auf. Sein Kopf war gegen die Nackenstütze seines teuren Bürostuhls gesackt. Ein paar Stunden zuvor hatte er beobachtet, wie Linda Glead den Hof überquert und ihre Wohnung betreten hatte. Sie hatte irgendwie aufrechter und weniger verängstigt gewirkt, als er es von einer Frau erwartet hätte, die an den Ort zurückkehrte, an dem ihr Mann ermordet worden war. Der Mord war kaum vierundzwanzig Stunden her, und schon hatte die Polizei die Hauptverdächtige wieder gehen lassen!

Diese Wendung der Ereignisse hatte ihn inspiriert, und er hatte mehrere Stunden geschrieben, bevor er dann wohl eingeschlafen war. Er wischte sich den Speichel aus den Mundwinkeln, blinzelte und fragte sich, warum er aufgewacht war.

Der Bildschirm seines Computers war schwarz, und laut der Zeitanzeige seines Handys war es Mitternacht. Das warme, goldgelbe Licht der viktorianischen Straßenlampen, die den Platz beleuchteten, fiel in sein Küchenfenster, und er gähnte. Er brauchte Schlaf, aber das war okay. Er hatte noch das ganze Wochenende Zeit zum Schreiben.

Lewis war gerade aufgestanden, um sich ins Bett zu legen, als er ein Geräusch hörte. Genauer gesagt: Geräusche. Schritte auf der Treppe, die in den ersten Stock führte. Vielleicht die Typen von oben, die nach Hause kamen.

Nur dass jemand die Treppe *herunterkam*. Die Typen von oben, die noch mal rausgingen? Bestimmt nicht, nicht zu dieser Uhrzeit. Und jetzt, wo er darüber nachdachte, schienen ihm die Schritte leiser zu sein, als Schritte es sonst auf diesen Steinstufen waren. Nahm da jemand Rücksicht? Oder schlich sich jemand herunter?

So leise es ging, öffnete Lewis seine Wohnungstür einen Spalt. Die Zugluft ließ ihn frösteln. Der Innenhof lag still da, die Luft feucht und neblig im Schein der Laternen. War da jemand auf dem Rasen, bei dem Baum, oder war das nur ein Schatten? Er öffnete die Tür etwas weiter. Die Bäume im Garten rauschten leise in der Dunkelheit, aber sonst bewegte sich nichts. Niemand war zu sehen.

Lewis blickte zur Treppe, die ins nächste Stockwerk hinaufführte. Vielleicht hatte die Polizei irgendetwas vergessen. Oder Mrs. Glead hatte beschlossen, bei Nacht und Nebel zu verschwinden, solange sie es noch konnte.

Er zog die Schlüssel aus dem Schloss und trat in seinen Hausschuhen nach draußen. Es konnte schließlich nichts schaden, wenn er mal nachsah. Leise schloss er die Tür und schlich die Treppe hinauf, darauf bedacht, Mrs. Hilde-Irgendwas nebenan nicht zu stören.

So leise wie möglich trat er auf den Laubengang und pirschte sich zu Nr. 10. Er warf einen Blick auf die Wohnungstür und dann auf das Fenster. Hinter den geschlossenen Vorhängen schimmerte Licht. Vielleicht hatte Mrs. Glead noch Besuch.

Er zögerte. Ein unerwartetes Klopfen an der Tür um Mitternacht würde ihr bestimmt einen Heidenschrecken einjagen, nicht zuletzt deshalb, weil ihr Mann hier gerade ermordet worden war. Nein, er sollte besser nicht klopfen.

Lewis wollte gerade wieder umkehren, als er ein leises Quietschen hörte.

Er erstarrte, das Herz schlug ihm bis zum Hals. Langsam drehte er sich wieder um.

Niemand zu sehen. Die Tür war immer noch geschlossen. Er entspannte sich. Vermutlich hatten die Sohlen seiner Hausschuhe das quietschende Geräusch verursacht.

Nein, da war es wieder. Ein leises Quietschen. Aber er hatte sich nicht von der Stelle gerührt.

Er machte einen Schritt auf die Wohnungstür von Nr. 10 zu.

Sie war nicht fest zugezogen, wie er angenommen hatte, sondern nur angelehnt.

Mrs. Glead sollte ihre Tür definitiv nicht offen stehen lassen.

Lewis klopfte leise und rief durch den Spalt hindurch: »Hallo? Mrs. Glead?«

Kein Laut von drinnen. Er klopfte noch einmal, diesmal ein wenig lauter.

»Linda? Hier ist Lewis, Ihr Nachbar von unten. Ihre Tür steht offen. Hallo?«

Immer noch nichts. Lewis schob die leise quietschende Tür auf, bis er in den dunklen Flur spähen konnte. Aus einer offenen Tür zu seiner Rechten fiel Licht. Das Wohnzimmer, erinnerte er sich.

»Linda? Ist alles in Ordnung?«

Es half nichts, er musste reingehen. Bitte, lass sie nicht im Bett liegen, dachte er. Oder mit Kopfhörern im Wohnzimmer sitzen oder sowas.

»Ich komme jetzt rein, Linda!«, rief er laut und trat in den Flur. Er ging ein paar Schritte weiter und lugte durch die offene Tür ins Wohnzimmer, das noch genauso aussah wie gestern – mit einer bemerkenswerten Ausnahme.

Der Leiche von Linda Glead.

12

Audrey

Audrey war gerade erst eingeschlafen, als sie durch ein Klopfen geweckt wurde. Sie hatte kaum die Augen aufgeschlagen, als Mei schon ins Zimmer trat, ohne Licht zu machen.

»Die Polizei ist wieder da!«

»Was?«

»Sieh aus dem Fenster.«

Audrey zog die Vorhänge zurück, und Mei trat neben sie. Sie blickten auf den Square hinaus, wo im warmen Schein der schmiedeeisernen Straßenlaternen die massigen schwarzen Gestalten von Polizisten sichtbar wurden, die sich unten bewegten.

Audrey stieß zischend den Atem aus, und ihr Herz begann zu hämmern. Tief durchatmen, instruierte sie sich selbst, tief und ruhig atmen.

»Was geht da vor?«

»Keine Ahnung. Ich habe nichts gehört, aber als ich die Vorhänge zuziehen wollte, habe ich sie gesehen. Vielleicht wollen sie jemanden verhaften.«

Sie sahen zu, wie die Polizisten sich im Garten verteilten, offenbar ohne auf eine bestimmte Stelle zuzuhalten. Aus Richtung des Tors zuckte Blaulicht über den Platz.

»Was machen die da? Wen nehmen sie fest?«

»Ich weiß es nicht«, sagte Mei. Sie runzelte die Stirn, Audrey konnte es an ihrer Stimme hören. »Vielleicht sichern sie auf diese Art das Areal? Ich habe Linda angerufen, um sicherzugehen, dass sie tatsächlich zu ihrer Schwester gefahren ist, aber sie geht nicht ran. Ich hoffe, die Polizei ist nicht ihretwegen hier.«

Audrey zählte langsam im Kopf und versuchte, ihre Atmung unter Kontrolle zu bringen.

Sie blickte auf die Fenster der gegenüberliegenden Wohnung. Bei den Gleads brannte Licht, aber die Vorhänge waren zugezogen. Auch in der Wohnung von Joe und Emmanuel war das Licht angegangen, während die Fenster von Mrs. Hildebrandt dunkel blieben. Nr. 5 lag ebenfalls im Dunkeln, aber Audrey glaubte eine Bewegung hinter dem Fenster auszumachen. Auch Lewis McLennon beobachtete zweifellos das Geschehen. Sie warf einen Blick auf das große Haus und die vielen Fenster von Celeste. Alle waren dunkel bis auf eines – das von Dixons Zimmer.

»In Lindas Wohnung brennt Licht«, sagte sie. »Und Dixon ist noch wach. Ich sollte ihm eine Nachricht schicken.«

Sie schnappte sich ihr Handy, das auf dem Nachttisch lag, und stellte sich wieder neben Mei ans Fenster. Das erleuchtete Display wirkte sehr hell in der Dunkelheit.

Die Polizei ist wieder am Marchfield Square, schrieb sie.

Sie hatte gerade auf »Senden« gedrückt, als Mei sie am Handgelenk packte.

»Sieh mal.«

Polizisten stiegen nun die Treppe zur Wohnung der Gleads hinauf.

»Sie wollen Linda festnehmen.« Mei umklammerte ihr Handy. »Sie werden sie noch zu Tode ängstigen. Warum muss das mitten in der Nacht ablaufen?«

»Ihre Tür steht offen!«

»Was?«

»Lindas Wohnungstür. Sie ist offen.«

Eine plötzliche Bewegung im großen Haus erregte ihre Aufmerksamkeit, und der dunkle Umriss von Dixon erschien am Fenster seines Zimmers. Kurz darauf erlosch das Licht hinter ihm. Audrey fand es tröstlich zu wissen, dass er da war und alles mit ihnen verfolgte.

Die Polizisten hatten Nr. 10 erreicht, der vorderste Uniformierte streckte die Hand aus und berührte die Tür. Sie schwang auf, Licht quoll heraus, und einen kurzen Moment später betraten sie die Wohnung. Als die übrigen Gestalten das Nachtlicht passierten, erkannte Audrey, dass zwei von ihnen Rettungssanitäter waren.

»Mist«, murmelte Mei. »Verdammt, verdammt, verdammt. Was zum Teufel ist da nur passiert?«

Kaum eine Minute später tauchten zwei der Polizisten wieder auf. Einer winkte, dann stellten sie sich zu beiden Seiten der Tür auf. Unten im Innenhof verteilten sich die übrigen Polizisten.

»Und was machen wir jetzt?«, fragte Audrey. »Sollen wir rübergehen?«

Mei blickte grimmig drein.

»Ganz ehrlich, ich weiß es nicht. Das erste Team hat die Wohnung gesichert, und die Rettungssanitäter sind drinnen, was vermuten lässt, dass keine Gefahr besteht, aber jemand verletzt ist.«

»Jemand, der nicht auf einer Trage rausgebracht und eilends in Krankenhaus geschafft wird«, bemerkte Audrey.

»Also ist die betreffende Person nicht schwer verletzt oder aber so schlimm verletzt, dass es zu spät ist.«

Sie blickten über den dunklen Gartenhof auf die offen stehende Tür von Nr. 10, und Audrey ahnte, welche der beiden Möglichkeiten zutraf.

13
Lewis

Lewis saß die ganze Nacht am Küchenfenster und beobachtete das Drama, das sich hinter seinen ungeputzten Fensterscheiben abspielte. Er machte sich im Dunkeln Notizen, damit seine Nachtsicht nicht beeinträchtigt wurde. Denn da der Polizeieinsatz bei der schwachen Beleuchtung der altmodischen schmiedeeisernen Laternen stattfand, die auf dem Square verteilt waren, war er auf seine Nachtsicht angewiesen.

Er beobachtete, wie die Rettungssanitäter kamen und in Nr. 10 verschwanden, gefolgt von weiteren Polizeikräften, unter ihnen DI Banham und DS Larssen. Alle zogen weiße Schutzanzüge über, bevor sie die Wohnung betraten. Gegen sieben Uhr morgens, als sich eine graue Morgendämmerung ankündigte, traf der Rechtsmediziner ein. Kurz darauf wurde eine leere Bahre die Stufen hochgeschafft, um dann, beladen mit einer darauf festgeschnallten Gestalt in einem weißen Leichensack, wieder hinuntergetragen zu werden.

Lewis war sich ziemlich sicher, dass niemand festgenommen worden war. Seine Sorge, der Mörder könne noch auf dem Gelände sein, war so groß gewesen, dass er nach dem Leichenfund die Treppe hinuntergeeilt war und sich in seiner Wohnung eingeschlossen hatte, bevor er die Polizei rief. Das bereute er jetzt. Die Notrufzentrale hatte ihn angewiesen, bis auf Weiteres in seiner Wohnung zu bleiben, und das hatte er getan. Er hatte gewartet und zugesehen, wie die Polizei das Areal sicherte. Eigentlich hatte er mit lauten Rufen gerechnet, einem Handgemenge bei Festnahme des Täters oder zumindest einem Klopfen an seiner Tür, aber seitdem waren bereits mehrere Stunden vergangen, und nichts dergleichen war passiert. Lewis war immer noch hier eingeschlossen, weit weg vom Geschehen. Irgendwann war er zu dem Schluss gekommen, dass entweder der Mörder vor Eintreffen der Polizei geflohen war oder dass es überhaupt keinen Mörder gab.

Die ganze Zeit über machte er sich handschriftliche Notizen im Schein seines Handydisplays, kritzelte und krakelte und hoffte, dass es bei Tageslicht noch irgendwie lesbar sein würde. So detailgetreu wie möglich hatte er den Tatort beschrieben, solange die Erinnerung noch frisch war. Im Gegensatz zu ihrem Mann war bei Linda nicht auf den ersten Blick erkennbar gewesen, woran sie gestorben war. Es gab kein Blut, keine sichtbaren Verletzungen, und wenn nicht ihre leeren, starren Augen gewesen wären, hätte er überhaupt nicht sicher gewusst, dass sie tot war. Sie hatte auf dem Sofa gesessen, gegen das schwarze Leder gesunken, der Kopf zur Seite gesackt, die Augen weit offen. Auf dem Couchtisch vor ihr standen ein leerer Teller und ein Glas Wasser. Als Lewis an ihrem Hals nach dem Puls getastet hatte, hatte ihr Körper sich kühl angefühlt, aber nicht kalt.

Er hatte erwartet, dass die Ermittler zu ihm kommen würden, nachdem der Rechtsmediziner eingetroffen war, um die Leiche abzuholen. Stattdessen hatte er verfolgen können, wie alle möglichen Leute kamen und gingen, in weiße Schutzanzüge schlüpften und sie wieder auszogen, den Tatort betraten und wieder verließen, aber noch immer war niemand gekommen, um ihn zu befragen.

Was für eine schlampige Ermittlung!

Ein Blick auf sein Handy verriet ihm die Uhrzeit. Fast

acht. Langsam schwächelte er. Der erste Adrenalinschub war längst verflogen, zusammen mit dem fieberhaften Drang, sämtliche Details aufzuzeichnen. Jetzt war er nur noch müde. Mittlerweile war es hell geworden, und er konnte die Polizisten, die um eine Bank herumstanden und sich besprachen, klar und deutlich erkennen. Höchstwahrscheinlich würden sie an seine Tür klopfen, sobald er sich hingelegt hatte.

Ein kräftiges Gähnen ließ ihn den Kiefer so weit aufreißen, dass seine Augen tränten, und er beschloss, es darauf ankommen zu lassen. Er stand von dem Stuhl auf, auf dem er seit Stunden hockte, dehnte und streckte sich und stöhnte. Alles tat ihm weh. Er hätte längst mal aufstehen und ein wenig umhergehen sollen. Zudem hatte er direkt neben seiner Espressomaschine gesessen, und ihm war noch nicht mal der Gedanke gekommen, sich einen Kaffee zu machen. Idiotisch.

Lewis ging ins Schlafzimmer und legte sich aufs Bett, ohne sich die Mühe zu machen, sich auszuziehen. Ein paar Stunden Schlaf, genau das brauchte er jetzt. Dass Linda so ordentlich und leise den Tod gefunden hatte, war eine Wendung, die ihn vor ein Rätsel stellte. Und nicht nur das, sie beunruhigte ihn. In den letzten vierundzwanzig Stunden hatte er mehr über die Gleads erfahren als in den gesamten zwei Jahren davor, und er schämte sich, weil er von Lindas Lage nichts mitbekommen hatte.

Und jetzt das. Nun hatte er sie schon zum zweiten Mal falsch eingeschätzt.

Es klopfte an der Tür. Lewis setzte sich auf. War ja klar.

Er hievte sich aus dem Bett und tapste zur Wohnungstür; sein Kopf fühlte sich bleischwer an. Vor der Schwelle standen die beiden Detectives, die er schon kannte.

»Mr. McLennon?«, sagte die Frau. Er hatte schon wieder ihren Namen vergessen. »DS Larssen und DI Banham. Entschuldigen Sie, dass wir Sie so früh stören, aber uns ist aufgefallen, dass Sie die ganze Nacht am Fenster gesessen haben. Sie schienen alles sehr aufmerksam zu beobachten. Dürfen wir reinkommen?«

»Klar.«

Er führte die beiden ins Wohnzimmer, und DS Larssen nahm sofort Platz, während DI Banham im Zimmer herumwanderte und den Blick über Lewis' Sachen gleiten ließ, als suche er nach etwas. Mit seinem dicken Hals und der platten Nase erinnerte er an eine Bulldogge. Sein kurzgeschorenes Haar lichtete sich bereits, und er schien permanent die Stirn zu runzeln. Oder vielleicht gefiel ihm auch einfach Lewis' Wohnung nicht.

»Sie haben Mrs. Glead gefunden«, sagte DS Larssen. Es war eine Feststellung, keine Frage, aber Lewis nickte trotzdem. »Was hat Sie bewogen, mitten in der Nacht bei ihr vorbeizuschauen?«

Sie hielt ihr Notizbuch bereits in der Hand, den Stift gezückt.

»Ich habe Schritte gehört«, sagte Lewis. »Auf der Treppe. Erst dachte ich, jemand würde hochgehen, aber dann wurde mir klar, dass jemand die Treppe herunterkam. Ich sah aus dem Fenster, konnte aber niemanden entdecken. Es war Mitternacht, und nach dem, was passiert ist … Ich dachte mir, ich schau mal schnell nach, ob alles in Ordnung ist.«

»Und was haben Sie vorgefunden? Schildern Sie bitte alles ganz genau.«

Zum Glück für DI Banham und DS Larssen konnte Lewis zur Beantwortung dieser Frage seine ausführlichen Notizen zu Rate ziehen und sicherstellen, dass er nichts ausließ. Er konnte sich nur nicht erinnern, ob er außer der Wohnungstür – und Lindas Hals – noch irgendetwas berührt hatte.

»Wären Sie bereit, Ihre Fingerabdrücke scannen zu lassen?«, fragte Banham, der es abgelehnt hatte, sich zu setzen. »Damit die Spurensicherung Ihre Fingerabdrücke vom Tatort ausschließen kann.«

»Nein.« Lewis verschränkte die Arme. »Nein, dazu erkläre ich mich nicht bereit.«

Die Ermittler wechselten einen Blick.

»Verstehe«, sagte Banham. Er stand am Wohnzimmerfenster und blickte auf die Straße hinunter, die hinter dem Marchfield Square verlief. »Gibt es einen bestimmten Grund dafür?«

»Brauche ich denn einen?«, fragte Lewis. Warum sollte irgendjemand den Wunsch hegen, in einer polizeilichen Datenbank zu landen, wenn es nicht nötig war?

»Gibt es hier einen Zugang zur Straße?« Banham ignorierte Lewis' Frage. »Auf dieser Seite des Hauses?«

»Nicht in den Erdgeschosswohnungen«, antwortete Lewis. »Aber in den oberen Wohnungen gibt es hinten eine Feuertreppe. Ich weiß nicht genau, wo.«

»Oben im Flur. Im zweiten Stock«, sagte Banham abwesend.

»Hatten Sie gestern Nacht Ihre Kopfhörer auf, Mr. McLennon?«, fragte Larssen.

»Lewis«, entgegnete er leicht gereizt. Ihre formelle Art machte ihn nervös. »Und nein. Hatte ich nicht.«

»Warum nicht?«

Brauchte er einen Grund dafür?

»Weil ich offenbar der Einzige bin, der nicht über die Gleads Bescheid wusste und ich nicht noch mehr verpassen wollte. Warum fragen Sie?«

»Niemand sonst hat irgendetwas gehört«, sagte Larssen. »Gab es abgesehen von den Schritten, die Sie gehört haben wollen, noch einen Hinweis darauf, dass Mrs. Glead Besuch hatte?«

»Der Umstand, dass ihre Wohnungstür offen war.« Automatisch griff Lewis nach seinem Handy. »Das ließ mich sofort annehmen, dass noch jemand in der Wohnung war oder gewesen war.«

»Wir ziehen das in Betracht, es ist aber bei Suizidfällen nichts Ungewöhnliches. Die Leute wollen sicher sein, dass man sie findet. Was tun Sie da?«

Lewis blickte auf und lief rot an, als er merkte, dass beide Detectives ihn anstarrten.

»Oh. Ähm, ich mache mir Notizen. Entschuldigung. Die Macht der Gewohnheit.« Er schloss die Notiz-App und legte das Handy weg, und erst dann registrierte er, was Larssen gerade gesagt hatte. »Moment, Sie glauben, Mrs. Glead hat sich das Leben genommen? Gibt es denn einen Abschiedsbrief? Mir ist nichts aufgefallen.«

»Nein. Aber Leute, die sich umbringen wollen, hinterlassen nicht immer einen Abschiedsbrief.«

»Sie halten es nicht für Mord?«

Larssen seufzte.

»Wir schließen nichts aus, aber abgesehen von der angelehnten Tür gibt es keine Hinweise darauf, dass sonst noch jemand in der Wohnung war. Keine Kampfspuren, keine Abwehrverletzungen. Zudem kein offensichtliches Motiv und keine Verdächtigen. Sie lebte zurückgezogen und hatte nur einen sehr kleinen Bekanntenkreis. Selbstmord passt in ihr Profil.«

»Was ist mit den Schritten? Da war jemand.«

»Aber gesehen haben Sie niemanden, oder? Vielleicht kam das Geräusch aus der anderen Wohnung?«

»Das glaube ich nicht. Und ihr Mann wurde gerade ermordet. Das scheint mir ein ziemlich eindeutiger Hinweis darauf zu sein, dass sie ebenfalls ermordet wurde. Oh.« Es dämmerte ihm. »Sie glauben immer noch, dass sie die Täterin war.«

Larssen warf einen Blick auf Banham, der das Chaos auf Lewis' Schreibtisch betrachtete.

»Das ist eine Möglichkeit. Oder ihre Trauer war so groß, dass sie nicht mehr leben wollte.«

»Sie schreiben Krimis, wie ich gehört habe«, bemerkte Banham und drehte sich um.

»Äh, ja.«

»Einer war ein Bestseller.«

»Ja.« Lewis hielt es für überflüssig, zu erklären, dass die beiden anderen bemerkenswert erfolglos gewesen waren.

Banham nickte und starrte auf den belanglosen abstrakten Druck an der Wand.

»Und jetzt sind Sie zum ersten Mal in ein echtes Verbrechen verwickelt?«

»Ja. Wieso?«

»Um es ganz unverblümt zu sagen, Mr. McLennon« – Banham legte eine deutliche Betonung auf die Anrede »Mister« –, »ich hoffe, dass Sie nicht vorhaben, sich in die Ermittlungen einzumischen. Es ist nicht ungewöhnlich, dass Amateurdetektive und True-Crime-Fans sich mit alten Fällen beschäftigen, aber bei einer aktiven Ermittlung können sie zum Problem werden.«

»Ich bin kein Amateurdetektiv.« Lewis war empört. Hatte er ihnen nicht gerade von seinen Büchern erzählt? »Und auch kein Fan. Ich bin Schriftsteller, und Schriftsteller recherchieren nun mal. Wenn Ihnen eine solche Gelegenheit in den Schoß fiele, würden Sie sich auch Notizen machen.«

»Das würde ich in der Tat, Mr. McLennon. Aber schließlich ist das auch mein Fall. Falls Sie also nicht vorhaben, sich eine Lizenz als Privatdetektiv zu besorgen, empfehle ich Ihnen, Ihre Notizen auf ein Minimum zu beschränken.«

»Genau genommen«, sagte Lewis, »braucht man in Großbritannien keine Lizenz mehr, um als Privatdetektiv tätig zu werden. Ich könnte schon morgen eine Detektei eröffnen, wenn ich das wollte.«

Larssen zuckte leicht zusammen.

»Es gibt sogar Ausbildungskurse«, fuhr Lewis fort und fragte sich, warum Banhams Augen hervorzuquellen begannen, »aber eigentlich braucht man nur eine halbwegs ordentliche Methodik und ein bisschen gesunden Menschenverstand.«

»Halbwegs ordentlich?«, wiederholte Banham. »Ist das alles?«

»Ich glaube allerdings nicht, dass man als Detektiv gut bezahlt wird, und vermutlich ist es oft ziemlich langweilig. Die guten Fälle bekommt ja die Polizei.«

»Die guten Fälle?«

»Die Morde und Kapitalverbrechen. Aber vermutlich gibt es weniger Papierkram. Als Ermittler bei der Kriminalpolizei hat man heutzutage doch praktisch einen Schreibtischjob, oder?«

Banham, dessen Augen sich verengt hatten, tat einen Schritt auf ihn zu. »Wie bitte?«

»DI Banham«, sagte Larssen scharf, und Lewis wich zurück. Er hielt es für nicht ausgeschlossen, dass er etwas Falsches gesagt hatte.

»Ich meine, nicht gänzlich, klar, sonst wären Sie ja nicht hier, aber Sie wissen, was ich meine.«

»Ich weiß nicht, ob …«

»Vielen Dank für Ihre Zeit, Mr. McLennon.« Larssen stand abrupt auf und klappte ihr Notizbuch zu. »Wir finden selbst raus. Wir melden uns, wenn wir noch etwas von Ihnen brauchen.« Sie führte Banham aus dem Raum.

»Kein Problem«, sagte Lewis und sah zu, wie sie Banham praktisch in den Flur schubste. »Wenn ich noch irgendetwas tun kann, sagen Sie Bescheid.«

Die Wohnungstür fiel krachend hinter den beiden zu, und Lewis entspannte sich. Das war doch alles in allem gar nicht so schlecht gelaufen.

Seine Müdigkeit war verflogen, aber er legte sich trotzdem wieder aufs Bett und dachte nach.

Selbstmord? Lag vermutlich im Bereich des Möglichen, besonders, wenn Linda tatsächlich ihren Mann ermordet hatte, aber was war mit den Schritten, die er gehört hatte? Jemand war hier herumgeschlichen. Jemand, der verschwunden war, als Lewis nachgesehen hatte. Einer der Nachbarn? Oder ein Eindringling?

Aber wenn es ein Doppelmord war, wer um alles in der Welt hatte Linda umbringen wollen? So unauffällig und verhuscht, wie sie gewesen war. Wie hatte sie für irgendjemanden zu einer Bedrohung werden können? Was konnte sie getan haben? Oder wusste sie irgendwas? Über den Mörder ihres Mannes vielleicht?

In beiden Fällen steckte eindeutig mehr in ihr, als ihm klar gewesen war.

Die arme Linda Glead, dachte er noch, als ihm die Augen zufielen. Die arme, traurige Linda Glead.

14

Celeste

»Momentan schließen wir nichts aus«, erklärte DS Larssen, die auf der Kante von Celestes blassblauem Sofa hockte. Es war erst acht Uhr dreißig, und diesmal hatte sie DI Banham mitgebracht, der sich jedoch als genauso unhöflich erwies wie PC Edwards. Nachdem er es abgelehnt hatte, sich zu setzen, war er in der Wohnung umhergewandert, als wäre es eine Kunstgalerie, und hatte alles abfällig gemustert, bevor er mit dem Rücken zu ihr vor ihrem Panoramafenster stehen geblieben war. Jetzt blickte er auf ihre grüne Oase hinunter, wobei er immer wieder seinen Ehering am Finger herumdrehte.

Celeste war gleichermaßen von Zorn und Angst erfüllt. Sie war in der zufriedenen Überzeugung zu Bett gegangen, dass Linda nicht länger verdächtigt wurde, ihren Mann erschossen zu haben, sondern wieder frei war und in der Lage sein würde, den Rest ihres Lebens zu genießen. Doch diese Hoffnung war zerplatzt, als Dixon sie weckte und ihr mitteilte, was geschehen war. Linda hatte so viel durchmachen müssen, und jetzt war ihr ein glückliches Ende verwehrt worden. Wer mochte dem armen, unschuldigen Mädchen so etwas angetan haben?

»Was heißt das genau?«, fragte sie. »Dass Sie nichts ausschließen?«

»Es heißt, dass wir noch nicht wissen, wie genau Mrs. Glead

zu Tode kam, wir aber momentan nicht von Fremdverschulden ausgehen. Wir schließen nicht aus, dass sie einem Verbrechen zum Opfer gefallen ist, doch zum gegenwärtigen Zeitpunkt weist alles entweder auf eine natürliche Todesursache oder Selbstmord hin.«

Dixon, der hinter Celestes Sessel stand wie ein Soldat auf Wachdienst, räusperte sich.

»Sie glauben, dass Linda Glead sich das Leben genommen hat?« In seinem Ton schwang genau das richtige Maß an Geringschätzung mit.

»Wir schließen momentan nichts aus«, wiederholte DS Larssen.

»Das ist doch absurd«, sagte Celeste ungeduldig. »Warum um alles in der Welt hätte sie so etwas tun sollen?«

»Aus Trauer?«, sagte DS Larssen. »Aus Angst?«

»Schuldgefühle«, sagte DI Banham vom Fenster her.

Celeste schnaubte.

»Sie glauben doch nicht etwa immer noch, dass sie ihren Mann ermordet hat?«

»Wir können das nicht ausschließen«, wiederholte DS Larssen, aber zumindest besaß sie den Anstand, verlegen dreinzublicken.

»Wann wird die Obduktion stattfinden?«, fragte Dixon.

»Bald«, antwortete DS Larssen. »Die Rechtsmedizin ist mit der Arbeit chronisch im Rückstand, also lässt sich nicht genau sagen, wie lange es dauern wird, aber die Wohnung wird als noch nicht untersuchter Tatort versiegelt, bis die Ergebnisse vorliegen. Und natürlich werden wir mit allen reden, die Linda vor ihrem Tod gesehen oder mit ihr gesprochen haben.«

»Das ist ja alles schön und gut«, sagte Celeste, »aber die Zeit ist hier von entscheidender Bedeutung, finden Sie nicht? Sie geben dem Mörder Gelegenheit zu entkommen.«

DI Banham drehte sich um und fixierte sie mit seinen wässrigen blauen Augen.

»Warum sind Sie sich so sicher, dass es einen Mörder gibt, Mrs. van Duren?« Ganz im Gegensatz zu seinem Benehmen deutete seine Sprache auf eine gute Kinderstube hin. »Sie sagen, Sie haben gestern Abend nichts gesehen oder gehört, und die elektronischen Zutrittsprotokolle zeigen, dass niemand außer den Bewohnern Marchfield Square betreten hat. Ist Ihnen jemand bekannt, der einen Grund hätte, Linda Glead etwas anzutun?«

»Inspector.« Celeste hievte sich mit Hilfe ihres Stocks aus dem Sessel hoch. »Linda Glead war eine liebenswürdige junge Frau, und ich kann mir nicht vorstellen, dass sie Feinde hatte. Uns allen hier tat sie leid. Ich bin sicher, dass es Dutzende Menschen gibt, die einen guten Grund dafür hatten, ihren Mann zu ermorden. Aber Linda doch nicht.«

»Und trotzdem sind Sie überzeugt, dass es Mord war. Erklären Sie mir das bitte.«

»Mrs. Glead war eine gesunde junge Frau, und ihr ganzes Leben lag noch vor ihr. Sie hatte jetzt eine Chance auf einen Neuanfang.« Um ihren Worten Nachdruck zu verleihen, klopfte Celeste hart mit ihrem Stock auf den Boden. »Das. Ergibt. Keinen. Sinn.«

DI Banham starrte sie einfach nur an, ohne zu blinzeln, und ein Schweigen entstand, das unangenehm hätte sein können, wenn Celeste nicht mit den Gedanken schon woanders gewesen wäre. Für sie war mittlerweile klar, dass die Polizei nicht die Absicht hatte, ordentlich zu ermitteln. Zumindest nicht, bevor irgendein Rechtsmediziner ihnen grünes Licht gab.

»Nun denn«, erklärte sie schließlich. »Wenn das Ihre Ansicht ist, gibt es nichts mehr zu sagen.« Sie wandte sich an DS

Larssen, die sich erhob. »Lassen Sie es mich wissen, wenn Sie die Wohnung freigeben? Ich muss mit Mrs. Gleads Schwester die Formalitäten klären.«

»Aber natürlich«, versicherte Larssen. »Vielen Dank, dass Sie sich die Zeit genommen haben, mit uns zu sprechen, Mrs. van Duren.«

Celeste sah DI Banham nicht einmal an, als die beiden Detectives gingen, und überließ es Dixon, sie zum Aufzug zu begleiten. Es war lange her, dass sie derart zornig gewesen war, und obwohl sie das Gefühl stimulierend fand, hatte sie keine Übung mehr darin, es zu unterdrücken. Sie holte tief Luft, um sich zu sammeln.

»Es könnte tatsächlich Selbstmord gewesen sein, wissen Sie«, meinte Dixon, als er ins Zimmer zurückkehrte. »Oder irgendeine natürliche Todesursache.«

»Sie wissen ebenso gut wie ich, dass Linda keinen Grund hatte, sich umzubringen«, entgegnete sie und ließ sich wieder in ihrem Ohrensessel in der Galerie nieder.

»Mit den Zutrittsprotokollen hatten sie jedenfalls recht: Nur Bewohner haben gestern den Square betreten oder verlassen. Wenn es also tatsächlich Mord war …«

»Mir egal, was die Zutrittsprotokolle sagen. Niemand hier würde Linda auch nur ein Haar krümmen.«

Celeste wusste genau, dass Linda ermordet worden war. Sie spürte es im Bauch und in den Knochen. Aber wenn der Täter nicht hier wohnte, musste er sich irgendwie Zutritt zum Marchfield Square verschafft haben, und das war nicht leicht. Dafür hatten sie und Leonard gesorgt.

»Ich werde das nicht dulden.«

»Was glauben Sie denn, das Sie tun können?«

»Haben Sie Ihr Mobiltelefon dabei?«

»Ja«, sagte Dixon. »Warum? Wen soll ich anrufen?«

Celeste schüttelte den Kopf und hob wieder das Fernglas.

»Die Putzfrau, Dixon. Ich möchte, dass Sie meine Putzfrau anrufen.«

Wenn die Polizei nichts unternahm, um den Fall aufzuklären, würde sie es eben selbst tun müssen.

15

Audrey

»Morgen«, murmelte Mei, als sie um halb zehn in die Küche schlurfte, die Augen noch halb geschlossen.

Audrey saß am Küchentresen und starrte trübsinnig in ihren Tee. Als die Rettungssanitäter Lindas Wohnung ohne Patientin verlassen hatten, war Mei hinuntergegangen, um mit der Polizei zu sprechen. Aber sie hatte lediglich erfahren, dass Linda tot war, und so waren sie aufgeblieben und hatten vom Fenster aus alles verfolgt, bis der Rechtsmediziner kam. Dann, zu erschöpft, um noch länger wach zu bleiben, hatten sie sich auf Audreys Bett gelegt, vollständig angezogen, und waren sofort eingeschlafen.

Audrey war aufgewacht, als sie Mei fluchen hörte, hatte sich vom Bett gehievt und hinunter in die Küche geschleppt, um den Wasserkocher anzustellen. Während Mei inzwischen geduscht, sich umgezogen und, wie es aussah, ihre Hautpflegeroutine absolviert hatte, hatte Audrey es lediglich geschafft, zwei Tassen heißen Tee zu trinken und auf eine Nachricht von Dixon zu antworten.

»Du hast noch Feuchtigkeitscreme am Kinn«, sagte sie und schob Mei einen Becher Kaffee hin. In Anbetracht der Umstände wirkte Mei – mit Ausnahme des weißen Streifens unter den Lippen und der dunklen Augenringe – sehr gepflegt und geschäftsmäßig, das schwarze Haar ordentlich und glänzend, als hätte sie viel mehr Zeit als elf Minuten damit zugebracht, sich fertig zu machen. Doch statt ihres üblichen Samstagmorgen-Outfits (ihren Yogasachen) trug sie ihre Berufskleidung, ein Kostüm, bereit, loszuziehen und mit der Polizei und Lindas Schwester zu sprechen.

Mei griff nach dem Kaffee und fuhr sich mit der anderen Hand übers Kinn.

»Du rettest mir das Leben.« Dankbar trank sie einen Schluck Kaffee.

»Alles in Ordnung?«, fragte Audrey, und Mei schwieg eine Weile, dachte ernsthaft über die Frage nach.

»Nicht wirklich«, sagte sie schließlich. »Ich war so erleichtert darüber, dass Linda ein Alibi für die Tatzeit hatte, dass ich überhaupt nicht auf die Idee gekommen bin, der wahre Täter könnte es auch auf sie abgesehen haben. Jetzt fühle ich mich irgendwie verantwortlich. Ich hätte sie von hier wegschaffen sollen, sie an einen sicheren Ort bringen. Und dass es ausgerechnet direkt gegenüber passieren musste …«

»Du glaubst also, dass sie ermordet wurde?«

»Was sonst? Sie war nicht krank, und trotz allem machte sie keinen deprimierten Eindruck, oder? Sie sprach über diesen kleinen Hund und dass sie zu ihrer Schwester ziehen wollte. Aber wer sollte sie umbringen wollen? Sie wirkte immer so …«

Mei hielt inne und suchte nach dem richtigen Wort.

»Sanftmütig«, beendete Audrey den Satz für sie. Sie wusste, wie Mei sich fühlte. Als sie endlich eingeschlafen war, waren ihre Träume voller trauriger Frauen, kleiner Hunde und schwarz gekleideter Männer gewesen, die sie aus dem Schatten heraus beobachteten. Im Gegensatz zu Mei hielt Audrey es durchaus für möglich, dass Linda ihren Mann umgebracht hatte, also war ihr der Gedanke gar nicht gekommen, sie könne in Gefahr sein. Linda selbst offenbar auch nicht.

»Es muss dieselbe Person gewesen sein, die auch Richard umgebracht hat«, fuhr Mei fort. »Hat vielleicht angenommen, Linda wisse zu viel.«

Audrey erzitterte. Sie wollte nicht daran denken, welche Angst die arme Linda in den letzten Augenblicken ihres Lebens ausgestanden haben musste.

»Versetz dich mal an Lindas Stelle. Du weißt, dass dein Mann in eurer gemeinsamen Wohnung erschossen wurde. Wärst du dann dorthin zurückgekehrt? Hättest du keine Angst gehabt, der Mörder könnte auch hinter dir her sein?«

Mei seufzte.

»Darüber habe ich auch schon nachgedacht. Sie hat behauptet, sie hätte keine Ahnung, wer Richard umgebracht hat. Aber sie wirkte nicht verängstigt.«

»Es könnte ein Unfall gewesen sein. Oder ein Herzinfarkt.«

Mei sah von ihrem Kaffee auf, Hoffnung im Blick.

»Das wäre schon ein ziemlicher Zufall.«

»Aber möglich ist es. Es kommt ständig vor, dass junge Leute an zuvor nicht diagnostizierten Krankheiten sterben.«

»Ist es furchtbar von mir, wenn ich hoffe, dass dem so war?«

»Natürlich nicht. Ich hoffe das auch.« Sie drehte ihr Handy herum, damit Mei die Nachricht auf dem Display lesen konnte. »Sieh dir das mal an. Von Dixon.«

»Kommen Sie SCHNELLSTMÖGLICH bei Celeste vorbei«, las Mei laut vor und betonte das Wort, das Dixon in Großbuchstaben geschrieben hatte. »Ganz schön barsch.«

»Du musst es dir mit Celestes Stimme vorstellen.«

»Ein königlicher Befehl? Wann ist SCHNELLSTMÖGLICH?«

»Wann auch immer«, sagte Audrey mit einem Achselzucken. »Ich habe heute sonst nichts vor.«

Nachdem Mei weg war, stellte Audrey sich unter die Dusche, um wach zu werden, und als sie die Wohnung verließ, war es schon fast halb elf. Sie klapperte die Außentreppe zum Hof hinunter, und die Polizeikräfte, die noch vor Ort waren, drehten die Köpfe nach ihr um. Neben den beiden Uniformierten, die vor der Wohnung der Gleads postiert waren, standen mehrere Leute in weißen Schutzanzügen in der Nähe der Tür und besprachen sich. Audrey tat ihr Bestes, sie zu ignorieren, und hielt den Blick geflissentlich von Nr. 10 abgewandt, obwohl die ganze Szene dazu angetan schien, Aufmerksamkeit zu erregen.

Sie schloss die Eingangstür des großen Hauses auf und nahm immer zwei Stufen auf einmal. Dann klingelte sie und trat nervös von einem Fuß auf den anderen, während sie darauf wartete, dass Dixon ihr öffnete.

»Sie sind spät dran.« Mehr sagte er nicht, als er zur Seite trat, um sie einzulassen, und da ihre Geduld bereits durch Angst, Sorge und Schlafmangel erschöpft war, reagierte sie gereizt.

»Wie kann ich spät dran sein? Ich bin gekommen, sobald ich konnte. Schnellstmöglich.«

»Normalerweise sind Sie um halb neun hier.«

»Am Freitag. An einem normalen Freitag. Wenn ich zur Arbeit komme. Heute ist Samstag. Ein sehr ungewöhnlicher Samstag, da ich die halbe Nacht auf war, weil es einen weiteren Todesfall im Marchfield Square gegeben hat und die Polizei da war. Ich glaube, unter diesen Umständen ist halb elf ziemlich gut.«

»Völlig richtig«, rief Celeste, die in ihrem Sessel saß, und winkte sie heran. »Dixon, reißen Sie sich zusammen.«

Dixon wollte protestieren, schloss den Mund aber wieder, und Audrey, der klar war, dass es Celeste gewesen sein musste, die sich über die Verspätung beschwert hatte, seufzte. Sie ging zum Panoramafenster hinüber und setzte sich in den zweiten Ohrensessel. Celeste beugte sich vor und sah sie besorgt an.

»Wie geht es Ihnen, Liebes?«, fragte sie. »Ich hoffe, es war nicht allzu schlimm für euch zwei Mädels.«

»Schon ein bisschen«, gab sie zu. »Wir haben gestern noch mit Linda gesprochen. Aber was ist mit Ihnen? Wie geht es Ihnen?«

»Ich bin betrübt, Audrey. Betrübt und beunruhigt, anders kann man es nicht formulieren.«

»Das ist verständlich.« Audrey ergriff Celestes runzelige, weiche Hände. »Kann ich irgendetwas für Sie tun?«

Es klingelte wieder.

»Ah, gut«, sagte Celeste. »Da ist er ja.«

Verwirrt drehte Audrey sich zur Wohnungstür um und runzelte die Stirn, als Lewis McLennon das Zimmer betrat.

»Morgen«, grüßte er. Er wirkte müde und zerzaust, als hätte er ebenfalls in seinen Kleidern geschlafen, und seine schwarzen Locken standen auf einer Seite ab. Als er Celeste entdeckte, die sich im Sessel umgedreht hatte, kam er auf sie zu, blieb aber unvermittelt stehen, als er Audrey bemerkte. »Oh, tut mir leid. Ich wusste nicht, dass Sie Besuch haben.«

Celeste winkte ihn zu sich.

»Lewis, kommen Sie und setzen Sie sich zu uns. Kennen Sie Audrey bereits? Sie wohnt in Nr. 7.«

»Wir haben uns vorgestern kennengelernt«, sagte er mit einem Nicken. »Hi.«

»Hallo«, sagte sie.

Sie erwartete, dass Celeste vorschlug, dass sie in den Wohnbereich umzogen, damit der zusätzliche Gast sich setzen konnte, aber sie tat es nicht, und Lewis ließ sich ohne Zögern auf den Fußschemel vor Celestes Sessel sinken. Wie oft war er hier schon zu Besuch gewesen?

Dixon stand neben dem Panoramafenster, gegen die Wand gelehnt, eine Haltung, die Audrey kannte. Was immer Celeste gleich vorbringen würde, Dixon war dagegen.

»Sicher ahnen Sie bereits, warum ich Sie hergerufen habe«, begann Celeste und warf ihrem Hausangestellten einen missbilligenden Blick zu. »Dixon hat mich heute Morgen sehr viel später geweckt, als er es hätte tun sollen. Etwas Furchtbares ist geschehen, und es muss etwas unternommen werden.«

»Aber wir wissen nicht, was genau passiert ist«, sagte Audrey. »Man wollte uns keine Einzelheiten verraten, nur dass Linda tot ist.«

»Weil sie es selbst noch nicht wissen«, sagte Lewis, und alle Blicke richteten sich auf ihn. »Ich habe sie gefunden«, fügte er hinzu. »Ich war es, der die Polizei gerufen hat.«

»Wann haben Sie sie gefunden?«, fragte Dixon. »Um welche Uhrzeit?«

»Kurz nach Mitternacht. Ich dachte, ich hätte Schritte auf der Treppe gehört, und ging hoch, um nach dem Rechten zu sehen. Lindas Wohnungstür stand offen. Ich fand sie im Wohnzimmer.«

»Und?«, fragte Celeste, aber Lewis schüttelte den Kopf.

»Nichts und. Sie saß auf ihrem Sofa, mit weit offenen Augen, mausetot. Keine sichtbaren Verletzungen.«

Es herrschte Stille, während alle das Gesagte verarbeiteten, und Audrey bemerkte, dass er denselben gequälten Ausdruck im Gesicht hatte wie Mei.

»Das tut mir leid«, sagte sie, und Lewis runzelte die Stirn. »Es muss schrecklich gewesen sein.«

Celeste straffte sich. »Die Polizei geht momentan nicht von Fremdverschulden aus. Sie halten es für möglich, dass Linda sich etwas angetan hat.«

»Selbstmord?«, stieß Audrey entrüstet hervor. »Aber …

als wir sie trafen, schmiedete sie Pläne, blickte in die Zukunft. Warum sollte sie sich umbringen?«

»Sie glauben, dass sie von Trauer oder Schuldgefühlen überwältigt wurde. Reiner Unsinn natürlich. Deshalb muss etwas unternommen werden.«

»Was meinen Sie damit?«, fragte Lewis. »Lassen Sie doch einfach die Polizei ihre Arbeit machen.«

Dixon schnaubte.

»Ich habe jedes Vertrauen in die Fähigkeit der Polizei verloren, was diese Ermittlung betrifft«, erklärte Celeste hochmütig.

Lewis schien verblüfft, aber ein Blick auf Dixon verriet Audrey, dass Celeste irgendetwas plante.

»Was haben Sie vor, Celeste?«, fragte sie. »Warum sind wir hier?«

Celeste räusperte sich.

»Ich möchte, dass Sie beide den Fall untersuchen.« Sie machte eine kurze Pause, möglicherweise um die Wirkung ihrer Worte zu verstärken. »Sie sind hochintelligent, alle beide, und ich vertraue Ihnen bedingungslos. Ich will, dass Sie für mich ermitteln und herausfinden, wer Linda Glead umgebracht hat.«

16

Lewis

Lewis konnte kaum glauben, was er da gerade gehört hatte.

»Celeste …«, begann Audrey nach einer längeren Pause. »Seien Sie nicht albern. Ich bin Putzfrau, keine Privatdetektivin. Ich wüsste gar nicht, wo ich anfangen sollte.«

»An dieser Stelle kommt Lewis ins Spiel«, sagte Celeste. »Er weiß alles über polizeiliche Ermittlungen. Ich bin mir sicher, dass Sie beide zusammen unschlagbar sind.«

Lewis fiel die Kinnlade herunter.

»Entschuldigung, haben Sie mich gerade als Assistenten Ihrer Putzfrau verpflichtet? Sind Sie von allen guten Geistern verlassen?«

Audrey kniff die Augen zusammen. »Was soll das denn heißen?«

»Nicht als Assistent, Lewis, als Partner«, warf Celeste ein. »Sie sind beide hochintelligent. Audrey hat einen wachen Verstand, und Sie haben Erfahrung in solchen Dingen, wenn auch nur theoretisch. Und natürlich werde ich Sie bezahlen«, fügte sie hinzu. »Für Ihre Zeit.«

»Celeste, ich habe Kunden«, sagte Audrey.

»Und ich eine Vollzeitstelle«, sagte Lewis, was ihm aus irgendwelchen geheimnisvollen Gründen einen weiteren bösen Blick von Audrey einbrachte.

»Ich weiß, mein Lieber, aber vielleicht könnten Sie ein bisschen jonglieren? Und Sie, Audrey, könnten doch ein paar

Termine abgeben? Ich weiß, Sie sind eine großartige Reinigungskraft, aber Ihre Kunden werden sicher vorübergehend irgendeinen Ersatz für Sie finden. Und ich zahle gut, das verspreche ich. Mehr als genug, um etwaige Verluste auszugleichen.«

Lewis wollte gerade verärgert erklären, dass er nicht die Möglichkeit habe, irgendwelche Kunden abzugeben, und er zudem schreiben müsse, als ihm klar wurde, dass sich hier eine einmalige Gelegenheit auftat.

Das war seine Chance, praktische Erfahrungen zu sammeln. Reale Menschen zu befragen, Antworten zu erhalten. Realen Spuren zu folgen, nicht irgendwelchen Dingen, die er sich selbst ausgedacht hatte. Leute zu überwachen und Verdächtige zu verfolgen. Und dafür würde er auch noch bezahlt werden. Außerdem gab es ja ein Sicherheitsnetz. Die Polizei ermittelte ohnehin. Wenn er irgendetwas aufdeckte, unterstützte er die Polizei, und wenn die Polizei den Täter zuerst fand, war es auch gut. Er konnte also keinen Schaden anrichten.

»Etwas umschichten kann ich nicht«, sagte er langsam. »Ich muss acht Stunden im Büro sein. Da bleibt wenig Zeit für irgendwas anderes. Es sei denn …«

»Es sei denn?«

»Ich könnte mir möglicherweise freinehmen, das hängt von dem Honorar ab, das Sie anbieten. Wie lange werden die Ermittlungen dauern, was meinen Sie?«

Celeste blickte ihn nachdenklich an.

»Sagen wir vierzehn Tage? Allerhöchstens einen Monat. Wie klingt das?«

Einen Monat. Einen ganzen Monat weg von dem grässlichen Job, den er mit jeder Faser seines Seins hasste. Einen Monat, in dem er Erfahrungen aus erster Hand sammeln und Recherchen für seinen Roman betreiben konnte. Zeit zum Schreiben würde sicher auch noch bleiben. Würde er es schaffen, in einem Monat ein Buch zu schreiben? Ohne seinen Bürojob müsste das möglich sein, jede Wette. Für die Überarbeitung konnte er sich dann ja Zeit lassen.

Audrey biss sich auf die Lippen, und Lewis meinte, ein aufgeregtes Flackern in ihren Augen zu erkennen. Dann sah sie ihn an.

»Sie würden tatsächlich einen Monat Urlaub nehmen?«, fragte sie. »Obwohl Sie weder Erfahrung noch Sachkenntnis haben? Womit in aller Welt verdienen Sie Ihre Brötchen?«

»Recruiting«, antwortete Lewis. »Worin ich ebenfalls keine Sachkenntnis habe. Ich würde mir aus praktisch jedem Grund einen Monat freinehmen, wenn ich mir das finanziell leisten könnte. Recruiting ist der schlimmste Job der Welt, wahrscheinlich sogar noch schlimmer als Putzen!«

Ihre Miene versteinerte wieder.

»Ich putze gern.«

»Wie bitte?«

»Ich putze *gern*.«

»Wirklich? Wow. Das ist … toll. Für Sie, meine ich. Das macht es sicher einfacher.« Er versuchte, nicht gequält das Gesicht zu verziehen. »Für meinen Chef ist Recruiting das Ein und Alles. Es muss auch solche Leute geben. Aber meine Berufung ist es eher nicht.«

»Aber diese Sache hier schon?«

»Ja! Na ja, nicht direkt, aber darüber zu schreiben. Mag sein, dass ich keine praktische Erfahrung habe, aber mit dem Ablauf von Ermittlungen beschäftige ich mich seit Jahren.«

»Aber was mache ich danach?«, fragte Audrey. »Ich kann meine Kundinnen nicht einen Monat im Stich lassen und dann erwarten, dass sie mich wieder beschäftigen.«

»Sagen Sie doch, dass Sie in Urlaub fahren«, schlug Lewis vor. Das konnte doch so schwer nicht sein. »Jeder hat ein Recht auf Urlaub.«

Audrey sah ihn ungläubig und leicht verächtlich an. »Das mag ja für Sie alles sehr aufregend sein, aber zwei Menschen sind gestorben. Das ist kein Spiel. Wir sind nicht mal ansatzweise für eine Mordermittlung qualifiziert! Warum vertrauen wir nicht einfach darauf, dass die Polizei es am Ende schon richtig machen wird?«

»Sie haben DS Larssen doch gehört, Audrey«, sagte Celeste. »Die Polizei denkt, dass Linda ihren Mann umgebracht hat, und daher glauben sie, dass sie sich das Leben genommen hat. Es wird nicht einmal Ermittlungen geben, solange die Rechtsmedizin keinen Gegenbeweis findet, und bis dahin könnte es zu spät sein. Der Mörder wird längst über alle Berge sein. Ich brauche jemanden, der ergebnisoffen ermittelt.«

»Wenn es überhaupt einen Mörder gibt! Sie möchten, dass jemand die Antworten findet, die Ihnen in den Kram passen!«

Dixon hüstelte, schwieg aber. Lewis fragte sich, ob Dixon wohl ebenso verärgert über Audreys Verhalten war wie er selbst.

»Für mich deutet nichts auf einen Selbstmord hin«, sagte Lewis und dachte an den Anblick zurück, der sich ihm in Lindas Wohnzimmer geboten hatte. »Es sei denn, sie hat sich vergiftet. Soweit ich sehen konnte, gab es keine äußeren Verletzungen. Aber natürlich könnte es auch ein Herzinfarkt gewesen sein oder ein Aneurysma. Irgendwas in der Richtung.«

»Genau«, bestätigte Audrey. »Tragisch und furchtbar traurig, aber kein Mord. Bestimmt hat die Polizei doch Erfahrungen damit und kann einschätzen, ob Fremdverschulden vorliegt oder nicht.«

»Normalerweise ja«, sagte er. »Bei einer unklaren Todesursache wird der Fundort untersucht, um festzustellen, ob es Hinweise auf eine Straftat gibt. Aber denken Sie an die Schritte auf der Treppe und die offene Wohnungstür. Das sollte den Ermittlern eigentlich zu denken geben.«

»Sehen Sie?«, sagte Celeste triumphierend. »Sie sind der Polizei bereits einen Schritt voraus.«

»Meiner Ansicht nach«, erklärte Lewis, »können wir kaum Schaden anrichten. Wenn wir Nachforschungen anstellen und nichts finden, dann finden wir eben nichts. Sollte die Rechtsmedizin zum Ergebnis kommen, dass es eine natürliche Todesursache war, ist die Sache erledigt. Aber wenn wir doch etwas aufdecken sollten, das der Polizei entgangen ist, weil sie erstmal gar nichts tut, haben wir mitgeholfen, den Täter zu finden.«

»Audrey, Liebes«, sagte Celeste, »die Sache ist die … Wenn die Polizei irgendwann zur Vernunft kommt, falls sie das tut, wird die Spur längst kalt sein. Ich will dafür sorgen, dass alles Notwendige getan wird. Ich will, dass nicht nur hier im Marchfield Square nach dem Täter gesucht wird, sondern auch außerhalb, und zwar von Leuten, die sehen, was die Polizei nicht sieht.«

»Und damit meinen Sie uns.«

»Damit meine ich Sie.«

Audrey blickte erst Celeste an und dann Dixon, aber Lewis merkte ihr an, dass Celestes Worte offenbar etwas in ihr zum Klingen gebracht hatten.

»Das ist doch albern«, sagte sie. »Oder?«

»Albern oder nicht, ich bin dabei.« Lewis verschränkte die Arme. Er brauchte die Putzfrau nicht. Er verstand sowieso nicht, warum Celeste sie für so schlau hielt. »Ich kann nicht versprechen, dass ich zu einem anderen Schluss kommen werde als die Polizei, aber zumindest können Sie dann beruhigt sein.«

Plötzlich blickten alle ihn stirnrunzelnd an.

»Also, Lewis.« In Celestes Stimme schwang eine leise Warnung mit. »Ich glaube wirklich, dass wir Sie beide brauchen.«

»Warum?«, fragte er. »Ich besitze das Know-how.«

»Ja, aber … mein Lieber, verstehen Sie, Audrey kann gut mit Menschen umgehen. Sie öffnen sich ihr. Sie hingegen …«

»Was ist mit mir?«

»Sie sind nicht …« Celeste hielt inne, offenbar bemüht, ihre Worte sorgfältig zu wählen.

»Sie sind unhöflich«, beendete Audrey den Satz für sie. »Das macht Sie unsympathisch.«

Dixon gab ein merkwürdig ersticktes Geräusch von sich.

»Unsympathisch?« Lewis war empört. »Und unhöflich?«

Audrey und er warfen einander böse Blicke zu.

»Tsss, Audrey«, rügte Celeste. »Unsympathisch würde ich jetzt nicht sagen. Aber, Lewis, Sie neigen tatsächlich dazu, oft etwas Falsches zu sagen. Das ist Ihr Manko. Außerdem brauche ich Audrey für eine ganz besondere Aufgabe.«

»Und die wäre?«

»Die Tatortreinigung.«

»Was?« Audrey setzte sich aufrechter hin, und ein Funkeln trat in ihre Augen. »Wie denn das?«

Celeste lächelte wissend.

»Dachte ich mir doch, dass Sie das interessieren könnte. Da der Tatort eine Wohnung ist, deren Eigentümerin ich bin, kann ich entscheiden, wer ihn reinigt. Sobald die Polizei ihn freigegeben hat, natürlich. Ich hätte gern, dass Sie beide als Erste vor Ort sind, und ich weiß einfach, Audrey, dass Sie etwas finden werden, das die Spurensicherung übersehen hat; so gründlich, wie Sie arbeiten.«

Zu Lewis' Verblüffung schien die Aussicht, den Tatort reinigen zu können, die Sache zu besiegeln. Audrey stieß einen tiefen Seufzer aus und schüttelte den Kopf.

»Ich kann kaum glauben, dass ich das sage«, begann sie, und Celeste klatschte in die Hände, »aber gut, ich bin dabei.« Sie sah Lewis an und zog die Nase kraus. »Eine Putzfrau und ein Krimiautor. Was kann da schon schiefgehen?«

17

Audrey

Sie stiegen zusammen die Treppe hinunter, in einem Schweigen, das nicht direkt feindselig war, aber auch nicht freundschaftlich. Audrey konnte kaum glauben, dass sie sich dazu bereit erklärt hatte, mit diesem Idioten zusammenzuarbeiten, und sie war sich ziemlich sicher, dass er ähnlich dachte.

»Ich muss das einfach fragen«, sagte Lewis, als sie unten bei der Eingangstür des großen Hauses angelangt waren. Sie blieb stehen und drehte sich zu ihm um. »Wieso gab der Tatort den Ausschlag? Die Reinigung des Tatorts, meine ich.«

Sie zuckte die Achseln.

»Ich mag Herausforderungen. Die Hälfte der Häuser und Wohnungen, in denen ich putze, sind bereits sauber, wenn ich komme. Wie die Wohnung von Celeste. Die ist nie dreckig, aber ich reinige sie trotzdem einmal die Woche. Ich bin sehr gern dort, wegen Celeste, aber eine sonderlich befriedigende Arbeit ist das nicht.«

»Dann glaube ich nicht, dass es diesmal sonderlich befriedigend wird. Die Wohnung der Gleads wirkte auf mich ziemlich sauber.«

»Aber die Polizei wird Unordnung gemacht haben, oder? Nachdem alle da durchgelatscht sind? Ich will ausnahmsweise eine richtige Aufgabe haben.«

»Sie sollten mal meine Wohnung sehen«, versetzte er ohne jede Spur von Humor. »Putzen Sie tatsächlich so gern?«

Sie musterte ihn und fragte sich, ob das wieder verletzend gemeint war. Eigentlich sah er gar nicht so schlecht aus, groß und breitschultrig, lockiges schwarzes Haar, ordentliche Wangenknochen und dunkelbraune Augen. Schade, dass die Persönlichkeit so wenig ansprechend war.

Schließlich kam sie zu dem Schluss, dass keine Kränkung beabsichtigt gewesen war. »Ja«, sagte sie. »Das tue ich.«

Ihre Antwort schien ihn zu überraschen, aber er nickte. »Okay.«

»Aber das war nicht der einzige Grund. Linda … sie hat so viel durchgemacht. Sie hätte etwas Besseres verdient. Etwas Besseres als diesen Mann und etwas Besseres als das hier, und jetzt benutzt die Polizei ihren Tod als bequeme Ausrede, um den Fall zu den Akten legen zu können. Sie hat ein Alibi für die Tatzeit. Ihr die Tat in die Schuhe zu schieben, nur weil sie tot ist, kommt mir vor wie …«

Sie hielt inne und versuchte, das richtige Wort zu finden.

»Schummeln.«

»Ja.« Sie seufzte. »Also … wir sollten wohl unsere Telefonnummern austauschen, oder? Und überlegen, wie wir vorgehen wollen. Und vielleicht sollten wir uns duzen?«

»Ja, gute Idee.« Er zückte sein Handy. »Ähm, ja. Neuer Kontakt. Wo ist denn diese App wieder hin?«

Sie sah zu, wie er sich mühsam durch die richtigen Bedienungsschritte kämpfte, und widerstand der Versuchung, ihm das Gerät abzunehmen und selbst zu tippen. Offensichtlich hatte er schon seit längerer Zeit keine neuen Nummern mehr hinzugefügt.

»Danke«, sagte er schließlich, steckte das Handy wieder ein und öffnete die Eingangstür. »Also wie fangen wir an?«

»Gute Frage.« Sie folgte ihm auf den Platz hinaus, wo es immer noch von Polizisten wimmelte. »Gehen wir zu mir?«, fragte sie. »Dann können wir alles durchsprechen.«

Sie warf einen Blick auf seine Wohnungstür und hoffte, er würde vorschlagen, dass sie zu ihm gingen. Er hatte es faszinierend verdreckt klingen lassen.

»Äh, klar. Ja, gute Idee.«

Enttäuscht führte Audrey ihn über den Innenhof und zu den Remisenhäusern auf der gegenüberliegenden Seite, dann an der Wohnung des Captains vorbei zum Ende der Häuserzeile. Dort ging die schmale Außentreppe hinauf, über dem Eingang zu Nr. 3, der anderen Erdgeschosswohnung, in der Victor DeFlore lebte.

Als sie mit hallenden Schritten die Steinstufen hochstiegen, dachte Audrey darüber nach, wozu sie sich gerade bereit erklärt hatte. Einen Monat als Privatdetektivin. Ausgerechnet in Zusammenarbeit mit dem Holzklotz aus Nr. 5. Das Ganze war absurd. Sie sollte aussteigen, solange es noch ging. Celeste mitteilen, dass sie ihre Meinung geändert hatte.

Doch als sie oben angekommen waren, blieb sie stehen, die Wohnungsschlüssel in der Hand, und blickte über den Garten hinweg zu Nr. 10 hinüber, wo das gelbe Absperrband, das um die Balustrade geschlungen war, im Wind flatterte. Die arme Linda. Sie hatte so wenig vom Leben gewollt, und jetzt war das Einzige, was sie noch erhoffen konnte, dass die Wahrheit ans Licht kam. Und ihr Gerechtigkeit verschafft wurde, wenn es denn möglich war.

Würde sie das von der Polizei bekommen? Audrey war sich da nicht mehr so sicher.

18

Lewis

»Ich war noch nie in einer der Wohnungen im Obergeschoss«, bemerkte Lewis, der am Tresen stand, während Audrey die letzten Reste Kaffeepulver in einen Filter kippte. »Es schafft viel Platz, wenn die Schlafzimmer eine Etage höher sind. Was macht deine Mitbewohnerin noch mal beruflich?«

Audrey nahm zwei Becher aus einem Küchenschrank. Sie wirkte nervös, vielleicht war es aber auch nur Befangenheit. An ihrer Stelle würde es ihm ebenso gehen, oder zumindest stellte er sich das vor. Er hatte seit Jahren keine Freunde mehr zu Besuch gehabt.

Nicht, dass er und Audrey Freunde gewesen wären.

»Mei ist Anwältin«, sagte sie, immer noch mit dem Rücken zu ihm.

»Mei, genau.« Er nickte bei sich. »Das erklärt einiges.«

»Das erklärt was?«

»Wie du dir das hier leisten kannst.«

Sie hielt inne, eine Flasche Milch in der Hand, und drehte sich zu ihm um.

»Was?«

»Diese Wohnung.« Er machte eine ausholende Geste. »Mit dem Gehalt einer Putzfrau. Was ist denn?«

Sie sah ihn schon wieder böse an.

»Wird Recruiting denn so gut bezahlt?«, fragte sie scharf. Warum war sie nur so feindselig?

»Nicht schlecht jedenfalls.« Er betrachtete ein Landschaftsbild, das im Essbereich an der Wand hing. Viel Grün, sanft gewellte Hügel. »Man kommt über die Runden.«

Audrey stellte die Kaffeebecher vor ihm ab und setzte sich auf einen der hohen Hocker. Er folgte ihrem Beispiel, und dann saßen sie einander gegenüber am Küchentresen. Audrey schien sich ebenso unbehaglich zu fühlen wie er.

Sie schob ihm die Zuckerdose hin, und er rührte zwei Teelöffel in seinen Kaffee, dann noch einen vorsichtig abgemessenen halben Löffel zusätzlich. Als er wieder aufblickte, stellte er fest, dass sie ihn anstarrte.

»Wusstest du, dass nur drei von zehn Menschen Zucker in ihren Kaffee tun?«, fragte sie. »Aber ich wette, nur die wenigsten nehmen zweieinhalb Teelöffel.«

»Würde ich normalerweise auch nicht, aber ich brauche das jetzt«, erklärte er, besorgt, dass sie ihn für einen Zuckerjunkie halten könnte. »Ich war die ganze Nacht wach, und am frühen Morgen ist die Polizei gekommen. Ich habe höchstens eine Stunde Schlaf bekommen, bevor Dixon mich angerufen hat.« Er nahm einen Schluck und erwartete das Schlimmste, war aber trotz der Überdosis Zucker angenehm überrascht. »Hey, guter Kaffee.«

»Danke.«

»Celeste hat recht damit, dass die Polizei von einem Selbstmord ausgeht.« Er holte sein Handy aus der Tasche und ging seine Notizen noch einmal durch. »Keine Anzeichen eines Kampfes, keine Abwehrverletzungen. Die Ermittlerin sagte mir, und ich zitiere: ›Sie lebte zurückgezogen und hatte nur einen sehr kleinen Bekanntenkreis. Selbstmord passt in ihr Profil.‹«

Audrey sah ihn entsetzt an.

»Weil sie nicht viele Freunde hatte, würde sich also angeblich niemand die Mühe machen, sie umzubringen?«

»Niemand hat etwas gehört oder gesehen«, fuhr Lewis fort und fragte sich, warum Audrey aussah, als würde sie gleich anfangen zu weinen. »Und offenbar kommt es öfter vor, dass Leute, die sich umbringen wollen, die Tür offen lassen, um sicherzugehen, dass ihre Leiche gefunden wird.«

»Gott, wie traurig. Hat sie einen Abschiedsbrief hinterlassen?«

»Nein.«

»Ich glaub das einfach nicht.« Sie schüttelte den Kopf. »Mei und ich haben gestern noch mit Linda gesprochen, sie hat sich auf die Zukunft gefreut. Da stimmt doch was nicht.«

Lewis sah sie forschend an. Er dachte ähnlich, aber schließlich war er vor Ort gewesen. Hatte die Schritte auf der Treppe gehört, hatte die Leiche gesehen. Warum war Audrey sich ihrer Sache so sicher?

»Hast du sie gut gekannt?«

»Nein, eigentlich gar nicht. Ich wusste, dass Richard sie geschlagen hat, aber das wusste schließlich jeder.«

Er wand sich vor Verlegenheit. Offenbar alle außer ihm.

»Immer wenn Mei oder ich versucht haben, sie darauf anzusprechen, hat sie das Thema gewechselt und ist davongehuscht. Gestern haben wir uns zum ersten Mal etwas länger unterhalten.«

»Hat sie irgendetwas Interessantes gesagt?«

Audrey schwieg einen Moment, den Kopf zur Seite geneigt, als versuche sie, sich zu erinnern.

»Sie arbeitete schon sehr lange ehrenamtlich in dem Tierheim in Battersea, und sie wollte schon immer einen Hund. Aber Richard war allergisch, also konnte sie kein Haustier halten. Das war übrigens ihr Alibi. Während des Feuerwerks, zum Zeitpunkt von Richards Ermordung, war sie im Tierheim, und danach ist sie zu ihrer Schwester nach Streatham gefahren. Offenbar waren die beiden sich sehr nahe. Es kommt mir komisch vor, dass sie nicht wenigstens ihrer Schwester einen Abschiedsbrief hinterlassen hat. Nachdem wir uns unterhalten hatten, ist sie in die Kirche gegangen. St. Luke's. Sie wollte mit dem Pastor sprechen.«

»Eine Kirchgängerin, die Tiere liebt.« Lewis klopfte mit seinen Fingern gegen den Becher. »Schließt nicht aus, dass sie eine Mörderin ist, macht es aber unwahrscheinlich. Und wenn sie ein Alibi für die Tatzeit hatte …«

»Genau«, bestätigte Audrey. »Es hängt allerdings vom genauen Todeszeitpunkt ab; möglicherweise hätte sie genug Zeit gehabt, die Tat zu begehen. Eigentlich gibt es nur zwei Gründe, die sie dazu gebracht haben könnten, sich das Leben zu nehmen: Trauer oder Schuld. Und so wirkte sie nicht …«

»Also fangen wir damit an«, sagte er. »Mit der Kirche und der Schwester. Schauen wir mal, ob es irgendwas gab, wegen dem Linda Glead sich hätte schuldig fühlen müssen, und wenn nicht, ob sie ihren Mann tatsächlich so sehr geliebt hat.«

19

Audrey

Audrey fand es erstaunlich, wie vernünftig das bei Lewis klang. Sie sollten Leute befragen, um herauszufinden, ob die arme Linda Glead ein schlechtes Gewissen oder ein gebrochenes Herz gehabt hatte.

»Und dann?«, fragte sie.

»Reden wir mit den übrigen Marchfield-Anwohnern.« Er klang zuversichtlich. »Sieht nicht so aus, als hätte irgendjemand ein Motiv gehabt, aber alle hatten die Gelegenheit, entweder Richard oder Linda umzubringen.«

»Gut. Das sollte nicht allzu schwer sein.«

»Was ist mit dem Gärtner?«, fragte Lewis. »Wo wohnt er? Kennst du seine Adresse?«

»Woher soll ich wissen, wo er wohnt? Glaubst du, der Gärtner und die Putzfrau müssen automatisch befreundet sein?«

Er zuckte die Achseln.

»Keine Ahnung. Woher weiß der Gärtner, welche Herzmedikamente der Captain einnimmt? Und warum sollte der Künstler irgendetwas über Richards Freunde wissen? Wer weiß schon, warum Leute wissen, was sie wissen?« Ihre verächtliche Miene war wohl nicht zu übersehen, denn er runzelte die Stirn. »Was ist?«

»Captain Gordon wohnt hier seit dreißig Jahren«, sagte sie, »und die Hetheringtons seit sechzehn Jahren. Mrs. Hildebrandt fast zehn Jahre, und Rafik arbeitet hier, seit er zwa war, das heißt, etwa fünfzehn oder zwanzig Jahre. Es w schon sehr seltsam, wenn sie nichts übereinander wüssten.«

Lewis schien darüber nachzudenken.

»Tja, ich wohne noch nicht so lange hier«, sagte er schließlich. »Du bist vor ein paar Jahren hergezogen, oder? Was weißt du über unsere Nachbarn?«

Sie holte tief Luft, bevor sie loslegte.

»In Nr. 3 wohnt Victor DeFlore. Geboren in Jamaica, war Offizier bei der Handelsmarine, bevor er seine Frau und seinen halbwüchsigen Sohn bei einem Autounfall verlor. Ging vor zehn Jahren in Rente, hat nie wieder geheiratet. Captain Gordon aus Nr. 4 war zwanzig Jahre lang Scharfschütze bei den Coldstream Guards. Er wurde aus dem aktiven Dienst entlassen, weil er während einer Übung einen Herzinfarkt erlitten hat. Es geht ihm gesundheitlich gut, aber er muss ein bisschen aufpassen. Unsere direkten Nachbarn in Nr. 8 sind Sarah Scott und ihr Sohn Tom. Sie ist Lehrerin und ist aus Yorkshire nach London gezogen, um in der Nähe ihres Mannes zu sein, der sie verlassen hat, als Tom noch ein Baby war. Tom geht in eine Schule, die fünf Minuten zu Fuß von hier entfernt liegt, und jeden Donnerstag hat er Fußballtraining in dem Verein bei St. Luke's. Die beiden sind gerade nicht da, sie besuchen Sarahs Eltern, weil es ihrer Mutter nicht gut geht.«

Sie nippte an ihrem Kaffee, ehe sie fortfuhr: »Philip und Mekhala Hetherington leben in der Wohnung unter Celeste, seit sie und Leonard das große Haus aufgeteilt haben. Sie nennen es ein Studio, aber die Räume sind riesig. Philip ist Künstler. Er gehörte zu den Stipendiaten-Jungs, wie er es nennt, stammt aus bescheidenen Verhältnissen. Er war früher als Grafikdesigner tätig. Mekhala ist ebenfalls Künstlerin, stellt aber unter dem Namen Michaela aus, weil früher, als sie aus Thailand herzog, niemand ihren Namen aussprechen konnte. Sie ist dreiundsechzig, er wird nächstes Jahr siebzig. In Nr. 6 wohnt Mrs. Hildebrandt. In den Achtzigern war sie Schauspielerin. Eigentlich heißt sie Bridget, nennt sich aber Brigitte, weil das glamouröser klingt. Ihren Mann Walter hat sie bei Dreharbeiten in Österreich kennengelernt – er war Produzent, glaube ich –, und sie sind hierhergezogen. Nach seinem Tod stellte sie fest, dass er wohl einen schlechten Horrorfilm zu viel produziert hat und sie praktisch mit nichts dastand. Leonard van Duren traf sie schluchzend vor einem Maklerbüro an der Fulham Road, als sie versuchte, eine bezahlbare Wohnung zu finden. In den letzten drei Jahren hatte sie mindestens drei Lebensabschnittsgefährten, einer reicher als der andere. Ihr aktueller Freund heißt Fraser, er fährt einen silbernen Rolls-Royce und schickt ihr jede Woche rosa Rosen. Und dann sind da noch Joe und Emmanuel in Nr. 9. Sie sind seit sieben Jahre zusammen und wohnen seit drei Jahren hier. Kennengelernt haben sie sich auf der Hochzeit von Joes Cousine. Joe ist Koch, genau wie sein Vater, und Manny Softwareentwickler. Beide Eltern sind Ärzte. Seine Schwester ist eine Art Influencerin und reist viel. Am Kühlschrank der beiden hängen zahllose Postkarten von ihr.« Sie verstummte. »Was ist? Warum starrst du mich mit offenem Mund an? Es ist vollkommen normal, derartige Informationen über Leute zu haben, die praktisch nebenan wohnen!«

»Ich weiß nicht genau, ob das normal ist. Und ich dachte, Celeste sei neugierig.«

»Ich bin nicht neugierig! Ich wohne seit vier Jahren hier!«

»Ich seit fünf Jahren, und ich weiß nichts über irgendjemanden hier. Und ich will es auch gar nicht«, fügte er entschieden hinzu, als sie den Mund aufmachte. »Weißt du, wie Lindas Schwester heißt? Wir brauchen ihre Adresse.«

»Die kann ich beschaffen«, sagte Audrey. Vermutlich

würde sie Mei überreden können, sie ihr zu geben. »Und St. Luke's ist nicht weit weg, nur ein Stück die Straße hinunter. Wir könnten dort vorbeigehen, vielleicht treffen wir jemanden, der Linda kannte.«

»Großartig.« Lewis grinste sie über den Rand seines Bechers hinweg an. »Schauen wir mal, ob es läuft mit unseren Ermittlungen. Wenn ja, spreche ich am Montag mit meinem Chef und frage an, ob ich unbezahlten Urlaub nehmen kann.«

Manche haben's leicht, dachte Audrey und sah zu, wie er seinen zuckrigen Kaffee austrank. Sie würde versuchen müssen, ihre Termine so umzuschichten, dass sie keine Kunden verlor. Celestes Verdacht, dass Linda ermordet worden war, war nicht vollständig unbegründet, das sah sie ein, und wenn die Polizei tatsächlich erst einmal abwartete, würden sie mit ihren Nachforschungen auch niemandem auf die Zehen treten.

Zumindest noch nicht.

Als Lewis gegangen war, kehrte Audrey in die Küche zurück, um abzuwaschen. Sie hatte gerade die Becher in die Spüle gestellt, als ihr Handy »pling« machte.

Noch eine Warnmeldung von der Bank, und diesmal war die Nachricht in GROSSBUCHSTABEN, als würde sich augenblicklich Geld materialisieren, wenn man die Kunden anschrie. Wo war die Summe geblieben, die sie gestern eingezahlt hatte?

Mit hämmerndem Herzen loggte sie sich in ihre Online-Banking-App ein.

Verdammt. Die Gebühren für ihren Überziehungskredit waren abgebucht worden – und das an einem Samstag –, somit hatte sie die eingeräumte Kontoüberziehung überschritten. Wenn sie nicht am Ende des Tages Geld einzahlte, würden die Gebühren schnell ins Unermessliche wachsen. Sie legte ihr Handy verkehrt herum auf den Tresen, vergrub das Gesicht in den Händen und drückte die Handflächen gegen die Augen.

Ganz ruhig atmen, sagte sie sich, und holte tief Luft.

Dann ließ sie den Atem in kleinen Stößen wieder ausströmen und zählte mit.

So konnte sie nicht weitermachen. Sie musste ausziehen, sich etwas Billigeres suchen. Der Stress, ihren Anteil an der Miete aufzubringen, auch wenn es der kleinere Anteil war, wurde zu viel für sie. Vielleicht konnte sie sich auch einen anderen Job suchen. Wie gut Recruiting wohl bezahlt wurde? Besser als Putzen bestimmt.

Sie würde Mei erneut um ein Darlehen bitten müssen. Demütigend und beschämend war das, und sie hatte keine Ahnung, wann sie in der Lage sein würde, es zurückzuzahlen.

Wieder holte sie tief Luft.

Celeste. Celeste und ihr verrückter Job.

Audrey holte sich einen Zettel und begann zu berechnen: Celeste hatte versprochen, gut zu zahlen. Wenn sie ein paar Wochen gut verdiente, könnte sie vielleicht alles wieder ins Lot bringen, würde vielleicht sogar wieder im Plus landen. Nicht mehr ständig von der Hand in den Mund leben müssen.

Sie konnte trotzdem einige ihrer regelmäßigen Putztermine wahrnehmen, dann müsste sie die Urlaubs-Ausrede nicht mehr als einmal bei jeder Kundin benutzen. Bei vierzehn Tagen Auszeit müsste sie es schaffen, ihre Kunden zu behalten, doch wenn sie einen ganzen Monat aussetzte, würde sie fast mit Sicherheit Kunden verlieren. Aber selbst die Channings würden wohl in der Lage sein, vierzehn Tage mal ihr eigenes Bad zu putzen. Vermutlich.

Ob sie und Lewis tatsächlich herausfinden konnten, was

mit Linda geschehen war? Audrey fand den Gedanken unerträglich, dass Linda jetzt nie die Chance haben würde, ein freies Leben zu führen, und die Vorstellung, dass der Mörder – wenn es denn einen gab – einfach davonkommen könnte, machte sie ganz krank. Es machte einen nicht zum Ermittler, sich jede Folge von *CSI* und *Inspector Morse* anzusehen, aber Lewis schien zumindest zu wissen, wie man eine Ermittlung durchführte. Und bei der Reinigung des Tatorts wusste wiederum sie, was zu tun war.

Oh Gott, und sie würde das alles Mei beibringen müssen. Mei würde ausrasten. Sie würde die Anwältin herauskehren und haarklein erklären, warum die ganze Sache völliger Wahnsinn war. Als ob Audrey das nicht selbst wüsste.

Aber die Bezahlung konnte sie nicht ablehnen, selbst wenn sie das gewollt hätte. Das würde Mei verstehen, solange sie nichts taten, um die polizeilichen Ermittlungen zu gefährden. Audrey würde es sich nie verzeihen, wenn Lindas Mörder durch ihre Einmischung davonkam.

Nie.

20

Celeste

»War was los?«, fragte Dixon, als er am Abend den Tisch deckte. Er hatte mehrere Stunden in der Küche verbracht, während Celeste in der Galerienische geblieben war und ihre Enklave beobachtet hatte.

»Nicht viel«, antwortete sie und gesellte sich zu ihm. »Die Polizei ist weg. Lewis ist nach Hause gegangen, kurz darauf kam Mei heim. Seitdem ist alles ruhig. Vermutlich hat sie Audrey gehörig die Leviten gelesen. Mei kann ein wenig überfürsorglich sein.«

»Ich finde es immer noch lächerlich. Was spricht dagegen, dass wir es selbst in die Hand nehmen?«

»Ich habe Ihre Einwände gehört und zur Kenntnis genommen, Dixon«, sagte Celeste und gestattete ihm, ihr einen Stuhl herauszuziehen. »Aber irgendwann muss man auch mal delegieren. Ich bin überzeugt, Sie werden feststellen, dass mein Bauchgefühl richtig war.«

»Ich hoffe nicht.« Er schenkte ihr ein kleines Glas Weißwein ein. »Wenn die Polizei feststellt, dass Linda eines natürlichen Todes gestorben ist, blasen Sie die ganze Sache aber ab, oder?«

Celeste schüttelte ihre Serviette aus und legte sie sich über den Schoß.

»Ja, natürlich.« Sie seufzte. »Ich hoffe, es war so. Doch die Alternative … dass die liebe Linda direkt vor meiner Nase umgebracht wurde und der Täter damit davonkommen könnte, ist unerträglich.«

»Ich weiß.«

Es entstand eine Pause, während Dixon wieder in die Küche ging und mit zwei Schalen hausgemachter Suppe zurückkehrte. Celeste nahm sich eine Scheibe von dem weichen braunen Brot aus dem Körbchen auf dem Tisch und wartete, bis Dixon ebenfalls Platz genommen hatte, ehe sie nach dem Löffel griff.

»Möhren und Tomaten«, stellte sie nach der ersten Kostprobe fest. »Schmeckt sehr gut.«

»Sie müssen ihnen von den Zutrittsprotokollen erzählen«, sagte Dixon kurz darauf. »Das könnte ihnen helfen.«

Celeste schwieg.

»Entweder Sie wollen Gerechtigkeit oder nicht«, beharrte er. »Es bringt doch nichts, die Zutrittsprotokolle zurückzuhalten.«

»Audrey und Lewis werden irgendwann mit allen hier reden«, sagte sie. »Ich wüsste nicht, was wir damit erreichen würden, wenn ich ihnen diese vollkommen bedeutungslose Protokollierung vorlege, außer Misstrauen zwischen unschuldigen Mietern zu schüren. Warum sie also in die falsche Richtung lenken?«

»Und wenn es die richtige Richtung ist?«, fragte Dixon und sah sie über den Tisch hinweg an.

»Ist es nicht«, erklärte Celeste entschieden. »Das weiß ich.«

21

Lewis

»Lief alles glatt mit deiner Mitbewohnerin?«, fragte er Audrey, als sie am nächsten Morgen zusammen in einem Bus der Linie 319 saßen. Es war ein grauer, trüber Tag, und als sie über die Chelsea Bridge fuhren, war durch die trüben Scheiben noch der Morgennebel erkennbar, der über der Themse hing. Eine schwache Novembersonne versuchte, die Wolken zu durchdringen. »Hast du es ihr gesagt?«

Nachdem er gestern nach Hause gekommen war, hatte er ein paar Stunden geschlafen und sich dann wieder an den Computer gesetzt. Er hatte den ganzen Abend geschrieben, seinen Krimi mit neuen Figuren und einem zweiten Mord angereichert, um dann früh zu Bett zu gehen, bereit für seinen ersten Tag als Detektiv.

Am Morgen hatten sie sich im Innenhof getroffen und waren zusammen zur Bushaltestelle gegangen. Audrey hatte darauf bestanden, dass sie vorher in einem Supermarkt, der auf dem Weg lag, noch ein paar Blumen besorgten. Sie wirkte bedrückt, hielt den Blick gesenkt und sprach mit leiser Stimme. Allerdings kannte Lewis sie nicht gut genug, um zu wissen, ob das bei ihr normal war.

»Ja, ich habe es Mei gesagt«, antwortete Audrey. »Und nein, es lief nicht gut. Sie hat mir einen Vortrag über die Risiken gehalten und findet, wir sollten das der Polizei überlassen. Sie meinte, Celeste würde es mit der Einmischung in die Angelegenheiten anderer Leute wirklich zu weit treiben.«

»Da hat sie nicht unrecht.«

»Zunächst wollte sie mir auch die Adresse von Lindas Schwester nicht geben und hat erst eingelenkt, als ich gesagt habe, dass ich mich dann eben an Celeste wenden würde. Mei will Gerechtigkeit für Linda, genau wie wir.«

Lewis, der sich kurz schämte, weil ihm das keineswegs am wichtigsten gewesen war, als er den Auftrag annahm, schwieg betreten. Für ihn hatte klar im Vordergrund gestanden, dass er einen Monat lang nicht ins Büro würde gehen müssen und er in einem realen Fall ermitteln konnte.

»Hat sie dir sonst noch irgendwelche nützlichen Infos gegeben?«

Audrey zögerte, bevor sie antwortete.

»Sie will mit der Rechtsmedizin sprechen und etwas Dampf machen, damit die Obduktion vorgezogen wird.«

Lewis war immer noch überzeugt, dass er die Putzfrau nicht brauchte, um den Fall aufzuklären, aber dass sie mit Lindas Anwältin befreundet war, war schon praktisch, musste er zugeben.

»Und?«, drängte er.

»Und was?«

»Und was sonst noch?«

Sie wandte den Kopf ab und schaute aus dem Fenster.

»Sie ist absolut dagegen, dass wir uns damit beschäftigen«, sagte sie schließlich. »Sie befürchtet, dass wir wegen Behinderung der Ermittlungen belangt werden könnten.«

Lewis zuckte die Achseln.

»Wir können nichts behindern, was nicht stattfindet. Zunächst sprechen wir lediglich Lindas Familie unser Beileid aus, mehr nicht.« Er bemerkte ihren gequälten Gesichtsausdruck. »Maia wird sich bestimmt wieder beruhigen.«

Sie seufzte.

»Mei.«

»Mei, ja. Sorry.« Er versuchte es mit einem anderen Ansatz. »Vielleicht finden wir ja etwas heraus, das die Polizei verwenden kann. Dann wird Mei begreifen, dass wir nicht nur das Richtige tun, sondern sogar mithelfen, Lindas Tod aufzuklären.«

Der Bus hatte bereits die Themse überquert, aber es würde noch eine halbe Stunde dauern, bis sie Streatham erreichten, also zog Lewis sein Smartphone hervor und begann zu tippen. Wenn er inspiriert war, konnte er überall schreiben. Die Zeit, die er in Bussen und Bahnen verbrachte, nutzte er meist, um den Plot und die Figuren auszugestalten; das einzige Hindernis waren dabei seine Daumen auf der kleinen Touchscreen-Tastatur. In den letzten Jahren allerdings waren es trostlose, leere Fahrten gewesen, bei denen er endlos durch Social Media scrollte und sich von seinen alten Literatur-Feeds mit ihren Ankündigungen von Buchverträgen und Buchpremieren quälen ließ. An diesem Tag aber dauerte es nur Sekunden, bis er in seine Geschichte eingetaucht war, und er war überrascht, als Audrey ihn leicht anstieß.

»Nächste Haltestelle.«

Sie stiegen in Streatham Hill aus und gingen zu Fuß weiter. Lindas einzige Schwester lebte nur wenige Straßen entfernt, und Lewis bewunderte die Erkerfenster, die schmucken Fassaden und die gepflegten Einfahrten der edwardianischen Reihenhäuser, an denen sie vorbeikamen. Alles war proper und gut in Schuss.

»Dahinten ist es«, sagte Audrey, als sie in die Waldorf Road einbogen. »Nummer 48a.«

Das Haus war recht groß und hatte einen Säulenvorbau im Art-and-Crafts-Stil. Von den beiden Türen war eine rot, die andere blau gestrichen, und sie trugen die Hausnummern 48a und 48b.

Lewis öffnete das Holztor, und sie gingen auf dem kiesbestreuten Weg zum Eingang, Audrey vorneweg. Sie drückte den Klingelknopf neben der roten Tür, und es dauerte fast eine Minute, bis sie Schritte hörten.

Schlüssel rasselten im Schloss, dann öffnete sich die mit einer Kette gesicherte Tür einen Spalt weit, und eine kleine Frau mit rotgeweinten Augen erschien und musterte sie. Sogar aus diesem eingeschränkten Blickwinkel erkannte Lewis in ihr sofort Linda Gleads Schwester: das gleiche hellbraune Haar, hier wie bei einer viel älteren Frau in auftoupierte Locken gelegt, die gleiche Mutlosigkeit und die heruntergezogenen Mundwinkel. Obwohl der Grund hierfür natürlich auch der gerade erlittene Verlust sein konnte.

Audrey hielt ihr die Blumen hin.

»Jane Brown?«, fragte sie, und die Frau nickte. »Ich bin Audrey, und das ist Lewis. Wir gehören zu Lindas Nachbarn am Marchfield Square. Wir wollten vorbeischauen und Ihnen versichern, wie leid es uns allen tut.«

Janes Blick pendelte zwischen Audrey und Lewis hin und her, dann brach sie in Tränen aus und knallte die Tür zu.

»Mist«, sagte Lewis, aber Audrey hob die Hand. Sie hörten das Rasseln der Türkette, dann sprang die Tür wieder auf, und Jane stand vor ihnen, eine stämmige Frau, die sich mit zitternder Hand ein durchweichtes Taschentuch gegen die Nase presste.

»Das ist sehr freundlich von Ihnen«, sagte sie und trat beiseite, um die Tür weiter zu öffnen. »Kommen Sie doch herein. Entschuldigen Sie die Unordnung, aber ich hatte keinen Besuch erwartet. Ich wusste gar nicht, dass Linda Freunde hatte.« Bei den letzten Worten schluchzte sie auf und winkte sie herein.

Lewis, der Audrey ins Haus folgte, war ziemlich ratlos. Er hatte nicht bedacht, in welchem Zustand Lindas Schwester sein könnte, und jetzt fand er, dass es wohl besser gewesen wäre, wenn sie ein paar Tage gewartet hätten. Er bezweifelte, dass sie irgendetwas Nützliches aus der Frau herauskriegen würden.

Doch als die Schwester sie in das abgedunkelte Wohnzimmer geführt hatte, sich einige Male die Nase geputzt und unzählige nasse Taschentücher vom Couchtisch geräumt hatte, gewann sie allmählich die Fassung wieder. Lewis zückte sein Handy und las noch einmal die Fragen, die er sich vorher notiert hatte, aber als er aufblickte, sah Audrey ihn stirnrunzelnd an.

Was?!, formte er mit dem Mund, aber ihr Stirnrunzeln vertiefte sich, und sie schüttelte den Kopf.

»Tut mir leid, dass wir einfach so hereinplatzen«, sagte sie zu Jane, die sich auf den Sessel ihnen gegenüber hatte sinken lassen, eine Schachtel Kleenex auf dem Schoß. »Wir kannten Linda eigentlich gar nicht so gut, aber … also, wir fanden, wir hätten sie besser kennen sollen, wissen Sie? Schließlich war sie unsere Nachbarin. Sie hat sehr zurückgezogen gelebt.«

Jane nickte und putzte sich wieder die Nase.

»Ja, so war Linda«, sagte sie schniefend. »Schon bevor sie Richard kennenlernte, war sie sehr ruhig.«

»Sie hatte nicht viele Freunde?«, fragte Audrey.

»Nein, eigentlich nicht. Sie hatte nur mich und Alf.«

»Alf?«, fragte Lewis.

»Mein Mann.« Jane wies auf ein Hochzeitsfoto an der Wand. Eine deutlich jüngere Version von ihr in einem einfachen weißen Brautkleid stand neben einem untersetzten Mann mit rötlicher Gesichtsfarbe und extremem Kurzhaarschnitt. »Er ist gerade im Gottesdienst. Er hat angeboten, hierzubleiben, aber ich habe ihn hingeschickt. Sonst würde er mit niemandem darüber reden, obwohl es ihn ebenso tief getroffen hat wie mich. Er hat zwar Freunde, aber keine, mit denen er über seine Gefühle redet. Das ist bei Männern nun mal so, oder?« Dabei sah sie Lewis mit ihren rotgeweinten blassen Augen Zustimmung heischend an.

»Das … könnte gut sein«, stammelte dieser und erkannte mit leichtem Schrecken, dass es vielleicht nicht auf alle Männer zutraf, aber auf ihn ganz bestimmt.

»Aber mit Reverend Darren wird er reden, Gott sei Dank.« Jane nickte. »Alf hat Linda so geliebt, als wäre sie seine eigene Schwester. Wir dachten beide, jetzt, wo Richard nicht mehr ist …«

Wieder flossen Tränen, und sie riss eine Handvoll Papiertücher aus der Schachtel. Lewis warf einen Blick auf Audrey und fragte sich, was sie jetzt tun sollten, aber Audrey beachtete ihn gar nicht. Sie beugte sich zu Jane vor und sprach sanft und beruhigend auf sie ein, in dem Ton, den sie auch angeschlagen hatte, als er ihr erzählte, dass er Lindas Leiche gefunden hatte.

»Weinen Sie nur«, sagte sie und sah Jane mit ihren großen grünen Augen an. »Sie Ärmste. Ich mag mir gar nicht vorstellen, was Sie gerade durchmachen müssen.«

Jane nickte, und Tränen strömten ihr über das Gesicht, während sie die zusammengeknüllten Papiertücher gegen den Mund drückte.

»Sie hat ehrenamtlich im Tierheim gearbeitet, nicht wahr?«, fragte Audrey.

»Das stimmt.« Jane hielt kurz inne, rang nach Atem und trocknete sich die Augen. »Sie mochte Tiere lieber als Menschen. Das Tierheim in Battersea war der einzige Ort, an dem sie glücklich war. Und hier bei uns.«

»Das verstehe ich gut«, sagte Audrey und schaute sich um. »Sie haben ein schönes Zuhause.«

Eine Spur von Stolz trat in Janes Blick.

»Danke«, sagte sie, offensichtlich erfreut über das Kompliment. »Wir leben hier, seit wir geheiratet haben. Müssen jetzt schon fast fünfzehn Jahre sein.«

Lewis verlor allmählich den Faden. Wann konnte er endlich das Thema wechseln, ohne unhöflich zu erscheinen?

»Linda ist in die Kirche gegangen, wissen Sie«, sagte Audrey. »An dem Tag, als sie …«

Jane sah verblüfft aus.

»Wirklich?«

»Ja. Mei Chen ist meine Mitbewohnerin, außerdem war sie Lindas Anwältin. Ich traf die beiden, als sie gerade von der Polizei zurückkamen, aber Linda wollte noch kurz in die Kirche.«

»St. Luke's, oder?«, fragte sie, und Audrey nickte. »Also, das überrascht mich. Die Polizei denkt … Also, Sie wissen sicher, was die denken. Aber Linda fühlte sich immer so voller Hoffnung, wenn sie in der Kirche gewesen war. Deshalb ist sie auch bei Richard geblieben. Wir, ich und Alf, haben ihr immer gesagt, du hast dein Bestes getan, die Verhältnisse sind nicht mehr wie früher, die Kirche wird dich unterstützen, wenn du ihn verlässt, aber sie glaubte fest daran, ihn wieder zu dem Mann machen zu können, der er früher mal gewesen war.« Jane schüttelte den Kopf. »Manche Leute können nicht gerettet werden, und manche wollen es auch gar nicht, habe ich ihr gesagt, und auf manche trifft beides zu. Auf Richard Glead ganz bestimmt.«

»Ich konnte es nicht glauben, als ich es hörte«, sagte Audrey. »Sie sprach davon, sich einen Hund anschaffen zu wollen.«

»Ich glaube es immer noch nicht.« Jane schluckte. »Ich hab der Polizei versichert, dass sie das nie getan hätte, aber offenbar gibt es keine Anzeichen für Fremdverschulden. Es wird eine Obduktion geben und ein gerichtliches Verfahren zur Untersuchung der Todesursache. Linda hätte das gehasst. Sie hasste es, wenn Wirbel um sie gemacht wurde.«

Sie begann wieder zu schluchzen, und Lewis, der sich unbehaglich fühlte und die Sache beschleunigen wollte, entschied sich für einen direkteren Weg.

»Für Richard Glead wird es auch eins geben«, sagte er, und beide Frauen wandten sich ihm zu. »Ein gerichtliches Verfahren. Mord zieht jede Menge Bürokratie nach sich.«

»Das zumindest wird ihr erspart bleiben.« Jane rang nach Atem und tupfte sich die Augen. »Sie hatten sie immer noch in Verdacht, wissen Sie, obwohl Linda doch die ganze Zeit hier bei uns war. Unfassbar, oder?«

Jetzt kamen sie der Sache schon näher.

»Die ganze Zeit?«, fragte er. »Könnte es nicht sein, dass sie nachts noch mal weggegangen ist?«

»Sie wollen doch nicht etwa andeuten, dass Linda ihn umgebracht hat, oder?«, sagte Jane scharf.

»Nein, ich wollte nur … das heißt, ich meinte-«

»Ich dachte, Sie wären ein Freund von ihr!«

»Ich meinte nicht …« Er sah Audrey hilfesuchend an.

»Niemand glaubt, dass Linda es war.« Audrey sprach sanft und beruhigend, gleichzeitig durchbohrte sie Lewis mit ihren Blicken. »Schon bevor wir von ihrem Alibi erfuhren, hat es niemand geglaubt. Aber Marchfield Square gilt als sehr sicher, es gehen nicht viele Fremde ein und aus. Es war vermutlich einfacher für die Polizei, sich auf Linda zu konzentrieren, als nach einem Täter von außerhalb zu suchen.«

Jane schniefte und zog ein frisches Papiertaschentuch aus der Schachtel.

»Tja, typisch, oder? Ich hab denen gesagt, dass Linda die ganze Nacht hier war. Ich bin in meinem Sessel eingeschlafen, als ich auf sie gewartet hab, und bin um halb zwei aufgewacht, als sie endlich kam. Wir haben noch über eine Stunde geplaudert, dann sind wir ins Bett. Alf ist gegen halb sieben aufgestanden – er war schon immer Frühaufsteher –, ich um sieben, und Linda kam gegen acht runter.« Jane putzte sich heftig die Nase. »Die Polizei denkt wohl, dass sie es in drei Stunden zu Fuß hin- und wieder zurückgeschafft haben könnte, aber warum sollte sie das getan haben?«

»Das macht keinen Sinn«, bestätigte Audrey.

»Genau das hat Miss Chen auch gesagt.« Jane erwärmte sich für das Thema. »Wenn sie bereits auf dieser Seite der Stadt war, warum sich das Leben schwermachen? Linda war der sanftmütigste Mensch, den man sich vorstellen kann, aber sie war nicht dumm. Nie hätte sie mich und Alf so benutzt, niemals. Sie hat sich so geschämt, weil die Polizei uns vernommen hat.«

Jane warf Lewis wieder einen bösen Blick zu. Er spürte, dass er dringend ein paar Brücken bauen sollte.

»Das war doch nicht Lindas Schuld«, sagte er kopfschüttelnd und versuchte dabei, Audreys sanften Ton nachzuahmen. »Die Polizei hätte auf jeden Fall mit Ihnen sprechen müssen. Wegen Richard.«

Er schaute zu Audrey hin, die unmerklich nickte.

»Natürlich war es nicht Lindas Schuld«, sagte Jane, aber jetzt schüttelte sie ebenfalls den Kopf. »Ich dachte eigentlich, Richards Mörder, wer immer es war, hätte uns einen Gefallen getan, aber jetzt …« Wieder traten ihr die Tränen in die Augen.

»Wer könnte es gewesen sein, was glauben Sie?«, fragte Lewis, bereute seine Worte aber sofort.

»Keine Ahnung«, fuhr Jane ihn an. »Woher soll ich das wissen? Richard war mir egal. Aber Linda … Sie war meine kleine Schwester, und jetzt ist sie tot.« Sie rang nach Atem, in Tränen aufgelöst, und konnte nur noch abgehackt sprechen. »Ich weiß einfach nicht, was ich ohne sie anfangen soll.«

22

Audrey

Diesmal ließ Jane sich nicht beruhigen. Ihr Körper wurde von heftigen Schluchzern geschüttelt, und sogar als Audrey sie in den Arm nahm, ließ der Weinkrampf nicht nach. Audrey verfluchte sich innerlich, weil sie das Ganze nicht gründlicher durchdacht hatte. War doch klar gewesen, dass es nicht ablaufen würde wie im Fernsehen, wo die Angehörigen der Opfer stets stoisch ihre Trauer unterdrücken, während sie von der Polizei befragt werden. Sie hätte es besser wissen müssen.

Alles, was Audrey hören konnte, war Janes' Weinen und ihre eigenen gemurmelten Trostworte, also erschrak sie, als sie aufblickte und einen Mann in der offenen Wohnzimmertür stehen sah.

Obwohl er jetzt etliche Jahre älter war und seine Gesichtsfarbe nicht mehr rötlich, sondern fahl, erkannte Audrey ihn als Alf vom Hochzeitsfoto. Er sah sie verwirrt und misstrauisch an, diese fremde Frau, die seine Jane tröstete, fing sich aber rasch. Als Audrey die trauernde Jane losließ, war er blitzartig bei ihr, und sie warf sich in seine Arme und klammerte sich an ihn, als hinge ihr Leben davon ab.

Audrey und Lewis schwiegen, während Alf seine Frau festhielt und tröstliche Laute von sich gab, bis sie sich etwas beruhigte. Ohne ein Wort an die Besucher zu richten, führte er sie aus dem Zimmer, und sie hörten die Schritte des Ehepaars auf der mit Läufern ausgelegten Treppe, die nach oben führte, begleitet von seinem leisen Trostgemurmel.

Lewis, der geknickt wirkte, stand am Fenster und blickte hinaus in den Vorgarten. Dann drehte er sich zu Audrey um.

»War das meine Schuld?«, fragte er ruhig.

»Nein«, sagte sie und ließ sich wieder aufs Sofa sinken. »Du warst ein bisschen ungeschickt, aber daran lag es nicht. Es hat ihr einfach das Herz gebrochen.«

Er nickte und drehte sich wieder zum Fenster um, also betrachtete Audrey die Fotos, die an der Wand hingen. Auf einer alten Aufnahme standen die Schwestern in einem Garten, Linda ein paar Jahre jünger als Jane und in Schuluniform. Ein neueres Foto zeigte die beiden lächelnd und lachend. Es war ein Porträtfoto, man sah nur die Köpfe und Schultern, aber Linda trug weiß und Jane hatte Federn im Haar. Vielleicht war es bei der Hochzeit von Linda und Richard aufgenommen worden? Ein Gruppenbild beider Paare, Alf trug eine Comedy-Schürze und hielt eine Grillzange in der Hand, während Richard mit hocherhobenem Kopf dastand, den Arm um Lindas Hals geschlungen. Eine Aufnahme der Schwestern in jungen Jahren, Linda war ein kleines Mädchen von vielleicht fünf oder sechs, Jane vielleicht dreizehn oder vierzehn. Sie standen steif neben einer viel älteren Frau, vermutlich der Tante, die sie großgezogen hatte.

Was ihr am meisten auffiel, war, wie anders die beiden Frauen auf den Fotos aussahen. Solange Audrey sie kannte, hatte Linda immer verhuscht gewirkt, sich hinter glatt herabhängenden Haaren versteckt und es vermieden, anderen in die Augen zu sehen. Und Jane war jetzt nur noch ein Schatten ihrer selbst, von Trauer zerfressen. Doch auf diesen Fotos waren die Schwestern fröhlich, schön und voller Leben.

»Sah ein bisschen anders aus, damals, was?«

Audrey fuhr zusammen, als sie Alf in der Tür stehen sah,

den Blick ebenfalls auf die Fotos an der Wand gerichtet. Sie holte tief Luft, bevor sie antwortete, um ihren Herzschlag zu beruhigen.

»Ja.« Sie stand vom Sofa auf, und Alf blickte zwischen ihr und Lewis hin und her.

»Sie sind Freunde von Linda?« Er sprach schroff, wirkte aber nicht verärgert.

»Nicht direkt Freunde. Nachbarn.« Sie streckte ihm die Hand entgegen. »Ich bin Audrey.«

»Und ich Lewis«, sagte Lewis, der neben sie getreten war.

»Alf.« Er schüttelte ihnen beiden die Hand. »Es war nett, dass Sie gekommen sind. Bisschen früh vielleicht.«

»Das ist mir jetzt auch klar«, sagte Audrey. »Es war uns ein Anliegen, da wir ja Nachbarn waren und so, aber wir hätten nicht herkommen sollen. Wir sind nur so lange geblieben, weil Jane so schrecklich geweint hat. Mein herzliches Beileid.«

Alf rieb sich mit seinen dicklichen rosa Fingern die Augen und nickte.

»Danke. Unter normalen Umständen hätt ich Ihnen einen Tee angeboten, aber wenn's Ihnen nichts ausmacht …«

»Ja, natürlich.« Audrey griff sofort nach ihrer Tasche, die auf dem Sofa lag.

Sie folgten Alf zur Haustür, doch als er sie öffnete, um sie hinauszulassen, blieb Lewis plötzlich stehen.

»Und wie geht es Ihnen?«, fragte er Alf in einem für Audrey überraschend sanften Tonfall. »Für Sie muss es doch auch ein furchtbarer Schock gewesen sein.«

Alfs Augen wurden feucht, und er blinzelte ein paarmal.

»Das war's. Das war's.« Er krächzte ein wenig und räusperte sich. »Wir haben jung geheiratet, wissen Sie, und Linda war damals noch ein kleines Mädchen. Sie konnte es gar nicht abwarten, von der Tante wegzukommen, also haben

Jane und ich sie … wir haben sie nicht direkt großgezogen, aber …« Er räusperte sich wieder und blinzelte dabei unentwegt. »Es war ein Schock, genau wie Sie sagen.«

»Es war meine Schuld«, sagte Lewis unvermittelt. »Dass Jane so aufgelöst war. Ich habe den Mord an Richard erwähnt, und sie dachte, ich wollte andeuten, dass …«

»Ah. Ja, das erklärt es.« Alf nickte müde. »Obwohl nur ein Vollidiot annehmen könnte, dass Linda es war. Sie hat in ihrem ganzen Leben noch keine Pistole in der Hand gehabt. Er hat sich mit den falschen Leuten eingelassen. Konnte nicht ewig gut gehen. Leuten, die sich mit Paulo rumtreiben, kann schon mal was passieren.«

»Paulo?«, fragte Lewis, plötzlich ganz aufgeregt. »Paulo Ram?«

»Genau der. Kennen Sie ihn?«

»Ich habe von ihm gehört.«

Audrey sah ihn erstaunt an. Woher wusste Lewis, wer dieser Mann war?

»Alles rein geschäftlich, hat Rich immer behauptet, aber Sie wissen ja, was man sagt: Wer mit dem Feuer spielt …«

Alf öffnete die Tür noch ein Stück weiter, und sie verstanden den Wink und traten auf die Schwelle hinaus.

»Sagen Sie uns Bescheid, ob … ob es einen Trauergottesdienst geben wird?«, fragte Audrey.

»Ja.« Alf seufzte. »Es wird einen geben. Selbst wenn sich herausstellen sollte, dass sie …« Er sah sie direkt an, erwiderte ihren Blick. »Warum hat sie keinen Abschiedsbrief hinterlassen? Das kapier ich nicht. Warum hat sie keinen Abschiedsbrief für uns hinterlassen?«

Audrey schüttelte den Kopf.

»Ich weiß es nicht, Alf. Es ergibt überhaupt keinen Sinn.«

»Nein.« Jetzt klang es, als würde er mit sich selbst reden. »Tut es nicht.«

Er machte ihnen die Tür vor der Nase zu, noch bevor sie von der Eingangstreppe getreten waren, und als sie über die Waldorf Road zurück zur Bushaltestelle gingen, sagte Lewis ruhig: »Wenn Richard Glead etwas mit Paulo Ram zu tun hatte, ändert das alles.«

»Wer ist das?«

»Ein kleiner Gangster. Betreibt ein Pfandleihhaus in einer Seitenstraße der King's Road. Führt ein halbwegs respektables Leben, so auf neureiche Art. Hat überall seine Finger im Spiel. Er fungiert auch als Vermittler für einen anderen Akteur, der als ›der Fixer‹ bekannt ist und den noch nie jemand zu Gesicht bekommen hat. Die großen Fische setzen ihn als Problemlöser ein. Ram ist der Mittelsmann, was bedeutet, man will es sich auf keinen Fall mit ihm verderben.«

»Woher weißt du das alles?«

Lewis schwieg eine Weile, und sie sah ihn neugierig an.

»Es gibt da Online-Chats«, erklärte er schließlich. »Inoffizielle Newsgroups. Die Storys hinter den Schlagzeilen, solche Sachen. Beteiligte werden benannt, Verbindungen erklärt. Nicht direkt das Darknet, aber auch nicht direkt Nicht-Darknet.«

»Das klingt alles … ziemlich beängstigend.«

»Ja. Aber es ist auch eine gute Quelle, wenn man Material sammelt.«

Audrey schwieg, bis sie im Bus nach Battersea saßen. Sie wusste nicht genau, wie sie es finden sollte, dass Lewis jemand war, der im Darknet unterwegs war, aber zumindest bereitete es ihr Unbehagen. Also konzentrierte sie sich stattdessen darauf, wie seltsam es war, mit jemand anderem als Mei unterwegs zu sein. Ansonsten fuhr sie immer nur zur Arbeit, für alles andere fehlten ihr seit langem die Zeit und das Geld. Obwohl das hier ja auch Arbeit war, wurde ihr klar.

Lewis zückte sein Handy und begann zu tippen.

»Was machst du da?«

»Ich mache mir Notizen.«

»Sollten wir nicht besser besprechen, wie wir im Tierheim vorgehen wollen?«, fragte sie. »Eben fühlte es sich nicht gerade so an, als würden wir am gleichen Strang ziehen.«

»Nein, absolut. Gute Idee. Ein Anfang wäre schon mal gemacht, wenn niemand in Tränen ausbricht. Dann sehen wir weiter.«

23

Lewis

»Haben Sie einen Termin?«, krächzte eine Stimme durch die knisternde Gegensprechanlage am Eisentor des Tierheims.

»Nein.« Lewis beugte sich vor, um näher an der Sprechanlage zu sein. »Wir sind nicht wegen eines Hundes oder einer Katze hier. Wir möchten mit jemandem über Linda Glead sprechen.«

»Über wen?«

»Linda Glead. Eine ehrenamtliche Mitarbeiterin.«

»Einen Moment bitte.«

Die Sprechanlage verstummte. Lewis und Audrey blickten einander an.

»Wir hätten einen Termin machen sollen«, sagte Audrey. »Ich hatte keine Ahnung, dass das Tierheim so groß ist. Es muss hier unzählige ehrenamtliche Helfer geben.«

Das Tierheim war wirklich groß. Lewis musste schon Dutzende Male an der Einrichtung vorbeigekommen sein, hatte aber nie darauf geachtet. Das große Gebäude mit seiner Glasfront lag an der Battersea Park Road und war durch eine Reihe schwarzer Eisentore zugänglich, die das Hauptgebäude mit den Backsteinbögen unter der Bahnlinie verbanden, von der das Grundstück quer durchschnitten wurde. Hinter den schwarzen Toren war ein weitläufiger Komplex mit einem umgebauten Bahnwärterhaus in der Mitte erkennbar. Sogar die viktorianischen Bahnbögen waren umgebaut und mit Wänden, Türen und Fenstern versehen worden, sodass sie genutzt werden konnten.

Hinter ihnen rollte der Verkehr über die Straße, die Gerüche nach Autoabgasen und Asphalt vermischten sich in der feuchten Luft. Audrey hatte dem Tor den Rücken zugewandt und blickte auf die Straße, während Lewis neben der Gegensprechanlage darauf wartete, dass die Frau vom Empfang sich wieder meldete.

Er begann sich gerade zu fragen, ob sie vergessen worden waren, als die Sprechanlage knackte.

»Hallo?«

»Ja! Hallo«, sagte Lewis.

»Ich lasse Sie jetzt rein. Gehen Sie zum Empfang, dort erwartet Val Sie.«

Das Tor surrte, und Lewis hielt es für Audrey auf. Zusammen gingen sie durch den Hof auf das Gebäude mit der Glasfront zu.

Der großzügige Empfangsraum war in Magnolie gestrichen, einem rosé und beige abgetönten Weiß. Gegenüber dem Eingang befand sich ein geschwungener Tresen, rechts und links davon gingen Flure ab, an denen Büros lagen. Eine junge Frau mit Headset saß am Empfang, davor stand eine ältere Frau mit langen schwarzen Zöpfen und einer marineblauen Fleecejacke, die sie erwartete.

Sie kam ihnen entgegen. »Sie sind wegen Linda hier?«, fragte sie. Lewis nickte. »Ich bin Valerie James, die Ehrenamts-Koordinatorin.«

»Äh, hallo«, sagte Lewis, der ein wenig verblüfft war. Er hatte nicht erwartet, dass alle so entgegenkommend sein würden. »Ich bin Lewis McLennon, und das ist Audrey …« Er verstummte, als er merkte, dass er ihren Nachnamen vergessen hatte.

»Brooks«, sagte Audrey, leicht verärgert. »Hi.«

»Kommen Sie, wir gehen in mein Büro«, sagte Valerie. »Da können wir ungestört reden.«

Sie folgten ihr zu einem kleinen, nüchternen Büro mit einem Schreibtisch, auf dem sich zahlreiche Unterlagen stapelten, einem Drehstuhl und ein paar unbequem aussehenden Stühlen für Besucher. Die einzige Auflockerung war das kreisrunde Fenster in der Rückwand, vor dem eine buschige Pflanze stand.

Wie erwartet waren die Stühle hart. Vermutlich auch eine Methode, Termine möglichst kurz zu halten.

»Also, wie kann ich Ihnen helfen?«, fragte Valerie und nahm auf ihrem Bürostuhl Platz. »Sie werden Linda doch hoffentlich nicht festnehmen?«

Lewis stutzte. Valerie dachte offenbar, sie seien von der Polizei.

»Äh …«

»Wir sind nicht von der Polizei, Ms. James«, sagte Audrey, ohne Lewis auch nur einen Seitenblick zuzuwerfen. »Wir sind Freunde von Linda. Ich fürchte, wir haben schlechte Nachrichten.«

Die Frau zog die Brauen zusammen.

»Ach? Was für Nachrichten denn? Ist was passiert?«

»Ich fürchte, Linda ist tot. Sie ist am Freitagabend gestorben.«

Das darauf folgende Schweigen war so tief, dass Lewis begriff, was mit der Redewendung »eine Stecknadel fallen hören« gemeint war.

Valerie machte den Mund auf und schloss ihn wieder.

»Aber …«, brachte sie endlich heraus und blickte zwischen Audrey und Lewis hin und her. »Das kann nicht sein. Ich habe am Freitagabend noch mit ihr telefoniert. Was ist passiert?«

Lewis fühlte sein Herz pochen. »Wann genau am Freitagabend?«

Die Frau war zu geschockt, um nachzufragen, warum er das wissen wollte.

»Gegen acht vielleicht.«

»Weswegen hat sie angerufen?« Er versuchte, den lockeren Gesprächston beizubehalten, aber sie kniff die Augen zusammen.

»Wer sind Sie noch mal?«

»Nachbarn von Linda«, erklärte er, aber Audrey stieß ihn mit dem Fuß an. »Freunde von ihr. Freunde und Nachbarn.«

Der Ausdruck auf Valeries Gesicht zeigte deutlich, dass sie nicht überzeugt war. Sie warf einen Blick auf das Telefon, das auf ihrem Schreibtisch stand.

»Ging es um Muffin?«, fragte Audrey unerklärlicherweise. Sollte das irgendeine disruptive Taktik sein? Aber was es auch war, es funktionierte, denn Valeries Gesicht entspannte sich.

»Sie hat Ihnen von Muffin erzählt? Was ist passiert? Linda schien gesund und munter, als ich mit ihr sprach.«

Lewis runzelte die Stirn. Das war keine der abgesprochenen Fragen. Wie sollte er eine Vernehmung durchführen, wenn die anderen plötzlich von Muffins faselten?

»Das wissen wir nicht. Linda wurde tot in ihrer Wohnung aufgefunden, kurz nach Mitternacht. Die Polizei glaubt … also, sie halten es für möglich, dass es Selbstmord war.«

»Selbstmord?« Valeries Blick ging in die Ferne, als versuche sie, den Gedanken an Suizid mit der Linda zu verbinden, die sie kannte. »Das scheint mir nicht … Ich meine, warum sollte sie? Sie wollte Muffin adoptieren, das hat sie mir gesagt. Warum sollte sie das sagen, um sich dann …«

Aha! Muffin war ein Hund. Blöder Name.

»Ich weiß.« Audrey nickte. »Für uns ergibt das auch keinen Sinn, aber … Wir wussten nicht genau, ob die Polizei oder Lindas Schwester sich bei Ihnen melden würden, und wir wollten nicht, dass sich jemand wundert, wenn Linda nicht zu ihrer nächsten Schicht erscheint.«

In Valeries Augen glitzerten Tränen, und Lewis stellte sich auf einen weiteren emotionalen Ausbruch ein.

»Danke, das ist sehr aufmerksam von Ihnen.« Es gelang ihr, die Tränen zurückzuhalten. »Wir haben viele Ehrenamtler und Ehrenamtlerinnen, aber Linda war besonders beliebt im Hundehaus. Ein ruhiger, stiller Mensch, das war sie. Ein bisschen traurig. Eigentlich so wie viele unserer Hunde und Katzen auch. Sie konnte sehr gut mit Tieren umgehen. Sie war immer die Erste, die ich anrief, wenn ich eine Extraschicht besetzen musste.«

»Sie war so gern hier«, sagte Audrey, und es klang, als wären sie und Linda wirklich Freundinnen gewesen.

»Lindas Schwester meinte, das Tierheim sei einer der wenigen Orte gewesen, an denen sie glücklich war«, warf Lewis ein, bestrebt, nicht wieder außen vor gelassen zu werden. Valerie lächelte schwach.

»Auch das ist ein bisschen traurig, oder? Aber es ist schön, das zu hören. So etwas ist nicht ungewöhnlich bei den Leuten, die hier ehrenamtlich mithelfen. Aber sie bekommen doppelt so viel zurück, emotional gesehen.«

»Wie viele Schichten hat sie übernommen?«, fragte Audrey. »Lewis und ich können gern einspringen, wenn Sie nicht genug Leute haben. Linda hätte nicht gewollt, dass das Tierheim unter ihrem Tod leiden muss.«

Lewis warf ihr einen bösen Blick zu. Was sollte das denn? Er hatte keine Zeit, sich um irgendwelche Streuner zu kümmern!

»Das ist … sehr freundlich von Ihnen.« Valerie schniefte, gefährlich dicht davor, in Tränen auszubrechen. »Wir versuchen, nur Helferinnen und Helfer zu den Tieren zu lassen, die gründlich geschult sind, aber Linda hat tatsächlich sehr viele Schichten übernommen. Sie hatte viel Zeit, wegen ihrem Mann. Wir werden sie vermissen.«

»Wegen ihrem Mann?«, fragte Lewis.

»Er wollte nicht, dass sie arbeitet.« Valerie zog eine der Schreibtischschubladen auf, wühlte darin herum und zog eine Packung Taschentücher hervor. »Sie saß meistens zu Hause herum. Kommt mir nicht sonderlich gesund vor, aber so war es nun mal.«

»Gibt es jemanden, mit dem sie oft zusammengearbeitet hat?«, fragte Lewis, und als Valerie aufblickte, fügte er hinzu: »Jemanden, den wir informieren sollten?«

Sie putzte sich die Nase.

»Nur Nathan. Nathan Roper. Er hatte dieselben Schichten wie sie. Ich weiß nicht, ob sie sich gut kannten. Er kommt am Mittwoch, dann sage ich es ihm.«

»Wir sollten jetzt gehen.« Audrey stand auf, Lewis folgte ihrem Beispiel. Nach ihrer Erfahrung bei den Browns fanden beide, dass es besser war, einen erneuten Rauswurf möglichst zu vermeiden.

»Vielen Dank, dass Sie vorbeigekommen sind.« Auch Valerie erhob sich. »Kann nicht einfach für Sie gewesen sein. Glauben Sie, die Polizei wird noch einmal mit mir sprechen?«

Audrey sah Lewis an.

»Könnte gut sein«, antwortete er ehrlich. »Nach der Obduktion. Hängt davon ab, was dabei herauskommt.«

Valerie sog scharf die Luft ein, nickte aber. Als sie zum Empfang zurückkamen, blieb Audrey kurz stehen und zog ein abgegriffenes Geschäftskärtchen aus der Handtasche.

»Hier«, sagte sie und überreichte es Valerie. »Wenn Sie doch mal Hilfe brauchen, rufen Sie mich an. Ich möchte nicht, dass Sie unterbesetzt sind.«

»Vielen lieben Dank.« Valerie schniefte. »Und nochmals Danke, dass Sie uns Bescheid gesagt haben.«

Sie gingen über den Hof zu den Eisentoren und warteten darauf, dass die junge Frau vom Empfang auf den Öffner drückte und sie hinausließ.

»Das lief doch ziemlich gut, finde ich«, sagte Lewis, als sie zusammen die Straße entlanggingen, den Wind im Gesicht. »Wir wissen jetzt, dass Linda am Freitagabend um acht noch am Leben war und offenbar auch nicht beabsichtigte, etwas daran zu ändern, und wir haben den Namen von jemandem, dem sie sich möglicherweise anvertraut hat. Wir könnten nachher mal versuchen, diesen Nathan ausfindig zu machen, vielleicht redet er ja mit uns. Zudem ist dieses Mal niemand zusammengebrochen. Das ist schon mal ein Fortschritt.«

Audrey stemmte sich gegen den Wind und vergrub die Hände in den Jackentaschen.

»Und was nun, Sherlock?«, fragte sie. »Mit wem reden wir als Nächstes?«

Er überlegte einen Moment, und plötzlich wurde ihm bewusst, dass er, entgegen seiner Behauptung, die Ermittlungen eher nicht alleine durchführen konnte. Widerstrebend musste er zugeben, dass Celeste recht gehabt hatte: Audrey konnte gut mit Menschen umgehen. Mit ihrer einfühlsamen Art und sanften Stimme hatte sie die Befragten dazu gebracht, sich zu öffnen. Das war eine gute Technik. Er würde es üben müssen.

»Lindas Mann hat regelmäßig Pokerabende veranstaltet, richtig?«

»Jeden ersten Freitag im Monat. Seit drei Jahren. Wie kann es sein, dass du das nicht mitgekriegt hast?«

Er zuckte die Achseln.

»Ich war beschäftigt.« Beschäftigt damit, kein Buch zu schreiben, fügte er bei sich hinzu. »Woher weißt du das denn?«

»Von Manny und Joe.« Es klang, als müsste man die Namen kennen, aber er brauchte ein paar Sekunden, bis ihm einfiel, dass das die Typen waren, die über ihm wohnten, direkt neben den Gleads. »Und von Mrs. H, die unter ihnen wohnt, klar. An seinen Pokerabenden war Richard immer besonders aggressiv und laut.«

»Oh. Ja, ich habe immer meine Kopfhörer auf, also …« Da war es wieder, dieses miese Gefühl. »Wenn es Mord war, handelt es sich vermutlich um ein- und denselben Täter, vielleicht auch um eine Täterin. Die Wahrscheinlichkeit, dass eine Frau achtundvierzig Stunden nach ihrem Ehemann ins Jenseits befördert wird, ohne dass ein Zusammenhang zwischen den Fällen besteht, dürfte verschwindend gering sein, oder? Wenn wir also herausfinden, wer Richard ermordet hat, wissen wir auch, warum der Täter meinte, er müsse auch Linda loswerden. Und da wir Lindas nicht sonderlich lange Liste von Freunden bereits abgeklappert haben, heißt das, wir müssen mit seinen Freunden anfangen.«

»Einschließlich Paulo Ram?«

»Besonders Paulo Ram. Wir müssen seine Gangsterfreunde ausfindig machen und sie ein bisschen aufscheuchen. Mal sehen, was dabei rauskommt.«

Audrey biss sich auf die Lippen, aber anstatt zu protestieren, stieß sie eine Reihe kurzer Atemstöße aus, die sich in der kalten Luft in weißen Dunst verwandelten.

»Gangster aufscheuchen. Cool. Gar kein Problem.«

»Das habe ich nicht gesagt«, versetzte Lewis, bereute es aber sofort, als er sah, wie alle Farbe aus ihren Wangen wich. »Aber es muss sein. Und wir müssen alle unter die Lupe nehmen, die die Gelegenheit hatten, den Mord zu begehen. Das heißt, die Bewohner von Marchfield Square.«

»Alle?«

»Alle. Jeder kommt in Frage. Nicht mal uns beide können wir ausschließen.«

24
Audrey

Am Abend hatte Audrey es sich auf dem Chenille-Sofa bequem gemacht, das Mei gekauft hatte, als sie hier eingezogen waren. Ihr uralter Laptop war aufgeklappt und zeigte das Ergebnis ihrer Google-Bildersuche nach Londoner Gangstern, und jetzt schrieb sie Lewis.

Audrey Brooks
Ich fass es nicht. Einer von Richards Pokerkumpels ist tatsächlich Paulo Ram.

Typ aus Nr. 5
Und der andere?

Audrey Brooks
Offenbar ein gewisser Chaz Shaw. Hat er irgendwelche ausgefallenen Spitznamen?

Typ aus Nr. 5
Nicht dass ich wüsste, aber mit dem ist nicht zu spaßen. Irgendwas Interessantes auf Richards Social Media?

Audrey Brooks
Er war da nicht sehr aktiv. Ein neues Profilbild auf Facebook letztes Jahr hat ihm ein paar Likes eingebracht, aber das war's auch schon.

»Was machst du da?«, fragte Mei, die mit einem Glas Wein in der Hand hereinkam. Sie trug eine graue Velourshose und einen weiten rosa Pullover, beides frisch gewaschen, nach dem Duft von Weichspüler zu urteilen.

»Ich überprüfe die Social-Media-Plattformen der Gleads und google Gangster.«

»Aber klar doch«, sagte Mei und ließ sich in einen Sessel sinken. »Aus irgendeinem bestimmten Grund?«

Audrey zögerte. Sie und Mei waren gestern ganz kurz davor gewesen, sich zum ersten Mal richtig zu streiten, und sie brannte nicht gerade darauf, das Thema wieder zur Sprache zu bringen, wenn es sich vermeiden ließ. Aber sie würde Mei nicht anlügen.

»Wie sich herausgestellt hat, sind Richard Gleads Pokerfreunde Kriminelle. Paulo Ram und Chaz Shaw.« Sie hörte, wie Mei scharf die Luft einsog. »Kennst du die?«

»Ich habe von ihnen gehört.« Mei setzte sich aufrechter hin. »Und die waren hier?«

Audrey drehte den Laptop herum, damit Mei sich die Fotos auf dem Bildschirm ansehen konnte.

»Das sind sie, oder? Die Männer, die wir an Richards Pokerabenden hier gesehen haben?«

»Ach du Scheiße«, hauchte Mei.

Audrey drehte den Laptop wieder zurück. »Ja.«

»Die Polizei hat Linda nach Richards Freunden gefragt, und sie nannte sie Paul und Charles. Die Nachnamen kannte sie angeblich nicht.«

»Glaubst du, sie hat die Wahrheit gesagt?«

»Das dachte ich eigentlich schon, aber jetzt … ich weiß nicht.« Mei schwieg eine Weile und nippte an ihrem Wein. »Ich weiß, ich habe mich gestern unmöglich aufgeführt wegen dieser Detektivspielerei, aber doch nur, weil ich mir Sorgen um dich mache. Die Polizei weiß offensichtlich nichts von Ram und Shaw, aber sobald sie das rausfinden, werden sie sich darauf stürzen. Du darfst solchen Leuten nicht in die Quere kommen. Die machen dich fertig.«

»Ich weiß«, sagte Audrey, und das stimmte. Sie stellten jetzt seit knapp vierundzwanzig Stunden Nachforschungen an, und schon bereute sie ihre Zusage, für Celeste tätig zu werden. »Aber die Polizei irrt sich. Linda hat Freitagabend um acht noch im Tierheim angerufen, um Bescheid zu sagen, dass sie Muffin adoptieren will. Das war, nachdem sie von ihrem Besuch in der Kirche nach Hause gekommen war. Selbst wenn sie Richard umgebracht hätte, was könnte in diesen vier Stunden passiert sein, das sie dazu gebracht hat, sich das Leben zu nehmen?«

»Ich werde morgen in der Rechtsmedizin Dampf machen, damit die Obduktion und die Blutuntersuchungen beschleunigt werden. Aber du musst der Polizei die Ermittlungen überlassen, Auds.« Meis Augen wurden ganz groß, so nachdrücklich versuchte sie, Audrey begreiflich zu machen, worum es ihr ging. »Es sind schon Prozesse geplatzt, weil sich irgendwer eingemischt hat. Du musst das ernst nehmen!«

»Was, glaubst du, mache ich?«, fuhr Audrey sie an, mäßigte sich dann aber. »Entschuldige. Sieh mal, im Moment tun wir weiter nichts, als mit Leuten über Linda zu reden. Diese Frau hatte keine Freunde, Mei. Sie hatte nur ihre Schwester und die Leute aus dem Tierheim in Battersea. Also denkt die Polizei, niemand würde sich die Mühe machen, sie umzubringen.« Sie schluckte. »Linda mag ein unauffälliges, bescheidenes Leben geführt haben, aber es war doch trotzdem bedeutsam. Wenn es kein Selbstmord war, kommen entweder eine natürliche Todesursache oder Mord in Frage, und wenn sie eines natürlichen Todes gestorben ist, warum hat sie dann nachts ihre Wohnungstür offen stehen gelassen? Das wäre in jedem Fall seltsam, besonders aber für eine Frau, deren Mann gerade ermordet wurde. Wenn es aber Mord war, dann müssen die beiden Fälle zusammenhängen. Die Polizei glaubt, dass Linda erst ihn getötet hat und dann sich selbst, daher wird praktisch nicht ermittelt. Wir versuchen nur, irgendwas zu finden, das auf den Täter oder ein Motiv hinweist, bevor die Spur kalt wird.«

Mei schwenkte ihren Wein im Glas herum und dachte darüber nach.

»Versprichst du mir, dass das alles ist?« Audrey nickte, aber Mei blickte ihr fest in die Augen. »Du wirst nicht losziehen, um mit Ram oder irgendwelchen anderen Gangstern zu reden?«

»Ich verspreche es«, sagte sie und versuchte, das Engegefühl in ihrer Brust zu ignorieren.

»Danke.« Mei seufzte. »Also, was steht als Nächstes auf der Agenda von Celeste van Durens Ermittlern? Wen wollt ihr euch morgen vornehmen?«

»Morgen Vormittag muss ich arbeiten und versuchen, ein paar meiner Putztermine für den Rest der Woche zu verschieben. Lewis will einen ehrenamtlichen Helfer aus dem Tierheim ausfindig machen, der möglicherweise mit Linda befreundet war. Wenn sie ermordet wurde, muss es *irgendetwas* geben, wodurch sie ins Visier des Täters geraten ist, und die Kirchengemeinde und das Tierheim waren alles, was sie hatte. Es sei denn, sie war doch in Richards Geschäfte involviert, also werden wir uns auch Ram und Shaw näher ansehen. Wenn das Motiv nicht in Lindas Leben zu suchen ist, muss es etwas mit Richard zu tun haben.«

»Das gefällt mir nicht«, sagte Mei.

»Ich weiß nicht mal, womit Richard seinen Lebensunterhalt verdient hat. Wieso hat er sich privat mit Gangstern getroffen?«

»Laut Linda war er Antiquitätenhändler«, antwortete Mei mit einem Achselzucken. »Er hatte einen Laden in der Pimlico Road. Linda wusste nichts Näheres, hat sie jedenfalls behauptet. Aber wenn er mit Ram zusammengearbeitet hat, ging es vermutlich um Geldwäsche oder den Handel mit Kunst als Druckmittel.«

»Kunst als Druckmittel?«

»Die Bosse in kriminellen Organisationen erwerben gern Kunstwerke, die sie als Druckmittel bei Verhandlungen mit den Strafverfolgungsbehörden einsetzen können. Wenn sie erwischt werden und es so aussieht, als könnte es zur Anklage kommen, können sie eine verringerte Haftzeit aushandeln, indem sie anbieten, irgendein Kunstwerk von unschätzbarem Wert oder etwas von nationaler Bedeutung zurückzugeben.«

»Machst du Witze? So nach dem Motto: ›Es gibt eindeutige Beweise gegen mich, und eigentlich müsste ich in den Knast, aber wenn ich die Mona Lisa zurückgebe, ist die Sache erledigt‹?«

Mei lachte.

»Ja, so in etwa. Ist unserer Kanzlei letztes Jahr bei einem unserer größten Fälle passiert. Die Polizei hat zwei Jahre gebraucht, um eine lückenlose Beweiskette aufzubauen, viele Zeugen waren bereits im Zeugenschutzprogramm untergebracht. Der Fall war absolut wasserdicht. Dann bot der Beschuldigte einen Renoir im Austausch für eine Verfahrensabsprache an. Es gab wochenlang Zoff mit der Abteilung für Kunstdelikte, aber am Ende musste er nur ein Jahr in einer

Haftanstalt mit minimaler Sicherheitsstufe absitzen. Und die Untersuchungshaft wurde auch noch angerechnet.«

Audrey griff aufgeregt nach ihrem Handy.

»Es gibt also noch einen weiteren Ermittlungsansatz«, sagte sie, während sie einen völlig anderen Text eintippte.

»Wie bitte?«

»Das werde ich der Polizei sagen, wenn ich die Information weitergebe.« Als sie fertig war, legte sie das Handy beiseite und lächelte Mei unschuldig an. Dann klappte sie den Laptop zu und griff nach der Fernbedienung. »Wollen wir uns irgendwas ansehen? Wonach ist dir heute?«

Mit einem Seufzer kuschelte Mei sich wieder in ihren Sessel.

»Gut. Aber bitte keinen Krimi. Von solchen Dramen hatte ich heute mehr als genug.«

25

Lewis

Die Putzfrau
Mei sagt, Richard Glead war Antiquitätenhändler. Wenn er mit Ram zusammengearbeitet hat, könnte es etwas damit zu tun haben, Kunstwerke als Druckmittel einzusetzen.

Lewis McLennon
Das ergibt Sinn. Aber wenn die Polizei herausfindet, dass Glead für Gangster gearbeitet hat, werden sie alles ganz genau unter die Lupe nehmen, einschließlich Linda. Vielleicht wusste sie irgendwas über Richards Ermordung und wurde deswegen umgebracht. Diese Leute mögen keine losen Enden. Wir müssen schnell sein, bevor die Polizei uns ausbremst.

Die Putzfrau
Ist das etwas Schlechtes? Zumindest würde es bedeuten, dass ordentlich ermittelt wird.

Lewis McLennon
Natürlich ist das etwas Schlechtes! Hat sie noch irgendwas gesagt?

Die Putzfrau
Linda kannte Richards Freunde unter den Namen Paul und Charles und wusste nichts über seine Geschäfte.

Lewis McLennon
Schon komisch, findest du nicht? Wann können wir uns morgen frühestens treffen?

Die Putzfrau
Vormittags muss ich arbeiten und noch einiges regeln. Treffen wir uns um 2 im Hof?

Lewis McLennon
Geht klar.

Einiges regeln. Wie konnte sie sich mit so etwas befassen, wo ihre Ermittlungen doch gerade angelaufen waren? Dabei fiel ihm ein, dass er seinen Chef noch nicht um Urlaub gebeten hatte.

Seine Finger glitten über die Tastatur, bevor ihm überhaupt bewusst wurde, was er da schrieb.

Lieber Steve,

ich hasse diesen Job und nehme mir einen Monat frei. Während dieser Zeit will ich nichts von dir hören, in welcher Eigenschaft auch immer. Wir sehen uns im Dezember. Bedauerlicherweise.

Lewis

Er grinste. Wäre es nicht wunderbar, diese Mail so abzuschicken? Obwohl sein Chef sie vielleicht gar nicht richtig verstehen würde. Allein schon deshalb, weil das Wort »Mate« nicht darin vorkam. Lewis wusste mit Sicherheit, dass Steve eine Privatschule in Somerset besucht hatte, umso peinlicher, dass er wie jemand aus der Londoner Arbeiterklasse sprach, nur weil das gerade als cool und lässig galt.

Lewis löschte den Text und schrieb eine neue Mail, die professioneller war, wenn auch verlogen. Er erfand eine Mär über eine schwerkranke Verwandte, die niemanden sonst hatte, der sie in ihren letzten Tagen pflegen konnte, was aller Voraussicht nach nicht mehr, aber auch nicht weniger als dreißig Tage in Anspruch nehmen würde. Er entschuldigte sich für die Unannehmlichkeiten und betonte, er würde es vollkommen verstehen, wenn Steve es für notwendig hielt, ihn zu entlassen und Ersatz für ihn zu finden. Er bedaure es unendlich, aber Familie sei nun mal Familie. Nichts für ungut.

Als Lewis auf »Senden« drückte, wurde ihm klar, dass er es vielleicht ein wenig übertrieben hatte, aber er hatte seinen Chef auch noch gebeten, ihn kurz anzurufen, also war die Situation hoffentlich noch zu retten. Steve war nicht gerade die hellste Kerze auf dem Kuchen. Vielleicht war ihm der versteckte Wunsch in der Mail sogar entgangen.

Nur konnte Lewis es sich leider nicht leisten, seinen Job zu verlieren. Er brauchte ihn. Vielleicht war er ihm aus genau diesem Grund so verhasst.

Schließlich kehrte er zu seinem Manuskript zurück und ließ seine fiktiven Zeugen hilfreicher sein als die realen. Bislang hatten sie kaum etwas Brauchbares erfahren. Abgesehen davon, dass Richard Glead seine Frau unterdrückt und misshandelt hatte, und das hatten offenbar alle außer Lewis bereits gewusst.

Der einzige echte Hinweis war Gleads Verbindung zum organisierten Verbrechen. Richard Glead und seine zwielichtigen Freunde – Paulo Ram und Chaz Shaw. Shaw war nur ein kleiner Fisch, aber Ram war ein übler Bursche. In den Foren, auf denen Lewis unterwegs war, wurde regelmäßig erwähnt, dass er für »den Fixer« arbeitete.

Der Fixer wurde eingesetzt, um Tatorte zu reinigen, Leichen und belastende Beweise loszuwerden. Niemand wollte jemanden zum Feind haben, der den Fixer kannte. Aber wie kam es, dass ein gesetzestreuer Antiquitätenhändler in diesen Kreisen gelandet war? Die Antwort lautete wohl schlicht, dass seine Geschäfte eben nicht ganz sauber gewesen waren.

Lewis las sich noch einmal durch, was er gerade geschrieben hatte.

Harding rieb sich die Falte zwischen den Augen und leerte sein Whiskeyglas. Nichts passte zusammen. Wenn Ricky das organisierte Verbrechen verärgert hatte, warum hatten sie ihn zuerst umgebracht? Harding wusste, wie Gangster tickten. Entweder nahmen sie sich die Ehefrau vor, um den Gatten einzuschüchtern, oder – wenn sie Prinzipien hatten – sie erledigten ihn sofort. Sie brachten nicht erst den Mann um und dann seine Frau.

Es sei denn …

Harding hob den Kopf und blickte noch einmal auf das Whiteboard, ließ den Blick über die Pfeile gleiten, die von einem Bild zum anderen liefen, Verbindungen anzeigten. Alles führte zu Ricky Speen zurück.

Lewis starrte auf den letzten Absatz. Beim Schreiben gab man sozusagen alle Zutaten in einen Topf, ließ alles köcheln und hoffte, dass sich quasi von selbst Antworten ergeben hatten, wenn man sich wieder an den Schreibtisch setzte.

Irgendwas an dem Fall – dem echten Fall – war komisch. Lewis war sich sicher, zu neunundneunzig Prozent sicher, dass Linda Glead ermordet worden war. Aber die Frage nach dem Warum gab einige Rätsel auf.

Eine stille Frau, die ein ruhiges Leben geführt hatte, wenn man es denn überhaupt ein Leben nennen konnte. Richard war ein böser Bube gewesen, der sich mit noch böseren Buben abgegeben hatte; seine Ermordung konnte kaum verwundern. Wenn Linda zuerst umgebracht worden wäre, würde das bedeuten, dass entweder jemand Richard hatte Angst einjagen wollen oder sie selbst der Kopf des Ganzen gewesen war. Wäre sie vor ihrer Ermordung zusammengeschlagen worden, hätte das bedeuten können, dass sie zwar nicht direkt beteiligt war, aber mehr wusste, als den bösen Buben lieb war. Oder nicht genug wusste. Aber sie still und leise zu töten, nachdem man den Gatten aus dem Weg geräumt hatte? Ohne eine Spur zu hinterlassen? Das roch nach Planung und ließ vermuten, dass Linda das eigentliche Ziel gewesen war, und eben das konnte Lewis nicht begreifen.

Es sei denn …

Harding hob den Kopf und blickte noch einmal auf das Whiteboard, ließ den Blick über die Pfeile gleiten, die von einem Bild zum anderen liefen, Verbindungen anzeigten. Alles führte zu Ricky Speen zurück.

Zu Ricky und Lindsey Speen.

26

Audrey

Montage sind selten erfreulich, dachte Audrey, als sie wieder zu Hause angelangt war, aber sie konnte sich nicht erinnern, wann sie zuletzt einen so schlimmen Montag erlebt hatte.

Sie hatte das vierstöckige Stadthaus der Channings in sehr effizienten drei Stunden geputzt und Mrs. Channing danach mitgeteilt, dass sie nächste Woche nicht kommen konnte. Ab dem Punkt war es rapide bergab gegangen. Mrs. Channing hatte praktisch einen hysterischen Anfall erlitten und volle zehn Minuten gejammert, sie wisse nicht, wie sie so lange ohne Putzfrau auskommen solle, und ob Audrey nicht wisse, dass sie viel zu beschäftigt sei, um sich um eine neue Kraft zu kümmern. Und das nur, damit ihre unzuverlässige Reinigungskraft vierzehn Tage auf den Malediven verbringen könne.

So geduldig, wie ihre brodelnde Wut es zuließ, hatte Audrey erklärt, dass sie bereits eine Vertretung organisiert habe, eine frühere Kollegin aus der Agentur, sie zudem seit zwei Jahren keinen Urlaub mehr gehabt habe und sie nicht auf die Malediven zu fliegen gedenke, weil sie eine alleinstehende Frau sei, die nur den Mindestlohn dafür bekomme, die Badezimmer anderer Leute zu putzen. Nichts von alldem hatte die aufgebrachte Mrs. Channing auch nur ansatzweise besänftigt.

Denselben Zirkus hatte sie mit drei weiteren Kundinnen mitmachen müssen, als sie anrief, um ihnen mitzuteilen, dass sie nächste Woche nicht kommen könne. Mehr als zwei Jahre quasi perfekter Dienstleistung, und nicht einer dieser Leute hatte Verständnis für ihre Lage gezeigt oder ihr auch nur einen schönen Urlaub gewünscht.

Sie war noch dabei, ihre Winterjacke aufzuhängen, als jemand gegen die Wohnungstür hämmerte. Sie spähte durchs Guckloch und sah Lewis davorstehen.

Sie begrüßte ihn mit einem »Hallo«, als sie öffnete, und unterdrückte den Drang, ihn anzuschreien, weil er so laut geklopft hatte. Er sah verschwitzt aus.

»Ich habe dich gerufen, seit du in die Straße eingebogen bist«, sagte er schwer atmend. »Du gehst ja ziemlich schnell!«

»Tut mir leid, ich hab dich nicht gehört.« Sie trat zur Seite, um ihn einzulassen. »Tee?«

»Lieber Kaffee«, sagte er. »Danke.«

Er zog seine Jacke aus und warf sie über einen der Küchenhocker. Sie widerstand dem Drang, das Teil zu nehmen und an der Garderobe aufzuhängen, und füllte stattdessen Wasser in den Kocher, bemüht, ihre miese Stimmung zu zügeln.

Er zog sich einen Hocker heraus und setzte sich an den Tresen. Als sie die Schranktür öffnete, fiel ihr ein, dass sie auf dem Nachhauseweg vergessen hatte, neuen Kaffee zu besorgen. Sie griff nach dem Notfall-Glas.

»Geht auch Instantkaffee?«

»Oh, äh. Ja, klar.« Aus seinem Ton ging deutlich hervor, dass er nicht begeistert war, aber höflich sein wollte. Sie wäre jede Wette eingegangen, dass er ein Kaffee-Snob war. Wahrscheinlich hatte er zu Hause ein teures Gerät mit unzähligen Funktionen.

»Wie ist es mit deinen Kunden gelaufen?«, fragte er.

Audrey seufzte.

»Nicht so gut. Vier Kundinnen habe ich gesagt, dass ich Urlaub nehme, und alle haben mich angeschrien. Jede einzelne. Und die übrigen muss ich heute Nachmittag anrufen und mir das Ganze noch fünf weitere Male anhören.«

»Wie viele Putzstellen hast du denn?«

»Zehn, einschließlich Celeste.«

»Zehn!? Lieber Himmel.«

»Wie ist es mit deinem Chef gelaufen? Hat er zugestimmt, dass du unbezahlten Urlaub nimmst?«

Lewis fuhr sich durch seine Locken und zerzauste sie noch mehr.

»Ja, alles gut. Er rief heute Morgen an und sagte ...« Jetzt imitierte Lewis offenbar seinen Chef, denn er fuhr mit aufgesetztem Cockney-Akzent fort: »›Kein Problem, Mate, nimm dir alle Zeit, die du brauchst, aber du weißt schon, dass du kein Gehalt bekommst, oder?‹ Und das war's.«

Es war ein Glück, dass er verlegen dreinsah, denn in diesem Moment hätte Audrey ihm liebend gern eine runtergehauen.

»Aha«, brachte sie stattdessen hervor. »Also ... das ist ja schön.«

»Tut mir leid, dass es bei dir so ein Desaster war.«

»Danke. Also, heute Nachmittag statten wir Ram einen Besuch ab?«

»Richtig. Ich dachte, wir überlegen uns irgendeinen Vorwand für den Besuch in seinem Pfandleihhaus. Statt offen und ehrlich zu sein.«

»Gute Idee.« Sie stieß die Luft aus. »Um unter dem Radar zu bleiben.«

»Genau.« Er trank einen Schluck Kaffee und runzelte die Stirn.

»Tut mir leid«, sagte sie. »Ich wollte auf dem Nachhauseweg ein neues Paket Kaffee besorgen, aber ich hab's vergessen.«

»Hmm? Nein, nein, nicht der Kaffee. Obwohl der ziemlich schlecht ist. Es ist nur, dass wir bislang nicht mal wissen, wie sie umgebracht wurde, ganz zu schweigen vom Motiv oder der Frage, wer die Gelegenheit zur Tat hatte.«

Seine belehrende Art ging ihr heute noch mehr als sonst auf die Nerven, und erneut überkam sie der Drang, ihm eine runterzuhauen.

»Das weiß ich alles selbst. Hast du dir Notizen gemacht, als du Lindas Leiche gefunden hast? Sofort danach, wie bei Richard?«

»Klar.«

»Kann ich die mal sehen?«

Er errötete leicht.

»Ähm, sie sind nicht direkt … ich meine, sie sind ein wenig … wie soll ich sagen … geschäftsmäßig.«

Ach, jetzt machte er sich Gedanken darüber, wie er rüberkam?

»Ich versteh schon. Kann ich die Notizen bitte sehen?«

Es schien ihm unangenehm zu sein, aber er tippte auf seinem Smartphone herum und drehte das Gerät zu ihr herum.

> Sitzt auf dem Sofa, aufrecht, Kopf nach rechts gesackt. Augen offen, blutunterlaufen und glasig. Haare wirr. Bläuliche Verfärbungen an den Nasenflügeln und in den Mundwinkeln. Hände auf dem Schoß, Handflächen nach unten, Finger leicht gekrümmt, saubere Nägel. Beine parallel, Knie zusammen, nach rechts geneigt, Füße gekreuzt. Körper kühl, nicht kalt. Trägt eine weiße Bluse (keine Flecken), lila Rock mit Blumenmuster, schwarze Strumpfhosen. Schuhe stehen im Flur.

Sofa und Sessel: schwarzes Leder, sehr sauber. Ein Samtkissen auf einem der Sessel.

Couchtisch: Mahagoni, blank poliert. Ein halb volles Glas Wasser auf einem silbernen Untersetzer, Porzellanteller mit rosa Rosenmuster, darauf weiße Krümel.

Handtasche auf dem Boden neben dem Sofa. Vorhänge zugezogen. Licht brennt. Im Wohnzimmer keine Einbruchsspuren. Alles sehr sauber und ordentlich. KEINE MÜNZE.

Trotz der nüchternen Beschreibung konnte Audrey das Bild klar vor sich sehen: Linda, immer noch in den Sachen, die sie getragen hatte, als sie Richards Leiche gefunden hatte, endlich wieder zu Hause, nachdem sie von der Polizei vernommen worden war, in ihrer Wohnung, in der sie jetzt sicher war. Sie ruhte sich nach zwei furchtbaren Tagen bei einem Getränk und vielleicht einem Sandwich aus, benutzte aber immer noch einen Untersetzer, weil es ihr zur Gewohnheit geworden war, alles immer hübsch sauber und ordentlich zu halten.

»Alles in Ordnung?«, erkundigte sich Lewis nervös. »Wie schon gesagt, es ist ein bisschen …«

»Kalt«, beendete sie den Satz für ihn und hustete, um den Kloß im Hals loszuwerden. »Ja. Aber hilfreich.«

Lewis nahm sein Handy wieder an sich. Er wirkte leicht beschämt.

»Inwiefern?«

»Es hilft uns herauszufinden, wie sie starb. Ich verstehe jetzt, warum die Polizei von Selbstmord ausgeht.«

»Wie meinst du das?«

»Ihr Mann ist gerade ermordet worden, sie hat die Leiche gefunden. Sie wird zur Vernehmung aufs Polizeirevier gebracht und verbringt die Nacht dort, dann wird sie weiter vernommen. Sie verlässt das Polizeirevier und geht nach Hause, nachdem sie noch kurz in der Kirche war. Sie duscht nicht und zieht sich nicht um, sondern beschließt, sich mit einem Glas Wasser und einem Sandwich etwas zu entspannen.«

Es dauerte ein wenig, bis er begriff.

»Verdammt«, sagte er, als es ihm dämmerte. »Eine leichte Mahlzeit, um die Verdauung anzuregen, und ein Glas Wasser, um die Tabletten herunterzuschlucken. Sie warten auf die Bestätigung der Rechtsmedizin, dass sie irgendwelche Tabletten geschluckt hat.«

»Warum hast du am Ende ›keine Münze‹ notiert?«

»Ist dir am Fundort von Richards Leiche die Silbermünze auf dem Küchentisch aufgefallen? Ich dachte, das ist vielleicht eine Art Visitenkarte oder Botschaft.«

»Und?«

Er zuckte die Achseln.

»Und nichts. Es ist ein Manx Angel, geprägt 2017 auf der Isle of Man. Ich habe im Internet recherchiert, aber abgesehen von einem Attentäter aus der Zeit des Kalten Kriegs, der in den sechziger Jahren aktiv war, benutzt offenbar niemand eine solche Münze als Visitenkarte. Und wenn es eine Botschaft war, war sie nur für Richard gedacht.«

Einige Minuten saßen sie schweigend mit ihren Bechern da.

»Was war dein erster Gedanke?«, fragte sie schließlich. »Du musst doch irgendeine Theorie gehabt haben, als du sie gefunden hast.«

»Also, ja. Die blutunterlaufenen Augen deuteten auf einen Erstickungstod hin, aber es gab keine Anzeichen eines

Kampfes. Keine Strangulationsmale am Hals, keine Abwehrverletzungen, keine Abschürfungen oder Kratzer im Gesicht. Vielleicht wurde sie vergiftet. Manche Gifte verursachen eine Atemlähmung oder einen anaphylaktischen Schock, aber ich habe am Glas gerochen, und es war nur Wasser darin. In reinem Wasser lässt sich ein Gift nur sehr schwer tarnen.«

Audrey legte die Hände an den Hals, als bekäme sie keine Luft mehr, um sie dann in den Schoß fallen zu lassen. Sie landeten mit den Handflächen nach unten, die Finger nach innen gebogen.

»Ersticken ist wohl am wahrscheinlichsten«, sagte sie und griff nach ihrem Tee, um das Engegefühl in der Brust zu lindern. »Wenn es kein Selbstmord war, meine ich. Die blutunterlaufenen Augen und die bläulichen Verfärbungen … Ich bin sicher, dass ich das schon mal in einer Folge von *CSI* gesehen habe, und wag es ja nicht, das Gesicht zu verziehen!«

»Tue ich gar nicht!«

»Ich hab's doch gesehen. Jedenfalls, entweder das oder eine Vergiftung. Kann man ein Sandwich vergiften?«

»Vermutlich. Allerdings wüsste ich nicht, wie. Ich forsche da später noch mal nach. Vielleicht ist sie ja einfach an dem blöden Ding erstickt. Ein Unfall. Obwohl dann vermutlich mehr in Unordnung geraten wäre, wegen der Todeskrämpfe und so.«

»Reizend.«

»Sorry.«

»Man kann sich vermutlich nicht selbst ersticken, oder?«

»Vielleicht doch«, sagte er nachdenklich. »Aber wie beseitigt man danach die Spuren?«

Sie überlegten noch eine Weile hin und her, dann trank Audrey ihren Tee aus. Sie hatte genug davon, sich schreckliche Todesarten für Linda auszumalen.

»Na los«, sagte sie und rutschte vom Küchenhocker.

»Sprechen wir mit den übrigen Anwohnern, und dann gehen wir zu dir, und du zeigst mir deinen schicken Kaffeevollautomaten.«

»Woher weißt du, dass ich einen schicken Kaffeevollautomaten habe?«, fragte er, leerte ebenfalls seinen Becher und griff nach seiner Jacke.

»Nur so ein Gefühl.«

»Und wir gehen nicht in meine Wohnung«, erklärte er.

»Warum nicht?«

»Sie ist nicht vorzeigbar. Es ist schon ein Weilchen her, dass ich gründlich saubergemacht habe.«

»Ganz ehrlich.« Sie zog ihre Winterjacke an. »Hast du jemals gründlich saubergemacht?«

»Ähm …« Er errötete wieder, und sie lächelte erwartungsvoll. »Nein.«

»Wunderbar.«

27
Lewis

Lewis konnte sich nicht erinnern, den Square je so menschenleer erlebt zu haben. Wenn er sich morgens auf den Weg ins Büro machte, gingen auch andere Leute zur Arbeit, so wie die Frau mit den aschblonden Locken und dem kleinen Sohn oder Audreys Mitbewohnerin, immer perfekt gekleidet im Business-Kostüm und mit Aktentasche. Und wenn er heimkam, kehrten auch andere nach Hause zurück oder schlenderten ziellos umher, beispielsweise der Captain oder der Gärtner. Doch an einem Montagnachmittag um Viertel vor drei war es fast unheimlich ruhig hier, und als er mit Audrey in der Mitte des verlassenen Gartens stand, stellte er fest, dass er die Wohnanlage mit ganz neuen Augen sah.

»Wo sind denn alle hin?«, fragte er. Der Wind fuhr durch die Baumkronen und verteilte neues Laub auf den Rasenflächen.

»Vermutlich bei der Arbeit oder sie erledigen irgendwas«, sagte Audrey. »Oder sie sind in ihren Wohnungen. Normalerweise komme ich erst nach vier nach Hause. Also, klopfen wir an ein paar Türen.«

»Und was sagen wir dann?«

»Ich weiß es nicht. Wir improvisieren.«

Lewis war mit diesem Ansatz nicht wirklich glücklich, aber da ihm nichts Besseres einfiel, folgte er Audrey, die ihre

Runde auf seiner Seite des Platzes begann. Zuerst versuchten sie es bei der Frau mit der Pelzkappe aus Nr. 6, seiner direkten Nachbarin, die nicht zu Hause war. Dann bei den Männern in der Wohnung über ihm, Joe und Emmanuel, die zu Hause waren und sehr gern bereit waren, mit Audrey über die Gleads zu reden. Emmanuel, hochgewachsen, Anfang dreißig, mit hellbrauner Haut und einem exakt gestutzten Bart, stand in der Wohnungstür und teilte ihnen klipp und klar mit, dass Linda seiner Ansicht nach ermordet worden war.

»Hab ich's nicht gesagt?« Er wandte sich an seinen Partner Joe, der kleiner und stämmiger war, rötliche Wangen hatte und das braune Haar zurückgekämmt trug. »Kurz nachdem du nach Hause gekommen bist, habe ich Stimmen gehört, erinnerst du dich?« Er wandte sich wieder an Lewis. »Kurz nach elf war das. Die Polizei meint, das warst wahrscheinlich du, als du hochgegangen bist und sie gefunden hast.«

Lewis schüttelte den Kopf.

»Ich bin erst kurz nach Mitternacht hochgegangen. Ich habe ein Geräusch gehört, bin rausgegangen und habe gesehen, dass ihre Wohnungstür nur angelehnt war. Ich habe gerufen, aber niemand hat geantwortet.«

»Wahrscheinlich hast du dich nur in der Zeit geirrt«, sagte Joe zu Emmanuel. »Und du hast niemanden auf der Treppe gehört, also hast du dir die Stimmen vielleicht nur eingebildet. Bleib auf dem Teppich, Manny. Es ist auch so schon tragisch genug.«

»Und wie kommt es, dass ich niemanden auf der Treppe gehört habe?« Emmanuel verschränkte die Arme. »Denn wenn es Lewis' Stimme war, die ich gehört habe, hätte ich ihn auf jeden Fall auch hochgehen hören, so laut, wie das auf dieser verdammten Treppe immer ist. Aber um Mitternacht habe ich schon geschlafen, deswegen habe ich Lewis nicht hochgehen hören, und daher kann es auch nicht seine Stimme gewesen sein, die ich gehört habe.« Triumphierend blickte er sie der Reihe nach an. »Die haben Linda umgebracht, weil sie Richard erschossen hat!«

Joe seufzte.

»Du solltest dir weniger oft True-Crime-Sendungen ansehen.«

»Hast du an dem Abend, an dem Richard erschossen wurde, irgendwas gehört?«, fragte Lewis und sah, dass Audrey die Augen verdrehte. Er verstand nicht, warum. Die Polizei redete bei Befragungen auch nicht groß drumherum, also warum sollte er das tun?

»Nein, wir waren alle drüben und haben uns von dem Laubengang vor Meis und Audreys Wohnung aus das Feuerwerk angesehen«, antwortete Joe. »Du warst der Einzige, der zu Hause war. In deiner Wohnung brannte Licht, das haben wir gesehen.«

»Ich hatte ganz vergessen, dass Bonfire Night war«, sagte Lewis verlegen. »Als ich nach Hause gekommen bin, habe ich sofort meine Kopfhörer aufgesetzt. Ich habe nichts mitbekommen.«

»Eine schöne Ausrede«, bemerkte Manny und schürzte die Lippen.

»Wer Richards Freunde wohl waren?«, fragte Audrey, die entschlossen schien, jede Frage so umständlich wie möglich einzuleiten.

»Keine Ahnung«, sagte Joe und schnüffelte plötzlich. »Verdammt, mein Schmortopf!« Damit verschwand er in der Wohnung.

Emmanuel schüttelte den Kopf. »Er immer mit seinen Schmortöpfen«, seufzte er und neigte dann nachdenklich den Kopf. »Einer hieß Paul, glaube ich. Einmal gab es einen furchtbaren Streit – eine der Gelegenheiten, bei denen ich rübergegangen bin. Es ging wohl darum, dass dieser Paul Richard in Schwierigkeiten gebracht hatte und Linda glaubte, Richards Freunde würden sie beobachten. Oder dass es ihr nicht gefiel, wie sie sie ansahen, ich weiß es nicht. Wie dem auch sei, Richard wurde stinkwütend, und am nächsten Tag war Lindas Arm eingegipst.« Er seufzte. »Sie hätte ihn gleich damals erschießen sollen.«

Als Nächstes versuchten sie es bei den Hetheringtons. Nur Philip war zu Hause, der mit seinem Rollstuhl zur Tür gefahren kam und sich zwar höflich und gut gelaunt gab, aber entschieden erklärte, sie hätten nichts gehört und nichts gesehen. Trotz Audreys scheinbar beiläufiger Art, Fragen zu stellen, zeigte er kein Interesse daran, Spekulationen über Lindas trauriges Hinscheiden anzustellen.

»Eine furchtbare Sache«, sagte er, die Hände im Schoß gefaltet. »Richard Glead hat zweifellos bekommen, was er verdient hat, und man könnte Linda keinen Vorwurf machen, wenn sie ihn getötet hat. Aber es wäre nur gut, wenn die Polizei richtigliegt, finden Sie nicht? Besser für Celeste und für uns alle hier.«

Dagegen konnten sie kaum etwas einwenden.

»Das war ein totaler Reinfall«, bemerkte Lewis, als sie den Garten durchquerten, um an Audreys Seite des Squares weiterzumachen. »Wen befragen wir jetzt?«

»Sarah Scott ist verreist.« Audrey blickte zu Nr. 8 hoch. »Sie sind letzte Woche nach Yorkshire gefahren, um ihre Eltern zu besuchen. Sarah können wir also ausschließen. Also auf zu Nr. 3.«

Sie gingen den Plattenweg entlang zum Ende der Häuserzeile und der Wohnung unter der von Audrey. Ein kalter Wind wehte, sogar auf dem relativ geschützten Platz, und Lewis zog die Winterjacke enger um sich, als Audrey an die Tür klopfte.

»Wer wohnt hier noch mal?«, fragte Lewis. Er war sich ziemlich sicher, dass er in der Lage sein würde, die übrigen Anwohner in einer Menschenmenge zu erkennen, aber ihm ging plötzlich auf, dass er den Mieter von Nr. 3 wohl noch nie zu Gesicht bekommen hatte.

»Victor.« Ihr Ton verriet ihre Ungläubigkeit darüber, dass er diese Frage stellte. »DeFlore.«

Sie warteten.

Niemand öffnete.

»Nicht zu Hause«, stellte Audrey fest. »Versuchen wir es beim Captain.«

Sie kehrten zum Anfang der Häuserzeile zurück und klopften an die Tür von Nr. 4. Captain Gordon öffnete sofort, umweht von Old Spice, und begrüßte sie enthusiastisch.

»Hallo, hallo«, sagte er. »Sie sind hier, um mich nach den Gleads zu fragen, stimmt's?«

»Äh …«, begann Lewis.

»Ja, tatsächlich«, sagte Audrey. »Woher wussten Sie das?«

Der Captain lachte in sich hinein.

»Der Flurfunk geht auch an mir nicht vorbei. Sie glauben also, dass Mrs. Glead ermordet wurde, was?«

Lewis runzelte die Stirn und spürte, wie Audrey neben ihm sich anspannte. Irgendjemand hatte die anderen vorgewarnt, dass sie kommen würden.

In diesem Moment hörten sie hinter sich ein Geräusch und drehten sich zum Ende der Häuserzeile um, gerade noch rechtzeitig, um einen Mann im Garten verschwinden zu sehen. Lewis sah Audrey an, die der Gestalt mit offenem Mund hinterherstarrte.

»Victor haut ab«, rief sie fassungslos. »Warum macht er das?«

Ohne groß zu überlegen, rannte Lewis los, lief quer über den Rasen und durch die Büsche, um den Mann abzufangen, bevor er das Tor erreichte. Der Platz war nicht groß, und Lewis war gut dreißig Jahre jünger als der Mann vor ihm. Er überholte ihn problemlos, legte vor dem Eisengeländer eine Vollbremsung hin und blockierte den Eingang.

Der Mann aus Nr. 3 blieb stehen und starrte ihn an. Er war untersetzt und muskulös, hatte kurzgeschorenes graues Haar und trug einen schwarzen Mantel und abgeschabte braune Straßenschuhe. Lewis wurde schnell klar, dass er Victor DeFlore nicht daran hindern konnte, das Tor zu passieren, wenn der das wollte.

Audrey tauchte neben ihm auf, das Gesicht gerötet.

»Victor!« Sie klang geschockt. »Warum laufen Sie vor uns weg?«

»Ich laufe nicht weg«, versetzte Victor, »ich bin spät dran.« Er atmete schwer, während sein Blick unstet zwischen Lewis und Audrey hin- und herhuschte.

»Wir haben bei Ihnen geklopft, aber Sie haben nicht aufgemacht«, sagte Lewis.

»Weil ich spät dran bin.« Er bedeutete Lewis, der immer noch den Eingang blockierte, den Weg freizumachen. »Und jetzt lassen Sie mich durch.«

Lewis trat zögernd zur Seite, aber Audrey nahm seinen Platz ein und stellte sich vor Victor.

»Nun seien Sie nicht so«, sagte sie, jetzt mit sanfter Stimme. »Wir wollten doch nur …«, aber Victor unterbrach sie.

»Ich weiß, was Sie wollten«, fuhr er sie an. Wenn er sich aufregte, verstärkte sich sein Akzent. »Fragen stellen. Detektiv spielen.«

Lewis lief rot an, und Audrey lachte verlegen.

»Also, ja. Ein wenig. Celeste hat uns gebeten, mal zu sehen, was wir herausfinden können.« Sie zuckte die Achseln. »Sie wissen ja, wie sie ist.«

Victor sah Lewis an. »Wer ist dieser Mann?«

Sie zog Lewis nach vorn.

»Das ist Lewis McLennon aus Nr. 5. Wir sind uns neulich in der Wohnung der Gleads begegnet. Wir haben uns kurz ausgetauscht, und er erwähnte, dass er noch nicht viele Leute hier kennt, also dachte ich mir, ich führe ihn mal rum und stelle ihn vor.« Sie brachte das so unbefangen vor, dass Victor, der immer noch finster dreinschaute, nickte, als wäre es das Natürlichste auf der Welt für Audrey, Leute einfach so in ihren Wohnungen zu überfallen. »Außerdem, Sie wissen es ja bereits, hat Celeste uns gebeten, mal mit allen Nachbarn zu reden, um zu sehen, wie sie damit zurechtkommen. Mit dem allem.«

Victor musterte Lewis von oben bis unten und entspannte sich ein wenig.

»Dachte ich mir's doch, dass ich Sie nicht kenne.« Sein Ton wurde milder. »Wann sind Sie eingezogen?«

»Ähm … eigentlich schon vor einer ganzen Weile.« Lewis geriet ins Schwimmen. »Ich bin nicht so gut darin …« Worin? Freundschaften zu schließen? Leute kennenzulernen?

»Sich etwas Mühe zu geben«, beendete Audrey den Satz für ihn. Lewis sah sie böse an, aber dann stieß Victor ein leises Lachen aus.

»Ich weiß, was Sie meinen«, sagte er und streckte Lewis seine Hand entgegen. »Ich schätze meine Privatsphäre ebenfalls sehr. Schön, Sie kennenzulernen.«

Lewis drückte dankbar die ihm dargebotene Hand. Er hatte schon zu fürchten begonnen, dass er der einzige normale Mensch hier war.

»Freut mich auch.«

»Frauen schließen dauernd Freundschaften, ist Ihnen das schon mal aufgefallen?«, bemerkte Victor. »Sie sammeln sie geradezu, egal, wo sie hingehen. Wir Männer, wir brauchen dieses ganze Zusammengeglucke nicht.«

»Genau.« Lewis nickte nachdrücklich. »Völlig richtig!«

»Nur zusammen ist man stark«, erwiderte Audrey lächelnd. »Jeder braucht Freunde, sogar ihr beide. Ehrlich, es ist ein Glück, dass ich hier bin.«

Lewis war erstaunt, dass Audrey ihn als Freund bezeichnete, aber Victor erwiderte ihr Lächeln, und die Spannung verflog. Wusste Audrey, was für eine Wirkung sie auf Menschen hatte, oder war das unabsichtlich?

»Geht es Ihnen denn gut, Viktor?«, fragte sie. »War ja ein echter Schock, das mit Richard und Linda und der Polizei.«

Victors Lächeln erstarb.

»Einfach schrecklich, die Sache«, meinte er kopfschüttelnd. »Gordon sagt, Sie haben Richards Leiche gesehen?«

»Wir beide«, antwortete Audrey. »Und Lewis hat Linda gefunden, am Freitagabend.«

Victor machte ein ernstes Gesicht und schnalzte mit der Zunge. »Verdammte Schande. Die arme Frau.«

»Haben Sie …«, begann Lewis, aber Audrey trat ihm heftig auf den Fuß.

»Gegen Mitternacht war es, nicht wahr?«, fuhr sie fort und sah ihn an.

»Ähm, ja«, sagte Lewis, verwirrt über diese Unterbrechung. »Ich habe Schritte gehört und wollte nachsehen, ob alles in Ordnung ist. Lindas Wohnungstür war offen.«

»Sehr verdächtig«, bemerkte Audrey. »Sie verstehen jetzt, warum Celeste denkt, dass mehr dahinterstecken könnte.«

»Verdächtig?« Victor blickte erst Audrey an, dann Lewis. »Aber es heißt doch, dass es Selbstmord war.«

»Vielleicht, vielleicht auch nicht«, antwortete Audrey. »Die Polizei wartet noch den Obduktionsbericht ab, bevor alle hier erneut befragt werden.«

»Erneut befragt?« Victor runzelte die Stirn. »Aber was könnte ich der Polizei schon sagen? Ich kannte die Gleads kaum, und ich habe nichts gesehen und nichts gehört. Das habe ich bereits zu Protokoll gegeben.«

»Sie waren also an dem Abend zu Hause?«, fragte Lewis, bestrebt, endlich zur Sache zu kommen. »Ihnen ist nichts Ungewöhnliches aufgefallen? Sie haben niemanden hier gesehen, den Sie nicht kannten?«

»Nein, niemanden. Ich glaube, mir ist aufgefallen, dass in Nr. 10 noch Licht brannte, aber das ist auch alles.«

»Sind Sie noch weggegangen?«, erkundigte sich Audrey.

»Weggegangen? Nein. Warum sollte ich?«

»Das Licht …«

»Wir versuchen nur, uns ein Bild davon zu machen, wo die Nachbarn an besagtem Abend waren«, erklärte Lewis, aber er musste etwas Falsches gesagt haben, denn Victors Gesicht wurde wieder starr.

»Das geht Sie überhaupt nichts an«, fuhr er ihn an. »Überlassen Sie das der Polizei.«

Lewis machte den Mund auf, aber Audrey packte ihn am Handgelenk.

»Ja.« Ihre Stimme klang sanft und mitfühlend. »Das sollten wir wohl. Sie wissen ja, wie Celeste ist. Sie wollte wissen, was auf uns zukommt, aber wir werden eben abwarten müssen, zu welchem Ergebnis die Polizei kommt. Entschuldigen Sie, dass wir Sie aufgehalten haben, Victor. Wohin wollen Sie denn?«

Der Themenwechsel schien Victor zu verwirren.

»Oh. Äh. Einkaufen. Ja, ich muss zum Metzger.« Er sah sie beide nacheinander an. »Ich hoffe, Sie irren sich. Und Celeste ebenfalls. So etwas können wir hier nicht brauchen.« Er drohte ihnen mit dem Finger. »So etwas können wir überhaupt nicht brauchen.«

»Das war sehr verdächtig«, meinte Lewis, als sie sich unter den Bäumen hindurchduckten, den Rasen überquerten und zu Audreys Häuserzeile zurückkehrten. »Niemand muss so dringend zum Metzger. Er hat versucht, uns aus dem Weg zu gehen.«

»Und dann der Rest.«

»Was meinst du?«

Sie blieb vor Victors Wohnung stehen.

»Ist dir das nicht aufgefallen? Angeblich hat er am Freitagabend gesehen, dass noch Licht in Nr. 10 brannte. Nr. 10 kann man von hier aus gar nicht sehen, die Sträucher verdecken die Sicht. Aber als ich ihn fragte, ob er noch weggegangen ist, hat er das verneint.«

Lewis warf einen Blick zurück auf Victors Wohnung und schaute dann über den Garten hinweg zur gegenüberliegenden Häuserzeile. Audrey hatte recht. Er konnte eine Ecke seiner Wohnung und der Wohnung darüber sehen, aber die Wohnungen Nr. 6 und Nr. 10 wurden vollständig durch die hohen Sträucher verdeckt. Er zückte sein Handy.

»Sehr gut.« Er machte eine Notiz. »Erwischt.«

»Das muss gar nichts zu bedeuten haben. Vielleicht hat er etwas durcheinandergebracht oder sich falsch erinnert. Er kannte die Gleads kaum, da bin ich mir sicher. Warum sollte er Richard oder Linda umbringen? Das ergibt keinen Sinn.«

»Trotzdem.«

Sie schlenderten den Plattenweg entlang zurück zur Wohnung von Captain Gordon, der sie vor seiner Tür erwartete, ein begeistertes Grinsen im Gesicht.

»Sie haben sich den Kerl geschnappt, was?«, sagte er, die Hände in den Taschen seines Blazers vergraben. »Klasse Show.«

»Hallo, Captain«, sagte Audrey. »Wir wollten Victor nur noch erwischen, bevor er weg war, das ist alles.«

Der Captain lachte schallend, und Lewis grinste unwillkürlich.

»Das ist Ihnen gelungen.« Der Captain lächelte breit, und die Spitzen seines silbernen Schnurrbarts glänzten in der Wintersonne. »Das wird ein Spaß, wenn ich das bei unserem nächsten Filmabend erzähle. Also. Wie ich Celeste van Duren kenne, und ich glaube, ich kenne sie gut genug, sind Sie in ihrem Auftrag tätig. Warum kommen Sie nicht rein und erzählen mir, was Sie bisher rausgefunden haben?«

28

Audrey

Als sie die Wohnung des Captains verließen, beschlich Audrey das ungute Gefühl, dass er mehr Informationen von ihnen erhalten hatte als sie von ihm. Er hatte Linda am Freitagabend nach Hause kommen sehen, aber davon abgesehen hatte er nicht viel mitbekommen, nur das Licht in Lindas Wohnzimmerfenster bemerkt und ein mehrmaliges Piepsen vom Seiteneingang, der nicht weit von seinem Schlafzimmerfenster entfernt lag. Auf die genaue Uhrzeit hatte er nicht geachtet, war aber sicher, dass er um halb elf ins Bett gegangen war, um vor dem Einschlafen noch eine Weile zu lesen.

Audrey hatte sich indes dabei ertappt, wie sie immer wieder kleine Details preisgab, während der Captain den Zeitablauf schilderte, soweit er ihm bekannt war. Lewis, der ihr zuerst nur böse Blicke zugeworfen hatte, begann leicht zu schnauben und schließlich frustrierte Knurrlaute auszustoßen.

Schließlich hatte er sie praktisch aus der Wohnung gezerrt, obwohl sie ihren Tee noch nicht ausgetrunken hatte, und sobald Captain Gordon die Tür hinter ihnen geschlossen hatte, fuhr er sie an: »Eigentlich solltest du Informationen sammeln, nicht freigiebig verteilen!«

»Das weiß ich!«, blaffte sie zurück, verärgert über sich selbst. »Er sagte immer wieder irgendwas, das nicht ganz richtig war oder lückenhaft, und da kam es mir furchtbar unhöflich vor, ihn nicht aufzuklären. Ich weiß nicht, wie er das gemacht hat.«

»Nächstes Mal überlass das Reden mir.«

»Träum weiter«, murrte sie.

Als sie weitergingen, hörten sie das schwache Piepsen des Tors. Jemand hatte den Square betreten.

»Hey«, sagte Audrey, »mir kommt da gerade eine Idee: Die elektronischen Türschlösser zeichnen doch auf, wer kommt und geht, oder? Glaubst du, Celeste hat die Protokolle?«

»Möglich.« Seine Stimme klang immer noch verärgert. »Aber vielleicht sind die Schlüsselkarten nicht personalisiert. Dixon hat nichts von Zugangsprotokollen erwähnt, und man sollte doch annehmen, dass er das getan hätte, wenn es uns helfen könnte.«

»Lohnt sich trotzdem, mal danach zu fragen.«

Er nickte. »Auf jeden Fall.«

»Audrey, Schätzchen!«

Sie hatten den Innenhof zur gleichen Zeit erreicht wie Mrs. Hildebrandt, die die Wohnanlage gerade mit ihrem Freund Fraser betreten hatte. Sie trug wieder ihre Pelzkappe, und eine Wolke von Chanel No 5 hüllte Audrey ein, als sie näher kam.

»Hallo, Mrs. H«, sagte Audrey und versuchte, ein Niesen zu unterdrücken, da das Parfüm ihre Nase reizte. Lewis stand stumm neben ihr, als wäre die Frau nicht seit fünf Jahren seine direkte Nachbarin.

Sie hing an Frasers Arm, als widerstrebe es ihr, ihn wieder loszulassen, und Audrey verstand warum. Bisher hatte sie ihn nur aus der Entfernung gesehen, wenn er Mrs. Hildebrandt durch den Square begleitete, aber er war ein hochgewachsener Gentleman um die sechzig, silbergraue Haare, kurzgeschnittener weißer Bart, mit einer leichten natürlichen

Bräune. Das schwarze Hemd und die hellbraune Wildlederjacke betonten seinen athletischen Körperbau, und wenn er lächelte, sah er aus wie ein Filmstar.

»Wie schön, Sie zu sehen, Schätzchen.« Mrs. Hildebrandt küsste sie auf beide Wangen. »Fraser, das ist Audrey, sie wohnt in Nr. 7. Audrey, das ist Fraser Townsend.«

»Schön, Sie kennenzulernen.« Audrey erwiderte sein Lächeln. »Und das ist Lewis. Er wohnt in Nr. 5.«

Lewis hob grüßend eine Hand.

»Hi.«

»Was geht denn hier vor?«, fragte Mrs. Hildebrandt und blickte mit einer erhobenen perfekten rotbraunen Augenbraue von Audrey zu Lewis. »Ich wusste gar nicht, dass Sie beide sich kennen.« Dann schürzte sie die Lippen. »Mir war nicht klar, dass er überhaupt jemanden hier kennt.«

Audrey lachte, als sie Lewis' Miene sah.

»Damit liegen Sie nicht ganz falsch, Mrs. H«, sagte sie. »Wir haben uns erst vor kurzem kennengelernt, und seitdem treffen wir uns gelegentlich.«

»Aha«, bemerkte Fraser, und seine verträumten blauen Augen zwinkerten. »Die Blicke trafen sich in einem Raum voller Menschen, so in etwa?«

»Eigentlich in einem Raum mit einer Leiche darin«, bemerkte Audrey, und diesmal war es Lewis, der lachte. Sie hatte ihn bisher noch nie lachen hören.

Frasers Lächeln erstarb.

»Tut mir leid, das war geschmacklos«, sagte sie rasch. »Wir kennen uns seit dem Tag, an dem Richard Glead ermordet wurde. Na ja, als seine Leiche entdeckt wurde. Und Lewis hat auch Linda gefunden.«

Mrs. Hildebrandt begann zu zittern, und ihre Hand fuhr unwillkürlich an ihren Hals. Sofort legte Fraser den Arm um sie.

»Das arme liebe Mädchen.« Ihre Augen füllten sich mit Tränen. »Und das nach allem, was sie mit diesem furchtbaren Kerl durchmachen musste. Obwohl man natürlich nicht schlecht über die Toten sprechen sollte. Wenn er nicht gewesen wäre, hätten wir beide uns nie kennengelernt.« Fraser runzelte bei dieser Bemerkung die Stirn.

»Wirklich?«, fragte Lewis. »Wie das?«

»Ach, das ist eine ausgesprochen langweilige Geschichte. Sie werden sie sicher furchtbar kitschig finden«, sagte Mrs. Hildebrandt in einem Tonfall, der verriet, dass ihr nichts lieber wäre, als zum Erzählen ermutigt zu werden.

»Okay«, sagte Lewis, und Audrey seufzte innerlich und versuchte, ihn nicht gegen das Schienbein zu treten.

»Erzählen Sie doch«, sagte sie lächelnd. Sie hatte dieses Spiel schon häufiger mit Mrs. Hildebrandt gespielt. »Ich bin sicher, es ist überhaupt nicht kitschig.«

»Also wenn Sie mich so drängen«, begann Mrs. Hildebrandt, sah Fraser an und klimperte mit den Wimpern. »Eines Tages habe ich einen Schaufensterbummel gemacht und kam zufällig an Gleads Antiquitätenladen vorbei. Ich sah ihn im Laden an seinem Schreibtisch sitzen, und plötzlich überkam mich der Drang – ich fühlte mich praktisch getrieben –, das Geschäft zu betreten und ihm gehörig die Meinung zu geigen. Das war im September, nachdem er ihr den Arm gebrochen hatte, Sie erinnern sich?«

Audrey schnitt eine Grimasse. »Ja.«

»Er schien überrascht, mich zu sehen, aber drehte den Charme auf. Er dachte wohl, ich wäre gekommen, um eine von seinen schrecklichen Reproduktionen zu kaufen. Aber ich teilte ihm klipp und klar mit, wenn er nicht aufhören würde, seine Frau zu schlagen, würde ich mich jeden Tag vor seinem Geschäft aufstellen und allen seinen Kunden sagen, dass er ein Frauenschläger ist. Das gefiel ihm überhaupt nicht, wie Sie sich vorstellen können. Er wurde unangenehm. Packte mich am Arm und warf mich praktisch aus dem Laden, direkt in die Arme eines vorbeikommenden Engels.« Sie legte eine Hand auf Frasers Brust. »Du bist in den Laden gegangen und hast ihm gesagt, was du von ihm hältst, nicht wahr?«

»Das habe ich in der Tat«, bestätigte Fraser, dem die Sache ein wenig unangenehm zu sein schien. »Das ist doch keine Art, eine Dame zu behandeln, habe ich ihm gesagt. Ich habe sofort gemerkt, dass du eine Frau von Klasse bist.«

Mrs. Hildebrandt lächelte affektiert und zupfte an ihren Haaren herum. Audrey zwang sich zu einem Lächeln und fragte sich, ob er wohl auch zur Rettung einer Frau ohne Pelzkappe und Designerschuhe, so abgetragen und abgestoßen sie auch sein mochten, herbeigeeilt wäre.

»Ich bestand darauf, ihn zum Dank zum Lunch einzuladen, und wie sich herausstellte, konnte er sich an meine Filme erinnern. Wir haben uns bestens unterhalten, und seitdem sind wir unzertrennlich, nicht wahr, Liebling?«

»Es war ein glücklicher Tag für uns beide«, sagte Fraser und blickte ihr tief in die Augen. Sie himmelte ihn an. Audrey wurde leicht übel.

»Haben Sie an dem Abend, als Richard Glead ermordet wurde, irgendetwas gehört?«, fragte Lewis unvermittelt. »Oder an dem Abend, als Linda starb?«

Das Paar wechselte einen Blick.

»Warum fragen Sie das?«, wollte Mrs. Hildebrandt nach einer kurzen Pause wissen.

»Ach, nur so«, sagte Lewis sofort. »Reine Neugier.«

»Die Polizei hat uns alle befragt«, warf Audrey ein, um die Situation zu entspannen. »Aber niemand scheint viel mitbekommen zu haben.«

»Die Polizei deutete an, dass Richard in der Bonfire Night umgebracht wurde«, sagte Mrs. Hildebrandt. »Und da waren wir ja alle draußen, um uns das Feuerwerk anzusehen, nicht wahr?« Sie kniff die Augen zusammen. »Alle außer Ihnen, Lewis.«

»Und an dem Abend, an dem Linda starb?«, drängte Lewis, ignorierte Audreys bösen Blick oder nahm ihn vermutlich gar nicht wahr. »Ich dachte, ich hätte jemanden auf der Treppe gehört, aber als ich rausschaute, war da niemand.«

»Ich habe einen sehr tiefen Schlaf«, sagte Mrs. Hildebrandt und wandte sich an Fraser. »Hast du irgendetwas gehört, Liebling?«

»In der Nacht habe ich geschlafen wie ein Stein.« Fraser schüttelte den Kopf. »Die Polizei hält es für Selbstmord, nicht wahr?«

»Natürlich hat sie sich umgebracht«, sagte Mrs. Hildebrandt. »Kann ihr wohl keiner verdenken. Als es hart auf hart kam, hat sie den leichtesten Ausweg gewählt. Das arme Lämmchen.«

»Ich würde nicht sagen, dass es leicht war, Brigitte.« In Frasers Ton schwang ein sanfter Tadel mit. »Aber ja, doch, das ergibt am meisten Sinn.«

»Kannten Sie die Gleads?«, fragte Audrey. Sie dachte eigentlich, sie hätte die Frage ganz beiläufig klingen lassen, aber etwas an der Art, wie Frasers Blick sich auf sie richtete, ließ sie vermuten, dass sie sich verraten hatte.

»Möglich, dass ich ihm früher mal das eine oder andere Stück abgekauft habe.« Er zuckte die Achseln. »Ich erinnere mich nicht mehr so genau. Und natürlich bin ich beiden hier im Marchfield Square begegnet, wenn ich Brigitte besucht habe.«

»Fraser besitzt ein Stadthaus in Mayfair«, erläuterte Mrs. Hildebrandt. »Es ist riesig, die Möbel verschwinden fast darin. Außerdem hat er noch ein Haus auf dem Land, wo er seine Automobilsammlung untergebracht hat.«

»Wir sollten jetzt weiter, Liebling«, sagte Fraser verlegen. »Du weißt, wir wollen heute Abend noch ins Theater.«

»Ja, natürlich. War nett, mal wieder mit Ihnen zu plaudern, Audrey. Und Lewis, ich hoffe, wir werden Sie in Zukunft häufiger hier draußen sehen, wo Sie jetzt gesellschaftlichen Umgang mit uns pflegen.«

Lewis machte ein finsteres Gesicht, aber Mrs. Hildebrandt verabschiedete sich mit einem Winken und ging an Frasers Arm davon. Ihre Absätze klackerten auf den Steinplatten.

»Was für eine grässliche Person«, bemerkte Lewis und sah ihr finster hinterher.

»So schlimm ist sie eigentlich gar nicht. Sie spielt die große Diva, aber im Grunde ist sie sehr verletzlich, ganz zu schweigen von total pleite. Sie trägt jeden Tag dieselben Pumps von Chanel, die aber fast so alt sind wie ich. Sie kann tolle Geschichten aus ihrem Leben als Schauspielerin erzählen und backt den besten Schokoladenkuchen der Welt. Ihr letzter Freund hat sich als eine Art Halunke entpuppt, aber Fraser scheint ja ein echt guter Fang zu sein, findest du nicht?«

Er starrte sie an.

»Jedenfalls bin ich froh, dass wir ihnen zufällig begegnet sind, damit können wir sie von der Liste abhaken. Jetzt haben wir mit allen gesprochen, oder?«

»Ich glaube, ja. Aber keiner hat uns groß weitergeholfen, oder?«

»Nein, nicht wirklich.« Sie unterdrückte ein Gähnen. »Aber wir kriegen es raus. Ich geh jetzt nach Hause und schreibe Dixon wegen der Zutrittsprotokolle. Wir treffen uns dann morgen früh wieder hier.«

Später – sie hatte es sich vor dem Fernseher auf dem Sofa gemütlich gemacht und wartete darauf, dass Dixon sich meldete – fing sie an, ein paar Notizen in ihr Smartphone zu tippen, so wie Lewis es tat. Im Hintergrund lief ein Film mit Tom Hanks, aber sie konzentrierte sich auf ihre Notizen, in der Hoffnung, dass irgendein Detail, das sie übersehen hatte, aus ihrem Gedächtnis springen und den Schlüssel zur Lösung des Rätsels liefern würde.

> Marchfield Square 10
>
> Richard Glead: weißes Hemd mit großem Blutfleck darauf, der sich von der Mitte ausgebreitet hat. Jeans. Brauner Gürtel. Haare hinten wirr. Augen offen. Mund verzerrt. Hände auf dem Boden neben dem Körper.
>
> Küche: Licht brennt. Jalousie heruntergelassen. Roch sauber, sah sauber aus. Keine Blutflecken auf dem Boden. Keine Fußabdrücke oder andere Spuren.
>
> Küchentisch: Frühstücksteller mit Krümeln. 3-4 Bierflaschen. Verschüttetes Bier. Geld.

Geld. Nur dass es eigentlich kein Geld war, sondern eine einzelne Silbermünze. Sie korrigierte ihre Notiz.

> Silbermünze.

Wie hatte Lewis die Münze noch mal genannt? Einen Manx Angel? Richard Glead war Antiquitätenhändler gewesen, aber die Münze war nicht antik. Also warum lag sie auf seinem Küchentisch?

Das Vibrieren ihres Handys kündigte eine Nachricht an.

Dixon
Ja, wir haben die Zutrittsprotokolle.
Ich stelle sie Ihnen morgen zur
Verfügung.

Audrey runzelte die Stirn. Sie hatte erwartet, dass die Antwort negativ ausfallen würde. Hatte Dixon vergessen, dass es die Protokolle gab? Oder war das ein Test? Wollte Celeste überprüfen, ob sie auf Draht waren oder nicht?

Mei betrat das Zimmer, schon im Pyjama.

»Was läuft bei dir im Hintergrund?«, fragte sie und machte es sich in ihrem Sessel bequem.

»Ähhh … *Geschenkt ist noch zu teuer*, glaube ich. Ihr Haus entpuppt sich als Bruchbude.«

Mei schnappte sich die Fernbedienung von der Sofalehne.

»Wie laufen die Ermittlungen?«

»Eigentlich ganz gut. Niemand hier im Marchfield Square hat viel gesehen oder gehört, aber es gibt ein paar Hinweise, denen wir nachgehen können.«

Mei begann, das Fernsehprogramm zu durchforsten.

»Und was steht morgen an?«

»Vormittags Treffen mit Lewis. Am Nachmittag muss ich putzen.«

»Befragung weiterer Zeugen?«

»Ja.« Audrey hatte nicht vor, Mei auf die Nase zu binden, dass sie vorhatte, ihr Versprechen zu brechen und Paulo Rams Pfandleihhaus einen Besuch abzustatten. »Irgendwas Neues von der Obduktion?«

Mei seufzte.

»Nein, aber ich habe heute Druck bei der Rechtsmedizin gemacht, also hoffe ich, dass sie morgen stattfinden wird. Und … mit Sofia habe ich auch gesprochen, um wegen des Falls auf dem Laufenden zu bleiben und so.«

Audrey blickte zu ihrer Freundin hinüber, deren Wangen sich zartrosa verfärbt hatten.

»Gute Idee«, sagte sie. »Ich hoffe, das war nicht zu peinlich?«

»Was? Nein, nein. Überhaupt nicht, eigentlich. Ich hoffe, es macht dir nichts aus, aber ich habe ihr von Richard und Paulo Ram erzählt. Sie hält das für eine handfeste Spur. Sie fand es seltsam, dass Linda nichts davon erwähnt hat.«

»Äh, nein, das macht mir nichts aus.« Aber zu ihrer Überraschung merkte Audrey, dass es sie doch ein wenig störte.

Mei gab den Versuch auf, im Fernsehprogramm irgendetwas Interessantes zu finden, und sah sich stattdessen weiter Tom Hanks und Shelley Long an. Währenddessen schrieb Audrey eine Nachricht an Lewis.

Audrey Brooks
Dixon hat die Protokolle. Wir können
sie abholen, wenn wir von Ram
zurückkommen. Der jetzt auch auf
der Liste der Polizei steht.

Die Antwort kam sofort.

Typ aus Nr. 5
Mist, echt? Ich frage mich, wie sie
das herausgefunden haben. Nur gut,
dass wir gleich morgen zu ihm gehen.

Als sie ihr Handy weglegte, fühlte sie sich aus zwei Gründen schuldig. Es belastete sie, ihr Versprechen gegenüber Mei brechen zu müssen, doch sie fand, dass sie es Linda schuldig war, alles zu tun, was in ihrer Macht stand. Außerdem traute sie Lewis und seiner großen Klappe nicht. Wenn er allein hinging, würde er sich noch in Schwierigkeiten bringen. Das Letzte, was sie brauchten, waren noch mehr Kriminelle, die im Marchfield Square auftauchten.

»Alles in Ordnung?«, fragte Mei mit einem Blick zu ihr hinüber. »Du wirkst ein wenig blass.«

»Mir geht's gut, nur ein wenig müde. Ich werde heute mal früh ins Bett gehen, glaube ich.«

»Gute Idee.« Mei wandte sich wieder dem Fernseher zu. »Wenn man eine Nacht ordentlich durchgeschlafen hat, sieht immer alles ganz anders aus.«

Wenn dem nur so wäre.

29
Lewis

Um zehn Uhr am Dienstagmorgen ging er mit Audrey die Oakley Street hinunter, die praktisch ein Windkanal war, durch die exklusive Wohngegend nördlich der Themse. Audrey war warm eingepackt in eine grüne Winterjacke aus Wolle und hatte sich einen grauen Schal um den Hals geschlungen. Sie hatte dunkle Ringe unter den Augen, und Lewis fragte sich, ob sie schlecht geschlafen hatte oder einfach lange aufgeblieben war, um den Fall zu analysieren, wie er selbst auch.

»Ich habe gestern Abend über die Münze nachgedacht«, sagte sie. »Sie war eindeutig neueren Datums?«

»Ja.« Er zückte sein Handy und las laut vor. »Ein Manx Angel, geprägt 2017 auf der Isle of Man. Wäre eine Menge wert, wenn sie aus Gold wäre, aber diese ist aus Silber … fünfzig Pfund vielleicht.«

»Also keine Antiquität und auch nicht besonders wertvoll. Aber sie muss irgendwas zu bedeuten haben.«

»Möglich. Vielleicht ein Glücksbringer? Oder er hat sie beim Pokern gewonnen.«

Ein Windstoß brauste von hinten heran und trieb sie vorwärts. Audrey zitterte vor Kälte und versuchte, sich die Haare aus dem Gesicht zu streichen.

»Mei hofft, dass heute die Obduktion durchgeführt wird«, sagte sie. »Sie hat gestern ein bisschen Dampf gemacht.«

»Das ist gut.« Lewis nickte, teilweise zu seiner eigenen Beruhigung.

»Aber wenn sie tatsächlich Tabletten geschluckt hat, haben wir unsere Zeit verschwendet«, sagte sie. »Grundlos Menschen zum Weinen gebracht und unsere Jobs gefährdet.«

Er sah zu ihr hinüber, nahm die nach unten gezogenen Mundwinkel wahr, ihre traurigen Augen.

»Du vergisst, dass Richard Glead ermordet wurde. Wenn Linda sich tatsächlich das Leben genommen hat, wird die Polizei sich kaum große Mühe geben, nach einem anderen Täter zu suchen. Celeste will nicht nur, dass Lindas Mörder gefunden wird, sie will auch, dass ihr Name reingewaschen wird. Dafür können wir immer noch sorgen. Hast du heute Morgen die Nachrichten gesehen? Über die Party drüben in Acton? Drei Messerstechereien, eine Schießerei und vier Festnahmen wegen Drogenhandel. Die Polizei hat alle Hände voll zu tun.«

Sie sah ihn ernst an, aber ein Funke blitzte in ihren Augen auf.

»Ich musste Mei versprechen, nicht mit Ram oder dem anderen zu reden. Sie findet es zu gefährlich. Und nach dem, was Manny gesagt hat, nämlich dass Richards Freunde Linda beobachtet haben …«

Also das war es. Sie hatte Angst.

»Du kannst gern draußen bleiben, wenn du willst«, bot er an. »Oder ich übernehme das Reden. Dann hast du dein Versprechen nicht gebrochen, rein technisch gesehen.«

Sie nickte, schwieg aber, und als er zu ihr hinüberschaute, war sie immer noch blass.

Sie bogen in die King's Road ein und setzten ihren Weg eine Weile schweigend fort. Lewis genoss es, durch die stillen Straßen zu spazieren. Die arbeitende Bevölkerung war noch in ihren Häusern, während die Touristen noch nicht bis hierhin vorgedrungen waren. Wenn die Gegend so wenig überlaufen war und es kaum Verkehr gab, war es wirklich schön hier. Lewis stellte fest, dass er sein Wohnviertel plötzlich mehr zu schätzen wusste als seit Jahren.

»Es liegt in einer Seitenstraße, die von der King's Road abgeht«, erklärte er. Er hatte Rams Laden schon vor Ewigkeiten ausgekundschaftet, nachdem er in einer seiner Online-Gruppen darüber gelesen hatte, in der Hoffnung, der Anblick der Operationsbasis eines echten kriminellen Netzwerks würde seine Schreibblockade durchbrechen und ihn zu einem cleveren Plot oder einer dynamischen Figur inspirieren. Aber es hatte sich keinerlei Inspiration eingestellt, so unauffällig war der Laden gewesen, nur eine nichtssagende Pfandleihe. Was zweifellos beabsichtigt war.

»Die Mieten werden hier in der Gegend nicht gerade billig sein«, stellte sie fest. »Richard Glead muss ganz gut verdient haben.«

»Ich bezweifle, dass seine Einnahmen vom Antiquitätenverkauf stammten. Wahrscheinlich eher von Geldwäsche für Ram und seine Freunde.«

Beim Gehen entwickelten sie eine Strategie, und als sie in den Medlar Walk einbogen, war Lewis außer Atem. Er hatte eigentlich gedacht, dass er ganz gut in Form war, aber Audrey legte ein beachtliches Tempo vor.

»Okay, also ist klar, wie wir vorgehen wollen, ja?«

»Ja«, bestätigte Audrey. »Du steckst die Armbanduhr am besten in die Tasche. Es würde komisch aussehen, wenn du sie vom Handgelenk abnimmst.«

Lewis nahm die Uhr ab, und Nervosität erfasste ihn. Die Uhr hatte seinem Großvater gehört – er hatte sie 1955 bekommen, als Auszeichnung für langjährige Betriebszugehörigkeit, und sie gehörte zu den wenigen Wertsachen, die er seiner Familie hatte vererben können. Er hatte sie seinem

Sohn hinterlassen, Lewis' Vater, der sie vor seinem Tod an Lewis weitergegeben hatte. Lewis hatte immer solche Angst gehabt, die Uhr zu verlieren, dass er sie kaum je getragen hatte – das hatte er für besondere Gelegenheiten aufgespart.

Die es allerdings nicht gegeben hatte.

Jetzt rieb er sich das Handgelenk und steckte die Uhr in die Tasche. Medlar Antiques & Brokers lag am Ende der schmalen Seitenstraße. Im kleinen Schaufenster wurde eine kümmerliche Auswahl von Armbanduhren präsentiert, von denen keine besonders wertvoll aussah, dazu Schmuckstücke, die schon angelaufen waren. Den Hintergrund bildeten freudlose Porträts in Erdfarben. Auf einem Schild an der Tür stand: »Diskreter Ankauf von Armbanduhren, Schmuck, Antiquitäten und Edelmetallen.«

Lewis warf Audrey ein, wie er hoffte, beruhigendes Lächeln zu und schob die Tür auf. Irgendwo hinten im Laden bimmelte leise eine Glocke.

Es war dunkel und bedrückend in dem kleinen, vollgestopften Geschäft. Zwei Wände wurden von schlecht beleuchteten, hüfthohen Vitrinen eingenommen, in denen Schmuck und Uhren lagen. Darüber hingen einige Musikinstrumente, düstere Gemälde und altmodische Wanduhren. Der ganze Laden roch nach Pfeifenrauch.

Eine Glasvitrine im hinteren Bereich fungierte als Ladentheke. Darüber war eine dicke, zweifellos schusssichere Plexiglasscheibe angebracht. Ein kleines vergittertes Fenster darin erlaubte die Verständigung, und unten konnte man die mitgebrachten Pfandgüter hindurchschieben. Es war niemand zu sehen, doch hinter der Ladentheke befand sich eine offen stehende Tür, und sie konnten Stimmen hören. Lewis hielt den Atem an und lauschte angestrengt, doch da steckte schon ein rattengesichtiger Mann mit spärlichem Bart und einer Pfeife im Mund den Kopf durch die Tür.

»Bin sofort bei Ihnen«, versprach er. Sie konnten das Klacken hören, mit dem seine Zähne gegen das Mundstück der Pfeife stießen, bevor er wieder verschwand. Es handelte sich nicht um Paulo Ram.

Niedergeschmettert blickte Lewis zu Audrey hinüber, die sich auf die Lippen biss. Sie wirkte ebenso beunruhigt, wie er sich fühlte. *Bitte lass das nicht umsonst gewesen sein.*

Sie stellten sich vor die Ladentheke und betrachteten das Sammelsurium an antiken Pistolen und Luftgewehren in der Auslage. Eine Lücke verriet, dass kürzlich eine der Waffen verkauft worden war.

»Mir doch egal, was du meinst!« Eine der Stimmen hinter der Tür war lauter geworden. »Du schuldest mir was und jetzt brauche ich …«

Der rattengesichtige Mann tauchte wieder auf und schloss die Tür zum angrenzenden Raum hinter sich, sodass die Stimmen nicht mehr zu hören waren. Dann musterte er sie von oben bis unten.

»Was kann ich für Sie tun?«

»Ähm, richtig, ja. Könnten Sie mir sagen, was Sie mir dafür geben würden?« Lewis langte in seine Tasche und zog seine Armbanduhr hervor. Er hielt sie vor die Plexiglasscheibe, aber Rattengesicht tippte auf die Metalllade vor sich. Lewis legte die Uhr hinein und fühlte sich ganz krank, als sie zu dem Mann hindurchgezogen wurde.

»Das ist eine Patek Philippe Calatrava«, sagte er und verfolgte, wie Rattengesicht sie in seinen langen, nikotinverfärbten Fingern hin- und herdrehte.

»Haben Sie einen Herkunftsnachweis?«, fragte der Mann und drückte sich eine Uhrmacherlupe gegen das Auge.

»Zu Hause, ja«, sagte Lewis.

Der Mann unterzog die Uhr einer kurzen, aber gründlichen Musterung.

»Fünftausend«, sagte er. Lewis spürte, wie seine Kinnlade herunterklappte.

»Aber die ist dreimal so viel wert!« Er hatte vorgehabt, das zu sagen, egal, wie hoch das Angebot ausfiel; allerdings hatte er nicht erwartet, es dann auch ehrlich zu meinen.

Rattengesicht zuckte die Achseln.

»Dann bringen Sie die Uhr mit dem Herkunftsnachweise zu Hatton Garden. Aber gegen Barzahlung, ohne Papiere … fünftausend.«

»Aber …«

»Das ist es doch nicht wert«, sagte Audrey und zupfte ihn am Ärmel. »Das ist die Uhr deines Großvaters. Ich brauche doch keinen teuren Ring.«

»Aber ich will, dass du das Beste bekommst.« Er blickte von ihr zu Rattengesicht, das hoffentlich richtige Maß an Betroffenheit im Gesicht. Schauspielerei war noch nie seine Stärke gewesen.

Rattengesicht musterte sie beide von oben bis unten.

»Ihre Verlobung, was?«

»Ja«, sagte Audrey und kuschelte sich an Lewis, was er nicht gänzlich unangenehm fand. »Er ist Traditionalist und will, dass der Ring drei Monatsgehälter wert ist.«

Lewis legte den Arm um sie.

»Ich will doch nur deinen Vater überzeugen, dass ich gut genug für dich bin«, sagte er. Die Idee zu dieser Zeile stammte von Audrey, allerdings fand Lewis, dass er es damit übertrieb. Er sah Rattengesicht an und senkte die Stimme. »Er ist nicht gerade mein größter Fan.«

»Ich hole den Chef.« Rattengesicht stand auf. »Warten Sie hier.«

Sie warteten, die Arme verlegen umeinander gelegt, während Rattengesicht die Innentür öffnete.

»… weiß, wo das verdammte Ding herkam!«, blaffte eine

Stimme aus dem Hinterzimmer, gefolgt von einem gewaltigen Krachen. »Aber ich geh deswegen nicht in den Knast … WAS IST?«

Sie lauschten angestrengt, konnten aber nur verfolgen, dass Rattengesicht leise, aber eindringlich auf die Person einsprach, die herumgebrüllt hatte. Der Brüller fluchte, doch dann hörte man, wie jemand von einem Stuhl aufstand.

Rattengesicht erschien wieder in der Tür, gefolgt von jemandem, der aussah wie eine menschliche Kartoffel mit weißer Perücke: Paulo Ram. Laut Internet war er Mitte fünfzig, aber das weiße Haar und das aufgedunsene, wettergegerbte Gesicht ließen ihn älter erscheinen. Er war durchschnittlich groß und durchaus muskulös unter seiner dicken Fettschicht. Unter dem Hemd wölbte sich ein ausgeprägter Bierbauch.

»Das sind also die jungen Verliebten?«, fragte er und lächelte Audrey derart lüstern an, dass Lewis sie unwillkürlich fester hielt. Ein Gedanke kam ihm. Wenn Audrey Ram gesehen hatte, als er auf dem Weg zur Pokerrunde den Square überquerte, war es da nicht denkbar, dass er sie ebenfalls gesehen hatte? Doch falls Ram sie erkannte, zeigte er es zumindest nicht. »Schöne Uhr, die Sie da haben.«

»Sie gehörte meinem Großvater.« Lewis schluckte.

Ram griff danach und inspizierte sie ebenso gründlich, wie Rattengesicht es getan hatte. Er hielt sie dicht vor die Nase, in der eine Delle war.

»Sie haben schon recht, die ist was wert, aber nur mit Herkunftsnachweis. Ich sag Ihnen was …« Er sprach freundlich, aber seine Augen waren so kalt wie die eines Hais. »Ich kann Ihnen sechseinhalbtausend bieten, bar auf die Kralle, oder zehntausend, wenn Sie mit den Papieren wiederkommen.«

Lewis blickte Audrey an, die den Kopf schüttelte.

»Du darfst sie nicht verkaufen«, sagte sie flehentlich und machte große Kulleraugen. »Nicht meinetwegen.«

Lewis blickte gerade noch rechtzeitig auf, um zu sehen, dass Ram und Rattengesicht sich höhnisch angrinsten.

»Ich komme wieder«, sagte er fest. »Mit den Papieren.«

»Sie haben wirklich die Papiere?« Ram war unfähig, sein Erstaunen zu verbergen. »Weshalb sind Sie dann hier?«

»Weil es eilt«, sagte Lewis prompt. »Ich fliege nächste Woche nach Dubai, beruflich. Ich werde eine Weile weg sein und …«

»Sie wollten die Sache vorher mit einem Ring besiegeln, richtig?«, beendete Ram den Satz.

»Ähm. So in der Richtung. Ich hatte schon mit einem Antiquitätenhändler in der Pimlico Road gesprochen, Glead hieß er wohl, aber als ich noch einmal hingegangen bin, war der Laden geschlossen. Bisher hat er noch nicht wieder aufgemacht, und mir läuft langsam die Zeit davon.«

Augenblicklich wich das Lächeln aus Rams Gesicht, und sein Blick huschte kurz zur offenen Tür des Hinterzimmers.

»Der Besitzer hat leider einen Unfall gehabt. Das Geschäft wird nicht wieder öffnen.«

»Oh, das wusste ich nicht.« Lewis riss die Augen auf und versuchte, geschockt zu klingen. »Verdammt. Armer Kerl. Er machte einen netten Eindruck. Ein Freund von Ihnen?«

»Ich kannte ihn«, sagte Ram, plötzlich auf der Hut. »Guter Mann. Sehr traurig.«

»Schade wegen des Ladens.« Lewis schluckte und fuhr fort, um einen beiläufigen Ton bemüht: »Seine Frau wird das Geschäft also nicht weiterführen?«

Ram kniff die Augen zusammen.

»Was wissen Sie über seine Frau?«

»Oh, er hat sie kurz erwähnt.« Lewis zuckte die Achseln. »Ich dachte, es wäre vielleicht ein Familienunternehmen.«

Ram und Rattengesicht wechselten einen Blick.

»Nein, ist es nicht. Warum interessiert Sie das?«

»Tut es gar nicht. Ist schade wegen des Ladens, das ist alles. Eigentlich sammle ich ja Münzen. Ich bin schon seit Ewigkeit auf der Suche nach einem Manx Angel.« Er sah sich im Laden um. »Sie haben nicht zufällig welche da?«

Ram schüttelte den Kopf.

»Schön wär's. Die sind selten.«

»Als ob ich das nicht wüsste. Jedenfalls, danke für Ihre Hilfe. Ich schaue in ein paar Tagen noch mal vorbei, mit der Uhr und dem Herkunftsnachweis.«

»Also gut.« Ram suchte unter der Kasse nach einer Geschäftskarte und legte sie zu Lewis' Uhr in die Metalllade. »Rufen Sie uns an, wenn Sie die Papiere gefunden haben, dann sorgen wir dafür, dass wir genug Bargeld dahaben.«

»Danke«, sagte Lewis und versuchte, nicht zu hastig nach seiner Uhr zu greifen. »Vielen Dank.«

Er schob Audrey aus dem Laden, und als er sich umdrehte, um die Ladentür zu schließen, erblickte er Ram und Rattengesicht, die ihnen stumm nachsahen.

30

Audrey

»Puh.« Audrey stieß die Luft aus, als sie sich vom Pfandleihhaus entfernten. »Gut gemacht. Das war wirklich klasse eben.«

Sichtlich erleichtert band Lewis die Armbanduhr wieder um sein Handgelenk.

»Danke«, sagte er. »Und dein Kulleraugenblick war verstörend glaubhaft.«

Sie grinste. Als sie wieder in die King's Road einbogen, traf sie ein Schwall kalter Luft von einem vorbeibrausenden Van. Der Himmel hatte sich zugezogen, doch Audrey empfand die Kälte als reinigend.

»Gute Idee, nach der Münze zu fragen«, sagte sie. »Er hat nicht reagiert, oder?«

»Nein. Aber in der Auslage fehlte eine Pistole. Vielleicht hat er jemanden angeheuert, obwohl es ziemlich dumm wäre, dem eine Waffe aus seinem eigenen Laden mitzugeben.«

»Glaubst du, das war der, mit dem er im Hinterzimmer geredet hat?«, fragte sie und schob die Hände in die Jackentaschen. »Der Mörder? Er sah unwillkürlich zu dieser Tür hin, als du Richards Namen erwähnt hast.«

»Möglich. Wer immer es war, Ram wollte einen Gefallen von ihm. Um nicht ins Gefängnis zu müssen. Wollen wir noch schnell einen Kaffee trinken? Dann kann ich alles aufschreiben, bevor ich es vergesse.«

»Okay«, sagte Audrey. »Aber du bezahlst.«

Sie entdeckten ein winziges Café, das Artisan Coffee, eingezwängt zwischen einem Nagelstudio und einem Geschäft, das Designertapeten verkaufte, und sie saß da und hielt sich an einer Tasse geschmacksneutralem English Breakfast Tea fest, während Lewis sich Notizen auf seinem Smartphone machte und widerlich anerkennende Schlucke von etwas nahm, das er kennerisch als »echten italienischen Espresso« bezeichnete.

Als sie überzeugt waren, sämtliche Details ihrer Begegnung mit Paulo Ram notiert zu haben, liefen sie zu Fuß am Embankment entlang zurück, wo die Bäume verspätet ihr Herbstlaub abwarfen, das unter ihren Füßen raschelte. Auf der Straße neben dem Fußweg dröhnte der Verkehr.

»Warum hast du gefragt, ob Linda den Antiquitätenladen übernehmen würde?«, fragte sie.

»Mir ist gestern Abend ein Gedanke gekommen«, begann Lewis. Sie gingen gerade unter einer der Platanen hindurch, und er kickte in einen kleinen Laubhaufen. »Könnte es nicht sein, dass Linda involviert war? Wenn ihr Schwager weiß, wer Richards Freunde waren, ist doch wohl klar, dass Linda es ebenfalls wusste und folglich die Polizei angelogen hat. Es macht nur Sinn, sie umzubringen, wenn entweder sie es war, die die Geschäfte führte, oder wenn sie zu viel wusste. Und die Tatsache, dass sie *nach* Richard ermordet wurde, still und leise, ohne dass Spuren hinterlassen wurden, deutet darauf hin, dass die Tat geplant war.«

»Was wiederum heißt, dass sie wichtig für die Täter gewesen sein muss«, beendete Audrey den Gedanken für ihn. Sie dachte darüber nach. Einerseits war damit die Idee endgültig vom Tisch, dass Linda zu unwichtig war, um umgebracht zu werden, und das gefiel ihr. Man musste Linda also nur als Strippenzieherin in einem kriminellen Netzwerk deklarieren, und schon gewann sie an Bedeutung. Doch andererseits konnte sie es nicht mit der Frau in Einklang bringen, von der sie das Gefühl hatte, sie allmählich besser kennenzulernen. »Allerdings hatte sie laut Ram nichts mit dem Antiquitätengeschäft zu tun.«

»Aber er hat ziemlich gemauert, oder? Und er hat nur gesagt, dass sie nichts mit dem Laden zu tun hatte, aber wenn sie nebenbei für Kriminelle tätig waren … Hat eine gewisse Logik, oder?«

»Jaa, aber ich bin mir nicht sicher, ob das zusammenpasst. Wenn sie der Kopf einer kriminellen Organisation war, wäre sie dann so lange bei Richard geblieben? Vielleicht hat sie gelogen, um sich selbst zu schützen. Weil sie Angst hatte, die könnten hinter ihr her sein, wenn sie sie anschwärzt.«

»Oder vielleicht wollte sie sie erpressen. Also nach dem Motto: Nicht die Oberschurkin, aber auch nicht völlig unschuldig.«

Audrey schnaubte.

»Glaubst du wirklich, nachdem sie fünf Jahre in einer höllischen Ehe gefangen war, schwenkt sie plötzlich um und beschließt, das organisierte Verbrechen zu erpressen? Das passt auch nicht zusammen.«

»Also, wie lautet dann deine Theorie?«, fragte er. »In der Richtung habe ich von dir noch nichts gehört.«

»Ich soll mir auch keine Theorien ausdenken. Wir folgen den Beweisen, nicht andersherum.«

Er lachte.

»Hast du das aus irgendeiner *CSI*-Folge?«

Sie sah ihn böse an.

»Ich habe genauso viel oder wenig Ermittlungserfahrung wie du«, konterte sie. »Du brauchst also gar nicht so herablassend zu tun.«

»Aber ich habe mich gründlich mit dem Vorgehen der

Polizei beschäftigt«, sagte er. »Wir müssen von der Beweislage ausgehen, eine Theorie darum herum aufbauen und dann sehen, ob sie passt.«

»Was für Beweise denn? Und ich sage dir, es passt eben nicht. Sie war frei. Warum sollte sie das aufs Spiel setzen?«

»Wegen des Geldes!« Er sprach so langsam, als wäre sie schwer von Begriff. »Um neu anfangen zu können.«

»Ich bin nicht schwer von Begriff«, sagte Audrey angespannt und versuchte, sich nicht von ihrer Wut überwältigen zu lassen. »Ich verstehe sehr gut, was du meinst. Aber ich bin anderer Meinung.«

»Und warum? Es ist nur logisch.«

»Nur dann, wenn man Linda nie kennengelernt hat«, fuhr sie ihn an. »Oder sie nie auch nur bemerkt hat. Sie war frei. Sie wollte ihre Sachen packen und gehen, das waren ihre Worte. Der Fluchtweg war offen, und sie hätte bestimmt nichts getan, um das zu gefährden. Und ganz bestimmt nicht für irgend sowas Blödes wie Geld.«

»Das kannst du doch gar nicht wissen!« Vor lauter Frustration schrie er fast. »Du hast sie doch selbst kaum gekannt.«

»Ich weiß mehr, als du glaubst.«

Audreys Feindseligkeit war so groß, dass wohl sogar Lewis spürte, dass es besser war, den Mund zu halten, und sie legten den Rest des Weges schweigend zurück. Als sie beim Marchfield Square angekommen waren, verabschiedeten sie sich knapp und trennten sich.

Audrey aß schnell etwas, bevor sie wieder loszog, um das frisch renovierte, aber permanent leer stehende Haus eines russischen Geschäftsmanns in Belgravia zu putzen. Von all ihren Putzstellen war das die einzige, die sie nervös machte, und heute machte es sie besonders nervös. Der Mann war Kunstsammler, und alle Räume waren ganz in Weiß gehalten, vermutlich damit die Kunstwerke und Antiquitäten, die nie ein Auge erblickte, besser zur Geltung kamen. Es war etwas Unheimliches an all den makellos weißen Flächen, die nie mit etwas anderem in Berührung gekommen waren als ihrem Staubwedel und den Vorhängen, die nie von etwas anderem als ihrem Staubsauger bewegt worden waren.

Als sie imaginären Staub vom Gehäuse der antiken Standuhren wedelte, die sie jede Woche aufzog, fragte sie sich, was wohl passieren würde, wenn sie dies mal unterließ. Informierte die intelligente Türklingel jemanden in einem fernen Land, dass sie zum Saubermachen gekommen war? Oder kam jemand und überprüfte ihre Arbeit, nachdem sie wieder weg war? Sie hatte keinen Grund zu der Annahme, dass sie überwacht wurde, aber die offensichtliche Sinnlosigkeit ihrer Arbeit erweckte in ihr immer den Wunsch, irgendwas Regelwidriges zu tun, nur um zu sehen, ob es jemandem auffallen würde.

Aber sie war gründlich, weil sie immer gründlich war, also fing sie oben an, im großen Schlafzimmer, trug den Staubsauger und ihre Putztasche die Treppen hoch und dann wieder hinunter, reinigte Stockwerk um Stockwerk, bis sie beim Weinkeller angelangt war. Dann räumte sie den Staubsauger weg, schaltete die Alarmanlage wieder ein und verließ das Haus, heilfroh, dieses moderne Mausoleum verlassen zu können und der nächsten Staubschicht Gelegenheit zu geben, sich herabzusenken.

Als sie die Eingangstreppe hinunterging, spürte sie ein Kribbeln im Nacken, und das unheimliche Gefühl überkam sie, vom Haus beobachtet zu werden. Sie eilte davon, um dem Verfolgungswahn nur ja zu entkommen, der sie umhüllte wie eine Decke.

Als sie wieder in ihrer Wohnung war, stellte sie fest, dass sie nur noch eins wollte, nämlich duschen und den Abend auf dem Sofa verbringen, dazu eine Portion Pasta und ein Glas Wein. Sie ging nach oben, um das unheimliche Gefühl von heißem Wasser wegspülen zu lassen.

Sie schob gerade einen Nudelauflauf in den Ofen, als Mei nach Hause kam und die Wohnungstür mit untypischer Sorgfalt hinter sich schloss.

»Hallo«, rief Audrey, richtete sich auf und goss Wein in ein zweites Glas. »Wie war dein Tag?«

Mei kam in die Küche, ihr sonst so lebhaftes Gesicht grau und abgekämpft.

»Nicht so toll«, sagte sie, ließ ihre Aktentasche auf die Arbeitsfläche fallen und rieb sich die Falte zwischen den Augen. »Der Obduktionsbericht ist da.«

Ihr Gesichtsausdruck verriet Audrey alles, was sie wissen musste, aber sie hielt trotzdem den Atem an.

»Linda wurde erstickt«, sagte Mei. »Du hattest recht. Es war Mord. Und das weiß jetzt auch die Polizei.«

31

Lewis

Harding starrte auf die Leiche von Lindsey Speen, die kalt und leblos auf dem Edelstahltisch in der Leichenhalle lag. Seit Rickys Verbindung zur organisierten Kriminalität aufgedeckt worden war, war sein Chef wie besessen von der Frage nach dem »Wer«, aber Harding war sicher, dass das »Warum« der Schlüssel zu dem Fall darstellte.

Vielleicht war Rickys Ermordung eine Warnung gewesen, eine Botschaft an Lindsey. Eine Botschaft, die sie ignoriert hatte, was sie mit dem Leben bezahlt hatte. Mit wem hatte sie zusammengearbeitet? Und noch wichtiger, wem war sie dermaßen auf die Zehen getreten, dass es jetzt in der Kühlhalle zwei Fächer gab, die mit SPEEN beschriftet waren?

Je länger Lewis schrieb, desto stärker wurde seine Überzeugung, dass Linda in irgendwas verwickelt gewesen war. Vielleicht hatte das Ehepaar Paulo und Chaz abgezockt. Oder Linda hatte sich mit den beiden gegen Richard verbündet. Keiner der beiden Morde schien ein Verbrechen aus Leidenschaft zu sein, also musste etwas »Geschäftliches« dahinterstecken. War der Mord an Linda eine Aufräumaktion gewesen?

Audreys Anmerkung über Lindas letzte Mahlzeit ließ ihm keine Ruhe. Alles stand und fiel mit der Annahme, dass

Linda sich nicht selbst das Leben genommen hatte und daher logischerweise ermordet worden sein musste, aber die einzigen Hinweise auf die Richtigkeit dieser Theorie waren die Schritte auf der Treppe, die sonst niemand gehört hatte, eine offene Wohnungstür und Muffin, der blöde Hund. Audrey beharrte darauf, dass Linda nie ihre Ansprechpartnerin im Tierheim angerufen hätte, um ihr mitzuteilen, dass sie den Hund adoptieren wolle, um sich dann hinzusetzen und eine tödliche Dosis Tabletten zu schlucken. Doch ärgerlicherweise war das der einzige Hinweis darauf, in welchem Gemütszustand Linda sich an dem Abend befunden hatte, und im Gegensatz zu Audrey glaubte Lewis einfach nicht, dass die Aussicht, irgendeinen Köter adoptieren zu können, eine depressive Frau davon abhalten würde, Tabletten zu schlucken.

Sein auf stumm gestelltes Handy leuchtete auf. Eine Nachricht von Audrey. Sein Herzschlag beschleunigte sich. Hoffentlich hatte sie nicht vor, die Diskussion von vorhin noch einmal aufzugreifen. Er hatte den ganzen Nachmittag darüber nachgedacht und wusste immer noch nicht, warum sie so merkwürdig auf seine Theorie reagiert hatte. Er konnte manchmal ungeschickt sein, das wusste er selbst – manchmal wünschte er, er könnte am gesprochenen Wort ebenso feilen wie an seinen Texten und alles wieder umschreiben –, aber in seinen Augen hatte er sich auch keinen furchtbaren Patzer geleistet.

Die Putzfrau
Die Obduktion hat stattgefunden. Das toxikologische Screening war negativ. Sie wurde erstickt. Jetzt ist es offiziell ein Doppelmord.

Lewis schob sich vom Schreibtisch weg und vollführte eine halbe Drehung mit seinem Stuhl, das Smartphone in der Hand. Im Zimmer war es dunkler geworden, während er geschrieben hatte, und er starrte auf die gegenüberliegende Wand und dachte darüber nach, was das für sie bedeutete.

Zunächst einmal hieß es, dass Celeste recht gehabt hatte und er und Audrey keineswegs ihre Zeit verschwendet hatten. Das Ergebnis ließ auch vermuten, dass Linda ihren Mann nicht ermordet hatte, obwohl das noch nicht sicher war. Vielleicht wollte jemand mit dem Mord an ihr Richards Tod rächen, natürlich vorausgesetzt, dass irgendjemand ihn genug gemocht hatte, um ihn rächen zu wollen.

Also, das wäre doch mal eine Idee.

Lewis McLennon
Eine weitere Möglichkeit: Richard hatte eine Affäre. Linda hat ihn umgebracht und seine Geliebte dann Linda, um ihn zu rächen.

Er wartete und hoffte, dass diese Theorie weniger Anstoß bei Audrey erregen würde als die letzte.

Die Putzfrau
Möglich. Wenn das stimmt, hätte die Geliebte auch beide töten können, Richard UND Linda. Oder jemand anders hat ihn umgebracht und die Geliebte hat dann Linda getötet, aus fehlgeleiteter Rache.

Lewis McLennon
Könnte es nicht auch sein, dass Linda einen Geliebten hatte? Der Ricky umgebracht hat, weil Linda ihn darum gebeten hat? Oder aus eigenem Antrieb, weil er sie vor ihm retten wollte? Das gesteht er dann Linda, und die weist ihn ab.

Die Putzfrau
Er hieß Richard. Ich sehe Linda nicht als den Typ Frau, der fremdgeht, aber selbst wenn, man sollte doch annehmen, dass der Freund länger warten würde als 48 Stunden, bevor er ihr die Tat gesteht.

Lewis McLennon
Menschen sind emotional. Das macht sie dumm.

Er drehte sich wieder zum Computer um und las noch einmal durch, was er gerade geschrieben hatte. Seine Geschichte war zu simpel, das erkannte er jetzt. Es gab nicht genug Ermittlungsansätze. Er musste eine Liste der möglichen Mörder von Richard und Linda erstellen und überlegen, was für ein Motiv sie haben könnten.

Schnell rief er seine Notiz-App auf.

1. Linda bringt Richard um, Richards Geliebte (?) dann Linda
2. Linda bringt Richard um, Paulo/Chaz dann Linda
3. Lindas Geliebter (?) bringt erst Richard um, dann Linda
4. Richards Geliebte (?) bringt erst ihn um, dann Linda
5. Paulo/Chaz bringen erst Richard um, dann Linda
6. Eine unbekannte Person bringt erst Richard und dann Linda um
7. Eine unbekannte Person bringt Richard um, eine zweite unbekannte Person Linda

Wenn man sich die Liste ansah, war klar, was immer noch die wahrscheinlichste Variante war: Linda hatte ihren Mann umgebracht. Die Varianten 6 und 7 gefielen ihm überhaupt nicht, insbesondere angesichts der Beschränktheit von Lindas Bekanntenkreis. Jemand musste sie schließlich gekannt haben, um sie umbringen zu wollen, besonders, nachdem ihr Mann aus dem Spiel war.

Nein, entschied er, und strich die beiden letzten Möglichkeiten. Sollte die Polizei sich mit diesen Ansätzen befassen. Viel Glück. Er und Audrey würden sich an die Verdächtigen halten, von denen sie wussten. Vorerst zumindest.

Womit noch die Pokerfreunde in Frage kamen, für einen der Morde oder für beide. Lewis griff wieder nach seinem Handy und sah, dass Audrey nicht geantwortet hatte.

Lewis McLennon
Diese Variante ist eher unwahrscheinlich, da stimme ich zu, aber es hängt vom Motiv des ersten Mordes ab. Wenn Linda bei Richards Geschäften mitgemischt hat, waren es wahrscheinlich Paulo oder Chaz. Wenn nicht, muss es irgendeinen persönlichen Grund geben. Wir müssen mehr über die Gleads herausfinden.

Er setzte sich wieder an seinen Text, aber diesmal kehrte er zu früheren Stellen zurück und suchte nach Möglichkeiten, zusätzliche Figuren und Hinweise einzufügen. Er verschob Textstellen und überprüfte seine Arbeit immer wieder, bis er sich irgendwann abwenden und die schmerzenden Augen zum Schutz vor dem grellen Licht des Bildschirms schließen musste.

Lewis war sich zwar sicher, die Augen nur kurz geschlossen zu haben, aber als er wieder aufblickte, hatte das Licht sich verändert und der Bildschirm vor ihm war schwarz, der Lüfter stumm. Er war schon wieder in seinem Bürosessel eingeschlafen. Er sah nach, wie spät es war.

Halb acht.

Ein lautes Klirren draußen ließ ihn zusammenfahren, und er rieb sich die Augen und ging in die Küche, um aus dem Fenster zu schauen. Da er nach dem Schlaf noch verschwommen sah, musste er ein paarmal blinzeln, aber etwas verspätet registrierte sein Gehirn, was er da sah.

Die Polizei war zum Marchfield Square zurückgekehrt.

32

Audrey

Audrey und Mei verfolgten die Geschehnisse von Meis Schlafzimmerfenster aus. Der November-Vollmond, der gerade aufgegangen war, warf sein silbergraues Licht über den Platz. Vor dem Seiteneingang stand ein uniformierter Polizist, der offenbar Wache hielt. Ein weiterer Uniformierter stand neben einer Bank im Innenhof, auf der sich Kartons stapelten, während ein Mann in Zivil mit einem Klemmbrett in der Hand Anweisungen zu geben schien. Einige Leute stiegen in weiße Einwegoveralls, und Audrey und Mei sahen, wie sie sich Hüllen aus einem der Kartons nahmen und über ihre Schuhe streiften, bevor sie die Treppe zu Nr. 10 hochstiegen.

»Sie sind wieder hier, um etwaige Spuren zu sichern, die sie beim ersten Mal übersehen haben«, sagte Audrey mit zusammengebissenen Zähnen. Sie spürte Meis Blick auf sich. »Was ist?«

»Ich mache mir Sorgen um dich. Ich glaube, durch diese Sache kommt alles wieder hoch.«

»Mir geht's gut.« Audrey sah die Freundin nicht an. »Was mich ärgert, ist die Einstellung der Polizei. Richard wurde erschossen und war vermutlich ein Krimineller. Diese Dinge haben sie wichtig genommen. Linda war nur eine bescheidene, traurige Frau, die ein zurückgezogenes Leben führte und in aller Stille starb, also war es ihnen egal. Bis der Rechtsmediziner sie eines Besseren belehrt hat. Dass jemand ein unbedeutendes Leben führt, sollte nicht bedeuten, dass er nicht zählt.«

Sie sprach mit mehr Nachdruck, als sie vorgehabt hatte.

»Du führst kein unbedeutendes Leben, Auds«, sagte Mei sanft. »Und du zählst sehr wohl.«

Audrey hielt den Blick auf die Bewegungen auf dem Platz gerichtet.

»Ich weiß«, entgegnete sie nach einer Weile. »Aber das war nicht immer so. Damals zählte ich nicht. Nicht für die Polizei. Und wenn es erneut passieren würde, hätte sich nichts daran geändert.«

»Ich würde verdammt noch mal dafür sorgen, dass sie dich ernst nehmen«, sagte Mei so vehement, dass Audrey lächeln musste.

»Aber dazu sollte man keine hochkarätige Anwältin an seiner Seite brauchen. Das ist nicht fair.«

»Nein. Nein, das ist es nicht.«

Sie standen noch eine Weile schweigend am Fenster und sahen zu, wie Polizeikräfte, deren Papieranzüge im Lampenlicht glänzten, die Außentreppe zu Nr. 10 hinauf- und hinunterstiegen. Sie überlegten gerade, ob sie nach unten gehen und sich etwas zu essen machen sollten, als ein Klopfen an der Tür sie zusammenfahren ließ.

»Die Polizei?«, fragte Audrey.

»Wahrscheinlich.«

Sie liefen gemeinsam nach unten, aber als Mei die Tür öffnete, stand da Lewis, einen riesigen Pizzakarton und einen Stapel Ausdrucke in den Händen.

»Die Zutrittsprotokolle«, erklärte er, als er Audrey hinter Meis Schulter entdeckte. »Und Pizza. Ich habe euch beide am Fenster stehen sehen – eine halbe Ewigkeit – und dachte mir, dass ihr vermutlich noch nichts gegessen habt. Wollen wir die Protokolle zusammen durchgehen?«

Er blickte von Audrey zu Mei, deren Mundwinkel leicht zuckte.

»Klingt gut«, sagte sie und ließ ihn rein. »Sehr aufmerksam von dir, Typ aus Nr. 5.«

»Ja? Oh. Gut.« Er drückte den Pizzakarton in Meis ausgestreckte Hände. »Nur um eins klarzustellen«, fügte er hinzu, als er ihr in die Küche folgte, »ich will auch was abhaben.«

Audrey musste über Meis verwirrtes Stirnrunzeln grinsen. Das würde sie lehren, auf dumme Gedanken zu kommen.

Sie nahm Lewis die Winterjacke ab und hängte sie im Flur auf, während Mei ihnen drei Gläser Wein einschenkte und Teller und Servietten auf den Tisch stellte. Lewis nahm eine Serviette entgegen, aber was er mit dem Teller anfangen sollte, schien ihm nicht klar zu sein, denn nachdem er sich ein Stück Käsepizza aus dem Karton geschnappt hatte, verzehrte er es aus der Hand, den Ellbogen auf den Tisch gestützt.

»Hätte Celeste das nicht mailen können?«, fragte Mei und schob die Ausdrucke beiseite, um Platz zu schaffen.

»Genau meine Worte«, sagte Lewis mit vollem Mund. »Aber es ist durchaus praktisch. So können wir alles markieren, was uns verdächtig vorkommt.«

»Gute Idee«, meinte Audrey und holte ein paar Textmarker aus der Küchenschublade. Sie merkte, dass sie ein kleines bisschen aufgeregt war. Seit ihrem Berufswechsel hatte sie keine Projektarbeit mehr durchgeführt. Nur dass dies keine statistische Analyse für eine Versicherungsgesellschaft war, rief sie sich in Erinnerung, sondern ein Mordfall. Freudige Aufregung war da fehl am Platze.

Nachdem auch Audrey und Mei sich ein Stück Pizza genommen hatten, deponierten sie den Karton auf einem Stuhl und teilten die Ausdrucke zwischen sich auf. Es schien eine stillschweigende Übereinkunft zu geben, dass Mei ihnen helfen würde, und Audrey war froh darüber. Es würde eine gute Ablenkung für sie beide sein, während die Polizei Lindas Wohnung durchwühlte.

»Wonach genau suchen wir?«, fragte Mei, als sie ihren Teil der Ausdrucke zu sich heranzog. »Niemand kommt hier rein, ohne dass einer der Mieter auf den Öffner drückt, oder?«

»Wir suchen nach ungewöhnlichen Zutritten oder Einlässen entweder am Seiteneingang oder am Haupttor, und zwar zwischen Mittwoch, dem 5. November, als Richard erschossen wurde, und den frühen Morgenstunden am Samstag, dem 8. November«, sagte Lewis. »Nach Ansicht der Polizei kommt niemand hier rein oder raus, ohne durch eins der beiden Tore zu gehen, also überprüfen wir, welcher der Bewohner zur fraglichen Zeit entweder jemanden reingelassen oder selbst den Square betreten hat.«

»Es muss keiner der Bewohner gewesen sein«, warf Audrey rasch ein, als sie Meis Gesichtsausdruck bemerkte. »Ihr wisst doch, Lieferanten und Paketboten klingeln einfach immer irgendwo, wenn sich niemand meldet. Jeder könnte unbeabsichtigt jemanden reingelassen haben, der nicht wieder rausgegangen ist.«

»Die letzte Spalte zeigt an, ob das Tor mit einer Schlüsselkarte geöffnet wurde oder jemand von seiner Wohnung aus auf den Öffner gedrückt hat«, fügte Lewis hinzu. »Und zudem, ob die Verriegelung von innen mit dem Schalter geöffnet wurde, also jemand den Square verlassen hat. Markiert einfach alles, was irgendwie hervorsticht.«

Jeder mit einem Textmarker bewaffnet, machten sie sich an die Arbeit. Audreys Teil begann mit der Bonfire Night, und sie markierte gewissenhaft, wann beide Tore nach neun Uhr abends geöffnet worden waren, egal in welcher Richtung, da Celeste zu diesem Zeitpunkt Richard zuletzt lebend gesehen hatte.

»Das ist schwieriger, als ich dachte«, bemerkte sie fünfundvierzig Minuten später. »Ungefähr bis sieben Uhr morgens am 6. November geht's ja, aber danach ist es ein einziges Chaos, ständig gibt's Einträge. Man kann nur herausfinden, wer rausgegangen ist, indem man feststellt, wer später wieder heimkam.«

»Ist bei mir auch so.« Lewis fuhr sich mit der Hand durchs Haar. »Ist euch irgendwas Interessantes aufgefallen?«

»Am Abend des 5. November sind alle nach Hause zurückgekehrt«, berichtete Audrey und überprüfte noch einmal ihre Ausdrucke, »einschließlich wir drei. Die einzigen Ausnahmen sind Celeste und Dixon, die das Areal nicht verlassen haben, und Rafik, der um acht Uhr morgens kam und bis nach dem Feuerwerk blieb.«

»Sonst nichts?«, fragte Lewis.

»Eine Anomalie gibt es.« Audrey kreiste eine Nummer auf ihrem Blatt ein. »Der Seiteneingang wurde um fünf vor zehn von innen geöffnet, für wenige Sekunden. Offenbar ist jemand gegangen, nur dass niemand da war, der hätte gehen können. Mit Ausnahme von Richard Glead waren alle Bewohner von Marchfield Square bei uns auf dem Balkon versammelt. Und mit Ausnahme von Lewis, klar.«

Sie hielt inne, sah ihn an und erkannte einen Moment zu spät, dass auch Mei ihn fixierte.

»Was ist?«, fragte er stirnrunzelnd. »Ich war's nicht.«

»Das würdest du auch sagen, wenn du es getan hättest«, bemerkte Mei und biss von der mittlerweile kalten Pizza ab. Es klang nur halb nach einem Scherz.

»Du hast dir kein Essen bestellt oder so?«, fragte Audrey, aber er schüttelte den Kopf.

»Nein, ich habe etwas in der Mikrowelle aufgewärmt.«

»Gut, nehmen wir mal für den Moment an, dass Lewis nicht der Täter ist«, sagte Audrey, und er riss die Augen auf.

»Ich weiß, es war dunkel, aber alle haben sich unterhalten und Wunderkerzen angezündet, und wir haben Becher mit heißem Kakao herumgereicht. Ich würde sagen, dass alle da waren, oder?«

Mei nickte. »Ja. Das Feuerwerk war um zehn zu Ende, und dann standen wir alle noch ein wenig herum und redeten. Um halb elf habe ich den Müll runtergebracht, da ging Rafik gerade nach Hause. Es waren aber noch Leute draußen. Manny und Joe haben im Garten mit Wunderkerzen herumgealbert, und ich glaube, die Hetheringtons habe ich auch gehört.«

»Was bedeutet, dass noch jemand außer uns hier im Marchfield Square gewesen sein muss. Dieser Jemand hat Richard Glead erschossen und um neun Uhr fünfundfünfzig den Platz verlassen, während wir der Musik vom Battersea-Park lauschten.« Audrey blätterte zum letzten Blatt in ihrem Stapel vor. »Zuletzt wurde die Verriegelung um halb elf geöffnet, als du Rafik gehen sahst.«

»Während wir alle beisammenstanden und uns nichts Böses dachten«, sagte Mei, »ist also jemand hier mit einer Pistole in der Dunkelheit herumgeschlichen. Das ist ganz schön beängstigend.« Sie schichtete ihre Ausdrucke um. »Meine Protokolle gehen vom Abend des sechsten Novembers bis gegen Mittag am siebten, und auf zweieinhalb Seiten wird an beiden Eingängen nur ein Öffnen der Verriegelung von innen aufgezeichnet. Die Polizei vermutlich.«

Audrey stöhnte.

»An beiden Eingängen hielt ein Constable Wache. Über mehrere Stunden sind Polizisten gekommen und gegangen. Was für eine Plage.« Sie sah Lewis über den Tisch hinweg an. »Was ist mit dir?«

»Am Nachmittag des siebten Novembers gibt es einen steten Strom von Bewohnern, die kamen und gingen, einschließlich Linda, die acht Minuten vor sechs nach Hause kam, alle durch den Seiteneingang, was logisch ist, da der näher am Innenhof liegt. Um halb acht hat jemand bei den Hetheringtons geklingelt, wurde aber nicht eingelassen. Zwei Minuten später wurde die Verriegelung von innen geöffnet. Ist vielleicht Zufall, aber vielleicht haben die Hetheringtons auch nachgesehen, wer da vor dem Tor stand, bevor sie die Person reingelassen haben. Und die Schlüsselkarte von Mrs. Hilde-Dingsbums wurde zweimal von außen benutzt, einmal um acht am Seiteneingang und dann wieder um Viertel nach elf am Haupttor. Keiner der Eingänge wurde in der Zeit dazwischen von innen geöffnet.«

Mei blinzelte. »Sie kam zweimal nach Hause? Wie ist das denn möglich?«

»Keine Ahnung. Die Schlüsselkarte von Nr. 9 wird kurz vor dreiundzwanzig Uhr am Seiteneingang benutzt – der Koch, der nach Hause kommt? –, und eine Stunde später verlässt jemand den Square durchs Haupttor. Emmanuel glaubte doch, draußen Stimmen gehört zu haben, kurz nachdem sein Freund nach Hause kam. Ich glaube, das war Lindas Mörder.«

Audrey holte tief Luft. Der Gedanke an zwei Mörder, die in ihrer kleinen grünen Oase herumwanderten, ließ ihr die Haare zu Berge stehen.

»Und dann«, fuhr Lewis fort, »wird die Schlüsselkarte von Nr. 3 kurz vor Mitternacht am Haupttor benutzt, von außen, zwei Minuten, bevor unser geheimnisvoller Unbekannter den Square verlässt.«

»Victor?«, sagte Mei mit einem Blick auf Audrey.

»Das erklärt, wieso er sehen konnte, dass in Nr. 10 noch Licht brannte. Aber wir haben ihn direkt gefragt, ob er an dem Abend noch mal weggegangen ist, und er hat es bestritten. Warum lügt er?«

»Vielleicht ist er rausgeschlüpft, um die Mordwaffe loszuwerden?«, bot Lewis als Erklärung an. »Seht mich nicht so an, das wäre möglich. Darum machen wir das ja, um solche Dinge abzuklären.«

»Vielleicht war er ja auch nur im Pub«, sagte Audrey hoffnungsvoll. »Oder er hat eine Freundin, von der wir nichts erfahren sollen.«

»Oder vielleicht«, sagte Lewis, »hat er etwas gesehen und wollte uns nicht verraten, was. Also gut, wir müssen noch mal mit Victor DeFlore und den Hetheringtons reden, und mit Mrs. Hildebrandt.«

»Und wir müssen klären, ob der Typ aus Nr. 5 ein Alibi hat«, fügte Mei hinzu, was ihr ein erneutes Stirnrunzeln von Lewis einbrachte.

»Da ist was dran«, sagte Audrey entschuldigend. »Du musst zugeben, ›Ich war allein zu Hause, und dafür gibt es keine Zeugen‹ dürfte wenig Eindruck auf die Polizei machen.«

Lewis lief rot an und fuhr sich mit der Hand durchs Haar.

»Wenn ihr es denn unbedingt wissen müsst«, schnaubte er, »ich hatte ein Videotelefonat mit meiner Großmutter.«

Sie starrten ihn an.

»Du hattest was?«, fragte Mei. »Du hast eine Großmutter?«

»Warum sollte ich denn keine Großmutter haben? Sie ist achtundsechzig, schläft nicht gut, und manchmal ruft sie mich an. Das Gerät nimmt den Anruf immer automatisch über die Kopfhörer an, damit ich ihn nicht verpasse.«

Er entsperrte sein Handy und drehte es herum, damit sie sich die Anrufliste ansehen konnten.

Oma – Eingehender Videoanruf
5. Nov., 20.35, 1 St 23 Min.

»Was denn?«, fuhr er sie an. »Warum grinst ihr so?«

Audrey versuchte, ein ernstes Gesicht aufzusetzen. »Nur so.«

»Und da hatten wir gedacht, du hasst alle und jeden.« Mei grinste. »Aber wie sich herausstellt, hasst du nur uns.«

Mit finsterem Blick nahm er sein Handy wieder an sich.

»Ich verstehe nicht, was so merkwürdig daran sein soll, sich um seine eigenen Angelegenheiten zu kümmern. Solltet ihr auch mal probieren.«

»Es ist ganz natürlich, eine Bindung zu der Gemeinschaft aufzubauen, zu der man gehört«, bemerkte Audrey. »Statistisch gesehen überleben Menschen Katastrophen und Notzeiten besser gemeinsam und in einer Gruppe als allein.«

»Daran glaube ich keine Sekunde. Ihr kennt offenbar die Menschen nicht. Die meisten sind grässlich. Also, seid ihr zufrieden mit meinem Alibi? Können wir jetzt weitermachen?«

»Kein besonders gutes Alibi, aber vermutlich besser als nichts.« Die Feststellung brachte Mei einen erneuten empörten Blick von Lewis ein. »Also, wo waren wir stehen geblieben?«

»Bei Victor«, brachte er mit zusammengebissenen Zähnen hervor.

»Bei ihm müssen wir vorsichtig vorgehen«, warnte Audrey. »Er hat sich beim letzten Mal schon ziemlich gesperrt.«

»Morgen Vormittag gehe ich zum Tierheim«, kündigte Lewis an. »Mal sehen, ob ich Nathan Roper erwische oder zumindest seine Kontaktdaten in Erfahrung bringen kann. Ich werde meinen Charme bei Pam spielen lassen.«

»Val«, korrigierte Audrey mit einem Seufzer. »Außerdem müssen wir herausfinden, welche krummen Dinger genau Richard Glead mit Ram gedreht hat. Wir könnten morgen Glead Antiques auskundschaften. Bei seinem Laden vorbeigehen und sehen, was Sache ist.«

»Gute Idee.« Lewis nickte. »Vielleicht finden wir da etwas, das uns weiterbringt. Oder wir stoßen sogar auf etwas, das uns verrät, ob Linda involviert war. Das wäre eine große Hilfe.«

Audrey und Mei wechselten einen Blick, aber beide schwiegen. Es war nicht nötig, etwas zu sagen. Keine von beiden wollte, dass Linda schuldig war, des Mordes oder irgendeines anderen Verbrechens, aber es war unbestreitbar möglich, dass sie in irgendetwas verwickelt gewesen war.

Und dann waren da noch die übrigen Marchfield-Bewohner. Wie würde Celeste sich fühlen, wenn sie schließlich mit dem Finger auf einen ihrer Mieter zeigten? Und würde sie ihnen je vergeben, wenn sie mit ihrer Anschuldigung richtiglagen?

33
Lewis

Am folgenden Morgen zog Lewis allein los, um Nathan Roper aufzuspüren. Eine Internetsuche nach seiner Postanschrift war ergebnislos geblieben, deshalb wollte er Nathan vor seiner Schicht am Tierheim abpassen.

Es war einer der seltenen schönen Herbsttage in London, neblig und frisch, am Himmel stand eine blasse Sonne. Es erinnerte an den Bilderbuchherbst, den Lewis aus seiner Kindheit kannte, kein Vergleich mit dem nassgrauen Wetter, das ihm in den letzten Wochen so auf die Nerven gegangen war. Um das Wetter und seine vorübergehende Freiheit vom Büro auszunutzen, die es ihm erlaubte, bei Tageslicht draußen herumzuspazieren, hatte er beschlossen, zu Fuß zu gehen und die Abkürzung durch den Battersea Park zu nehmen. Gedanklich beschäftigte er sich mit der Textstelle, an der er gestern Abend aufgehört hatte, mit seinem Detective, der zwei Morde aufzuklären hatte und eine wachsende Liste zweifelhafter Charaktere durchleuchten musste.

Um zehn Uhr morgens war der Park fast leer, und Lewis hörte nur das Rauschen der Bäume über sich und seine eigenen Schritte. Wie lange war es her, dass er seine Zeit draußen verbracht hatte? Er konnte sich nicht mal mehr erinnern. Der Garten im Marchfield Square war das einzige Grün, das er derzeit zu Gesicht bekam, ansonsten verweilte er eigentlich nirgends mehr, weil er immer nur bestrebt war, zu seinem Computer zurückzukehren und einen weiteren Abend vor dem blinkenden Cursor zu verbringen. Wie hieß noch mal dieser Spruch? Es ist sinnlos, immer wieder dasselbe zu tun und ein anderes Ergebnis zu erwarten. Oder so ähnlich.

Als er sich der Pagode näherte, blieb er stehen und sog die Luft ein. Der Duft nach feuchtem Gras und anderem Grün, das er nicht kannte, stieg ihm in die Nase. Überall hing noch dichter Nebel am Boden und in den Bäumen, der alles verbarg, das weiter als zehn Meter entfernt war. Lewis wusste diese atmosphärische Stimmung zu schätzen.

In einem Anfall untypischer guter Laune beschloss er, seinen Spaziergang auszudehnen, und bog daher bei der Pagode rechts ab, tiefer in den Park hinein. Er hatte diesen Weg noch nie eingeschlagen und war daher überrascht, als die Bäume aufhörten und er in einen formaleren, offeneren Teil des Parks kam. Er folgte dem Weg, die Hände zum Schutz vor der Kälte tief in die Taschen gesteckt. Gerade als Lewis sich dachte, dass jetzt ein heißes Getränk schön wäre, bog er um eine Ecke und entdeckte einen kleinen Tee- und Kaffeestand am Wegrand, vor dem nur ein einziger Kunde auf seine Bestellung wartete.

Lewis holte sich einen Cappuccino, setzte dann seinen Spaziergang fort, den warmen Pappbecher in der Hand, und dachte dabei, wie schade es war, dass nicht alle Tage so sein konnten wie dieser. Er sollte mal mit Audrey herkommen. Sie war bestimmt ein Mensch, der gerne einen Kaffee im Park trank. Er schlenderte hinter dem anderen Kaffeekunden her, und es dauerte eine volle Minute, bis ihm aufging, dass er Audrey mittlerweile als Freundin betrachtete. Nicht, dass sie kein netter Mensch gewesen wäre – er konnte erkennen, dass sie das war, selbst wenn sie netter zu Leuten war, die nicht Lewis waren –, aber er konnte sich nicht erinnern, wann er zum letzten Mal neue Freundschaften geschlossen hatte. Jetzt, wo er darüber nachdachte, wurde ihm klar, dass er auch schon längere Zeit nicht mehr mit seinen alten Freunden gesprochen hatte.

Wie viele Jahre hatte er im Nebel seiner kreativen Depression verloren? Wie lange war er Gesprächen über sein nächstes Buch oder seine nächste Idee ausgewichen, oder, als die Zeit verging, der Frage, ob er das Schreiben ganz aufgegeben habe? Es war nur natürlich, dass solche Fragen gestellt wurden, aber sie waren ihm immer vorgekommen wie Schläge ins Gesicht, und er hatte an nichts anderes denken können als an sein Versagen. Audrey hingegen wusste nichts von ihm oder seiner Vorgeschichte, was den Umgang mit ihr sehr viel einfacher machte.

Er war so abgelenkt von seinen Gedanken, dass er überrascht war, als er den Musikpavillon aus dem Nebel auftauchen sah, eine Insel in einem Kreis von Bäumen und Parkbänken, die alle gleich aussahen. Lewis blieb stehen, drehte sich um und versuchte, sich zu orientieren, was ein Fehler war, denn jetzt wusste er nicht mehr, aus welcher Richtung er gekommen war.

Er beschloss, weiter dem Mann mit dem Kaffeebecher zu folgen, einer großen Gestalt in einem schwarzen Kurzmantel, der locker ausschritt wie jemand, der weiß, wo es langgeht. Der musste in ungefähr der richtigen Richtung unterwegs sein, und Lewis hatte es nicht eilig.

Der Kaffeetyp führte ihn eine lange, baumbestandene Allee hinunter. Sie gingen im Gleichschritt, jedoch in einigem Abstand. Radfahrer und Jogger überholten sie, und ein- oder zweimal drehte der Kaffeetyp sich um, als hätte er irgendein Geräusch gehört, während Lewis hinter ihm hertrottete und seinen Cappuccino genoss.

Es dauerte ein wenig, bis Lewis merkte, dass der Kaffeetyp seine Schritte beschleunigt hatte, der Abstand zwischen ihnen größer wurde und die schwarze Gestalt nur noch verschwommen im Nebel vor ihm sichtbar war. Lewis erhöhte ebenfalls das Tempo und versuchte, ihn im Blick zu behalten, bis sie zu einer Stelle kamen, die er wiedererkannte. Schließlich bogen sie um eine Ecke, und ihm wurde klar, dass der See mit dem Bootsverleih die ganze Zeit rechts von ihm gewesen war, verborgen hinter dem dichten Nebel, der vom Wasser aufstieg.

Da er jetzt ungefähr wusste, wo er sich befand, ging er wieder langsamer, und der Mann vor ihm war bald außer Sicht. Lewis folgte dem Kutschenweg bis zum Parkeingang am Queen's Circus. Als er sich der Straße näherte, lichtete sich der Nebel, und Lewis entdeckte den Kaffeetypen, der gerade den Park verließ und sich nach Osten wandte. Lewis ging in dieselbe Richtung, trat auf den vielbefahrenen Verkehrskreisel hinaus und ärgerte sich über den starken Verkehr, der seine heitere Gemütsruhe mit Lärm und Abgasen verpuffen ließ.

Der Kaffeetyp war immer noch vor ihm, doch unter der Eisenbahnbrücke blieb er plötzlich stehen und blickte sich um. Lewis konnte schon den runden Glasturm und den Eingang des Tierheims auf der anderen Straßenseite erkennen, doch als er näher kam, sah der Kaffeetyp ihn direkt an, mit einem entsetzten, erschrockenen Blick.

»Warum folgen Sie mir?«, schrie er, offenbar bereit, jeden Moment die Flucht zu ergreifen.

»Das tue ich doch gar nicht!«, rief Lewis, hob die Hände und machte ein paar Schritte vorwärts. »Ich wollte nur zum Tierheim.«

»Zum Tierheim?« Der Kaffeetyp warf einen Blick zurück über die Schulter und sah dann wieder Lewis an. »Wollen Sie ein Tier adoptieren? Das geht nur mit Termin, wissen Sie.«

Lewis machte einen weiteren Schritt auf ihn zu. Der Mann schien ein wenig älter zu sein als er, war blass, hatte ein schmales Gesicht und trug das braune Haar kinnlang, mit Seitenscheitel. Er war groß, schien aber eher schmal zu sein, soweit man das bei der dicken Cabanjacke, die er trug, feststellen konnte.

»Nein, es geht nicht um ein Tier«, sagte Lewis. »Ich will nur mit jemandem reden. Sie können hier warten, wenn Sie wollen, und ich gehe zuerst. Ich bin Ihnen nicht gefolgt, ich schwör's.« Zumindest nicht, seit wir den Park verlassen haben, fügte er bei sich hinzu.

Der Mann sah zwischen Lewis und dem Tierheim hin und her, dann seufzte er.

»Tut mir leid«, sagte er und schüttelte den Kopf. »Ich bin nur etwas nervös. Der Park und der Nebel … Ich will auch zum Tierheim.«

»Ach ja?« Lewis trat noch etwas näher. »Arbeiten Sie dort?«

Sie fielen in Gleichschritt, und als sie aus der Unterführung heraus waren, lag das Tierheim vor ihnen.

»Ja, ehrenamtlich. Ich helfe bei den Hunden.«

»Ah, dann arbeiten Sie ja sicher mit …« Mist, nicht schon wieder. »Zusammen mit Val?«, wagte er sich vor.

»Das stimmt«, bestätigte der Kaffeetyp lächelnd. Sie waren am Eingang angelangt, und er zog eine Schlüsselkarte aus der Tasche. »Normalerweise gehe ich hinten rein, aber hier kann ich Sie mit reinlassen. Mit wem wollten Sie denn sprechen?«

»Mit Nathan Roper.« Der Kaffeetyp erstarrte. Lewis seufzte innerlich. Das gab's doch gar nicht. Er war dem Mann seit zwanzig Minuten gefolgt, ohne es zu ahnen. »Das sind nicht zufällig Sie?«

»Und wer sind Sie?«

Lewis versuchte, Audreys unbefangene Freundlichkeit nachzuahmen, streckte die Hand aus und lächelte.

»Ich bin Lewis McLennon. Ein Freund von Linda.«

Der Mann – Lewis war sich jetzt ziemlich sicher, dass es sich um Nathan Roper handelte – sog scharf die Luft ein und schlug die ihm angebotene Hand aus.

»Linda?«

»Linda Glead.«

»Ich weiß, wer Linda ist«, fuhr der Mann, der vermutlich Nathan war, ihn an. »Aber sie hatte keine Freunde.«

»Außer Ihnen, oder?« Lewis lächelte immer noch. »Sie sind doch Nathan? Ich bin ein Nachbar von ihr.«

»Ein Nachbar?«

»Ich lebe in der Wohnung unter ihr.« Was im Prinzip stimmte. »Sie haben sie vermutlich nie zu Hause besucht?«

Nathan schüttelte den Kopf.

»Wir haben uns nur hier getroffen. Warum wollen Sie mit mir reden?«

»Ich wollte nur sichergehen, dass Sie Bescheid wissen. Über das mit Linda, meine ich. Aber wie ich sehe, haben Sie es bereits gehört.«

»Ja.« Nathan stieß die Luft aus. »Furchtbar.«

»Es tut mir so leid.«

»Wir standen uns nicht nahe. Wir waren eher Bekannte als Freunde.«

»Klar. Wissen Sie, was passiert ist?«

»Nein, wie sollte ich das wissen?« Nathan war sofort wieder in der Defensive.

»Die Polizei glaubt, dass sie ermordet wurde.«

»Verdammt. Echt? Scheiße.«

Lewis fiel auf, dass Nathan eher verängstigt als geschockt wirkte.

»Das überrascht Sie nicht«, sagte er. Keine Frage. Eine Feststellung.

»Äh …« Nathans Blick irrte umher, während er nachdachte. »Also, ich … ihr Mann wurde ermordet, oder? In der Bonfire Night. Hat man … ich meine, war es derselbe Täter?«

»Das weiß man noch nicht. Sie hatten beide Dienst an dem Abend, oder? Wegen des Feuerwerks? Das hat sie erwähnt.« Lewis sprach langsam und wählte seine Worte sorgfältig, um den Eindruck zu erwecken, dass er Linda besser gekannt hatte, als es der Fall war. »Da gab es doch diesen Hund, den sie so gernhatte … Muffin?« Ha, daran erinnerte er sich. Dämlicher Name.

»Muffin, ja.« Nathan lächelte. »Diesen Hund hat sie geliebt. Sie wollte ihn adoptieren.«

Was war das nur mit Hunden? Jedes Mal, wenn es um Hunde ging, wurden die Gespräche deutlich entspannter. Ihm wurde langsam klar, warum Audrey immer wieder auf sie zu sprechen kam.

»Gibt es noch jemanden, den wir benachrichtigen sollten?«, fragte Lewis. »Da Lindas Mann ja ebenfalls tot ist, wissen wir nicht, wen wir noch informieren sollten. War sie noch mit anderen Ehrenamtlichen befreundet? Oder hat sie mal irgendwelche anderen Bekannte erwähnt?«

»Nicht mir gegenüber.« Nathan schüttelte den Kopf. »Also, nicht wirklich.«

»Sind Sie sicher?« Lewis ließ nicht locker. »Nicht mal beiläufig?«

»Ich hatte den Eindruck, dass es da jemanden gab. Jemand, von dem Richard nichts wusste. Ein Mann.«

»Ach? Sie meinen, sie hatte einen Freund?«

»Ich weiß es im Grunde nicht.« Nathan zuckte die Achseln. »Ihr Mann mochte offenbar keine Tiere, und als ich sagte, das sei bestimmt schwierig, meinte sie, sie könne mit ihrer Schwester und einem Freund über Tiere reden. Etwas an der Art, wie sie ›Freund‹ sagte, ließ mich vermuten …«

Und Audrey hatte seine Theorie abgetan!

»Aber einen Namen hat sie nicht genannt?«

»Nein. Ich glaube, sie hat ihn mal mitgebracht. Damit er sich Muffin ansehen konnte. Ich bin ihm nicht begegnet, aber einer der anderen Ehrenamtlichen erinnert sich vielleicht.«

»Gibt es ein Besucherbuch oder sowas?«

»Sie können's versuchen«, meinte Nathan zweifelnd. »Aber wenn die beiden hinten reingegangen sind, waren sie vermutlich nicht beim Empfang.«

»Okay, schön, danke für Ihre Hilfe. Darf ich Ihnen meine Nummer geben? Falls Ihnen noch etwas einfällt?«

Nathan runzelte die Stirn.

»Was meinen Sie damit, falls mir noch etwas einfällt?«

»Ob wir noch jemanden anrufen sollten, meine ich«, erklärte Lewis hastig. »Unsere Vermieterin versucht, sich um alles zu kümmern, um Lindas Schwester unter die Arme zu greifen.«

»Oh. Na schön.« Nathan wirkte nicht überzeugt, ließ sich aber Lewis' Nummer diktieren und tippte sie in sein Handy ein.

»Irgendwas beunruhigt Sie«, sagte Lewis abrupt. Bei Audrey schien diese Taktik ja gut zu funktionieren. »Wegen Linda.«

»Mich? Nein. Überhaupt nichts. Ich meine, ja. Offensichtlich. Sie wurde ermordet.«

»Aber es ist mehr als das.« Lewis blieb beharrlich. »Was ist los?«

Nathan warf einen sehnsüchtigen Blick über die Schulter auf das Gebäude hinter sich.

»Sehen Sie«, sagte er. »Lindas Mann war ein übler Kerl, der für Kriminelle gearbeitet hat. Das mit Linda tut mir leid, wirklich, aber irgendwie kommt es mir vor, als …« Er verstummte und zuckte die Achseln.

»Hätte es so kommen müssen?«

»Ja.«

»Woher wissen Sie, dass Lindas Mann ein übler Kerl war? Hat sie Ihnen das erzählt?«

Aber jetzt begann Nathan zurückzuweichen.

»Tut mir leid, Mann, ich muss los. Ich bin bereits spät dran.«

»Na gut«, sagte Lewis. »Danke, dass Sie mit mir gesprochen haben.«

»Kein Problem.«

Nathan fummelte mit seiner Schlüsselkarte herum, öffnete das Tor und schloss es wieder hinter sich, als befürchte er, Lewis könnte in seinen Zufluchtsort eindringen. Dann rannte er praktisch über den Hof und verschwand aus Lewis' Blickfeld.

34
Audrey

Audrey war heilfroh, als sie um halb eins am schmiedeeisernen Eingangstor von Marchfield Square anlangte. Als sie frühmorgens zur Arbeit gegangen war, war es kalt und neblig gewesen, und am hellblauen Himmel hatten sich erste Wolken gebildet. Natürlich hatte der Himmel seine Schleusen geöffnet, sobald sie das Haus der Browns verlassen hatte und auf die sauberen, breiten Bürgersteige von Mayfair getreten war. Aus vereinzelten dicken Regentropfen, die vor ihr auf die Straße gefallen waren, war schnell ein stetiger Regen geworden, und jetzt schüttete es wie aus Eimern.

Ihre dünne Regenjacke konnte nichts gegen die Sturzfluten von oben ausrichten, und die Putztasche hing schwer und unhandlich über ihrem Arm. Audrey suchte in ihren von der Nässe klammen Jackentaschen nach der Schlüsselkarte, hielt sie vor den Leser, schob das Tor mit der Schulter auf und stolperte hindurch.

Sie hastete über den Innenhof und schleppte die Putztasche die Außentreppe hoch, aber sobald sie den Schlüssel ins Schloss gesteckt hatte, hörte der Regen auf, unvermittelt und ohne Vorwarnung. Typisch. Audrey stieß einen Fluch aus.

Sie wand sich aus der durchweichten Regenjacke, bevor sie die Wohnung betrat, und war gerade dabei, die Schuhe abzustreifen, als es an die Tür klopfte.

Lewis stand davor, knochentrocken in einer neu aussehenden Regenjacke. Er lächelte sie an.

»Ich hab gesehen, wie du nach Hause gekommen bist, also dachte ich, ich schau mal vorbei und frag nach, ob du Zeit für einen Besuch bei Glead Antiques hast? Auf dem Weg kann ich dir erzählen, was ich über Nathan Roper herausgefunden habe.«

Sie stand auf der Fußmatte und starrte ihn an, einen durchweichten Schuh am Fuß, während die patschnasse Socke am anderen Fuß unter den Zehen quatschte. Nasse Haarsträhnen klebten ihr im Gesicht, Regenwasser lief ihr in Rinnsalen den Nacken hinunter, und das durchweichte, durchsichtig gewordene Shirt klebte an ihrem Körper. Von der Regenjacke tropfte es unablässig auf den Boden des Flurs.

Es dauerte fast zehn Sekunden, bis er kapierte.

»Ah. Soll ich … später noch mal wiederkommen?«

Sie seufzte und trat beiseite, um ihn einzulassen.

»Du kannst in der Küche warten.« Sie schloss die Wohnungstür hinter ihm, bevor sie sich von dem zweiten Schuh befreite. »Ich muss mich erst umziehen, bevor ich irgendwohin gehe.«

Audrey lief nach oben ins Bad und schälte sich aus den durchweichten Klamotten. Nasser konnte sie nicht werden, aber ohne Dusche würde ihr nicht wärmer werden, also duschte sie kurz und schaffte es, nur zehn Minuten später in frischen Jeans und Pullover wieder unten zu sein, nur um festzustellen, dass Lewis am Küchenfenster stand und auf den Square hinausblickte.

Sie blieb in der Tür stehen. »Das hättest du auch von deiner Wohnung aus machen können«, sagte sie.

»Von hier aus ist die Sicht besser«, entgegnete er und drehte sich um. »Geht's wieder?«

»Ja, viel besser. Hey, mir ist vorhin beim Putzen ein Gedanke gekommen. Warum versuchen wir es nicht mal in der Kirche? Sie war noch dort, kurz bevor sie starb, und wenn sie regelmäßig im Gottesdienst war, weiß vielleicht jemand etwas über sie. Sie hat einen Pastor erwähnt – Reverend Fitzbride. Offenbar fühlte sie sich nach einem Gespräch mit ihm immer besser. Vielleicht redet er ja mit uns.«

»Das«, sagte Lewis und schwenkte den Finger hin und her, »ist eine hervorragende Idee. Für manche Leute ist die Kirchengemeinde ein geselliger Treffpunkt, und das gilt besonders, wenn man sonst nichts oder niemanden hat. Wir könnten auf dem Weg zum Antiquitätenladen dort vorbeischauen, wenn du genug Zeit hast?«

»Klar«, sagte Audrey, erfreut darüber, dass er es für eine gute Idee hielt. Am Anfang hatte er so überlegen getan, dass es sie überraschte, wie bereitwillig er die Verantwortung teilte. »Ich habe mir den Rest des Tages freigeschaufelt. Ich räum noch kurz auf, dann können wir los.«

Sie wischte den Flurboden mit einem Handtuch trocken, machte ein einigermaßen ordentlich aussehendes Paar Stiefel ausfindig, zog ihre warme Winterjacke an und schob Lewis eilig zur Tür hinaus. Es war nicht so, dass es sie störte, ihn in der Wohnung zu haben, nicht direkt, nur war er mittlerweile in einem seltsamen Zwischenstadium zwischen Freund und Nicht-Freund, und es war ein komisches Gefühl gewesen, unter der Dusche zu stehen, während er in der Küche gewartet hatte.

Sie konnte sich erst richtig entspannen, als sie auf dem Weg zu St. Luke's waren und Lewis eine Bemerkung machte, die sie sofort wieder auf die Palme brachte.

»Du hättest lieber eine andere Regenjacke anziehen sollen«, bemerkte er, als sie die Pickering Lane verließen. »Es könnte wieder anfangen zu regnen.«

»Wer hat schon mehrere Regenjacken?«, fragte sie, froh

darüber, etwas zu haben, über das sie die Augen verdrehen konnte. »Außerdem halten Regenjacken einen nur trocken. Ich hab es lieber warm.« Sie brauchte ja nicht hinzufügen, dass sie ihre Winterjacke in einem Sozialkaufhaus entdeckt hatte und sie nicht besonders wärmte.

Ihr Weg führte sie über den Glebe Place, eine ruhige, hübsche Seitenstraße, die einen fast dörflichen Charme verströmte, die georgianischen Häuser gepflegt und malerisch hinter schmiedeeisernen Zäunen.

»Erzähl mir lieber von Nathan Roper«, sagte sie, als sie das Ende der Straße erreicht hatten und darauf warteten, die King's Road überqueren zu können. »War er da?«

»Ja, das war ziemliches Glück. Er tauchte gerade zu seiner Schicht auf.«

»Hast du dir Notizen gemacht?« Er nickte. »Lies mal vor.«

Er zückte sein Handy.

»Also, Nathan Roper. Weiß, bisschen käsig im Gesicht, mittellanges braunes Haar. Ende dreißig, etwas über eins achtzig und mager. Latschiger Gang.«

Sie lächelte.

»Ähm, also, erst war er nervös, weil er dachte, ich wäre ihm gefolgt, aber dann beruhigte er sich ein wenig, als er hörte, warum ich da war. Er kannte Linda gar nicht so gut, sie waren eher Bekannte als Freunde, seiner Aussage nach. Aber er wusste, dass Ricky keine Tiere mochte und ein übler Kerl war.«

»Richard«, korrigierte sie.

»Ja, Richard. Nathan sagte auch, dass Linda einen Freund hatte. Jemand, dem sie den Hund gezeigt hat, von dem ihr Mann aber nichts wusste. Mein Eindruck war, dass Nathan ihn für Lindas Liebhaber hielt, nicht nur für einen Freund.«

Sie nahmen die Abkürzung durch den ehemaligen Friedhof Dovehouse Green, wo eine alte Dame auf einer Bank saß und die Tauben beobachtete, die ihr zu Füßen pickten, und bogen in die Sydney Street ein.

»So etwas sähe Linda gar nicht ähnlich.«

»Ich weiß nicht. Die Frau im Tierheim sagte doch, dass sie viel freie Zeit hatte. Richard kann unmöglich gewusst haben, was sie so alles trieb.«

»Du wärst überrascht«, bemerkte sie. »Bei Kontrollzwang in einer Beziehung sind Tracking-Apps und feste Zeiten, zu denen man wieder zu Hause sein muss, keine Seltenheit.«

Lewis runzelte die Stirn, und für einen kurzen Moment dachte sie, er hätte Mitgefühl oder würde seine Vorstellung von Linda neu überdenken, aber dann begann er, etwas in sein Handy zu tippen. Er notierte es als weitere Idee für sein Buch, erkannte sie mit Abscheu.

»Dass sie mit jemandem befreundet war, muss ja nicht zwangsläufig heißen, dass sie eine Affäre hatte«, fuhr sie fort und versuchte, sich nicht davon stören zu lassen. »Wenn Richard allerdings zur Eifersucht neigte, könnte sogar eine unschuldige Freundschaft zu Problemen geführt haben.«

»Ich verstehe, was du meinst. Trotzdem, damit bleibt die Theorie im Spiel.«

St. Luke's Church rückte in ihr Blickfeld, ragte aus der winterlich kahlen Umgebung empor wie ein schartiges Messer aus Stein. Sie blieben auf dem Vorplatz stehen, und der Wind peitschte Audrey das Haar ins Gesicht. Sie holte tief Luft.

»Also gut«, sagte sie und strich sich eine Haarsträhne aus den Augen. »Was wollen wir von diesem Pastor in Erfahrung bringen?«

35
Lewis

Sie steuerten auf die Kirche zu. Es war eine große Kirche, sogar für Londoner Verhältnisse, und sie war von kahlen Bäumen umgeben, die den Park auf der einen und den Kinderspielplatz auf der anderen Seite kaum kaschieren konnten. Ein älteres Ehepaar verließ gerade die Kirche, als sie sich dem Eingang näherten, aber ansonsten war der Vorplatz verlassen.

Als sie die Treppe hochstiegen, klapperten Audreys Stiefel auf den Steinstufen. Ihre Wangen waren vor Kälte gerötet, und im schwachen Novemberlicht wirkten ihre Augen grau. Lewis fragte sich, ob ihre distanzierte Miene auf ihr Gespräch eben zurückzuführen war oder ob ihr etwas Sorgen bereitete.

»Wir müssen in Erfahrung bringen, wie viel Linda über Richards Geschäfte wusste«, sagte er, leicht fröstelnd in dem kalten Wind, der durch die Säulen des Vorbaus fegte. »Ob die Möglichkeit besteht, dass sie daran beteiligt war. Und ob sie tatsächlich einen Freund hatte.«

Die letzten beiden Worte hallten im Kirchenraum wider, den sie gerade betreten hatten. Lewis blinzelte, als seine Augen sich an das Dämmerlicht anpassten.

»Mach du es wie gehabt«, fuhr er mit gesenkter Stimme fort und schaute sich um. Von innen wirkte die Kirche sogar noch größer mit ihren langen Seitenschiffen, fast wie eine Kathedrale. Zahlreiche Besucher wanderten umher, in dicke Mäntel gehüllt, und betrachteten die Buntglasfenster und

Flachreliefs an den Wänden, während andere still auf den Kirchenbänken saßen. »Wie bei Lindas Schwester und der Hundefrau, mal sehen, wo uns das hinführt.«

»Wie gehabt?«

»Ja, du weißt schon … mit dieser einfühlsamen Stimme und dem Geplauder.«

»Dieser Stimme?«

»Ja, mit der netten Stimme. Das bringt sie zum Reden.«

Sie warf ihm einen Seitenblick zu.

»Aber du sagtest doch, ich würde die Leute zum Weinen bringen.«

Er schnaubte und begann, durch das Hauptschiff Richtung Altar zu gehen.

»Einen Geistlichen wirst du nicht zum Weinen bringen, die hören sowas ständig. Aber ich habe darüber nachgedacht, und es ist tatsächlich so, dass Leute mehr verraten, wenn sie völlig neben sich stehen. In meinem zweiten Buch kommt ein Kellner vor, Brian Brown. Er taucht nur in einer Szene auf, hat gerade viel zu tun, ist nervös und zu aufgewühlt, um dichtzumachen, daher eröffnet das Gespräch mit ihm meinem Detective ganz neue Perspektiven, was dazu beiträgt, dass er den Fall aufklären kann. Also könnte sogar die kleinste Information der Schlüssel zur Lösung des Falls sein.«

Audrey stutzte und blieb mitten im Gang stehen.

»Wie viele Bücher hast du geschrieben?«

»Drei.«

»Und du erinnerst dich an die Namen aller Charaktere? Sogar der Nebenfiguren?«

»Natürlich.«

»Was meinst du damit, ›natürlich‹? Gestern hast du meinen Namen vergessen, dabei bin ich ein real existierender Mensch!«

»Mir war nur dein Nachname entfallen. Und ich erinnere mich deshalb an die Namen meiner Figuren, weil sie zu ihnen passen. Sie tragen den Namen, der für sie richtig ist. Man verpasst seinen Charakteren nicht einfach irgendeinen Namen. Der Name muss für sie genau richtig sein.«

»Entschuldige, willst du damit sagen, dass du ständig die Namen der Leute vergisst, weil du sie nicht aussuchen durftest?«

»Genau.« Er stieß sie leicht an und deutete nach vorn, wo ein ganz in Schwarz gekleideter Mann mit einem weißen Stehkragen in der vordersten Reihe des Kirchengestühls saß, im Gespräch mit einem jungen Paar. »Das wird er sein, oder?« Als sie sich langsam näherten, wurden sie von dem jungen Paar bemerkt.

»Ich glaube, Sie werden gebraucht, Reverend«, sagte die Frau mit einer leichten Kopfbewegung in ihre Richtung. Der Gemeindepastor drehte sich um, das Paar verabschiedete sich, und er stand auf, um Audrey und Lewis zu begrüßen.

»Hallo«, sagte er lächelnd und schüttelte ihnen die Hand. Er war ein hochgewachsener Schwarzer mit warmen braunen Augen und einem breiten Lächeln; an den Schläfen wurde er bereits grau. Er musste mindestens fünfzig sein, wurde aber vermutlich oft jünger geschätzt. Durchaus attraktiv, dachte Lewis, wenn man Geistliche mochte. »Ich bin Reverend Fitzbride. Was kann ich für Sie tun?«

»Hallo.« Audrey lächelte ihn an, mit einem Ausdruck im Gesicht, den Lewis noch nicht an ihr kannte. »Ich bin Audrey.«

»Und ich bin Lewis.«

»Sind Sie wegen einer Trauung gekommen?«, fragte Reverend Fitzbride.

»Nein –«, begann Lewis.

»Gott, nein!«, rief Audrey gleichzeitig.

Lewis stutzte. Er würde versuchen, das nicht persönlich zu nehmen.

»Wir sind wegen Linda Glead hier«, erklärte er.

»Ah«, sagte Reverend Fitzbride traurig. »Die arme Linda. Darf ich fragen, woher Sie sie kannten?«

»Sie haben es also schon gehört?«, sagte Audrey. »Wir wussten nicht genau, ob jemand Sie informiert hat. Sie verstarb am letzten Freitag, und ich weiß, dass sie an dem Nachmittag noch hier war und mit Ihnen sprechen wollte. Wir dachten, Sie würden vielleicht gern erfahren, dass sie tot ist.«

Reverend Fitzbride ließ sich auf eine Kirchenbank sinken.

»Ja, wir haben davon gehört. Wir sind alle tief betroffen. Weiß man schon, wie es passiert ist?«

»Das wissen wir noch nicht«, antwortete Lewis rasch. »Die Ermittlungen laufen. Könnte sein, dass die Polizei sich noch bei Ihnen meldet, um nach Lindas Umfeld zu fragen. Ob es jemanden gab, der ihr schaden wollte, solche Sachen.«

Er warf einen Blick auf Audrey, die anerkennend nickte. Tja, es gab wohl für alles ein erstes Mal.

»Ach du liebes bisschen«, sagte Reverend Fitzbride. »Die Polizei glaubt also, dass sie … Wie furchtbar.« Er bekreuzigte sich und schloss kurz die Augen. »Ich hoffe sehr, dass sie nicht leiden musste.«

»Wie wirkte Linda auf Sie, als Sie mit ihr sprachen, Reverend?«, fragte Audrey. »Schien sie ganz sie selbst zu sein?«

Der Pastor rieb sich nachdenklich das Kinn.

»Ja, es ging ihr so gut, wie man es unter den Umständen erwarten konnte. Der Tod ihres Mannes war ein ziemlicher Schock für sie, aber ich fand nicht, dass ihr Verhalten Anlass zur Sorge gegeben hätte. Du meine Güte.«

»Laut einem der Nachbarn fühlte Linda sich beobachtet«, sagte Lewis. »Sie war ziemlich nervös deswegen. Hat sie mal mit Ihnen darüber gesprochen?«

Falls der Blick eines Geistlichen verdächtig flackern konnte, der von Reverend Fitzbride tat es jetzt.

»Sie hat es erwähnt, ja. Sie glaubte, dass irgendjemand ihren Mann einschüchtern wollte. Ein paar seiner Freunde waren recht zwielichtige Gestalten. Bei unserem Gespräch am Freitag verlieh sie der Hoffnung Ausdruck, dass nach seinem Tod damit Schluss sein würde.« Er seufzte. »Ich werde dafür sorgen, dass die Polizei alles erfährt, was ihr bei den Ermittlungen weiterhelfen könnte.«

»Hat sie je über ihren Mann gesprochen?«, fragte Lewis, und etwas blitzte in den Augen des Pastors auf.

»Wir waren ihre Nachbarn, Reverend«, warf Audrey ein. »Wir wussten alle Bescheid. Wie er war, meine ich.«

»Oh.« Reverend Fitzbride entspannte sich ein wenig. »Ja, es war schwierig, aber Linda war immer voller Hoffnung, dass die Lage sich bessern würde. Wir haben ihre Entschlossenheit bewundert, aber keinen Zweifel daran gelassen, dass wir sie unterstützen würden, egal, wie sie sich letztendlich entscheiden sollte.«

Er faltete die Hände, legte sie in den Schoß und blickte zu Boden. Seine Diskretion war wirklich ärgerlich.

Audrey setzte sich neben ihn auf die Kirchenbank.

»Ich wünschte, ich hätte mehr getan, um ihr zu helfen«, sagte sie, und Lewis war überrascht, denn er sah ihr an, dass sie es ernst meinte. »Wir wussten alle, was los war, aber durch seinen Beruf und alles …«

Reverend Fitzbride nickte. »In der Tat. Ein unbeständiges Geschäft, der Handel mit Antiquitäten. Den Pfeilen und Schleudern des wütenden Geschicks unterworfen.«

»Und dann das Glücksspiel …«, fügte Audrey hinzu, aber wieder nickte er nur. Das gestaltete sich schwieriger, als Lewis erwartet hatte.

»Shakespeare«, sagte er geistesabwesend, und der Pastor schaute auf. »Die Pfeile und Schleudern. *Hamlet*, oder?«

»Richtig«, bestätigte Reverend Fitzbride mit einem Lächeln. »Sehr gut.«

»Lewis ist Schriftsteller«, sagte Audrey unvermittelt und zog Lewis neben sich auf die Bank hinunter. »Er schreibt Romane.«

Lewis spürte, wie er rot anlief.

»Ach, wirklich?« Reverend Fitzbride wandte sich Lewis zu. »Ich bin so etwas wie ein Bücherwurm. Was für Romane schreiben Sie denn?«

»Krimis.«

»Kenne ich vielleicht etwas von Ihnen?«

»Äh …« Lewis errötete wieder. »*Stell eine Kerze auf mein Grab*? Das war ziemlich erfolgreich.«

»Das haben Sie geschrieben? Meine Güte. Das habe ich verschlungen. Letztes Jahr habe ich es meinem Vater zu Weihnachten geschenkt. Und wie heißt Ihr neues Buch?«

Oh, die Demütigung.

»Nichts, was Sie gelesen haben werden, vermute ich.« Er warf einen hilflosen Blick auf Audrey, die die Augen aufriss und kurz mit der Hand ein Kritzeln andeutete. Er sollte also weiter übers Schreiben reden. »Äh … in meinem neuen Buch geht es um Kunst. Kunstdiebstahl und die kriminelle Unterwelt. Ich hatte eigentlich gehofft, mich mit Linda über Antiquitäten unterhalten zu können, aber natürlich war nie der richtige Zeitpunkt dafür und nun … na ja.«

»Ich weiß sowieso nicht, ob Linda da die richtige Ansprechpartnerin gewesen wäre«, meinte Reverend Fitzbride nach einer kurzen Pause. »Sie hat den Antiquitätenladen ein- oder zweimal erwähnt, aber ich kann mir nicht vorstellen, dass sie viel damit zu tun hatte. Sie schien sehr viel Zeit zu haben und war einsam.«

»Gibt es sonst noch jemanden, den wir benachrichtigen sollten?«, fragte Audrey und wandte damit dieselbe Taktik an wie Lewis im Tierheim. »Linda lebte sehr zurückgezogen, aber wir würden gern all ihre Bekannten über ihr trauriges Ableben in Kenntnis setzen, besonders natürlich enge Freunde. Die Polizei hat es noch nicht offiziell bekanntgegeben.«

»Abgesehen von den Gemeindemitgliedern wüsste ich niemanden, und um die haben wir uns schon gekümmert. Wir haben die Nachricht an unser Pastorenteam weitergegeben und im Fürbittengebet ihrer gedacht. Linda wird hier fehlen.«

Einige Minuten saßen sie schweigend da. Es war nichts zu hören außer den leisen Schritten der Kirchenbesucher. Lewis zermarterte sich das Gehirn, aber ihm wollte keine Möglichkeit einfallen, das Gespräch fortzuführen, und als er Audrey ansah, wirkte sie ebenfalls ratlos. Sie zuckte die Achseln.

»Wir sollten gehen«, sagte er und stand auf. »Entschuldigen Sie, dass wir Ihre Zeit in Anspruch genommen haben.«

»Es war sehr nett von Ihnen, dass Sie an uns gedacht haben.« Auch Reverend Fitzbride stand auf, um sie zum Ausgang zu geleiten. »Wissen Sie, wer sich um die Beerdigung kümmern wird?«

»Wahrscheinlich ihre Schwester Jane«, sagte Audrey, als sie an einer Frau vorbeikamen, die gerade an einem der Kerzenbäume eine Kerze anzündete. »Die Trauerfeier wird wohl in der Kirche in Streatham stattfinden.«

»Ah ja. Da wären wir.« Sie waren am Ende des Mittelgangs angelangt, und Reverend Fitzbride blieb stehen. »Wenn Sie erfahren, wann die Beerdigung stattfindet, würden Sie uns freundlicherweise informieren? Bestimmt wollen einige aus unserer Gemeinde gern daran teilnehmen.«

»Aber natürlich, Reverend«, sagte Lewis.

»Sie könnten auch Rafik Bescheid geben, das wäre vielleicht einfacher. Ich will Ihnen keine Umstände machen.«

Es dauerte einen Moment, bis sie erfassten, was er da gesagt hatte.

»Rafik Jones?«, fragte Audrey vorsichtig nach. »Ist er ein aktives Gemeindemitglied?«

»Oh ja. Er kommt jeden Sonntag zum Gottesdienst, manchmal auch unter der Woche. Durch ihn haben wir ja von Lindas Tod erfahren.« Er schüttelte ihnen erneut die Hand. »Gott segne Sie beide, und nochmals vielen Dank, dass Sie gekommen sind. Auf Wiedersehen.«

»Rafik Jones«, wiederholte Lewis, als sie im Vorraum stehen blieben, um die Reißverschlüsse ihrer Jacken hochzuziehen.

»Der Hausmeister.« Sie verdrehte die Augen. »Braune Haut, schwarzes Haar, trägt meistens Overalls. Arbeitet fünf Tage die Woche im Marchfield Square, seit ungefähr hundert Jahren.«

»Ich weiß, wer das ist, besten Dank.«

Als sie gemeinsam über den Vorplatz gingen, spürten sie den beißend kalten Wind auf den Wangen.

»Das muss überhaupt nichts zu bedeuten haben«, sagte Audrey, als sie wieder auf die Sydney Road traten. »Es ist schließlich die nächstgelegene Kirche.«

»Aber es lässt schon vermuten, dass der Hausmeister sie besser gekannt haben könnte als jeder andere in der Wohnanlage, oder? Nathan glaubt, dass Linda einen speziellen Freund hatte, und so viele Orte gibt es ja nicht, wo sie jemanden kennengelernt haben könnte. Ich glaube, Rafik Jones ist gerade auf der Liste weit nach oben gerückt.«

36
Audrey

Sie kehrten auf demselben Weg zurück, den sie gekommen waren, und sprachen erst wieder, als sie die vielbefahrene King's Road erreichten, wo immer noch mittägliches Gedrängel herrschte.

»Ob die Polizei wohl schon mit Ram gesprochen hat?«, sagte Audrey, als sie sich auf dem regennassen Bürgersteig zwischen gehetzten Angestellten in der Mittagspause hindurchschlängelten. »Schließlich steht er jetzt auf ihrer Liste der Verdächtigen.«

»Das Pfandleihhaus ist nicht weit entfernt von Glead Antiques. Machen wir doch einen kurzen Abstecher, mal sehen, ob er da ist.«

Im Medlar Walk war es ruhig. Sie schlenderten das schmale Gässchen hinunter und gingen, die Gesichter in ihrer Wind-und-Wetter-Kleidung vermummt, langsam am Pfandleihhaus vorbei. Dort war alles still und dunkel, und laut dem Schild im Fenster war der Laden geschlossen.

»Vielleicht haben sie ihn zur Vernehmung mitgenommen«, mutmaßte Lewis und beschleunigte seine Schritte. »Oder er ist abgehauen.«

Am Ende des Medlar Walk bogen sie rechts in die Parallelstraße ein, um zur King's Road zurückzukehren. Die Pimlico Road lag in der entgegengesetzten Richtung, zu Fuß vielleicht zwanzig Minuten entfernt, doch inzwischen brach die Sonne wieder durch die Wolken und die regennassen Straßen glänzten.

Auf dem Weg dorthin unterhielten sie sich hauptsächlich über London und die verschiedenen kriminellen Banden der Stadt. Viele der Berühmtheiten unter ihnen inszenierten sich offenbar nach dem Vorbild von Hollywoodfilmen und hatten sich beunruhigende Spitznamen wie Beton-Sam und Schlächter Braithwaite zugelegt.

Nach etwas weniger als einem Kilometer bogen sie in die Smith Street ein und kamen am Royal Chelsea Hospital vorbei. Die Bewohner, rot uniformierte Pensionäre der Armee, nutzten die Gelegenheit, zwischen den Regenschauern frische Luft zu schnappen und die Sonne zu genießen.

»Was ist mit diesem Fixer, den du erwähnt hast?«, fragte Audrey.

»Der Fixer wird gerufen, um die Leichen zu entsorgen oder einen Tatort zu säubern. Er ist schon seit mehreren Jahrzehnten aktiv, dürfte also mittlerweile etwas in die Jahre gekommen sein. Es könnte sogar eine dieser Herrschaften sein, vom Alter her passt es.« Er deutete mit dem Kopf auf einen Chelsea-Pensionär, der vor ihnen die Straße entlanghumpelte, wie Celeste auf einen Stock gestützt. Er wirkte jünger als Celeste, aber das Gehen schien ihm schwerer zu fallen, und als sie ihn überholten, ertappte Audrey sich bei der Überlegung, ob Celeste eine ungewöhnlich hohe Schmerzgrenze hatte oder ob ihr so etwas ebenfalls blühte.

An der Kreuzung bogen sie in die Pimlico Road ein, wo sich die Antiquitätenläden aneinanderreihten. Dazwischen lagen kleine, exklusiv wirkende Galerien und Designer-Haushaltswaren-Outlets.

»Gute Lage für ein zwielichtiges Antiquitätengeschäft«, bemerkte Audrey und verfolgte, wie ein Porsche von einer Parkuhr wegfuhr und ein Silver Shadow Rolls-Royce dessen Platz einnahm. »Versteckt zwischen zahlreichen anderen Antiquitätenläden.«

Sie hatte vorher noch nie einen Anlass gehabt, diese Gegend zu besuchen, aber es war nett hier, beinahe dörflich. Die Straßen waren breit und sauber, die Bürgersteige von Bäumen gesäumt, die die exklusiven Läden und Cafés vor dem Verkehr abschirmten.

Glead Antiques lag an der Ecke, in einem diskreten Gebäude mit schwarzer Fassade gegenüber von einem kleinen, baumgesäumten Platz mit Bänken und einer Statue von Mozart. Das Schaufenster war mit einem Metallgitter geschützt und das Ladenschild derart unaufdringlich – anthrazit auf schwarz –, dass Audrey den Laden garantiert übersehen hätte, wenn sie nicht danach Ausschau gehalten hätte.

»Der Blick gleitet einfach darüber hinweg, oder?« Lewis klang beeindruckt.

Sie überquerten die Straße und versuchten, durchs Schaufenstergitter zu spähen, aber im Ladeninneren war es dunkel, und alles, was sie sehen konnten, waren Möbel. Cremefarbene Sofas, Frisiertische und Kommoden aus Mahagoni standen herum, aber nicht so viele, dass es überladen gewirkt hätte. Was dahinter lag, konnten sie nicht erkennen.

»Schauen wir uns das mal von hinten an«, schlug Lewis vor. »Wie kommen wir rein?«

»Dort.« Sie deutete auf die übernächste Hausecke, hinter der ein schmaler, versperrter Durchgang lag. Die Tafel mit Klingelschildern ließ vermuten, dass mindestens die Hälfte der Geschäfte in der Häuserreihe denselben Zugang hatte.

Lewis rüttelte am Tor. »Abgesperrt.«

Sie musterte die Liste der Türklingeln und drückte auf eine.

»Was tust du da?«

»Zocken.«

Die Sprechanlage blieb einen Moment stumm, dann ertönte ein Summen, lange und laut, und das Türschloss klickte. Audrey drückte das Tor auf.

»Lieferungen«, erklärte sie, als sie in den schmalen Gang traten. »Ich wette, es drückt ständig jemand auf diese Klingel.«

Der Durchgang endete in einem engen Hof, teilte sich und führte zu beiden Seiten auf der Rückseite der Geschäfte entlang. Sie wandten sich nach rechts und gingen bis zum Ende, wo an einer schmuddeligen weiß gestrichenen Tür ein Messingschild mit der Aufschrift »Glead Antiques« angebracht war.

»Ich hatte gehofft, dass die Polizei die Tür eingetreten hat oder sowas«, sagte Lewis und musterte den Türrahmen. »Dann hätten wir einfach reinspazieren können.«

Er langte nach dem Türgriff, aber sie packte ihn am Handgelenk.

»Was hast du vor?«

»Nachsehen, ob die Tür offen ist.«

»Ich bin nicht davon ausgegangen, dass wir irgendwo einbrechen wollen«, sagte sie.

»Kein Einbruch.« Er drückte die Klinke mit dem Ellbogen herunter, und sie schwang leise nach innen auf. »Nur unbefugtes Betreten.«

»Wenn die Tür offen ist, ist jemand da drin!«, zischte Audrey und zerrte ihn zurück. »Ein Angestellter vielleicht.« Sie klopfte an die geöffnete Tür, und sie beugten sich vor und lauschten auf irgendwelche Geräusche von drinnen.

Aber alles blieb still.

»Könnte die Polizei gewesen sein«, bemerkte Lewis. »Wenn sie hier waren, um den Laden zu durchsuchen.« Er klopfte erneut, lauter diesmal, und rief: »Hallo? Ist da jemand?«

Wieder nur Stille.

»Na schön.« Audrey zog gelbe Gummihandschuhe aus ihrer Tasche. »Aber zieh die über und mach schnell, ja? Wenn wir hier erwischt werden, sieht das nicht gut aus.«

Lewis warf einen schrägen Blick auf die gelben Gummidinger, bevor er sie widerstrebend überstreifte. Als Audrey die Tür hinter sich zuzog, gaben ihre Handschuhe ein quietschendes Geräusch von sich. Die beiden standen in dem kleinen Flur und sahen sich um. Die beige gestrichenen Wände waren übersät von schwarzen Schrammen, vom Boden bis auf Schulterhöhe. Stammten sie von der Polizei, die bei ihrer Durchsuchung nicht zimperlich vorgegangen war? Oder vielleicht von Möbeltransporten?

Direkt zu ihrer Rechten lag ein winziges WC, funktional und ziemlich schmuddelig, links ein Büro. Lewis betrat es, während Audrey im Türrahmen stehen blieb und lauschte, um Eindringlinge rechtzeitig hören zu können.

Andere Eindringlinge als sie, um genau zu sein.

Das Büro verfügte über ein Schiebefenster, das noch original war und auf den Hof hinausging, und eine umlaufende Bilderleiste oben an der Wand, an der Ölgemälde hingen, die ländliche Szenen zeigten. Der Kamin war entfernt worden, aber der Kaminmantel war erhalten geblieben. Der Schreibtisch war antik, das polierte Holz voller Kratzer. Spuren auf der Schreibtischplatte deuteten darauf hin, dass bis vor kurzem ein Laptop dort gestanden hatte. Lewis zog sämtliche Schubladen auf und durchstöberte sie.

»Irgendwas von Interesse?«

»Nichts.«

»Was ist mit den Unterseiten der Schubladen? Manchmal kleben Leute etwas darunter fest.«

Lewis schnitt eine Grimasse.

»Im Fernsehen vielleicht«, sagte er, machte sich aber

trotzdem daran, unter den Schubladen nachzusehen. »In der wirklichen Welt nimmt die Polizei bei einer richtigen Durchsuchung den Raum völlig auseinander.«

»Da stand ein Laptop. Haben sie den mitgenommen?«

»Vermutlich. Sie werden sich Gleads Laden vor allem vorgenommen haben, um ein Motiv für den Mord an ihm zu finden, aber jetzt, wo sie von seiner Freundschaft zu Ram wissen, werden sie hier alles auf den Kopf stellen, um nach Hinweisen auf kriminelle Machenschaften zu suchen. Richard dürfte allerdings klar gewesen sein, dass man seinen Laptop als Erstes beschlagnahmen wird, wenn er ins Visier der Polizei gerät, also wird darauf kaum irgendwas Belastendes zu finden sein.«

Audrey blickte sich in dem Büro um und überlegte, wo sie hier etwas verstecken würde. Es gab keinen Aktenschrank, und wenn ein Safe hinter einem der Gemälde versteckt war, müsste es an der Wand hängen und nicht an einer staubigen Bilderleiste.

Sie ließ den Blick über die Leiste gleiten und bemerkte den feinen Staubfilm, der sich darauf angesammelt hatte. Was sie nicht darum geben würde, dem Staub mit ordentlichen Reinigungsutensilien zu Leibe zu rücken, und vielleicht noch etwas Essig für die seltsam fettige Stelle beim Kaminmantel …

»Kann ich mir mal den Stuhl borgen?«, fragte sie und trat in die Ecke neben dem Kamin. Lewis erhob sich zuvorkommend und schob ihn zu ihr hinüber. Sie stieg darauf, und Lewis bemühte sich, den Drehstuhl festzuhalten, damit er nicht unter ihr wegrollte, während sie zur Bilderleiste hochlangte.

Er reckte den Hals und schaute zu ihr hinauf.

»Was tust du da?«

»Die ganze Bilderleiste ist staubig. Nicht so sehr, dass es auffallen würde, aber dieser Abschnitt hier ist verschmiert und fettig.« Sie legte den Finger auf die betreffende Stelle. »Als hätte jemand regelmäßig dahin gefasst.« Als sie den Abschnitt nach oben drückte, bewegte er sich, und sie schob ihn vorsichtig ein paarmal nach oben und unten. Plötzlich löste er sich und gab einen Hohlraum dahinter frei, wo ein Ziegel aus der Wand entfernt worden war.

»Wahnsinn!«, rief Lewis. »Das war genial. Was ist da drin?«

Sie tastete in dem Hohlraum herum, und ihre behandschuhte Hand schloss sich um etwas.

»Ein Buch.«

Er half ihr vom Drehstuhl hinunter, und sie legte das Buch auf den Schreibtisch. Es war ein kleines, in Leder gebundenes Rechnungsbuch, und als Lewis die Seiten umblätterte, ziemlich ungelenk mit seinen Gummihandschuhen, stellten sie fest, dass auf einigen Seiten Namen, Daten und Geldbeträge vermerkt waren. Der Rest des Buches war leer.

»Es muss wichtig sein, wenn es so gut versteckt war«, stellte Lewis fest. »Am besten fotografieren wir es.«

Er zog einen Gummihandschuh aus und zückte sein Handy. Audrey hielt die Seiten fest, während er jede einzelne fotografierte, dann legte sie das Buch wieder in sein Versteck zurück.

»Ob die Polizei es wohl finden wird?«, fragte sie, als sie wieder vom Drehstuhl gestiegen war.

»Würde mich wundern.« Lewis streifte den Gummihandschuh wieder über. »Sehen wir uns noch kurz im Laden um, bevor wir gehen. Vielleicht gibt es da irgendwas Interessantes.«

Er ging durch den schmalen Flur zum Verkaufsraum voran. Wie sie schon von der Straße aus gesehen hatten, fanden sie hier eine Ansammlung wenig kunstvoll arrangierter Möbel vor, die alle vage antik wirkten. Irgendwelche bemerkenswerten Stücke schienen nicht darunter zu sein.

»Ich weiß nicht warum, aber ich dachte, hier würde auch ein Schreibtisch stehen«, sagte Audrey. »Für die Kunden.«

»Er muss alles von seinem Büro aus erledigt haben.«

Als sie gerade gehen wollten, bemerkte Audrey eine Tür an der Rückseite des Verkaufsraums, auf der Seite, wo auch das WC lag, und steuerte zielstrebig darauf zu. Als sie die Tür öffnen wollte, stieß sie auf Widerstand, also drückte sie die Schulter dagegen und steckte den Kopf durch den entstandenen Spalt.

Es war eine Küche, klein und eng mit versifften Schränken und einem Wasserkocher, den niemand würde anfassen wollen, nicht einmal mit Gummihandschuhen. Und da lag auch noch etwas anderes, das niemand würde anfassen wollen.

Audrey zog den Kopf zurück.

»Was meinst du, wie viele Leichen findet ein Detective normalerweise im Verlauf einer Ermittlung?«, fragte sie und zog ihr Handy aus der Tasche.

»Kommt drauf an«, antwortete Lewis stirnrunzelnd. »Normalerweise eine oder zwei. Vielleicht drei, wenn man über einen Serienmörder schreibt. Wieso?«

»Weil unser Hauptverdächtiger auf dem Küchenfußboden liegt, mit einem Riesenloch in der Brust. Diesmal rufe ich die Polizei an, soll ich?«

37
Lewis

»Das ist jetzt schon die dritte Leiche, die Sie gefunden haben, Mr. McLennon«, bemerkte DS Larssen und blickte von ihm zu Audrey. »Das reicht wohl, um jeden Ermittler nachdenklich zu stimmen, meinen Sie nicht?«

Sie standen im Verkaufsraum von Glead Antiques, während sich ein Spurensicherungsteam in weißen Papieroveralls in der Küche an die Arbeit machte. Die Entdeckung der Leiche von Paulo Ram hatte eine bemerkenswert schnelle Reaktion nach sich gezogen, und knapp eine halbe Stunde, nachdem sie es gemeldet hatten, war die Einmündung zur Pimlico Road abgesperrt, und im Gebäude wimmelte es von Einsatzkräften aller Art. Der kleine Platz auf der anderen Straßenseite stand voller Polizeiwagen, die aufs Geratewohl auf dem Pflaster und zwischen den Bäumen geparkt waren.

»Fairerweise muss man sagen«, warf Audrey ein, »dass ich diese Leiche entdeckt habe und Linda die erste.«

»Ja, das sollten wir festhalten: Wir haben alle nur eine gefunden«, sagte Lewis.

»Das macht es natürlich weit weniger verdächtig.« Um Larssens Mundwinkel zuckte es. »Aber das ist nicht lustig. Was hatten Sie hier überhaupt zu suchen?«

Audrey sah Lewis an, und er konnte ihr vom Gesicht ablesen, dass sie keine Ahnung hatte, was sie darauf antworten sollte.

»Ich habe selbst ein wenig recherchiert«, erklärte er nach kurzem Nachdenken. »Die ganze Sache hat mich inspiriert, und ich schreibe an einem neuen Krimi. Daher dachte ich mir, ich gehe mal hier vorbei und statte Rickys Laden einen kleinen Besuch ab, um zu sehen, wie das Geschäft eines kriminellen Kunsthändlers so aussieht. Ich habe Audrey gebeten mitzukommen. Als wir ankamen, war die Tür offen.«

Larssen warf ihm einen scharfen Blick zu und wandte sich dann an Audrey.

»Stimmt das?«

»Ja.« Sie nickte. »Wir wollten eigentlich nur durchs Schaufenster sehen, aber dann ging die Tür auf. Wir nahmen an, die Polizei müsse sie offen gelassen haben. Kann sein, dass wir uns ein wenig umgesehen haben.«

Larssen blickte skeptisch auf Audreys und Lewis' Hände, die immer noch in gelben Gummihandschuhen steckten.

»Haben Sie irgendwelchen Abwasch entdeckt, den Sie erledigen wollten?«

Sie gab sich plötzlich viel weniger streng, bemerkte Lewis. Audrey musste sie irgendwie für sich eingenommen haben. Wahrscheinlich dieser Welpenblick.

»Und wie lange sind Sie beide schon befreundet?«, fragte Larssen. »Letzte Woche haben Sie noch behauptet, nicht mal den Namen des anderen zu kennen.«

»Seit wir angefangen haben, uns über die Leichen auszutauschen, die entdeckt wurden«, sagte Audrey.

»Und was ist mit Richard Glead, Mr. McLennon? Angeblich kannten Sie ihn doch auch kaum.« Larssen blätterte eine ganze Reihe von Seiten in ihrem Notizblock zurück. »Ihre Worte waren, und ich zitiere: ›Wir haben eigentlich nie mitaneinander gesprochen‹, und jetzt nennen Sie ihn Ricky.«

»Oh. Äh.« Lewis spürte, wie er rot anlief. »Also, ich bin

nicht so gut mit Namen. Grottenschlecht sogar. Ich kann irgendwie nichts dagegen machen.«

»Das stimmt«, warf Audrey ein. »Er macht das schon die ganze Woche. Mei hat er ›Maia‹ genannt.«

Larssen grinste. »Ich wette, sie war begeistert.«

»Das war nur ein einziges Mal!« Seine Wangen brannten. Er konnte es auch nicht ändern, wenn die Leute alle die falschen Namen hatten; sie sollten das mit ihren Eltern ausfechten.

»Wo steckt Larssen?«, blaffte eine Männerstimme von der Büroseite des Ladens, und das Lächeln der Ermittlerin erlosch.

»Ich bin hier«, rief sie zurück, und kurz darauf kam DI Banham in den Verkaufsraum gestapft, rot im Gesicht und sichtlich aufgebracht.

»Was zum Teufel geht hier vor, Sofia?«, polterte er. »Eben noch war Ram ein Verdächtiger in einem Doppelmord, und jetzt ist er selbst ermordet worden, offenbar mit derselben Waffe.« Als er Lewis und Audrey bemerkte, begann eine Ader an seiner Schläfe anzuschwellen. »Und was zur Hölle machen die beiden hier?«

Larssen seufzte.

»Offenbar haben sie selbst ein wenig recherchiert, wie Mr. McLennon es nannte. Nur durch sie haben wir von der Verbindung zwischen den Gleads und Ram erfahren. Sie sind heute Nachmittag hier reingestolpert und haben die Leiche entdeckt.«

Banham warf Lewis einen finsteren Blick zu.

»Reingestolpert?«

»Die Tür war offen, Sir. Offenbar hatte Ram einen Schlüssel, und der Täter hat nicht hinter sich abgeschlossen.«

»Sie dürften gar nicht hier sein«, knurrte Banham.

»Nein«, bestätigte Larssen.

»Haben Sie ihre Aussage aufgenommen?«

»Ja.«

»Dann schaffen Sie die beiden hier raus.« Er ignorierte Audrey, fixierte aber Lewis mit seinen wässrigen Augen, ein Effekt, der ein wenig durch den Umstand ruiniert wurde, dass Lewis ihn deutlich überragte. »McLennon, vergessen Sie Ihre Privatrecherchen. Sie bilden sich vielleicht ein, Sie könnten den dicken Max markieren, weil Sie ein paar Krimis geschrieben haben, aber wenn Sie mir noch ein einziges Mal unangenehm auffallen, sind Sie ruckzuck wegen Behinderung einer polizeilichen Ermittlung dran.«

»Aber wir behindern die Ermittlungen doch gar nicht«, protestierte Lewis. »Wir haben sie bereits vorangebracht.« Hilfesuchend sah er Larssen an, aber die schüttelte den Kopf.

»Wir brauchen Ihre Hilfe nicht«, sagte Banham. »Und jetzt verschwinden Sie von hier. Sie halten sich von nun an raus. Ach, und verlassen Sie die Stadt nicht. Ich habe drei Morde aufzuklären, und Sie sind ein Faktor, der alle drei Fälle verbindet.« Er hob drohend den Finger. »Sie gehören jetzt offiziell zum Kreis der Verdächtigen.«

»Wir halten uns auf keinen Fall raus«, sagte Lewis zu Audrey, als sie den Laden verlassen hatten. »Und was läuft da zwischen dir und Larssen?«

»Gar nichts. Aber zwischen Mei und Larssen könnte was laufen, ich weiß es nicht genau. Jedenfalls versucht sie, nett zu mir zu sein, glaube ich.«

Lewis nickte. Eine Freundschaft zwischen Audrey und Larssen wäre nützlich gewesen, aber er musste zugeben, dass es ihm lieber war, wenn es um Mei ging. So konnten sie von der Verbindung profitieren, ohne dass es unnötige Komplikationen gab.

»Was meinte sie damit, dass sie uns den Hinweis auf Ram verdanken? War das auch Mei?«

»Also, äh – ich habe sie auf dem Laufenden gehalten, und sie hat die Information weitergegeben. Tut mir leid.«

Er schwieg, zu irritiert über zu viele Leute, um seine Gedanken sortieren zu können.

»Machst du dir denn gar keine Sorgen?«, fragte sie. »Über das, was Banham gerade gesagt hat?«

»Dass ich zum Kreis der Verdächtigen zähle?« Er dachte darüber nach. Machte er sich Sorgen? Vom Verstand her wusste er, dass die Ergebnisse der Spurensicherung und alles andere ihn entlasten würden, aber unmöglich war es nicht, dass die Polizei den Falschen verhaftete. So etwas war schon vorgekommen. »Nein«, log er. »Das wird schon.«

Schweigend gingen sie die Pimlico Road hinunter, Lewis in Gedanken versunken. Diese Morde waren nicht die Taten eines Serienmörders, doch es roch sehr nach einer Aufräumaktion.

»Drei Todesfälle, alle miteinander verbunden«, sagte er schließlich, während sie sich zwischen den Passanten auf Shoppingtour hindurchschlängelten. »Worin auch immer diese drei verwickelt waren, sie haben entweder jemanden stinkwütend gemacht oder wurden zur Belastung. Irgendjemand verwischt hier Spuren.«

»Aber wenn es nicht Ram ist, wer dann? Wer ist sein Boss?«

»Er hat eigentlich keinen, abgesehen vom Fixer, der herumzieht. Er ist selbstständig. Eine Art freier Unternehmer.«

»Also könnte es jeder sein?«

»Ja.« Er blieb mitten auf dem Bürgersteig stehen und trat dann zur Seite, um einige entgegenkommende Passanten vorbeizulassen. »Was hältst du davon, wenn wir mal dem anderen Pokerfreund einen Besuch abstatten? Chaz Shaw?

Mit dem haben wir noch nicht gesprochen. Er hat eine Motorradwerkstatt drüben in Vauxhall. Vielleicht kann er uns in die richtige Richtung weisen.«

Sie schien Zweifel zu haben.

»Warum sollte der mit uns reden?«

»Wäre doch möglich. Ich könnte ja behaupten, ich hätte einen Job für Ram oder so.«

Sie schwieg einen Moment, und er fragte sich, ob sie kneifen würde.

»Also gut«, sagte sie. »Besser so früh wie möglich, bevor der Mörder wieder zuschlägt. Aber könnten wir den Bus nehmen? Ich bin heute bereits fast zehn Kilometer gelaufen, und nach Vauxhall ist es ein ganzes Stück.«

Sie erwischten den Bus, der vor dem Royal Hospital abfuhr, und planten während der Fahrt mögliche Befragungsstrategien. Dann stiegen sie aus und legten den Rest des Wegs zu Shaws Motorradwerkstatt, die ein paar Straßen entfernt war, zu Fuß zurück. Sie befand sich in einem schmalen Haus in der Broadgate Road, zu erkennen an einem Schaufenster aus undurchsichtigem Mattglas, auf dem in großen Buchstaben »MOT & Service Centre« stand. Daneben führte eine schmale überdachte Einfahrt zu »Shaw's Bikes Workshop« im Hinterhof, wie einem Schild an der Backsteinmauer zu entnehmen war.

»Nur ein einziger Eingang«, bemerkte Lewis.

»Und nur ein Ausgang.« Audrey wirkte nervös.

»Du kannst hier warten, wenn du willst«, bot er an. Nun, wo sie hier waren, überkamen ihn seltsame Beschützerinstinkte. Aber sie schüttelte den Kopf.

»Nein. Wir haben uns einen Plan zurechtgelegt. Wenn er nicht hier ist, werden sie eher mir als dir verraten, wo er steckt.«

Hinter der Einfahrt lag ein großer, halb überdachter Hinterhof. Motorräder standen ordentlich aufgereiht, abgedeckt mit Plastikplanen. Die Werkstatt befand sich in einer Garage auf der rechten Seite, deren Tore offen standen.

Ein dünner Mann in einem Overall stand über ein Motorrad gebeugt und drehte sich um, als sie auf ihn zusteuerten.

»Hallo«, sagte er und kam ihnen entgegen. Er war mittleren Alters, hatte einen kahlrasierten Schädel und einen Ölfleck an der Schläfe. »Was kann ich für Sie tun?«

»Ist Chaz da?«, fragte Audrey.

»Nein, heute Nachmittag nicht. Kann ich weiterhelfen?«

»Tut mir leid, ich muss mit Chaz sprechen. Wissen Sie, wo er ist?«

Der Mechaniker wirkte argwöhnisch und warf einen Blick auf Lewis.

»Es ist privat«, fügte sie hinzu.

»Sorry, ich kann Ihnen nicht helfen«, sagte der Mechaniker. »Morgen früh ist er wieder da, wenn Sie noch mal wiederkommen wollen.«

»Es ist dringend«, sagte Lewis. »Dringend und privat.«

Audrey sah ihn böse an, aber er wusste nicht, ob das zum Spiel gehörte oder nicht. Der Mechaniker war jedenfalls überzeugt, denn seine Augenbrauen schossen in die Höhe.

»Versucht's mal im Red Lion«, meinte er achselzuckend. »Oder kommt morgen wieder.«

»Okay, danke.«

Sie gingen durch den Torweg zurück, und als sie wieder auf der Straße standen, zitterte Audrey leicht.

»Igitt.« Sie schüttelte sich. »Warum hast du das gesagt? Ich fühle mich regelrecht beschmutzt.«

»Was denn? Ich hab doch nur gesagt, dass es dringend und privat ist.«

Sie starrte ihn an, wieder mit diesem ungläubigen, kritischen Ausdruck im Gesicht.

»Aber du weißt schon, was du da angedeutet hast, oder?«

»Was meinst du damit? Ich habe gar nichts angedeutet.«

»Dringend und privat klingt nach einem medizinischen Notfall, wenn du verstehst, was ich meine.« Er schüttelte den Kopf. Er hatte keine Ahnung, was sie meinte. Sie seufzte. »Ach, egal. Wo ist dieser blöde Pub?«

38
Audrey

Der Red Lion in der Kennington Lane war eine klassische viktorianische Eckkneipe, ein langer, schmaler Schankraum mit einem breiten Mahagonitresen auf der einen Seite und ein paar schlichten Tischen auf der anderen. Das war kein Pub für Fans von Gastro-Pubs oder für After-Work-Treffen von Bankern, sondern ein Pub für Leute, die einfach ein Bier in der Gesellschaft anderer Stammgäste trinken wollten und sich auf dem Heimweg etwas zu essen besorgen würden.

Noch war es ruhig. Die Uhr hinter dem Tresen schlug gerade fünf, als sie eintraten. Die einzigen Gäste waren ein paar ältere Männer, die am Tresen saßen, und ein junges Paar an einem Fenstertisch in der Ecke; beide hatten den Blick auf das Handy geheftet. Am hinteren Ende des Schankraums entdeckte Audrey einen Gang mit einem Schild, das zur Lounge wies.

»Könnte ein langer Abend werden«, sagte Lewis. »Was darf ich dir zu trinken holen?«

»Oh, danke. Ein Pint Guinness, bitte.«

Sie gingen mit ihren Getränken zum Nebenraum, und als sie um die Ecke bogen, wären sie fast mit einem Mann zusammengestoßen, in dem Audrey dank ihrer Internetsuche sofort Chaz Shaw erkannte.

»Passt doch auf«, knurrte Chaz und schwankte hin und her, als er versuchte, sein Bier nicht zu verschütten. Er war etwas kleiner als Audrey und trug eine abgetragene Biker-Lederjacke über einem schwarzen Pullover und schwarzen Jeans. Seine Augen waren klein und dunkel, er hatte eine schwarze Mütze auf und einen Dreitagebart ums Kinn. Er roch nach Bier, und aus der Art, wie er sich bewegte, schloss Audrey, dass er schon eine ganze Weile gezecht hatte.

»Entschuldigen Sie«, sagte Lewis.

»Sie haben doch nicht etwa Ihr Bier verschüttet, oder?«, fragte Audrey und versuchte, fürsorglich zu klingen. »Wir holen Ihnen ein neues.«

Chaz sah sie blinzelnd an, das Gesicht finster verzogen, bis der Inhalt ihrer Worte zu ihm durchdrang. Dann grinste er.

»Anschständig«, nuschelte er. »Ein Pint Bitter. Cheers.«

Als Lewis mit dem Pint Bitter zurückkam, hatte Audrey bereits an einem schmierig aussehenden Tisch gegenüber von Chaz Platz genommen. Der lümmelte auf einem Stuhl in der Ecke und kippte gerade den Rest seines altes Bieres herunter. Er stieß einen Beifallsruf aus, als er Lewis kommen sah.

»Also DAS HIER«, rief er, an alle in Hörweite gewandt, »ist ein echter Gennelman! Prost, Kumpel.«

Lewis setzte sich auf den leeren Hocker neben Audrey.

»Kein Problem. Tut mir leid, das von vorhin.«

»Deine Freunnin hat mir Gesellschaft geleischet. Wie du siehst« – Chaz gestikulierte – »bin ich … ganzallein.« Er ließ die letzten Worte zusammenfließen und blickte die übrigen Zecher der Reihe nach finster an. Eine Frau mit glatten weißblonden Haaren saß in einer Nische am Fenster mit einem fast leeren Glas Gin Tonic. Sie starrte in ihren Drink und reagierte nicht, im Gegensatz zu dem Mann, der mit seinem Pint an einem Tisch neben der Toilettentür saß. Er blickte kurz auf und dann wieder auf sein Handy hinunter.

»Das ist Chaz«, sagte Audrey, um Lewis in Erinnerung zu rufen, dass sie sich noch nicht vorgestellt hatten. »Er hat heute Geburtstag.«

»Wow«, sagte Lewis. »Ernsthaft?«

»Ernsthaft«, bestätigte sie mit zusammengebissenen Zähnen.

»Ernsthaft.« Chaz grinste sie beide anzüglich an und erhob sein Glas. »Cheers!«

»Warten Sie – auf jemanden?«, fragte Lewis mit einer Vorsicht, die Audrey nur billigen konnte. Irgendetwas an Chaz' irrem Grinsen musste ihm ebensolches Unbehagen bereiten wie ihr.

»Wisst ihr«, sagte Chaz mit einem intensiven, glühenden Blick, und beugte sich vor, »das tue ich. Ich warte auf jemanden. Ich hab mein gannes Leben lang auf Leute gewartet. Aber einnermeinerFreunne …« Er verstummte einen Moment. »… ist vor kurzem … gestorben.«

»Das tut mir so leid«, sagte Audrey sofort. »Das ist ja schrecklich.«

»Ja.« Chaz nahm einen ordentlichen Schluck von seinem neuen Bier. »Und der annere … geht nicht an sein Handy.«

»Warum nicht?«, fragte Lewis.

»Wer weiß?« Chaz schlug mit den Händen gegen seine Knie. »Wer. Weiß.« Er lachte, es klang brüchig, reizbar und gefährlich. »Ich weiß es jedenfalls nicht.«

Audrey sah Lewis an. Dieser Mann war ganz offensichtlich brandgefährlich, und das Letzte, was sie wollten, war, dass er völlig austickte.

»Haben Sie schon versucht, ihn anzurufen?« Hoffentlich merkte man ihr nicht an, wie nervös sie war.

»Oh ja.« Er rollte den Kopf von rechts nach links. »Aber Paulie geht nicht ran.«

»Wann haben Sie zuletzt mit ihm gesprochen?«

»Gestern Abend«, sagte Chaz prompt. »Er saß genau da, wo ihr jetzt sitzt.« Er deutete mit dem Zeigefinger auf ihren Hocker. »Genau dort.« Er musterte sie scharf. »Trinkt ihr gar nich?«

Beide griffen sofort nach ihren Gläsern, doch dann hielten Chaz und Lewis inne und verfolgten, wie Audrey den halben Inhalt ihres Pintglases in einem Zug leerte. Sie stellte ihr Guinness ab und wischte sich den Schaum von der Oberlippe.

»Was?«, sagte sie und sah die beiden Männer an. »Chaz hat schließlich Geburtstag. Cheers!«

»Cheers!« Begeistert hob Chaz sein Glas. »Die is in Ordnung, dein Mädel.« Er kippte die Hälfte von seinem Bitter herunter, knallte das Glas wieder auf den Tisch und griff nach seinem Handy, um es wütend anzustarren.

»Immer noch nichts?«, fragte Audrey.

»Scheiß auf den«, sagte Chaz und warf das Handy auf den Tisch. »Ich hab jetzt zwei neue Freunne. Wie heißt ihr überhaupt?«

»Äh …«, begann sie.

»Anna«, sagte Lewis schnell. Zu schnell für ihren Geschmack. »Und Logan.«

Chaz brüllte vor Lachen.

»Logan!«, rief er, und Audrey kicherte. »Wie Wolverine!«

Lewis versuchte, seine Verlegenheit zu kaschieren, indem er einen Schluck Bier trank.

»Also dieser Freund von Ihnen, der gestorben ist«, begann er, und sie warf ihm einen warnenden Blick zu. Chaz runzelte die Stirn.

»Was is mit ihm?«

»Äh … Wann ist er denn gestorben?«

»Letzte Woche.« Chaz griff wieder nach seinem Handy. Audrey schüttelte leicht den Kopf und versuchte, Lewis die Botschaft zu vermitteln: Reiz den Bären nicht.

»Wie ist er gestorben?«, fuhr Lewis fort, der mal wieder nichts mitbekam.

»Wieso willst du das wissen, Wolverine?«, fragte Chaz. Lewis zuckte die Achseln und hob sein Glas.

»Ich unterhalt mich nur.«

»Komische Unterhaltung.«

Audrey wurde klar, dass Chaz nicht so betrunken war, wie es schien. Er war enthemmt und lebte seine Gefühle aus, vermutlich als eine Form von Stressabbau, aber er hatte seinen Verstand noch beisammen.

»Logan kann manchmal ein bisschen unsensibel sein«, sagte sie und legte eine Hand auf Lewis' Arm. »Er meint es nicht so.«

»Sorry«, murmelte Lewis.

»Mein Freund …« Chaz senkte die Stimme und blickte von links nach rechts. »… wurde erschossen. Von seiner Frau. Was sagt ihr dazu, eh?«

»Gott«, stieß Audrey hervor. »Wieso?«

»Wer weiß?!« Chaz ließ die Faust auf die Stuhllehne niederdonnern, und Audrey zuckte zusammen. »Gut, vielleicht ist er fremdgegangen, ein- oder zweimal, aber das war doch rein geschäftlich! Das ist doch kein Grund, ihn umzubringen!« Er fasste Audrey ins Auge, als könne sie ihm das erklären. »Ich mein, wer macht sowas? Erst macht sie ihm Mittagessen, und dann schießt sie ihn in den Kopf. Bäm!« Er tat so, als würde er den Abzug einer Pistole betätigen, und sah traurig aus. »Du würdest doch den alten Wolverine nicht erschießen, oder?«

Darüber musste sie nachdenken.

»Nein«, sagte sie nach einer kurzen Pause, was Lewis die Stirn runzeln ließ. »Nicht mal, wenn er fremdgeht.«

»Die Schlampe soll im Knast verrotten.« Plötzlich wurde Chaz unangenehm. »Fuck, ich hatte eine Scheißwoche. Eine echte Scheißwoche.« Er griff nach seinem Pint und leerte es in einem Zug. »Die nächste Runde geht auf mich. Was wollt ihr trinken?«

»Oh, für mich nichts mehr«, sagte Audrey. »Wir müssen gleich los.«

»Aber ihr seid doch gerade erst gekommen!«

»Tut mir leid.«

»Woher wissen Sie, dass sie ihm in den Kopf geschossen hat?«, fragte Lewis, der offenbar ganz wild auf eine blutige Nase war. Chaz sah ihn böse an.

»Was meinst du damit? Woher ich das weiß? Was glaubst du denn, woher ich das weiß?«

»Keine Ahnung.« Audrey konnte die Panik in Lewis' Stimme hören. »Ich meinte nur, kam es in den Nachrichten? Oder hat die Polizei es Ihnen gesagt?«

»Die Bullen?« Chaz stand auf. »Warum sollten die Bullen mit mir reden? Und was geht dich das überhaupt an, Wolverine, häh? Kommst an meinem Geburtstag in meinen Pub und fragst mich nach einem Freund aus, dem man in den Kopf geschossen hat. Bist du auf einem Selbstvernichtungstrip?«

Ja, dachte Audrey.

»Nein«, sagte sie und stellte sich vor Chaz. »Er ist nur unsensibel, wie ich schon sagte.«

Auch Lewis war aufgestanden, das Gesicht gerötet und verschwitzt.

»Tut mir leid!«, beteuerte er. »Es tut mir … wirklich leid.«

Chaz ging um den Tisch herum, und obwohl Lewis größer war, wirkte Chaz sehr viel imposanter in seiner Lederjacke und der schwarzen Mütze. Er ballte die Hände zu Fäusten, und jetzt geriet Audrey in Panik.

»Wir gehen einfach«, sagte sie und hob die Hände in dem Versuch, die Situation zu entschärfen. »Es tut mir leid. Wir gehen jetzt einfach.«

»Nee«, sagte Chaz, warf den Tisch um und ging auf Lewis zu. Seine Augen wurden kleiner, und Audrey begriff, wie gefährlich er war. »Deinem Typen hier muss man dringend mal Manieren beibringen.«

»Es tut mir leid!« Lewis wich zurück. »Ich wollte Ihnen nicht zu nahe treten.«

In der schmalen Lounge dauerte es nur Sekunden, bis er gegen die Wand gedrückt wurde. Chaz donnerte mit der Linken gegen die Wand neben Lewis' Kopf und holte mit der Rechten aus, bereit zuzuschlagen. Audrey blieb keine Zeit zum Nachdenken. Sie packte Chaz' Faust, bog sie am Handgelenk zurück und drehte sie scharf nach innen, bis Chaz vor Schmerz aufjaulte.

»Lauf!«, schrie sie, aber Lewis war bereits in Bewegung. Sie jagten durch den Schankraum, Audrey stieß mit irgendjemandem zusammen. Sie hörte Chaz' Gebrüll hinter sich, als sie sich durch den mittlerweile gut besuchten Pub drängten und auf die Straße hinaushechteten.

Lewis packte ihre Hand, begann zu rennen und zog sie mit sich. Sie hörte, wie die Tür des Pubs aufgerissen wurde und Chaz hinter ihnen herbrüllte: »Und lasst euch hier nie wieder blicken! Das ist *mein* Pub!«

Sie rannten weiter, wichen dabei Passanten und Radfahrern aus, die am Ende des Arbeitstages die Gehwege bevölkerten. Sie rannten, bis Audrey nicht mehr konnte.

»Halt«, keuchte sie, zog Lewis in eine Seitenstraße und lehnte sich gegen die Wand. »Ich … kann … nicht … mehr.«

Er war ebenfalls außer Atem, blickte aber trotzdem um die Ecke, um zu sehen, ob sie verfolgt wurden.

»Ich glaube nicht, dass er uns gefolgt ist«, sagte er. »Alles in Ordnung?«

Sie nickte und versuchte, wieder zu Atem zu kommen.

»Tut mir leid wegen eben«, sagte er. »Das war dumm von

mir. Und danke. Wo hast du diesen Handgelenks-Trick gelernt?«

»Selbstverteidigungs … kurs.« Sie bekam ihre Atmung nicht unter Kontrolle und zitterte so heftig, dass ihre Hand gegen das Mauerwerk schlug.

Atmen, eins-zwei-drei, tief durchatmen …

»Alles in Ordnung mit dir?« Er wirkte besorgt. Sie nickte wieder und konzentrierte sich auf ihre Atmung, und als sie wieder aufblickte, sah sie Lewis mit erhobenem Arm am Straßenrand stehen. Ein schwarzes Taxi hielt.

»Komm«, sagte er, öffnete den Wagenschlag und nahm sanft ihren Arm. »Es ist vorbei. Es ist vorbei. Wir fahren jetzt nach Hause.«

Sie ließ sich vom ihm ins Taxi helfen und sackte wortlos auf den Sitz nieder.

Atmen, wiederholte sie stumm und schloss die Augen. *Einfach tief durchatmen.*

39
Lewis

»Wie sehen unsere nächsten Schritte aus, Sir?«, fragte Hughes.

Harding rieb sich die Bartstoppeln am Kinn. Er war seit zwei Tagen nicht mehr nach Hause gekommen und brauchte dringend eine Dusche und eine Rasur.

»Ich weiß es nicht«, sagte er. »Entweder wurden Ricky, Lindsey und der Pfandleiher vom selben Täter umgebracht, oder es gibt mehr als einen Täter. Wir müssen unbedingt die Waffe finden.«

»Aber wo fangen wir an? Der Pfandleiher war unsere einzige Spur.«

»Wir fangen noch mal von vorne an, Hughes. Wir haben keine andere Wahl. Wir gucken noch mal ganz neu drauf.«

Lewis ließ seinen Bürostuhl rotieren und starrte frustriert auf die klischeehaften Worte, die er gerade geschrieben hatte. Alles war so chaotisch und verwirrend, und er konnte nicht klar denken. Und dann war da noch Audrey. Erst völlig ruhig und kompetent, und dann hyperventilierte sie auf dem Rücksitz eines Taxis. Noch so ein Rätsel.

Er starrte wütend auf den Bildschirm. Was übersahen sie?

Er war davon ausgegangen, dass Paulo Ram und Chaz Shaw die Täter waren. Beide waren gewalttätig genug, um einen Mord zu begehen, beide hätten sich leicht eine Waffe beschaffen können. Aber jetzt war Paulo tot und Chaz aus dem Schneider. Richard Glead und Paulo Ram waren mit derselben Waffe erschossen worden, was nahelegte, dass es sich um ein und denselben Täter handelte, vielleicht auch eine Täterin. Aber Chaz hatte angenommen, dass Richard mit einem Kopfschuss getötet worden war, was bedeutete, er hatte die Leiche nicht gesehen. Und er ging davon aus, dass Linda noch in Polizeigewahrsam war. Zudem schien er nicht begreifen zu können, warum Paulo ihn nicht zurückrief.

Lewis griff nach seinem Handy und rief die Fotos von Richard Gleads geheimem Rechnungsbuch auf. Er vergrößerte und verkleinerte die Aufnahmen, bis ihm die Augen wehtaten, und ging schließlich dazu über, die Listen in ein Notizbuch zu übertragen. In der ersten waren Künstler aufgelistet, mit Datum, Anfangsbuchstaben des Namens und einem Geldbetrag dahinter. Die zweite Liste bestand aus Vornamen, Daten und Geldbeträgen, und die dritte war merkwürdig. Eine Reihe von Abkürzungen – Menschen vielleicht? Firmen? – mit Geldbeträgen und Daten dahinter.

Er begann auf Google zu recherchieren. Eine Stunde später schrieb er Audrey eine Nachricht.

Lewis McLennon
Ich hoffe, es geht dir wieder besser. Seiten 1 & 2 von Richards Notizbuch = Kunst als Druckmittel-Handel. 6 der Kunstwerke wurden in den letzten 2 Jahren gestohlen, die restlichen 4 bei historischen Raubüberfällen erbeutet.

Die Putzfrau
Ich habe mir die zweite Liste
angesehen. Kommen dir
irgendwelche Namen bekannt vor?

Lewis griff nach seinen Listen und überflog sie.

Lewis McLennon
Nein?

Die Putzfrau
Ziemlich weit oben. Bridget H

Lewis McLennon
Wer soll das sein?

Die Putzfrau
Sprich es laut aus.

Lewis seufzte, verärgert darüber, dass er Spielchen spielen sollte, tat aber wie geheißen.

Ah.

Lewis McLennon
Hildebrandt?

Die Putzfrau
Ihr richtiger Name ist Bridget.
Brigitte war ihr Künstlername.

Lewis McLennon
Aber du sagtest doch, sie ist pleite.

Die Putzfrau
Es ist einer der ersten Einträge, und es ist SEHR VIEL Geld. Vielleicht ist sie deshalb pleite? Weißt du noch, wie überrascht ich war, dass Richard keinen Schreibtisch im Verkaufsraum stehen hatte? Mrs. H hat doch gesagt, sie habe ihn hinter seinem Schreibtisch sitzen sehen, als sie an seinem Laden vorbeikam. Das kann unmöglich stimmen, oder? Und geirrt haben kann sie sich eigentlich auch nicht. Ich wette, sie war bei ihm im Büro, weil sie irgendwelche Geschäfte mit ihm gemacht hat, und hat ihre Geschichten durcheinandergebracht.

Die Putzfrau
Auf der dritten Liste steht noch eine weitere Möglichkeit.

Lewis wandte sich der dritten Liste zu, dem Sammelsurium ohne offensichtliches System. Er fuhr mit dem Finger die Seite hinunter, bis etwas seine Aufmerksamkeit erregte.

Lewis McLennon
P&M – Nr 2. 1.000 Pfund?

Die Putzfrau
Genau. Das kommt mehrfach, mit sinkenden Beträgen.

Er ging die Liste bis zum Ende durch und stellte fest, dass Audrey recht hatte. Wenn P&M tatsächlich Philip und Mekhala bedeutete, dann hatten die Hetheringtons im letzten Jahr alle paar Monate Geld an Richard Glead gezahlt, aber nach drei identischen Zahlungen wurden die Beträge geringer. Er sah sich den Rest der Liste an, Einträge wie Bridger's Finance – 3.000; Sir Roland – 4.500, und Cllr Cron – 1.200. Alle tauchten in regelmäßigen Abständen wieder auf.

Lewis McLennon
Interessant. Wenn ich mir die übrigen Einträge so ansehe, vermute ich mal: Erpressung.

Die Putzfrau
Glaube ich auch. Und sie hatten offenbar Probleme, das Geld aufzubringen.

Aufregung erfasste ihn. Ein weiterer Durchbruch. Drei potentielle Verdächtige im Marchfield Square – Mrs. Hildebrandt, die Hetheringtons und Rafik Jones. Zwei davon Opfer von Richard Glead mit einem starken Motiv, ihn zu ermorden, der dritte mit einer unerwarteten Verbindung zu Linda, die noch genauer untersucht werden musste.

Paulo Ram hätte Richard und Linda töten können, aber wer hatte dann ihn mit seiner eigenen Waffe erschossen? Bei ihrem Besuch im Pfandleihhaus war er zugeknöpft gewesen und hatte sich über irgendwas aufgeregt. Jemanden angeschrien. Was waren noch mal seine Worte gewesen? Er wisse nicht, woher irgendetwas gekommen sei, aber es könne ihn ins Gefängnis bringen. Bestand da ein Zusammenhang mit den Morden, oder hatte es etwas mit einem anderen Aspekt seiner Arbeit zu tun gehabt?

Erpressung war ein scheußliches Verbrechen, das die Opfer häufig zu Mördern werden ließ, aber hätten Philip oder Mekhala Hetherington auch Linda umgebracht? Das glaubte Lewis nicht, und zudem hatten beide für den Abend, an dem Richard ermordet worden war, ein Alibi. Dasselbe galt für Brigitte Hildebrandt. Aber wenn Erpressung das Motiv war, lieferte ihnen das Rechnungsbuch eine ganze Reihe weiterer potentieller Verdächtiger.

Und dann war da noch Linda. Sie hatte ebenfalls ein Alibi für den Abend, an dem Richard ermordet worden war, zudem dürfte es nicht einfach für sie gewesen sein, sich eine Waffe zu besorgen. Kam an dieser Stelle Paulo ins Spiel? Er hätte ihr eine Pistole beschaffen können, kein Problem, aber hätte er das auch getan? Es wäre ziemlich amateurhaft, ihr eine Waffe aus seinem eigenen Laden zu geben, aber selbst angenommen, er hätte es getan, hätte er ihr geholfen, Richard umzubringen, der doch angeblich sein Freund gewesen war? Und selbst wenn Linda ihren Mann umgebracht hätte, Paulo konnte sie unmöglich erschossen haben. Also wer blieb noch übrig?

Laut Chaz hatte Richard seine Frau mehr als einmal betrogen, des Geschäfts wegen. Vielleicht hatte er Mrs. Hildebrandt verführt, um sie dazu zu bringen, ihm ihr Geld anzuvertrauen. Aber welches Motiv hätte sie gehabt, Linda oder Ram zu töten? Dann war da noch Lindas geheimnisvoller Freund, den Nathan erwähnt hatte. Wenn Linda einen Liebhaber gehabt hatte, hätte der möglicherweise ein Motiv gehabt, Richard umzubringen, aber nicht Linda, und ganz bestimmt nicht Ram.

Aber Lewis wurde das Gefühl nicht los, dass das Ganze eine Aufräumoperation war. Ein kleiner Kreis zwielichtiger Gestalten, von denen jetzt drei tot waren und der vierte wütend und verwirrt. Es war keine gewagte Annahme, dass Ram an Richards Erpressungen beteiligt gewesen war, aber Linda? War sie ein Kollateralschaden bei einer Strafaktion, die eigentlich Richard gegolten hatte, oder war sie von Anfang an in seine kriminellen Machenschaften involviert gewesen?

Vielleicht war der Täter oder die Täterin einer der Leute, die in Richards Rechnungsbuch standen – aber sie mussten unbedingt noch mehr über Linda in Erfahrung bringen. Der Mord an ihr passte einfach nicht ins Bild. Es musste irgendetwas geben, das sie mit den beiden toten Kriminellen in Verbindung brachte, und zwar abgesehen von ihrer Ehe mit Richard. Sie mussten nur herausfinden, was.

40

Celeste

Celeste setzte sich im Bett auf, auf einen Stapel spitzenbesetzter Kissen gestützt, und wartete darauf, dass Dixon an ihre Tür klopfte. Vor ein paar Minuten hatte sie das Telefon läuten gehört und ihr Buch weggelegt, gespannt zu erfahren, was es Neues gab.

Das war eben so, wenn man älter wurde. Man wusste, ohne dass es einem gesagt zu werden brauchte, welche Telefonanrufe einen konkreten Anlass hatten und welche nicht, und keiner ihrer verbliebenen Freunde oder Verwandten würde so spät noch anrufen.

»Kommen Sie rein, Dixon«, rief sie, als sie seine Schritte näher kommen hörte. Er klopfte trotzdem, höflichkeitshalber.

»Das war die Polizei«, sagte er ohne große Vorrede. »Die Spurensicherung ist durch, also gehört Nr. 10 wieder ganz Ihnen.«

»Gut.« Celeste nickte. »Audrey und Lewis sollen die Wohnung morgen mal unter die Lupe nehmen. Werden Sie das arrangieren?«

»Aye.«

»Ich frage mich, was sie wohl finden werden.«

»Wahrscheinlich nichts«, lautete die wenig hilfreiche Antwort.

»Aber möglich wäre es.«

»Unwahrscheinlich, dass sie irgendwas entdecken, was der Polizei entgangen ist. Egal, was Sie von denen halten, die werden ihren Job gründlich gemacht haben.«

»Aber die Polizei wird uns kaum etwas verraten. Und es kann doch sein, dass Audrey und Lewis irgendwas finden, was dazu beiträgt, den Mord an Linda aufzuklären. Wie ich es hasse, im Unklaren gelassen zu werden!«

»Aber es macht Ihnen wenig aus, wenn der Fall umgekehrt liegt.«

»Das ist etwas anderes. Das ist unumgänglich.«

»Brauchen Sie noch was?« Dixon sammelte ihren Morgenrock auf, der am Fußende des Bettes lag.

»Nein, vielen Dank, Dixon. Ich habe alles, was ich brauche. Gute Nacht, mein Lieber. Schlafen Sie gut.«

»Gute Nacht.«

Er hängte ihren Morgenrock an der Rückseite der Tür auf, bevor er den Raum verließ. Dixon war nur dann nicht im Dienst, wenn sie zu Bett gegangen war, und natürlich, wenn Audrey zum Putzen kam. Ein altmodisches Arrangement im Grunde, so wie es in ihrer Kindheit in der Familie üblich gewesen war, auch wenn Dixon zu jung war, um sich daran erinnern zu können. Sie würde aufpassen müssen – es war sehr leicht, jemanden auszunutzen, der sich nie beschwerte.

Celeste setzte die Lesebrille wieder auf und griff nach ihrem Buch. Aber sie konnte sich nicht darauf konzentrieren – ihre Gedanken wanderten immer wieder zu der unglücklichen Mrs. Glead und Wohnung Nr. 10. Sie überlegte, ob sie wohl Schwierigkeiten haben würde, die Wohnung neu zu vermieten, oder ob die Nachfrage trotz des Doppelmordes groß bleiben würde.

Natürlich würde sie das. Das hier war schließlich London.

Die Bewohner waren zweifelsohne nervös, und für den kollektiven Seelenfrieden würde sie die Sicherheitsmaßnahmen verstärken müssen. Richard Glead eine Wohnung zu vermieten, war eine bedauerliche Fehleinschätzung ihrerseits gewesen, damals, als sie am verwundbarsten gewesen war. Sie würde dafür sorgen, dass so etwas nie wieder geschah.

Sie klappte das Buch zu und legte es zusammen mit der Lesebrille auf den Nachttisch. Heute Abend würde sie nicht mehr lesen. Sie küsste ihre Fingerspitze und berührte damit das Foto, das in einem Silberrahmen auf dem Nachttisch stand.

»Nacht, Lenny«, sagte sie und knipste das Licht aus.

Der Schlaf kam überraschend schnell.

41

Audrey

In dieser Nacht schlief Audrey tief und fest, erschöpft von ihrer Panikattacke und dem darauf folgenden Adrenalinstoß. Sie war fix und fertig gewesen, als sie nach Hause gekommen war, und bekümmert wegen der jetzt sehr realen Möglichkeit, dass der Mörder einer ihrer Nachbarn war. Zuvor hatte sie Celestes Zuversicht geteilt, dass das ein Ding der Unmöglichkeit war, aber nach dem, was sie und Lewis herausgefunden hatten, war ihr Glaube daran stark erschüttert. Der Gedanke hatte sie ganz krankgemacht, aber dann war sie doch schnell eingeschlafen, glücklicherweise zu müde, um viel zu träumen.

Als sie aufwachte, fühlte sie sich besser, und nach einer heißen Dusche und einer Tasse Tee machte sie es sich auf dem Sofa gemütlich, um auszuruhen, sich zu entspannen und etwas dringend notwendige Selbstfürsorge zu betreiben.

Eine Stunde später, sie war in einen Artikel vertieft, in dem es um den Einsatz von Proteasen – Enzyme, die Proteine spalten – zur Entfernung von Blutflecken auf Textilien ging, zwitscherte ihr Handy, und eine Viertelstunde später klopfte sie bei Lewis an die Tür.

Als er öffnete, in einem zerknitterten T-Shirt und ausgebeulter Pyjamahose, die Augen trübe vor Müdigkeit, hielt sie einen Schlüsselbund hoch.

»Wir dürfen rein.«

»Was?«

»Das sind die Schlüssel für Nr. 10. Dixon hat sie mir gerade übergeben. Wir sollen Bericht erstatten, wenn wir fertig sind.«

Er strich sich die Haare aus der Stirn, auf der Stelle sehr viel wacher.

»Gib mir zehn Minuten«, sagte er. »Geh nicht ohne mich rein!«

Sie grinste und betrat seine Wohnung. Als sie die Tür hinter sich schließen wollte, bemerkte sie eine Bewegung im Garten, und sie musterte scharf das Strauchwerk. Dann fuhr ein Windstoß durch Zweige und Blätter, und sie seufzte und machte die Tür zu. Es war furchtbar, wie schnell die Schreckhaftigkeit zurückgekehrt war.

Still stand sie in Lewis' vollgestopftem Flur und schaute sich um. Die cremefarbenen Wände hätten einen neuen Anstrich vertragen, die Ecken waren voller Spinnweben, und der Boden hätte längst mal ordentlich gewischt werden müssen. Jacken und Mäntel hingen unordentlich übereinander, auf dem Schuhregal türmten sich Stiefel und Turnschuhe. Obenauf balancierte ein Paar blank geputzter schwarzer Herrenschuhe. Auf die konzentrierte sie sich, denn wenn sie den Rest sah, juckte es sie in den Fingern.

Nach wenigen Minuten tauchte Lewis wieder auf, der jetzt Jeans, ein sauberes, wenn auch ungebügeltes T-Shirt und darüber einen dicken marineblauen Cardigan trug.

»Dein Cardigan gefällt mir«, sagte sie, als sie die Treppe zur Glead-Wohnung hochstiegen, oder vielmehr der früheren Wohnung der Gleads.

»Das ist doch kein Cardigan! Das ist …«

»Es ist was?«

»So ein Strickjacken-Dings! Kein Cardigan.«

Sie blieben vor der Wohnungstür stehen, und Audrey

schloss auf. Sie holte tief Luft, bevor sie die Tür aufstieß, dann betraten sie die Wohnung, gingen den leeren Flur entlang und am Wohnzimmer vorbei in die Küche.

Obwohl das Morgenlicht den Raum anders wirken ließ, war er immer noch ohne jede persönliche Note, so wie Audrey es in Erinnerung hatte. Der weiße Tisch und die Holzstühle standen noch am selben Platz, aber die Bierflaschen, der Teller und die Münze waren fort. Die Arbeitsflächen waren immer noch leer, abgesehen vom Wasserkocher und der jetzt leeren Obstschale. Hatte die Polizei die Früchte mitgenommen? Die Jalousie war immer noch zu einem Drittel heruntergelassen, und der Fußboden zeigte keine Anzeichen von dem, was dort geschehen war. Im Grunde war der einzige wesentliche Unterschied die Abwesenheit der Leiche. Unwillkürlich empfand sie leichtes Bedauern über die fehlenden Blutspuren auf dem Boden. Die Kugel, die Richard getötet hatte, hatte das sehr effizient und ordentlich getan.

Allerdings war absolut alles von einem Pulver bedeckt, das graue Schmierfilme und Flecken auf sämtlichen Oberflächen hinterlassen hatte. Das Fenster war mit Fingerabdrücken übersät, ebenso der Backofen, der Wasserkocher und die Kühl-Gefrierkombination, die leise in der Ecke summte.

»Macht es immer so viel Dreck, wenn Fingerabdrücke abgenommen werden?«, fragte sie Lewis, der blinzelte und sich dann erneut in der Küche umsah.

»Ach so, ja, diese Spuren entstehen, wenn Fingerabdrücke sichtbar gemacht werden. Das Pulver wird auf die Oberflächen gestreut, und die Abdrücke werden mit Folie abgenommen. Fällt dir irgendwas auf?«

»Nein, nichts.«

Sie gingen weiter ins Wohnzimmer, und dieses Mal nahm Audrey alles gründlich in Augenschein, legte das Bild, das

Lewis in seinen Notizen gezeichnet hatte, über die Szene vor sich. Sie holte tief Luft, um Abstand von dem Bild zu gewinnen, das in ihrem Kopf entstand, stutzte dann und witterte.

Der schwache Hauch eines vertrauten Duftes stieg ihr in die Nase. Ein Raumspray vielleicht? Oder ein Aftershave? Sie schnüffelte erneut, und Traurigkeit überkam sie. War es ein letzter Rest von Lindas Parfüm?

»Linda saß also dort?« Sie wies auf das Ende des schwarzen Ledersofas und dann auf den kleinen Couchtisch aus Holz davor. »Und ihr Glas und der Teller standen da?«

Lewis las laut die Notizen aus seinem Handy vor.

»Sitzt auf dem Sofa, aufrecht, Kopf nach rechts gesackt … Hände auf dem Schoß, Handflächen nach unten, Finger leicht gekrümmt. Beine parallel, Knie zusammen, nach rechts geneigt, Füße gekreuzt … Schuhe stehen im Flur. Sofa und Sessel: sehr sauber. Ein Samtkissen auf einem der Sessel. Couchtisch: Mahagoni, poliert. Ein halb volles Glas Wasser auf einem silbernen Untersetzer, Porzellanteller mit rosa Rosenmuster, darauf weiße Krümel. Handtasche auf dem Boden neben dem Sofa. Vorhänge zugezogen. Licht brennt. Im Wohnzimmer keine Einbruchsspuren. Alles sehr sauber und ordentlich.«

Audrey stand auf dem Teppich in der Mitte des Raums und drehte sich langsam um die eigene Achse, betrachtete alles der Reihe nach. Das Zimmer wurde vom Sofa und dem großen Fernseher in der Ecke dominiert. An der gegenüberliegenden Wand hingen hässliche Ölgemälde, Jagd- und Schießszenen, sehr ähnlich den Bildern, die im Büro von Glead Antiques angeboten wurden. Sie passten überhaupt nicht zu der nüchternen Wohnungseinrichtung. Hatte Richard einen Sonderposten ergattert? Darunter waren zwei schwarze Ledersessel gruppiert, deren Armlehnen ebenfalls von Fingerabdruckpulver bedeckt waren. Auf einem Sideboard an der rückwärtigen Wand standen ein gerahmtes Hochzeitsfoto, eine Porzellanfigur und eine Lampe.

»Das kann doch nicht sein«, sagte sie und drehte sich um. »Wie lange haben die beiden hier gewohnt, zwei Jahre? Das können unmöglich all ihre Sachen gewesen sein. Keine DVDs, kein Nippes, keine Zimmerpflanzen. Wo ist all ihr Krimskrams?«

»Einiges wird die Polizei mitgenommen haben«, meinte Lewis, »aber es sieht hier ziemlich genauso aus wie in der Nacht neulich. Es wirkt, als wären sie jederzeit bereit gewesen, bei Nacht und Nebel zu verschwinden.«

»War vielleicht auch so.«

Es gab auch nicht viele Wohnaccessoires. Die Vorhänge aus cremefarbenem Samt und der cremefarbene Teppich in der Mitte des Raums waren das Einzige, was es an Deko gab. Es lagen nicht einmal Zierkissen auf dem Sofa.

»Kissen«, sagte sie. »Was stand noch mal in deinen Notizen über Kissen?«

»Äh … ›Ein Samtkissen auf einem der Sessel‹.«

»Auf einem der Sessel? Nicht auf dem Sofa?«

»Nein, es lag auf dem Sessel dort drüben.«

»Wer kauft ein einzelnes Kissen?«, wunderte sie sich. »Man kauft doch mindestens zwei, eins für jede Sofaecke. Welche Farbe hatte es?«

»Beige. Wie der Teppich. Vielleicht hat Linda auf einem der Kissen gesessen?«

»Warum ist es dann nicht mehr hier?«

»Weil die Polizei es mitgenommen hat.«

»Warum sollte die Polizei zwei Kissen mitnehmen?«

»Ah.« Lewis nickte. »Du denkst, sie wurde mit einem Kissen erstickt.«

»Vielleicht«, sagte sie. »Aber wenn Linda auf einem der

Kissen gesessen hat, kann der Täter sie nicht damit erstickt haben. Eins sollte zumindest noch da sein.«

»Sie müssen gründlich vorgehen. Kannst du dich kurz hinsetzen? Dort, wo Linda gesessen hat? Ich werde mal sehen, ob ich den Tisch wegschieben muss, um an dich ranzukommen.«

»Ähm … Na gut.«

Sie saß unbehaglich auf dem ihr zugewiesenen Platz, während Lewis sie umrundete, ein imaginäres Kissen in den Händen. Dann und wann hielt er es ihr vors Gesicht, legte es wieder beiseite, veränderte die Position und versuchte es erneut, während sie gegen den Drang ankämpfte, seine Hände wegzuschlagen.

»Nach der Position der Leiche zu urteilen«, sagte er schließlich, »glaube ich, dass der Täter direkt vor ihr gestanden haben muss. Über ihr. Wenn ich von rechts oder links komme« – er hielt das imaginäre Kissen hoch und bewegte seine Hände von links auf ihr Gesicht zu –, »würdest du an meinen Händen und dem Kissen zerren, oder?«

Audrey hob die Hände, und sogar ohne echtes Kissen spürte sie Panik in sich aufsteigen, als er sich ihrem Gesicht näherte. Sie packte seine Handgelenke und versuchte, seine Hände von sich wegzuschieben, aber er war stärker, als sie erwartet hatte, und ihr Atem wurde flach. Sie versuchte ruhig sitzen zu bleiben, damit er sein Experiment beenden konnte.

»Okay, das ist gut. Jetzt lass die Hände fallen. Einfach von der Position eben runterfallen lassen.«

Sie tat wie geheißen, und ihre Hände landeten auf ihrer linken Seite. Sie wiederholten das Experiment von rechts, und diesmal landeten ihre Hände auf der rechten Seite. Nur wenn er direkt vor ihr stand, fielen die Hände in ihren Schoß.

»Könnte der Täter sie anders hingesetzt haben?«, fragte sie und sprang sofort auf, als er seine imaginäre Mordwaffe sinken ließ. »Danach, meine ich?«

»Möglich. Um die Polizei daran zu hindern, den Winkel oder die Größe des Täters zu ermitteln.«

»Dazu müsste man aber ziemlich viel Geistesgegenwart besitzen, oder? Das ist kein spontaner Einfall.«

»Nein«, sagte er nachdenklich. »Wahrscheinlich nicht. Und ich verstehe nicht, warum man nichts unter Lindas Fingernägeln gefunden hat. Sie muss sich doch gewehrt haben. Genauso, wie du es eben versucht hast.«

»Vielleicht weil Winter ist? Alle tragen langärmelige Sachen. Vielleicht sogar Handschuhe.«

»Möglich.«

Sie stiegen die mit beigen Läufern ausgelegte Treppe hoch und stießen dort auf denselben sparsamen Ansatz bei der Inneneinrichtung wie im Rest der Wohnung. Der obere Flur, ganz in einem hellen Magnolienton gestrichen, war eine leere Leinwand. Die einzige Ausnahme bildete die Brandschutztür, die mit Fingerabdrücken übersät war. Bei den Betten in beiden Zimmern fehlten Kopfkissen und Bettwäsche, und der Inhalt der Kleiderschränke war durchwühlt worden. Die Polizei musste auf der Suche nach Spuren sämtliche Taschen umgestülpt und jedes Futter untersucht haben.

Auch das Badezimmer war im selben Zustand wie der Rest der Wohnung. Sauber, unpersönlich und bedeckt mit verschiedenen Pulvern und anhaftenden Schmierflecken. Das Badschränkchen war leer, und Audrey vermutete, dass die Polizei den gesamten Inhalt mitgenommen hatte. Sogar der Spülkasten der Toilette war bei der Jagd nach Hinweisen nicht unangetastet geblieben.

»Und was machen wir jetzt?«, fragte Lewis, als sie kurz

darauf im oberen Flur wieder zusammenkamen. »Hier ist nichts zu finden.«

»Celeste bezahlt mich dafür, dass ich saubermache«, sagte Audrey, »und sie will, dass die Sachen der Gleads eingepackt werden. Für Jane und Alf. Also entweder hilfst du mir oder – nein, kein oder. Ich will mich nicht allein an einem Tatort aufhalten, also musst du bleiben und mir helfen.«

Sie war selbst überrascht, dass sie das ihm gegenüber offen zugegeben hatte, und noch überraschter, als er nickte.

»Gut. Sag mir, was ich machen soll.«

42
Lewis

Von diesem Moment an lief alles geschäftsmäßig ab. Sie entdeckten ein paar Koffer im Wandschrank unter der Treppe, und Lewis machte sich daran, die Kleidung der Gleads einzupacken, während Audrey das Bad säuberte. Sie brauchte nicht lange dafür.

Während er die Koffer vollpackte und im Flur aufstapelte, wischte Audrey in den Schlafzimmern Staub, polierte und saugte, und das extrem gründlich. Sie überredete Lewis sogar, ihr dabei zu helfen, die Kleiderschränke von der Wand abzurücken, damit sie dahinter nachsehen konnte.

Danach schleppte er die Koffer nach unten, während Audrey im Gästezimmer staubsaugte und sich dann den Flur vornahm. Sie wischte sämtliche Spuren vom Fingerabdruckpulver von der Brandschutztür ab, bevor sie sich bückte, um die Klappe am Staubsauger zu öffnen, hinter der sich die Aufsätze verbargen. Sie stellte das Gerät wieder an, aber sobald sie den Aufsatz auf dem Teppichboden aufsetzte, fiel ihr etwas ins Auge, und sie betätigte mit der Hand den Ausschalter.

»Was ist los?«, fragte Lewis, der gerade wieder die Treppe heraufgekommen war.

Sie wies auf den Teppichboden. »Wofür hältst du das hier?«

Er setzte sich auf die oberste Stufe, und sie fuhr mit der

Hand über die Auslegeware vor der Brandschutztür und hielt sie hoch. Spuren einer bräunlichen Substanz hingen daran.

»Erde?«

Sie schalteten die Taschenlampenfunktion an ihren Handys ein, um den Teppichboden zu inspizieren. Die Verschmutzung war nicht überall, sondern verlief in zwei Linien von der Tür zum Treppenabsatz, und sie mussten sehr genau hinsehen, um irgendetwas erkennen zu können.

»Ich glaube, da ist schon jemand mit dem Staubsauger drübergegangen«, sagte sie. »Ich kann sehen, wo der Teppich verfärbt ist, aber es ist kaum noch was da.«

»Vielleicht war das die Spurensicherung. Sie haben spezielle Geräte, um Spurenmaterial aufzusaugen. Ist wohl nicht dasselbe wie Putzen.«

Lewis stand auf und betrachtete die Spuren von oben, dann lehnte er sich gegen die Tür. Schließlich folgte er den Verfärbungen zur Treppe und bis nach unten.

»Fußabdrücke«, stellte er fest, als er auf der untersten Stufe angekommen war. »Als die Polizei mich zum zweiten Mal befragt hat, wollte DI Banham wissen, ob es in meiner Wohnung einen direkten Zugang zur Straße gibt. Er erwähnte die Feuertreppen in den oberen Wohnungen.«

»Unsere Wohnung ist genauso angelegt«, sagte Audrey. »Du glaubst also, Lindas Mörder kam auf diesem Weg rein?«

»Könnte sein. Aber warum ist er dann das Risiko eingegangen, die Wohnung durch die Vordertür wieder zu verlassen? Könnte es nicht sein, dass *Richards* Mörder auf diese Weise in die Wohnung gelangt ist? Alle waren so davon überzeugt, dass Linda es war, dass niemand sich die Mühe gemacht hat, zu überlegen, wie ein anderer Täter reingekommen sein könnte.«

Sie schoben die Brandschutztür auf, standen auf der winzigen Feuertreppe und blickten hinunter. Ein schmaler gepflasterter Streifen verlief hinter dem Haus, von der Straße getrennt durch ein schmiedeeisernes Geländer und eine gepflegte Buchsbaumhecke.

»Die Spitzen auf dem Geländer machen es praktisch unmöglich, darüberzuklettern«, sagte Audrey. »Aber jemand hätte den Square betreten und sich von hinten ranschleichen können. Die Polizei glaubt das offenbar auch – sieh mal.«

Sie wies auf die Eisenstäbe, an denen Spuren von weißem Pulver sichtbar waren, und ging dann wieder rein, um ein anderes Reinigungsmittel und einen Staubwedel zu holen.

Als sie damit fertig war, folgten sie den Fußspuren unten im Flur, aber sie führten nicht in die Küche, sondern gingen weiter bis ins Wohnzimmer.

»Also, das ergibt doch keinen Sinn«, sagte Lewis.

»Sie kommen wieder raus«, sagte Audrey. »Und gehen bis zur Wohnungstür.«

»Ist er oder sie also zur Vordertür rein und durch den Notausgang wieder raus? Oder vielleicht stammen die Fußabdrücke von den Gleads und haben gar nichts mit den Morden zu tun?«

»Linda hätte sie beseitigt«, erklärte Audrey entschieden. »Die sind neu, ganz bestimmt.«

Die Abdrücke waren so schwach, dass es schwer war, irgendwelche Rückschlüsse daraus zu ziehen, also saugte Audrey die Treppe, bevor sie mit der Küche weitermachte. Es schien keine schwierige Aufgabe zu sein, aber sie ließ offenbar bemerkenswerte Sorgfalt walten und musterte gründlich jeden Fleck und jedes Staubkorn, bevor sie es entfernte. Lewis überlegte, ob der Mörder tatsächlich keine Spuren hinterlassen hatte oder ob die Polizei sämtliche Hinweise eingetütet hatte.

Im Wohnzimmer erzielten sie dann jedoch einen Treffer. Während Lewis sich das Sideboard vornahm, in der Hoffnung, dass die Polizei irgendetwas zurückgelassen haben könnte, begann Audrey, das Sofa zu reinigen. Lewis bezweifelte, dass Lindas Angehörige die Möbel würden haben wollen, aber Audrey erklärte, sie könne den Gedanken nicht ertragen, die Spuren der Forensik auf dem Sofa zu lassen, eine für alle sichtbare Erinnerung an Lindas tragisches Ableben.

Sie machte sich mit einem weiteren Reinigungsmittel an die Arbeit – offenbar einem antibakteriellen Lederreiniger –, sprühte und wischte, bis sämtlicher Staub und alle Fingerabdrücke weg waren. Gerade als Lewis dachte, dass es jetzt wirklich nichts mehr zu putzen gab, hockte sie sich hin und fing an, die Unterseite des Sofas abzuwischen.

»Hey«, sagte sie und hielt in der Arbeit inne. »Schau dir das mal an.«

Er eilte hinüber, hockte sich neben sie und sah sich an, worauf sie zeigte.

Helle rosa-bräunliche Flecken unten an der Front zwischen dem Sitzpolster und dem Boden.

»Was ist das?«

»Keine Ahnung.« Sie legte sich auf den Teppichboden, mit der Nase an der Front, und leuchtete mit der Taschenlampe darauf. »Da ist noch mehr, auf der Unterseite des Sofas.«

»Direkt vor der Stelle, wo Linda saß«, sagte er.

»Hast du ein Messer oder sowas? Ich versuch mal, ob ich es abkratzen kann.«

Lewis ging in die Küche und kam mit einem kleinen Schälmesser zurück, das er ihr zusammen mit einer alten Quittung aus seiner Hosentasche reichte. Sie schob die Quittung unter das Sofa und kratzte an den Flecken, bis kleine Flocken auf das Papier rieselten. Dann zog sie die Quittung wieder heraus und legte sie auf den Tisch.

»Farbe?«, meinte sie und stocherte mit dem Messer darin herum.

»Sieht eher nach Plastik aus.« Er stellte sich wieder vor das Sofa und blickte auf seine Füße hinab. »Schuhe. Wenn der Täter direkt vor Linda stand, um ihr das Kissen aufs Gesicht zu drücken, werden seine Schuhspitzen gegen das Sofa gepresst worden sein. Vielleicht hat er sie sogar ein wenig unter die Sofakante geschoben, um einen besseren Stand zu haben.«

Audrey stellte sich neben ihn, und er fing einen Hauch von Parfüm auf, als sie sich bewegte und ihre Turnschuhe unter die Unterkante des Sofas schob.

»Es ist nicht viel«, meinte sie und blickte nach unten. »Aber es ist zumindest etwas.«

Er nickte.

»Es ist zumindest etwas.«

43

Audrey

Audrey saß an Celestes Esszimmertisch, Lewis ihr gegenüber, Dixon neben ihr, während Celeste am Kopfende thronte wie ein Staatsoberhaupt. Der Tisch war gedeckt, und zum Tee wurden Kuchen und Sandwiches gereicht, aber Kaffee gab es nicht. Während Dixon und Audrey sich an den normalen English Breakfast Tea hielten, hatte Lewis sich eine Tasse von Celestes Earl Grey eingeschenkt, den er jetzt so böse beäugte, als hätte er ihn persönlich beleidigt.

»Fußabdrücke von der Feuertreppe bis zur Vordertür«, wiederholte Celeste nachdenklich. »Oder umgekehrt. Waren es Abdrücke von großen Schuhen, was meinen Sie?«

»Schwer zu sagen«, erwiderte Audrey. »Es war kaum noch etwas übrig. Aber oben im Flur war die leichte Verfärbung besser zu erkennen als bei der Wohnungstür.«

Celeste sah Dixon an.

»Und Sie glauben, dass die Flecken am Sofa vom Täter stammen? Der hellbraune Schuhe trug?«

»Das ergäbe Sinn«, sagte Lewis. »Von der Position her. Mehr Sinn als die Fußabdrücke.«

»Warum sagen Sie das?«, fragte Dixon.

»Die Fußabdrücke führten ins Wohnzimmer, nicht in die Küche, was vermuten lässt, dass sie von Lindas Mörder stammen, nicht von Richards. Aber nach Lindas Tod stand die Wohnungstür offen, und das heißt, wenn Audrey recht hat, ist der Täter von hinten in die Wohnung gelangt und ist in aller Eile vorne wieder raus – ziemlich riskant, und es gibt keinen ersichtlichen Grund dafür. Und wenn er oder sie zur Vordertür hereinkam und hinten wieder raus ist, warum hat er oder sie dann nicht die Wohnungstür hinter sich geschlossen und damit das Risiko verringert, erwischt zu werden?«

»Das ist merkwürdig«, stimmte Celeste zu.

»Außerdem«, fuhr Lewis fort, »sollten Sie die Zutrittsprotokolle der Polizei übergeben. Es ist denkbar, dass jemand den Square betreten hat und auf diesem Weg zur Feuertreppe gelangt ist.«

Es entstand eine kleine Pause. Dixon räusperte sich, und Celeste nahm einen Schluck Tee.

»Ich glaube, wir haben die Protokolle bereits der Polizei übergeben«, sagte Celeste schließlich. »Nicht wahr, Dixon?«

Dixon nickte.

»Was?« Lewis' Verärgerung war offensichtlich. »Wann? Und Sie sind nicht auf die Idee gekommen, sie uns ebenfalls zu geben? Wir mussten extra danach fragen.«

Aber Celeste zuckte nur die Achseln.

»Dixon und ich hatten sie bereits durchgesehen. Es waren keine irregulären Zutritte verzeichnet, also nahmen wir an, dass der Täter auf andere Weise hineingelangt sein musste.«

Jetzt runzelte Audrey die Stirn.

»Aber … als ich am Freitagmorgen hier war, nachdem Richards Leiche entdeckt worden war, sagten Sie, es bestünde kein Grund zur Sorge, Richard müsse seinen Mörder selbst eingelassen haben. Wussten Sie zu dem Zeitpunkt bereits, dass der Täter die Sicherheitsvorkehrungen umgangen hat?«

»Das ist ziemlich drastisch formuliert, Audrey. Und zu der Zeit habe ich lediglich Vermutungen angestellt. Es gab nie zuvor einen Anlass, die Zutrittsprotokolle zu überprüfen, und ich hatte sie völlig vergessen, bis die Polizei danach fragte.«

Audrey sah Dixon an, und an der Art, wie Lewis den Kopf hob, erkannte sie, dass sie beide dasselbe dachten: Dixon vergaß nie etwas.

»Ich gebe zu, der Tod von Richard Glead hat mich nicht allzu sehr belastet«, fuhr Celeste fort, »also habe ich auch nicht weiter darüber nachgedacht. Das war ein Versehen, für das ich mich entschuldige. Jetzt konnten Sie sich aber selbst davon überzeugen, dass die Protokolle keine neuen Erkenntnisse bringen.«

Lewis machte den Mund auf, aber sie versetzte ihm rasch einen Tritt unter dem Tisch. Er sah sie böse an, und sie presste die Lippen zusammen, hielt den Blick auf ihren Tee gerichtet und versuchte ihm zu vermitteln, dass er die Klappe halten solle. Celeste wäre beunruhigt, wenn sie erfuhr, dass sie die Bewohner von Marchfield Square unter die Lupe nahmen. Sie würde es nicht übers Herz bringen, ihr zu sagen, dass der Mörder möglicherweise einer von ihnen war. Jedenfalls noch nicht.

Lewis bedachte sie mit einem verärgerten Blick, schien aber die Botschaft zu verstehen und stopfte sich ein Käsesandwich in den Mund, was ihn davon abhielt, etwas zu sagen.

»Was haben Sie sonst noch herausgefunden?«, fragte Celeste munter. »Dieser dritte Mord verkompliziert die Sache ziemlich, nicht wahr?«

»Möglich.« Audrey nahm sich ebenfalls noch ein Sandwich. »Wir glauben, dass wir Chaz Shaw ausschließen können, was bedeutet: Möglicherweise suchen wir nach einem unbekannten Täter.« Sie sah Lewis an. »Denkst du das auch?«

Er nickte. »In Richards Büro haben wir ein Rechnungsbuch gefunden. Wir glauben, dass er ein Erpresser war – wir haben eine Liste seiner Opfer, alles potentielle Verdächtige. Es gibt da ein paar Hinweise, denen wir nachgehen werden. Zudem scheint er mit Kunst als Druckmittel gehandelt zu haben, vermutlich für Kriminelle. Es gibt noch eine dritte Liste, aber wir verstehen noch nicht genau, worauf die sich bezieht. Möglich ist aber auch, dass es nicht nur einen Mörder gibt. Linda hat Richard getötet, Paulo hat Linda umgebracht, und jemand anders dann Paulo.«

Celeste hob eine Augenbraue. »Das sind ziemlich viele Mörder.«

»Ich weiß nicht, was wahrscheinlicher ist«, sagte Lewis. »Dass es zwei oder mehr Täter gibt oder dass sich jemand im Tötungsrausch befindet.«

Audrey sah, wie Dixon und Celeste erneut einen Blick wechselten. Vielleicht dachten sie, dass sie mit so etwas nicht gerechnet hatten, als sie Audrey und Lewis engagiert hatten.

»Keine Sorge«, versicherte sie, um die beiden zu beruhigen. »Ich glaube, wir kommen der Sache langsam auf die Spur.«

»Gut«, sagte Celeste. »Ich will, dass Linda Gerechtigkeit widerfährt. Ihre Familie tut mir so leid, und es brach mir das Herz, als Sie mir von diesem kleinen Hund erzählten.«

Lewis seufzte. »Was ist das nur mit Frauen und kleinen Hunden?«

Audrey wollte gerade kontern, dass es nicht nur Frauen so ging, sondern auch Männern, als ihr ein Gedanke kam.

»Lewis«, sagte sie nach kurzem Nachdenken. »Der Hund … Du sagtest doch, dass Nathan Roper über Muffin Bescheid wusste, oder? Dass Linda ihn adoptieren wollte?«

»Ja, und?«

»Hat er erwähnt, woher er das wusste?«

»Nicht direkt.« Lewis zuckte die Achseln. »Aber er hat ja lange genug mit ihr zusammengearbeitet. Er kennt den Hund.«

»Aber Mei und ich standen gerade mit Linda zusammen, als sie den Entschluss fasste. Wir sprachen über das Tierheim, und sie erwähnte, dass Richard allergisch war, also hatte sie nie ein Tier adoptieren können und … irgendwie ging ihr da auf, dass es ja jetzt gehen würde. Wenn Linda also erst am Freitagnachmittag beschlossen hat, Muffin zu adoptieren, und sie um Mitternacht tot war, wann hat sie es dann Nathan erzählt?«

»Ich weiß nicht«, sagte er nachdenklich. »Pam wusste jedenfalls Bescheid. Sie meinte, Linda hätte sie am Freitag noch angerufen. Vielleicht hat Pam es ihm erzählt? Er wusste jedenfalls bereits, dass Linda tot war.«

»Val, nicht Pam, und ja, könnte sein. Aber auch das ist vielleicht verdächtig. Val sagte doch, sie würde es Nathan mitteilen, wenn sie ihn am Mittwoch sieht, und du hast ihn auf dem Weg zur Arbeit abgepasst. Hätte sie Nathan zu Hause angerufen, um ihm von Lindas Tod zu erzählen? An ihrer Stelle hätte ich damit gewartet, um es ihm persönlich sagen zu können. Du nicht auch?«

Lewis schnalzte mit der Zunge. »Ja-a. Aber *Ockhams Rasiermesser*: Die einfachste logische Erklärung ist vermutlich die richtige.«

»Ich rufe Val trotzdem mal an.« Audrey nickte. »Nur um sicherzugehen. Wenn die Möglichkeit besteht, dass er und Linda sich näherstanden, als er behauptet hat, sollten wir das in Erfahrung bringen.«

»Okay. Nathan war ziemlich nervös, jetzt, wo ich darüber nachdenke. Könnte verdächtig sein. Gute Idee.«

»Also«, sagte Celeste und legte ihre Serviette auf den Tisch. »Offenbar gibt es noch jede Menge Hinweise, denen Sie nachgehen können. Sie haben beide sehr hart gearbeitet, besonders angesichts Ihrer sonstigen beruflichen Verpflichtungen. Ich weiß das sehr zu schätzen.« Sie erhob sich und entfernte sich ein paar Schritte vom Tisch. »Ich werde mich jetzt ein wenig hinlegen. Da morgen Freitag ist, wird Dixon Ihnen beiden Ihr Honorar für die bislang geleistete Arbeit überweisen. Und wenn Sie noch irgendwelche Hilfe von uns benötigen, sagen Sie Bescheid.«

Audrey sprang auf, griff nach Celestes Stock, der noch am Tisch lehnte, und reichte ihn ihr mit einem Lächeln. »Vielen Dank für den Lunch. Es war gut, mal alles durchzusprechen.«

»Jederzeit gern, meine Liebe.« Celeste strahlte sie an, alle Unstimmigkeiten waren vergessen. »Ich finde es immer hilfreich, wenn man das Problem laut ausspricht. Es ordnet die Gedanken. Vielleicht könnten Sie am Sonntagnachmittag noch einmal vorbeischauen? Mich wissen lassen, wie Sie vorankommen?«

Sie waren entlassen.

44

Lewis

Sie liefen stumm die Treppe hinunter, und als sie sicher draußen außer Hörweite waren, holte Audrey tief Luft.

»Puh«, sagte sie. »Das war ein bisschen peinlich, oder?«

Lewis war ebenso erleichtert darüber, die Sache hinter sich gebracht zu haben, aber er war auch verärgert.

»Nur weil du mich davon abgehalten hast, ihr von unseren Verdächtigen zu erzählen. Was sollte das?«

»Celeste hat uns engagiert, weil sie annahm, die Polizei würde sich vor allem auf die Marchfield-Bewohner konzentrieren. Wenn sie wüsste, dass wir das ebenfalls tun, könnte sie uns von dem Fall abziehen.«

Er machte den Mund auf, klappte ihn aber wieder zu. Daran hatte er nicht gedacht.

»Außerdem«, fuhr sie fort, »würde es sie beunruhigen. Sie ist überzeugt, dass keiner ihrer Mieter der Täter sein kann. Du weißt, wie sehr Richard Gleads Verhalten sie belastet hat. Marchfield Square ist ihr sicherer Hafen, ebenso wie unserer. Wenn sie annehmen müsste, dass es mehr als ein Monstrum hier gibt, wäre sie am Boden zerstört.«

Lewis blickte sich im Square um, betrachtete die idyllischen Remisenhäuser aus dem achtzehnten Jahrhundert und den kleinen, aber makellos gepflegten Garten. Er wohnte jetzt schon so lange hier, dass er vergessen hatte, wie er sich gefühlt hatte, als er eingezogen war: wie ein Glückspilz, und unendlich dankbar dafür, sich an einen so schönen Ort zurückziehen zu können, um seine Wunden zu lecken. Auch ehrfürchtig, unfähig zu glauben, dass er in solcher Bilderbuchschönheit leben durfte. Ja, es war ein sicherer Hafen. Wann hatte er angefangen, das alles für selbstverständlich zu nehmen?

Audrey tat das ganz offensichtlich nicht.

»Du hast recht«, sagte er, sichtlich zu ihrer Überraschung. »Es war eine gute Entscheidung. Aber ich dachte, du wolltest gar nicht mehr weiter ermitteln. Was hat sich geändert?«

»Ich finde nur, erst sollten wir der Sache auf den Grund gehen. Wenn Richard einige der Bewohner erpresst hat, könnte es unangenehm werden. Dass die schmutzige Wäsche ihrer Mieter in aller Öffentlichkeit gewaschen wird, ist vermutlich das Letzte, was Celeste will.« Sie schob die Hände in die Taschen. »Wollen wir uns auf die Suche nach Rafik machen? Eigentlich müsste er heute arbeiten. Wir könnten das ebenso gut gleich erledigen, wo wir beide Zeit haben.«

»In Ordnung.«

Sie schlugen den schmalen Weg ein, der sich durch den Garten schlängelte.

»Wir müssen mit Mrs. Hildebrandt und den Hetheringtons über diese seltsamen Einträge in den Zutrittsprotokollen reden«, sagte er im Gehen. »Und darüber, was sie mit Richard zu tun hatten. Beide Parteien haben ein Motiv, so viel ist klar, also wird es darauf ankommen, ob sie auch über Mittel und Gelegenheit verfügt haben. Und wir müssen Victor auf seine nächtlichen Ausflüge ansprechen.«

»Teile und herrsche?«, schlug sie vor. »Du übernimmst Philip. Merkwürdigerweise scheint er dich zu mögen. Und ich übernehme Mrs. H. Und dann knöpfen wir uns Victor gemeinsam vor.«

»Einverstanden«, sagte Lewis. »Moment mal, wie kommst

du darauf, dass Philip mich mag? Und wieso ist das merkwürdig?«

Sie zuckte die Achseln.

»Wie hast du eigentlich Celeste kennengelernt? Das wollte ich dich schon längst mal fragen.«

Er zögerte, bevor er antwortete, unsicher, wie viel er preisgeben wollte, und irritiert, weil sie seine zweite Frage nicht beantwortet hatte.

»Meine Verlegerin hat uns vorgestellt«, sagte er schließlich. »Ich hatte damals eine Wohnung im Bankenviertel gemietet, Canary Wharf, alles sehr modern und sauber. Aber als mein zweites Buch floppte, musste ich mich schnell verkleinern, und sie schlug einen Tapetenwechsel vor. Ich bräuchte etwas Ruhigeres mit mehr Charakter, meinte sie. Sie und die van Durens waren alte Freunde, und Nr. 5 stand gerade leer. Ich hatte nicht gedacht, dass ich mir das würde leisten können, aber die Miete war ungewöhnlich niedrig. Erst später fand ich heraus, dass die von Durens die Mieten mit Absicht niedrig halten.«

»Celeste hat DS Larssen erklärt, worauf sie und Leonard bei der Auswahl ihrer Mieter Wert legten: Sie wollen, dass gute Menschen hier wohnen, keine reichen Menschen. Stellt sich die Frage, wie dann die Gleads hier reingekommen sind, aber vermutlich macht jeder mal einen Fehler.«

Lewis blieb abrupt stehen.

»Das ist ein guter Punkt«, sagte er. »Celeste zieht immer Erkundigungen ein, bevor sie einen Mietvertrag abschließt.«

»Wirklich?« Audrey runzelte die Stirn. »Das wusste ich gar nicht.«

»Wir sollten sie nach den Gleads fragen. Und nach Victor.« Ein Funkeln trat in seine Augen. »Wir könnten sie nach allen Bewohnern fragen. Um uns zu helfen, sie zu entlasten, könnten wir zumindest behaupten.«

»Beruhig dich, Big Brother. Celeste lässt keine Überwachungskameras im Marchfield Square zu, und sie hat nicht mal freiwillig die Zutrittsprotokolle rausgerückt. Sie wird diese Art Information kaum mit uns teilen.«

»Ich wüsste nicht, warum nicht. Warum bezahlt sie uns dafür, derlei Dinge herauszufinden, wenn sie es uns einfach mitteilen könnte?«

»Um die Privatsphäre der Leute zu schützen. Außerdem, wenn ihre Erkundigungen irgendwas Offensichtliches ergeben hätten, bräuchte sie uns überhaupt nicht zu engagieren. Doch zurück zu der Frage, wie du an die Wohnung gekommen bist.«

»Du bist ganz schön neugierig für jemanden, der solchen Wert auf Privatsphäre legt, oder?«

»Bin ich, ja. Sprich weiter.«

Er schnaubte, fuhr aber fort: »Mehr gibt's eigentlich nicht zu sagen. Celeste interessiert sich sehr für True Crime, und gelegentlich trinken wir einen Kaffee zusammen und reden. Sie hat ein interessantes Leben geführt. Ist viel gereist. Sie und Leonard konnten keine Kinder bekommen, also haben sie ihr Leben mit anderen Dingen ausgefüllt. Sie haben Menschen gesammelt, sagt Celeste. Das ist es, was wir sind, glaube ich. Wir Mieter. Menschen, die Celeste gesammelt hat.«

Audrey schaute ihn einen Moment an, den Kopf leicht zur Seite geneigt.

»Du hast recht«, sagte sie langsam. »Was für ein seltsamer Gedanke.«

Sie setzten ihren Weg schweigend fort.

45

Celeste

Celeste sah Dixon an, der neben ihr am Panoramafenster stand, und dann wieder hinunter in ihre kleine grüne Oase, wo Audrey und Lewis durch den Garten spazierten. Sie verfolgten, wie die beiden den Weg entlanggingen, der sich zwischen Rasen und Blumenbeeten hindurchschlängelte, um schließlich hinter dem Gebüsch zu verschwinden, hinter dem versteckt der Geräteschuppen lag.

»Was in aller Welt tun sie da?«

»Nach jemandem suchen«, sagte Dixon. »Rafik.«

»Ich nehme an, er ist der Einzige, mit dem sie noch nicht gesprochen haben. Was halten Sie von dieser Substanz, die sie entdeckt haben?«

»Ich weiß nicht. Seltsam, da unten am Sofa.«

»Ja. Ein guter Fund.«

Unten tauchten Audrey und Lewis wieder auf, gingen am Haupttor vorbei und folgten dem Weg, der um den Garten herumführte. Der Wind fuhr durch die Ebereschen und Essigbäume mit ihrem flammenden Spätherbstlaub, und frisch gefallene Blätter segelten in Rafiks sorgsam gehegten Garten.

»Sie haben nicht alles erzählt, wissen Sie«, sagte Dixon.

»Warum sollten sie etwas verschweigen?«

»Sie wissen warum.«

»Weil sie glauben, dass es jemand war, der hier in Marchfield Square wohnt.« Sie nickte. »Sie lassen Sorgfalt walten. Das gefällt mir.«

Dixon schnaubte.

»Heuchlerin.«

Sie lächelte unwillkürlich.

»Überhaupt nicht. Ich wäre enttäuscht gewesen, wenn sie mir aufs Wort geglaubt hätten. Geschmeichelt, aber enttäuscht. Ich hatte gehofft, vermeiden zu können, dass sie einige der Marotten, nennen wir es mal so, unserer Bewohner aufdecken. Aber ich erkenne jetzt, dass das ein Fehler war. Sie müssen gründlich vorgehen, und besser sie als die Polizei.«

»Marotten?«

Sie brauchte ihn nicht anzusehen, um zu wissen, dass er die Augenbrauen gehoben hatte.

»Dann eben exzentrische Angewohnheiten. Wer weiß? Vielleicht bringt es die beiden sogar zusammen.«

»Sie sind eine gnadenlose Optimistin.«

»Aber selbstverständlich. Pessimismus ist langweilig.« Celeste wandte sich vom Fenster ab und begann langsam durch die Galerienische zu schreiten. Ihr Physiotherapeut hatte betont, wie wichtig Übung war. »Dieser Roper hört sich ziemlich verdächtig an, finden Sie nicht?«

»Wollen Sie, dass ich ihnen nachgehe? Ein Auge auf die beiden habe?«

Sie überlegte kurz.

»Nein, ich glaube nicht. Nach ihren Erfahrungen mit diesem Mr. Shaw glaube ich, dass sie der Sache gewachsen sind, oder?«

»Audrey bestimmt. Bei Lewis bin ich mir nicht so sicher.«

Celeste lachte leise.

»Wenn das alles vorbei ist, sollten Sie Lewis vielleicht ein paar Stunden geben. Zu seinem eigenen Besten natürlich.«

»Da sagen Sie was. Hat null Selbsterhaltungstrieb, der Mann.« Mit einem letzten Blick auf den Himmel, der sich zugezogen hatte, wandte Dixon sich vom Fenster ab. »Was hätten Sie gern zum Tee?«

»Lachs, glaube ich. Vielen Dank, mein Lieber.«

Dixon nickte, verschwand in der Küche und schloss die Tür hinter sich. Kurz darauf hörte sie das leise gestellte Radio und lächelte. Er stellte es niemals zu laut, für den Fall, dass er sie dann nicht rufen hörte. Es war wirklich ein Segen, dass Leonard ihn damals gefunden hatte.

Nachdem sie einige Runden durch den Raum gedreht hatte, machte sie es sich wieder in ihrem Sessel gemütlich, widerstand dem Drang, das Fernglas aus der geheimen Schublade im Teetisch zu holen, und griff nach ihrem Buch und der Brille.

Mittlerweile brachte sie viel zu viel Zeit damit zu, ihre Mieter zu beobachten. Sie hatte es sich angewöhnt, um den unsäglichen Richard Glead im Auge zu behalten, aber jetzt bestand kein Grund mehr zum Spionieren, und je eher sie wieder damit aufhörte, desto besser.

Aber wenn sie im Laufe der Zeit etwas gelernt hatte, dann das: Gewohnheiten waren schwer zu brechen.

46

Audrey

Rafik Jones war nicht da. Audrey und Lewis hatten überall im Garten nach ihm gesucht, in den Blumenbeeten und darum herum, zwischen den Bäumen und Hecken. Sie hatten sogar überprüft, ob er sich im Schuppen verkrochen hatte, den die van Durens diskret hinter dichten Büschen in einer Ecke des Squares errichtet hatten, aber Rafik war nirgends zu finden.

»Und was nun?« Lewis setzte sich auf eine der leeren Bänke und blickte zu ihr hoch. Die Hetheringtons saßen zusammen auf der anderen Seite des Innenhofs, in Decken gehüllt, unterhielten sich leise und genossen die letzten Strahlen der Nachmittagssonne.

Es war halb drei, und das Gras glänzte bereits feucht vom aufsteigenden Nebel. Frisch gefallenes herbstrotes Laub lag auf dem Rasen und den Wegen, und die hohen Gräser in den Rabatten wisperten unaufhörlich im Wind, ein beruhigendes Geräusch, das gemütliche Abende drinnen im Haus versprach.

»Wir fragen Celeste nach seiner Adresse«, sagte Audrey. »Wenn er in der Nähe wohnt, schauen wir schnell mal bei ihm vorbei.«

Doch wie sich herausstellte, brauchten sie niemanden um Hilfe zu bitten, denn als sie den Innenhof überquerten, um bei Celeste zu klingeln, entdeckten sie Rafik, der gerade aus

Captain Gordons Wohnung trat, seinen Werkzeugkasten in der Hand.

»Oh! Hallo, Rafik«, sagte Audrey munter und steuerte direkt auf ihn zu, aber ein Blick auf ihn reichte, um einen veränderten Ton anzuschlagen. »Geht es Ihnen gut?«

Rafik sah nicht so aus, als würde es ihm gut gehen. Sein Gesicht war aschfahl und seine Augen blutunterlaufen, aber er lächelte schwach.

»Ja, vielen Dank, Audrey. Wollten Sie zu Celeste? Ich habe gerade den Boiler des Captains repariert.«

»Nein, wir wollten gar nicht zu Celeste«, sagte sie. »Wir haben Sie gesucht.«

»Mich?« Rafik blickte zu Lewis hinüber und schien überrascht, ihn hier zusammen mit Audrey anzutreffen, obwohl doch beide hier wohnten. Er schloss die Tür hinter sich. »Stimmt etwas nicht?«

»Nein, nichts dergleichen«, versicherte Audrey. »Wir wollten nur mal nachfragen, wie es Ihnen geht. Seit Lindas Tod.«

Rafiks Gesicht verzerrte sich, halb runzelte er die Stirn, halb schien er den Tränen nahe, doch dann setzte er schnell wieder einen neutralen Gesichtsausdruck auf.

»Was meinen Sie damit?«, fragte er. Seine Unterlippe bebte.

»Ich weiß, dass Sie und Linda befreundet waren«, sagte sie sanft. Rafik schien zu erschrecken, also fügte sie hinzu: »Sie sind in dieselbe Kirche gegangen, nicht wahr?«

»Oh.« Er nickte und presste kurz die Lippen zusammen, ehe er fortfuhr: »Wir kannten uns aus der Gemeinde, ja. Wir waren gute Bekannte. Es ist sehr traurig, was mit ihr passiert ist.«

Damit wollte er sich entfernen, die Schultern hochgezogen, wobei der Werkzeugkasten gegen sein Bein schlug. Audrey eilte hinter ihm her, gefolgt von Lewis.

»Rafik«, sagte sie und berührte seinen Arm. Er blieb stehen und drehte sich zu ihr um, das Gesicht umwölkt. »Glauben Sie, es ist wahr? Dass Linda ihren Mann getötet hat?«

Rafiks Augen blitzten auf. »Nein, natürlich nicht. Sie hätte keiner Fliege etwas zuleide tun können.«

»Aber wenn dem so war, warum wollte sie dann jemand umbringen?«

Rafik schnappte nach Luft, und seine Unterlippe bebte erneut, aber sie hätte nicht sagen können, ob vor Wut oder aus Kummer.

»Warum fragen Sie mich das?«

Audrey holte tief Luft.

»Weil ich es nicht verstehe«, platzte es aus ihr heraus. Sie hatte das Gefühl, dass sie gegenüber Rafik mit offenen Karten spielen sollten, auch wenn sie das bei all ihren anderen Gesprächspartnern nicht getan hatten. »Linda war sanftmütig und freundlich, und auch wenn Richard ein zwielichtiger Typ war, sie war es nicht, oder? Und sie wollte sich einen Hund anschaffen. Das hat sie mir selbst erzählt, am Freitag, kurz bevor sie … Warum sollte jemand ihr etwas antun wollen? Das ergibt doch keinen Sinn.«

Rafiks Miene wurde augenblicklich weicher.

»Nein, das tut es nicht.« Er stellte den Werkzeugkasten auf dem Kiesweg ab und ließ sich schwer auf eine Bank sinken. »Sie war sehr freundlich, da haben Sie recht. Als meine Mutter so krank war, hatte Linda immer ein offenes Ohr für mich. Wir waren befreundet.« Tränen traten ihm in die Augen, und er wischte sie mit einem Ärmel ab, bevor er fortfuhr: »Einmal hat sie mich mitgenommen, um diesen Hund zu sehen. Muffin. Sie sagte, er bekäme nie Besuch, und das mache sie traurig. Alberner Name für einen Hund, habe ich ihr gesagt. Man stelle sich nur vor, ihn im Park so zu rufen. Es wäre ihm peinlich. Aber sie lachte mich nur aus und sagte,

Hunden wäre nichts peinlich.« Er schüttelte den Kopf und schluckte. »Sie war eine gläubige Frau. Sie hätte niemals irgendjemandem etwas angetan.«

Seine Stimme brach, und er vergrub das Gesicht in den Händen.

»Es tut mir so leid«, sagte Audrey und setzte sich neben ihn. »Haben Sie mit ihr gesprochen? Nach Richards Tod, meine ich?«

»Dazu gab es keine Gelegenheit«, murmelte er. »Wir haben uns immer nur hier unterhalten, oder in der Kirche, aber sie hat mir geschrieben, dass man sie entlassen hat, ohne Anklage zu erheben, und dass sie wieder zu Hause ist, gesund und munter. Ich war so erleichtert. Wir haben vereinbart, am Samstag zu reden – ich bin extra deswegen hergekommen, aber …«

»Wer hat Richard umgebracht, was glauben Sie?«, fragte Lewis. Sie warf ihm einen verärgerten Blick zu, aber Rafik schien ihn kaum zu bemerken.

»Wer weiß?« Er zuckte die Achseln. »Viele seiner Freunde waren Gauner. Es hätte jeder von denen sein können. Und er hat Leute betrogen. Frauen. Vielleicht war es eine von denen.«

Audrey und Lewis wechselten einen Blick.

»Frauen?«, wiederholte Audrey. »So etwas wie eine Betrugsmasche?«

»Ein Anlageschwindel, glaube ich. Linda war sehr aufgebracht deswegen. Richard hat viel Zeit mit reichen älteren Damen verbracht. Einer seiner Freunde war auch beteiligt. Richard hat ihr immer versichert, sie müsse nicht eifersüchtig sein, es sei alles nur geschäftlich, aber Linda war gar nicht eifersüchtig. Sie fand es grausam den Frauen gegenüber und befürchtete, dass er im Gefängnis landen würde.« Rafik zog ein Stofftaschentuch aus der Tasche und putzte sich die Nase. »Da hätte er auch hingehört.«

»Haben Sie es gemeldet?«, fragte Lewis. »Der Polizei, meine ich.«

»Habe ich versucht, aber man hat mich nur auf die Betrugs-Hotline verwiesen, und die sagten, wenn ich nicht das Opfer sei, könnten sie nichts tun.«

»Betrugsdelikte machen etwa sechsunddreißig Prozent aller gemeldeten Verbrechen aus«, sagte Audrey, die sich an eine Statistik aus einer Vorlesung an der Uni erinnerte. »Die haben vermutlich viel zu tun. Aber wenn Linda nicht an der Sache beteiligt war, ergibt es doch gar keinen Sinn, sie umzubringen. Die hätten sie in Ruhe gelassen.«

»Aber es gab da jemanden«, sagte Rafik. »Linda hat erzählt, dass sie sich beobachtet fühlte. Sie wusste nicht, von wem oder warum, aber es machte ihr Angst. Richard hielt es für Einbildung. Aber so wie's aussieht, war das ein Irrtum.«

»Wo wurden sie beobachtet?«, fragte Audrey.

»Hier am Square, in seinem Geschäft, überall. Nur im Tierheim hat sie sich sicher gefühlt. Ich habe sie gebeten, zur Polizei zu gehen, aber sie wollte nicht. ›Dann bringt Richard mich um‹, meinte sie.«

»Wurde Linda beobachtet oder Richard?«, fragte Lewis. »Oder beide?«

Jetzt bemerkte Rafik ihn, und er blickte mit zusammengekniffenen Augen zu ihm auf. »Beide, laut Linda. Aber er war der Betrüger, nicht sie. Sie war nicht wie er oder seine Freunde.«

»Hat sie sich mal über seine Freunde geäußert?«

»Nicht wirklich, nur dass es mit Richard nach den Pokerabenden immer besonders schlimm war. Er hat immer verloren, wissen Sie. Sie hat geglaubt, dass er ein besserer Mensch wäre, wenn er seine Freunde nicht so oft sehen würde.« Rafik setzte sich aufrechter hin. »Warum stellen Sie mir all diese

Fragen? Sie kannten Linda doch eigentlich gar nicht. Was kümmert Sie das?«

Lewis trat einen Schritt zurück, aber Audrey lief vor Verlegenheit rot an.

»Celeste«, erklärte sie, und Lewis warf ihr einen entsetzten Blick zu. »Celeste hat nie geglaubt, dass es Selbstmord war, und jetzt will sie, dass wir herausfinden, wer Linda umgebracht hat. Sie will Gerechtigkeit.«

Lewis warf verärgert beide Hände hoch, aber Rafik schien seltsam beruhigt.

»Ach so, Celeste.« Er seufzte. »Sie glaubt, sie kann alles Unrecht dieser Welt in Ordnung bringen. Wer war ihrer Ansicht nach der Täter?«

»Wir wissen es nicht«, sagte Lewis mit einem bösen Blick auf Audrey, »aber wir tun unser Bestes, um es herauszufinden.«

47

Lewis

»Ich verstehe einfach nicht, warum du es für nötig befunden hast, ihm das mitzuteilen!«, beschwerte er sich, als sie Rafik nachsahen, der durch den Garten zum Geräteschuppen ging. »Oder warum du es nicht vorher mit mir abgesprochen hast. Vielleicht ist er der Täter, und du hast ihm gerade verraten, dass wir gegen ihn ermitteln!«

»Pssst«, zischte sie und wies mit dem Kopf auf die Hetheringtons, die auf der anderen Seite des Gartens saßen. »Sie können dich hören.«

Es wurde langsam dunkel, der Himmel war dicht bewölkt, und erste Nebelschleier stiegen vom Gras auf. Er sah sie an, immer noch verärgert, und sie seufzte. »Na schön, es tut mir leid. Aber wir haben ihn ja praktisch einem Kreuzverhör unterzogen, also was sollte ich da sagen?«

»Keine Ahnung. So gut wie alles andere wäre besser gewesen.«

»Es spielt sowieso keine Rolle. Er ist eindeutig nicht der Täter. Seine Trauer kann unmöglich gespielt gewesen sein.«

»Auch Mörder kennen Reue, weißt du.«

»Wir bereuen doch alle irgendwas«, murmelte sie. »Zum Beispiel die Bereitschaft, zusammen mit dem nervigsten Menschen der Welt in einem Mordfall zu ermitteln.«

»Das habe ich gehört.«

Sie standen schweigend da und verfolgten, wie die Hetheringtons sich bereit machten, wieder ins Haus zu gehen. Philip klappte sein Skizzenbuch zusammen und zog den Reißverschluss seines Federmäppchens zu, während seine Frau – hieß sie nicht Mekhala? – die Decke faltete. Als sie auf ihre Wohnung zusteuerten, winkten sie Audrey und Lewis zu.

»Wann willst du mit ihnen reden?«, fragte Audrey und winkte zurück.

»Ich weiß nicht. Letztes Mal habe ich nichts aus Philip herausbekommen, also bräuchten wir irgendwas Konkretes, das wir einsetzen können. Was ist mit Mrs. Hildebrandt?«

»Bei ihr müssen wir besonders behutsam vorgehen, glaube ich«, sagte Audrey. »Ich weiß nicht, ob wir an diesem Nachmittag viel erreicht haben, außer dass uns bestätigt wurde, was Manny zufällig aufgeschnappt hat, nämlich dass Linda sich beobachtet fühlte.«

»Du magst Rafik ja ausgeschlossen haben, aber ich nicht«, erklärte Lewis entschieden. »Guck mich nicht so an, er ist und bleibt ein Verdächtiger. Wenn er in Linda verliebt war, hatte er ein Motiv, Richard umzubringen, und wenn sie ihn danach abgewiesen hat, auch für den Mord an ihr.«

»Vier Verdächtige sind schlimmer als drei«, bemerkte sie. »Und dabei sind Richards andere Opfer noch nicht mal mitgezählt. Nach seinem Rechnungsbuch zu urteilen, könnten das Dutzende sein.«

»Dann arbeiten wir daran, welche zu eliminieren. Wir können nicht ausschließen, dass es zwei oder sogar drei verschiedene Täter gibt. Das wäre unschön, aber möglich. Es gibt deutliche Unterschiede zwischen dem Mord an Richard und dem Mord an Linda; unterschiedlichen Zugang zum Tatort, Wahl der Tatwaffe …«

Sie schwiegen und sahen zu, wie die Sonne hinter der Londoner Skyline unterging. Ihm kam eine Idee.

»Hey, Lust auf ein bisschen nächtliches Beschatten?«

»Pardon?«

»Beschatten. Wir überwachen heute Abend den Square, und sobald wir sehen, dass einer unserer Verdächtigen ihn verlässt, folgen wir ihm. Mal sehen, was wir herausfinden. Bislang hat niemand ehrlich auf unsere Fragen geantwortet, also hören wir doch auf, Fragen zu stellen.«

Sie biss sich auf die Lippen und schaute sich um, und ihr Blick blieb an Nr. 10 hängen.

»Gut«, erklärte sie. »Es hätte mich enttäuscht, wenn es nicht irgendwann eine Observierung gegeben hätte. Und du hast absolut recht: Niemand war sonderlich hilfreich. Also einverstanden.«

In der hereinbrechenden Dämmerung schmiedeten sie konkretere Pläne, dann trennten sie sich und kehrten in ihre Wohnungen zurück.

Eine Observierung, dachte Lewis, und der Gedanke brachte ihn zum Lächeln. Langsam kam Bewegung in die Sache.

48
Audrey

Audrey saß mit ihrem Laptop, den sie auf der Sofalehne abgestellt hatte, im Wohnzimmer. Sie hatte sich gar nicht erst umgezogen und trug noch ihre Turnschuhe, um aufbrechen zu können, sobald die Nachricht von Lewis eintraf. Das Licht war gedimmt, damit sie es auch sofort bemerkte, wenn ihr Handy aufleuchtete.

Sie wechselte zu dem gespeicherten Browser-Tab über Manx Angels. Diese Münze war die Visitenkarte eines Attentäters aus der Zeit des Kalten Krieges, der in den sechziger und siebziger Jahren mutmaßlich für den Tod von mindestens einem Dutzend Menschen verantwortlich gewesen war. An jedem Schauplatz hatte er eine der im autonomen Kronbesitz Isle of Man geprägten Silbermünzen mit der Abbildung des Erzengels Michael als Drachentöter zurückgelassen. Experten nahmen an, als Zeichen dafür, dass der Attentäter glaubte, für das Gute zu streiten. Niemand wusste, für wen er arbeitete, denn die Opfer kamen von beiden Seiten des Eisernen Vorhangs, und alle bekannten Geheimdienste leugneten, die Attentate in Auftrag gegeben zu haben. Das Einzige, was die Opfer zu verbinden schien – außer ihrem Tätigkeitsfeld, der Spionage –, war ihr Profil. Alle hatten sie gefangene feindliche Agenten misshandelt, gefoltert oder Schlimmeres. Man hatte den Attentäter den ›Racheengel‹ getauft, wegen der Münze und der Verabscheuungswürdigkeit seiner Opfer. Seit den achtziger Jahren war er von der Bildfläche verschwunden, und man ging davon aus, dass er tot war. Die Visitenkarte war jedenfalls nie wieder an irgendeinem Tatort aufgetaucht.

Richard Glead spielte zwar nicht in derselben Liga wie die früheren Opfer des Racheengels, aber er passte ins Profil. Die Frage war nur, wie der Engel von ihm wissen konnte. Und wenn er es gewesen war, warum hatte er Paulo Ram mit derselben Waffe erschossen, ohne seine Visitenkarte zu hinterlassen?

Audrey ging gedanklich die Liste der Marchfield-Bewohner nach möglichen Kandidaten durch. Philip und Victor waren bei den ersten Anschlägen des Engels noch zu jung gewesen, während es bei Captain Gordon vom Alter her hinkam. Der war zudem ein früherer Scharfschütze und, ihrem Eindruck nach, auch in der Vernehmungskunst versiert. War es möglich, dass er Richard Glead getötet und damit diese ganze Kette von Ereignissen in Gang gesetzt hatte? Hätte er so etwas getan?

Dann war da noch Mrs. Hildebrandts Freund Fraser. Er war gut zehn Jahre älter als Mrs. H. Wenn sie zu Richards Betrugsopfern gehörte und Fraser bereits gemordet hatte … tja, was war schon ein Opfer mehr, wenn es um die Frau ging, die man liebte?

Aber natürlich konnte das Ganze auch reine Irreführung sein. Der Täter hatte vom Racheengel gelesen und wollte mit der Münze die Polizei irreleiten.

Ihr Handy leuchtete auf.

Mei Chen

Komme heute etwas später. Ich gehe mit Sofia was trinken, um über den

Fall zu sprechen. Wie kommen die
Ermittlungen voran?

Audrey lächelte. Netter Versuch, Mei.

Audrey Brooks
Nur langsam. Niemand will mit uns reden. Welche Fortschritte macht Sofia? Ich nehme an, sie hat was zu berichten, wenn ihr euch trefft?

Audrey sah zu, wie die drei Punkte auftauchten und verschwanden, erneut auftauchten und wieder verschwanden. Sie lachte laut heraus, blickte gespannt auf ihr Handy und fragte sich, wie lange Mei wohl brauchen würde, um eine Antwort darauf zu formulieren.

Es dauerte volle zwei Minuten, bis ihr Handy wieder aufleuchtete, aber ihr Grinsen erlosch, als sie sah, dass die Nachricht von Lewis kam.

Typ aus Nr. 5
Victor ist aufgetaucht.
Seiteneingang.

Audrey knallte den Laptop zu, schnappte sich ihr Handy, zog die Winterjacke über, die am Ende des Sofas bereitlag, verließ eilends die Wohnung und fluchte, weil es so lange dauerte, die Wohnungstür abzuschließen. Als sie die Außentreppe zum Innenhof hinunterlief, formte ihr Atem sich sofort zu kleinen Wölkchen. Sie entdeckte Lewis, der am Seiteneingang wartete, das Tor offen hielt und nach draußen lugte, zweifellos, um Victor nicht aus den Augen zu verlieren.

Die alten Laternen ließen den Nebel in einem warmen Goldgelb schimmern, während sie den Weg hinunterlief. Das Rauschen der Bäume vermischte sich mit dem allgegenwärtigen Londoner Verkehrslärm, ein charakteristisches Klangbild, das sie mittlerweile mit dem Gefühl von Zuhause verband.

»Hi«, sagte sie, als sie Lewis erreichte.

»Hallo.« Er sprach leise. »Noch ein paar Schritte – und wir haben's.«

Er schlüpfte durchs Tor, und sie folgte ihm, um es dann sanft ins Schloss gleiten zu lassen, damit es nicht krachend zufiel und sie verriet. Vor ihnen entdeckte sie Victor, der raschen Schrittes unterwegs war, und sie und Lewis folgten ihm in sicherem Abstand, achteten aber darauf, ihn trotzdem nicht im Nebel zu verlieren.

»Mei trifft sich heute mit Larssen.« Sie versuchte, leise zu sprechen, aber trotzdem laut genug, um den starken Verkehr zu übertönen, der auf der Straße herrschte. »Ich glaube, sie benutzen den Fall als Ausrede, um einander näher kennenzulernen.«

»Ach?«, sagte Lewis, den Blick weiter auf Victor gerichtet. »Warum fragt Mei sie nicht einfach, ob sie mit ihr ausgehen will?«

»Sie hatten irgendwann mal ein Date, das nicht so gut gelaufen ist. Mit dieser Strategie verringern sie das Risiko beim zweiten Versuch.«

Victor bog nach rechts ab, in Richtung Chelsea Embankment. Sie eilten hinterher und warteten an der Ecke, bis der Abstand zwischen ihnen etwas größer geworden war, achteten aber darauf, ihn nicht aus den Augen zu verlieren.

»Risikominimierung«, sagte Lewis und starrte in den Nebel. »Wie romantisch.«

»Romantik ist nur ein anderes Wort für Lügen«, entgegnete Audrey. »Es ist besser, mit offenen Augen in eine Beziehung zu gehen. Dann besteht nicht die Gefahr, dass man einen Mann wie Richard Glead heiratet.«

»Du glaubst, Meis Urteilsvermögen ist so schlecht wie das von Linda?«

»Nein! Es ist nur – man verbrennt sich die Finger. Man lernt, was wirklich wichtig ist, und das sind nicht rosa Rosen und ein Rolls-Royce.«

Sie setzten sich wieder in Bewegung und gingen auf der Uferpromenade weiter, die Themse zu ihrer Linken. Über dem Fluss hing der Nebel am dichtesten, und die goldenen Lichter an den Ufern vermittelten Audrey augenblicklich ein weihnachtliches Gefühl. Lewis schwieg und ließ den Mann vor ihnen nicht aus den Augen. Sie fragte sich, wann er wohl zuletzt mit einer Frau ausgegangen war. Er sah eigentlich ziemlich gut aus, wenn er nicht die Stirn runzelte oder irgendetwas Blödes sagte, was zugegebenermaßen meistens der Fall war, aber wenn er wollte, fiel es ihm bestimmt nicht schwer, ein Date zu bekommen.

Er musste ihren Blick auf sich gespürt haben, denn er schaute zu ihr hinüber. »Was ist?«

»Nichts.« Sie spähte mit zusammengekniffenen Augen in den Dunst vor ihnen. »Bist du sicher, dass er das ist? Ich kann kaum was erkennen.«

»Natürlich bin ich sicher«, sagte er, beschleunigte aber trotzdem das Tempo, und bald erkannte Audrey, dass es tatsächlich Victor war, der vor ihnen ging, und dass er eine große Tasche bei sich trug.

Sie nutzten eine Lücke im Verkehr, um ihm über die Kreuzung an der Albert Bridge zu folgen. Weiter ging es an der Chelsea Church vorbei Richtung Battersea Bridge, wo die hellen Scheinwerfer der sich stauenden Autos sie blendeten. Bei der Brücke bog Victor nach rechts in die Beaufort Street ein, aber jetzt ging er langsamer, und sie mussten ebenfalls ihr Tempo drosseln.

»Wo um alles in der Welt will er hin?«, fragte Lewis, als sie schon fast eine Viertelstunde unterwegs waren. »Bestimmt ist sein Ziel ganz in der Nähe, sonst hätte er den Bus genommen. In seinem Alter.«

»Vielleicht geht er gern zu Fuß. Er ist ja wohl kaum ein alter Mann, und wir sind noch keine zwei Kilometer gegangen.«

Sie folgten ihm bis zur Fulham Road, wo er sich nach links wandte und das Programmkino Picturehouse passierte, aber dann, in den wenigen Augenblicken, die sie brauchten, um die Straße zu überqueren, ohne überfahren zu werden, war er plötzlich verschwunden.

»Was zum …« Lewis blieb abrupt stehen. »Wo ist er hin? Eben war er doch noch da!«

Sie eilten zu der Stelle, wo Victor eben noch gestanden hatte, auf dem Bürgersteig zwischen einem Immobilienmakler, einer Bar und einem Burger-Restaurant, vor dem fröstelnde Gäste anstanden. Lewis lief ein paar Meter weiter, aber als er zurückkam, schüttelte er den Kopf.

»Er muss irgendwo reingegangen sein. Meinst du, dass er sich einen Burger holt? Oder ist er auf einen Drink bei« – er las den Namen der Bar – »Proud Maggie's eingekehrt?«

»Ich kann mir Victor nicht in einem Drag-Club vorstellen, du etwa? Ich überprüfe das Burger-Restaurant.«

Doch als sie an der Schlange vorbei in Duke's Burgers schlüpfte und sich drinnen umsah, war von Victor nichts zu sehen.

»Da drin ist er nicht. Wir haben ihn verloren.«

»Verdammt.« Lewis wirkte ernsthaft verärgert. »Ich dachte eigentlich, wir hätten unsere Sache ganz gut gemacht, aber er muss uns entdeckt haben, und jetzt ist er uns entwischt.«

»Ich hoffe nicht«, bemerkte sie, während sie den Weg zurückliefen, den sie gekommen waren. »Sonst könnte es auf der Marchfield-Weihnachtsfeier dieses Jahr echt peinlich werden.«

Sie waren schon halb die Beaufort Street hinunter, als Lewis endlich den Mund aufmachte: »Was für eine Weihnachtsfeier?«

49

Lewis

»Ich habe noch mal über die Münze nachgedacht«, sagte Audrey, als sie wieder auf dem Chelsea-Embankment angelangt waren. Es war noch relativ früh am Abend, und ein steter Strom von Leuten tauchte aus dem Nebel auf und verschwand wieder, während die Autoscheinwerfer sich im nassen Asphalt spiegelten. In der Ferne war Sirenengeheul zu hören, und der feuchte, ölige Geruch der Themse vermischte sich mit Rauch und Autoabgasen.

»Ja?«, sagte Lewis, der nur halb zuhörte. Als sie wieder in die Beaufort Street eingebogen waren, hatte er sich auf ein Hupen hin umgedreht, und da war ihm ein Taxi aufgefallen, das einen langsam fahrenden Wagen überholte. Zuerst hatte er nicht groß darauf geachtet, aber während sie die breite, größtenteils von Wohnhäusern gesäumte Straße hinunterliefen, war er sich zunehmend bewusst geworden, dass ein Paar Scheinwerfer stetig hinter ihnen blieb. Das Auto hielt einen so großen Abstand, dass es halb im Nebel verschwand, blieb aber immer dicht genug, dass Lewis seine Anwesenheit spüren konnte. Als sie die Battersea Bridge erreichten, war er sicher, dass sie verfolgt wurden.

»Es handelt sich dabei um keine Antiquität«, fuhr Audrey fort, »also warum besaß er die Münze? Und wenn es eine Visitenkarte war, warum lag eine bei Richards Leiche, nicht aber bei Paulos?«

»Dass beide mit derselben Waffe erschossen wurden, muss ja nicht zwangsläufig bedeuten, dass es sich um ein und denselben Täter handelt. Ich glaube kaum, dass der Engel irgendwas damit zu tun hat. Der müsste mittlerweile sehr alt oder sehr tot sein.«

An der Kreuzung mussten sie warten, und Lewis riskierte einen weiteren Blick zurück. Eine Reihe Linksabbieger, von denen im Nebel nur das vorderste Fahrzeug sichtbar war, wartete an der Ampel, während die Autos in der zweiten Reihe über die Brücke rumpelten. Als sie die Straße überquerten, erhaschte Lewis einen Blick auf eine silberne Kühlerhaube in der Abbiegespur, aber als die Ampel umsprang und der Verkehr wieder zu fließen begann, fuhren nur Taxis an ihnen vorbei und der silberne Wagen war nirgends zu sehen.

Lewis stieß die Luft aus.

»Alles in Ordnung?« Sie musterte ihn besorgt. Er überlegte, ob er ihr von dem Auto erzählen sollte, aber dann fiel ihm ihre Panikattacke von neulich wieder ein.

»Alles gut. Hör zu, mach dir keine Gedanken wegen der Münze. Vielleicht war sie Richards Glücksbringer beim Pokern, oder irgendjemand hat sie ihm gegeben. Man kann in alles was reininterpretieren, aber Menschen sind eben chaotisch. Es wird immer Teile geben, die nicht passen.«

Er war froh, als sie sich ihrem Zuhause näherten, doch als sie in die Pickering Lane einbogen, verlangsamte Audrey ihren Schritt.

Vor ihnen, im dichten Nebel gerade noch sichtbar, stand eine schwarze Gestalt mit einem Motorradhelm vor dem Haupttor zum Marchfield Square. Sie blieben stehen und drückten sich instinktiv gegen die Mauer des Mietshauses, vor dem sie gerade standen.

»Ein Kurier vielleicht«, meinte Lewis und schaute auf die Uhr. Halb neun. »Oder eine Essenslieferung.«

Sie schlichen ein paar Schritte vorwärts, bis sie nur noch wenige Meter vom Eisengeländer entfernt waren, aber erstarrten, als sie das schwache Piepsen des Tors hörten. Dann kam das vertraute Klicken, mit dem sich die Verriegelung öffnete, und die Person mit dem Helm beugte sich hinunter und griff durch den Eingang.

Als der Kurier sich wieder aufrichtete, hielt er eine dicke Pappröhre in der Hand, etwa einen halben Meter lang. Während sich das Tor wieder schloss, entfernte er sich, die Pappröhre behutsam wie ein Baby im Arm haltend, aber anstatt auf ein Motorrad zu steigen, lief er ein Stück die Straße hinunter und stieg in ein Auto ein, das am Straßenrand parkte. Durch das Rückfenster konnten sie gerade noch erkennen, dass der Fahrer den Helm abnahm, bevor er den Motor anließ und in den Nebel davonfuhr.

Lewis sah Audrey an. »Wer setzt denn einen Helm auf, wenn er mit dem Auto gekommen ist?«

»Jemand, der nicht erkannt werden will.«

»Ich frage mich, von wem er etwas abgeholt hat.«

»Ist dir das nicht aufgefallen? Die Art, wie er oder sie sich gebückt hat, um die Pappröhre entgegenzunehmen? Da kommt nur ein Einziger in Frage.«

Philip Hetherington.

»Die Bezahlung für geleistete Dienste vielleicht?« Er schnitt eine Grimasse. »Wie's aussieht, sollte ich möglichst bald mit den Hetheringtons reden. Morgen musst du den ganzen Tag arbeiten?«

»Ich fürchte ja«, sagte sie mit leichter Resignation. Fing sie etwa an, die Ermittlungen dem Putzen vorzuziehen? »Celeste musste ich wegen einer anderen Putzstelle vertrösten, aber wenn ich fertig bin, rufe ich auf jeden Fall noch im Tierheim an und kläre mit Val das mit Nathan Roper ab. Sicher hast du recht und es hat nichts zu bedeuten, aber ich würde diese kleine Unklarheit gern von der Liste streichen, bevor ich mit Mrs. H rede.«

»Gut. Und ich werde mal sehen, was ich aus Philip rausbekomme. Das sieht gar nicht gut für die beiden aus, oder? Und wir könnten noch mal Richards Rechnungsbuch durchgehen, vielleicht können wir ja noch weitere Betrugsopfer identifizieren.«

»Das kann ich übernehmen.«

Lewis war heilfroh, als er zu Hause war und die Tür hinter sich schließen konnte. Er musste sich unbedingt auf seinen Bürostuhl setzen und Notizen machen, um alles aus dem Kopf zu bekommen, damit er sich auf das konzentrieren konnte, was als Nächstes anstand.

Er schrieb die ganze Nacht, und der fiktive Fall klärte auch seine Gedanken, was den echten Fall betraf. Richards kompliziertes kriminelles Leben und Lindas einfaches, unschuldiges Leben bildeten zwei widerstreitende Energielinien, und er musste herausbekommen, wo sie sich kreuzten.

Harding blickte auf die Tafel und die ordentliche Reihe von Fotos darauf. Vier miteinander verbundene Menschen, von denen drei tot waren und der vierte aus dem Schneider.

Die Annahme lag nahe, dass Ricky und Bull von demselben Täter getötet worden waren – die gleiche Vorgehensweise, gleiches Motiv –, aber irgendetwas stimmte nicht. Lindseys Tod passte einfach nicht ins Bild.

Es boten sich zwei logische Erklärungen an: Entweder war sie wegen ihrer Beteiligung an Speens Anlagebetrug umgebracht worden, oder sie hatte Ricky erschossen und war aus Rache von Bull getötet worden. Aber wenn Ersteres zutraf, warum war sie dann nicht auf dieselbe Weise umgebracht worden? Und wenn Letzteres stimmte, wie kam es dann, dass Bull mit derselben Waffe erschossen worden war?

Hatte Lindsey vor ihrer Ermordung Bull die Waffe untergeschoben? Damit hätte sie auf geschickte Art die Polizei irregeführt und deren Aufmerksamkeit auf einen möglichen Verdächtigen gelenkt, während sie gleichzeitig sich selbst entlastete. Sie hätte die Kontrolle über Rickys lukratives Geschäft übernehmen und sich gleichzeitig die Schlägertypen vom Hals schaffen können, die ihr seit Jahren das Leben zur Hölle machten. Endlich hätte sie das bekommen, was ihr zustand.

Die einzige andere Möglichkeit war, dass es zwei verschiedene Täter mit zwei verschiedenen Motiven gab und Lindsey sich irgendwie selbst in Gefahr gebracht hatte, und zwar unabhängig von den kriminellen Geschäften ihres Mannes. Aber wie wahrscheinlich war das?

Lewis hörte auf zu tippen, selbst überrascht über das, was er da geschrieben hatte. Hatte jemand Ram die Waffe untergeschoben? Unmöglich war das nicht.

Lewis McLennon
Hey, du weißt doch, wir haben angenommen, dass der Täter die Pistole in Rams Pfandleihhaus gekauft hat. Aber was ist, wenn sie gar nicht von dort stammte, sondern dort ABGELEGT wurde?

Die Putzfrau
???

Lewis McLennon
Nehmen wir mal an, der Täter hat die Pistole in Rams Laden deponiert, im Wissen, dass die Polizei ihn durchsuchen würde. Aber Ram entdeckt sie, bevor die Polizei von ihm erfährt, und versucht, sie loszuwerden. Da war eine Lücke in der Waffenauslage, und wir haben gehört, wie Ram zu jemandem sagte, er wisse nicht, wo das »Ding« hergekommen sei, aber er werde nicht deswegen ins Gefängnis gehen. Es ist eine gewagte Hypothese, aber das könnte einiges erklären.

Die Putzfrau
Das leuchtet ein! Es könnte auch erklären, wieso er mit dieser Waffe erschossen wurde. Alle dachten ja, Linda hätte Richard umgebracht, aber sie war tot, und die Polizei hatte ihre Wohnung bereits auf den Kopf gestellt, also konnte Ram die Waffe nicht dort platzieren. Aber er konnte sie in Richards Antiquitätenladen verstecken, und wenn die Polizei sie dort fand, würde man annehmen, dass Linda sie dort abgelegt hat, sobald die Luft rein war. Vielleicht hat der Mörder ebenfalls den Antiquitätenladen durchsucht, oder Ram hat jemanden gestört, der nicht

dort sein sollte, und die Waffe war
gerade zur Hand …

Lewis McLennon
Die Idee gefällt mir.

Die Putzfrau
Du weißt, dass ich nicht wirklich denke, dass Linda die Waffe dort deponiert hat, oder? Ich glaube immer noch nicht, dass sie Richard umgebracht hat.

Er legte das Handy weg und wandte sich wieder seinem Computer zu. Was Lindsey anging, war er anderer Meinung. Linda. Er hatte nie irgendeine Veranlassung gesehen, sie als Täterin auszuschließen, und jetzt noch weniger. Richard hatte bis zum Hals in kriminellen Aktivitäten gesteckt und sich mit anderen Frauen getroffen, und Linda hatte davon gewusst. Sie war ein Opfer, gut, aber es war durchaus möglich, dass sie auch eine Täterin war, und das machte die ganze Sache logischer, nicht weniger logisch. Audrey würde das irgendwann auch erkennen. Sie brauchten nur mehr Beweise.

Lewis kehrte zu seinem Text zurück und ließ die Finger über der Tastatur schweben. Er genoss es, jemanden zu haben, mit dem er seine Ideen diskutieren konnte. Früher hatte er seinen Agenten und seine Lektorin als Sparringspartner gehabt, aber nachdem seine letzten beiden Bücher so spektakulär gefloppt waren, hatte er sich zurückgezogen, aus Angst, sie könnten erkennen, was er nicht erkennen konnte, nämlich, warum alles so furchtbar schiefgegangen war.

Bei Audrey war es anders. Einer Putzfrau gegenüber musste er nichts beweisen, auch wenn sie Verstand hatte und erst nachdachte, bevor sie den Mund aufmachte, eine seltene und erfrischende Eigenschaft. Ja, das war sie. Erfrischend. Sein Leben war schal geworden, und er hatte es nicht einmal bemerkt. Kein Wunder, dass er seit Jahren keine zündende Idee mehr gehabt hatte.

Er knackte mit den Fingern. Wo war er stehen geblieben? Ah ja.

Er schrieb.

50

Audrey

Auch Audrey blieb lange auf und studierte die Aufnahmen von Richards Rechnungsbuch, die Lewis ihr geschickt hatte, während sie darauf wartete, dass Mei von ihrem Nicht-Date nach Hause kam.

Trotz des seltsamen Verhaltens von Victor und den Hetheringtons war sie sich sicher, dass niemand aus dem Marchfield Square die Taten begangen hatte. Sie betrachtete alle Bewohner als eine Art Familie, verbunden durch ihre Wertschätzung des sicheren Wohnumfelds und den Dank, den sie den van Durens schuldeten. Als Victor die Navy verließ, hatte er kein Zuhause und keine Familie gehabt, er hatte nirgends einen Platz, bis sein Captain Leonard van Duren gebeten hatte, einem alten Freund zu helfen. Jetzt hatte er ein Heim auf Lebenszeit. Philip und Mekhala hatten ihr geliebtes Atelier in Soho verlassen müssen, weil sie es sich nach Philips erzwungener Frühpensionierung nicht mehr leisten konnten, und es hatte ihnen davor gegraut, die Hauptstadt verlassen zu müssen, in der sie vierzig Jahre lang gelebt hatten. Doch dann war Celeste bei ihrer letzten Ausstellung in einer Galerie in der Pall Mall aufgetaucht, und drei Monate später gab es im Erdgeschoss ihrer Stadtresidenz ein neues Atelier. Audrey glaubte nicht, dass irgendjemand das alles aufs Spiel setzen würde, nur um die Gleads loszuwerden. Und das bedeutete, der Täter oder die

Täterin musste ein anderes Opfer aus Richards Rechnungsbuch sein.

Also ging sie ins Internet und wandte sich einer Form der Recherche zu, in der sie gut war. Lewis mochte seine Crime-Foren im Darknet haben, aber sie hatte Social Media und jahrelange Erfahrung damit, sich über Männer zu informieren, mit denen sie sich eventuell treffen wollte. Damit kannte sie sich aus.

Binnen einer Stunde war es ihr gelungen, fast alle Erpressungsopfer zu identifizieren, und sie ging zum Anlagebetrug über. Das war schwieriger, weil Richard nur die Vornamen und den ersten Buchstaben des Nachnamens notiert hatte. Offenbar hatte er es hier vorgezogen, keine Informationen niederzuschreiben, die eine Identifizierung seiner Betrugsopfer ermöglicht hätten.

Sie durchforstete noch einmal Richards Accounts in den sozialen Medien, auch die von Glead Antiques, studierte jeden Like und jeden Kommentar, der je in seinem Feed abgegeben worden war, aber als Mei nach Hause kam, mit geröteten Wangen und das Parfüm vom Alkoholgeruch übertüncht, hatte Audrey von den etwa zwanzig Betrugsopfern in Richards Rechnungsbuch erst vier mögliche Kandidaten identifiziert.

»Hi«, sagte sie und grinste zu Mei hoch. »Guten Informationsaustausch gehabt?«

Mei lächelte breit, warf sich in einen Sessel und kickte ihre Business-Schuhe weg. »Ganz gut, danke.«

»Nur ganz gut?«

»Ja.«

»Äh, ja. Hey, Mei, die schwarzes Haar hat, nach Wodka Martinis riecht und lügt wie gedruckt.«

Mei lachte. »Na schön, Sherlock. Es war sehr nett, okay? Wir haben über Linda und den Fall gesprochen. Und über dich und den Typen aus Nr. 5. Und dann … haben wir über andere Sachen geredet.«

»Das freut mich. Sie macht einen netten Eindruck. Was hat sie denn über mich und Lewis gesagt?«

»Ihr Chef glaubt immer noch, dass Lewis in die Sache verwickelt sein könnte.« Mei wirkte verlegen. »Sie hat mich sogar gefragt, ob du meiner Meinung nach fähig wärst, jemanden umzubringen.«

»Im Ernst?«

»›Auf keinen Fall‹, sagte ich natürlich. Ich sagte, du würdest nie jemandem etwas antun, aber wenn ich je eine Leiche loswerden wollte, würde ich als Erstes dich anrufen.«

»Danke, Süße. Aber was ist mit Lewis? Die glauben das doch nicht wirklich, oder?«

»Doch, irgendwie schon. Offenbar gibt es solche Leute. Typen, die einen Mord begehen und dann am Tatort herumlungern und vorgeben, der Polizei helfen zu wollen.«

»Ekelhaft.« Audrey schauderte leicht. »Aber das trifft auf Lewis nicht zu. Er schreibt ein Buch.«

»Das habe ich auch gesagt, aber du musst zugeben, er hat das schwächste Alibi von allen hier.« Mei streckte die Beine aus und legte sie auf den Couchtisch. »Ich bin so müde. Ich könnte morden für …« Sie hielt inne, leckte sich die Lippen und überlegte, nach was es sie gelüstete. »Ein Kebab. Wenn ich eins bestelle, isst du die Hälfte mit?«

»Auf keinen Fall, es ist fast Mitternacht. Mach dir einen Toast.«

Mei stöhnte, hievte sich aber aus dem Sessel und verzog sich in die Küche, während Audrey ihren Laptop anlächelte. Eine beschwipste Mei war lustig. Audrey konnte sich gar nicht mehr erinnern, wann sie zuletzt zusammen etwas trinken gegangen waren. Ihr Kontostand ließ ihr derzeit nicht viel Spielraum, aber wenn es ihr und Lewis gelang, den Fall aufzuklären, würde das versprochene Honorar von Celeste ihre finanzielle Lage spürbar verbessern, und dann konnte sie auch ein wenig Spaß haben.

Beim Gedanken an Celeste krampfte sich ihr Magen zusammen. Sie hoffte wirklich, beweisen zu können, dass Celeste recht hatte, aber wie sehr Audrey auch wünschen mochte, dass die Marchfield-Bewohner sich als unschuldig erwiesen, sie konnte sie nicht allein deshalb von jedem Verdacht freisprechen, weil sie sie mochte. Sogar sie selbst hatte sich gewünscht, Richard Glead möge verschwinden, und wenn man erstmal einen Mord begangen hatte, wer wusste, wo das hinführte?

Sie wandte sich wieder ihrem Laptop und dem schwer vernachlässigten Instagram-Account von Glead Antiques zu. Dafür, dass er aus einer zutiefst uninspirierenden Auswahl von Fotos von alten Schreibtischen, Ölgemälden aus dem neunzehnten Jahrhundert und verschiedenen Wohnzimmermöbeln bestand, hatte er eine erstaunliche Anzahl von Followern.

Da stach ihr ein Name ins Auge. Es war kein Name, den sie aus dem Rechnungsbuch kannte, aber einer, den sie schon einmal gehört hatte. Es konnte Zufall sein, aber da war er, und der Adrenalinschub, der sie bei der Entdeckung durchzuckte, verriet ihr, dass sie an irgendwas dran war.

Unter dem Bild eines Mahagonisessels aus dem siebzehnten Jahrhundert, mit golden glänzendem Stoff bezogen und mit dunkelgoldenen Brokatbändern besetzt, war ein Kommentar.

Marion Roper
Wunderschöner Sessel! Vielleicht werde ich mir eines Tages auch so schöne Dinge leisten können.

Audrey überprüfte die Liste. Keine Marion, aber eine Mari R. hatte Richard vor etwas über einem Jahr fast zwanzigtausend Pfund übergeben. Sie klickte sich zu Marions Profil durch und sah eine attraktive ältere Frau mit einem modischen grau-blonden Bob. Sie wechselte zu Marions Liste von Followern.

Es dauerte eine Weile, die Liste herunterzuscrollen, aber ganz am Ende stieß sie auf den Namen, nach dem sie gesucht hatte.

Nathan Roper.

51
Lewis

Lewis saß am Küchenfenster und sog das Aroma seiner zweiten Tasse Kaffee ein. Es war Freitagmorgen, und seit er sich um acht aus dem Bett gequält hatte, hielt er Ausschau nach den Hetheringtons. Aber bislang hatte niemand die Wohnung verlassen. In der Nacht war die Temperatur gefallen, und der Garten war weiß vom Raureif. Lewis' Atem ließ das Fenster beschlagen, wenn er hinausblickte.

Gelangweilt schaute er sich in seiner Küche mit den Kacheln und Schränken in gebrochenem Weiß um. Er fuhr mit dem Finger über den Spritzschutz über der Spüle und betrachtete stirnrunzelnd die Schmutzspur darauf. Vielleicht doch kein gebrochenes Weiß. Er verbrachte wenig Zeit hier drin, aber seitdem er zugesehen hatte, wie Audrey die Wohnung der Gleads geputzt hatte, drängte sich ihm der Gedanke auf, dass ein bisschen Hausarbeit vielleicht doch nötig war.

Er sah wieder aus dem Fenster.

Der Hausmeister, der einen Eimer und einen Besen dabeihatte, tauchte zwischen den Bäumen auf. Er ging den Gartenweg hinunter, verteilte etwas, das vermutlich Streusplitt war, und blieb alle paar Schritte stehen, um es mit dem Besen auf jedem Zentimeter des Plattenwegs zu verteilen. Lewis verfolgte, wie Rafik seine Arbeit überall auf dem Square verrichtete, gründlich die Außentreppen zu den ersten Etagen streute und zwei Mal das Pflaster vor der Wohnung der Hetheringtons behandelte, ohne Zweifel aus Besorgnis, Philips Rollstuhl könnte auf den vereisten Steinplatten ins Rutschen kommen. Lewis konnte sich nicht erinnern, jemals jemanden gesehen zu haben, der seine Arbeit so gründlich verrichtete und dem so viel daran lag, seine Sache gut zu machen.

Es war zehn Uhr, als die Hetheringtons endlich aus ihrer Atelierwohnung auftauchten. Philip hatte eine Decke und ein Bündel auf dem Schoß, während Mekhala in einen Schal gewickelt war und einen Becher in der Hand hielt.

Sie überquerten den Innenhof und steuerten die Bank im Garten an, die Lewis mittlerweile als ihre Bank betrachtete.

Philip parkte seinen Rollstuhl neben der Bank, und Mekhala stellte den Becher hin, um die Decke über die Knie ihres Mannes zu breiten.

Lewis holte seine Jacke.

Es war eiskalt draußen, und als er mit knirschenden Schritten über den frisch gestreuten Innenhof auf das Ehepaar zusteuerte, formte sich sein Atem zu weißen Wölkchen.

»Sieh mal, Philip«, sagte Mekhala, als er näher kam. Sie war eine attraktive Frau, ein paar Jahre jünger als ihr Mann, mit hellbrauner Haut und dickem schwarzem Haar, das von einer einzigen grauen Strähne durchzogen war. »Der junge Mann aus Nr. 5.« Sie hatte die Finger um den dampfenden Steingutbecher gelegt, den Lewis neidvoll beäugte. Er blies sich in die Hände, um sie zu wärmen.

»Das ist Lewis, Liebes«, sagte Philip und blickte augenzwinkernd von seinem Skizzenbuch auf. »Lewis, das ist meine Frau Mekhala. Wie ich sehe, werden Sie ja direkt gesellig.«

»Hallo«, sagte Lewis.

Mekhala nahm einen Schluck Tee, und der Duft von frischer Minze stieg Lewis in die Nase.

»Möchten Sie sich setzen?« Sie wies auf die Bank.

»Nein, vielen Dank, ich … äh … Ich bin gekommen, um Sie etwas zu fragen. Es ist ein wenig heikel.«

Philip und Mekhala wechselten einen Blick, und Philip ließ den Skizzenblock sinken.

»Was meinen Sie damit?«, fragte er.

Lewis hatte bereits entschieden, dass Ehrlichkeit hier die beste Strategie war, besonders, da es sich bereits im Marchfield Square herumgesprochen hatte, dass er und Audrey ermittelten. Da er sich nicht auf die Polizei berufen konnte, berief er sich auf eine andere Instanz.

»Celeste hat mich gebeten, den Mord an Linda zu untersuchen«, sagte er. »Also, mich und Audrey. Sie möchte, dass wir herausfinden, wie der Mörder hier reingekommen ist.«

Wieder wechselte das Ehepaar einen Blick.

»Was hat das mit uns zu tun?«, fragte Mekhala.

»Am Abend des Feuerwerks wurde das Tor um fünf vor elf geöffnet, entweder um jemanden einzulassen oder weil jemand den Square verließ. Haben Sie vielleicht irgendetwas gesehen oder gehört?«

»Nein, nichts«, antwortete Philip. »Das habe ich Ihnen doch bereits gesagt.«

»Nur das Feuerwerk«, fügte Mekhala hinzu. »Während des Feuerwerks konnten wir wohl kaum viel hören.«

»Um halb acht an dem Abend, an dem Linda ermordet wurde, hat jemand bei Ihnen geklingelt. Sie haben aber nicht auf den Öffner gedrückt, nicht wahr? Sie sind rausgegangen, um das Tor manuell zu entriegeln.«

Philip kniff die Augen zusammen.

»Warum glauben Sie das?«

»Weil ich gestern Abend gesehen habe, wie Sie es wieder taten. Jemand stand vor dem Tor und wartete auf Sie. Sie haben ihm ein Paket übergeben und dann das Tor wieder geschlossen. Die betreffende Person hat den Square nicht betreten. War es am Abend des Feuerwerks auch so? Wer hat da bei Ihnen geklingelt?«

»Das dürfte Sie wohl kaum etwas angehen«, versetzte Philip scharf. »Oder Celeste.«

»Die Polizei ist ebenfalls im Besitz der Zutrittsprotokolle, und wenn sie sich diese Einträge ansehen, werden sie annehmen, was wir zunächst auch angenommen haben – nämlich dass es sich um den Täter handelt.«

Mekhala trank noch einen Schluck Tee, und Lewis bemerkte, dass sie ihren Mann über den Rand des Bechers hinweg ansah, die braunen Augen weit aufgerissen.

»Wir wissen, dass Richard Sie erpresst hat«, fuhr Lewis fort, und Mekhala schnappte nach Luft. »Ich glaube, er wusste, was Sie hier abziehen, und Sie haben ihm Schweigegeld bezahlt. Aber Ihre Mittel gingen zur Neige, und das gibt Ihnen ein Motiv. Vielleicht wird die Polizei nicht annehmen, dass Sie es selbst getan haben, aber zumindest werden sie denken, dass Sie den Täter eingelassen haben. Vielleicht war sogar Geld in der Papprӧhre, die Sie gestern Abend übergeben haben. Die zweite Rate für einen erledigten Job. Die Verbindung lässt sich nur allzu leicht herstellen.«

»Verstehe.« Mehr sagte Philip nicht.

Es entstand eine Pause, und Mekhalas Hände, die den Becher festhielten, begannen zu zittern.

»Womit hat Richard Sie erpresst? Was geht da vor mit dem Kurier? Und was war in der Papprӧhre?«

Mekhalas Blick glitt zu ihrem Mann hinüber. »Pip …«

Philip schwieg eine Weile, dann seufzte er.

»Wir haben niemanden umgebracht, mein Junge«, sagte er. »Aber ich glaube, das wissen Sie bereits, oder?«

Lewis nickte, obwohl er es in Wahrheit überhaupt nicht wusste. Er hielt nicht viel von Intuition oder Bauchgefühl, auch wenn sich das in Büchern immer gut machte. Er *wollte* nicht, dass die Hetheringtons schuldig waren, das gab er gerne zu, aber Erpressung war ein starkes Motiv und das Verhalten des Ehepaars höchst verdächtig.

»Wenn die Polizei sowieso mit uns reden wird, warum sollten wir Ihnen irgendwas verraten?«, fragte Mekhala.

Lewis zögerte. Das war ein gutes Argument.

»Die Polizei wird das mit der Erpressung herausfinden«, sagte er. »Richard hat Buch darüber geführt, und irgendwann wird die Polizei darauf stoßen. Aber die Zutrittsprotokolle sind ein reiner Indizienbeweis. Es gibt keine Überwachungskameras in der Pickering Lane, und ich nehme an, deswegen haben Sie den Seiteneingang benutzt, anstatt das Paket oder was auch immer aus einem der hinteren Fenster herauszureichen. Jeder hätte das Tor manuell entriegeln können. Aber wenn Audrey und ich der Polizei von dem Kurier erzählen, sieht die ganze Sache anders aus.«

»Klingt ebenfalls ein bisschen nach Erpressung, finden Sie nicht?«

Lewis musste zugeben, dass dem so war.

»Kostet Sie aber sehr viel weniger als tausend Pfund.«

Vielleicht lag es an der Nennung der Summe, die Richard verlangt hatte, oder vielleicht leuchtete ihnen auch nur die Logik ein, aber das Paar blickte sich an, und Mekhala nickte.

»Sag's ihm.«

»Na schön.« Philip reichte Mekhala das Skizzenbuch und seinen Stift und löste die Bremsen seines Rollstuhls. »Aber ich glaube, es ist einfacher, wenn ich es Ihnen zeige. Folgen Sie mir.«

Lewis folgte Philip über den Innenhof zu Nr. 2. Als er eintrat, sah er sofort, dass Audrey recht gehabt hatte: Die Wohnung war riesig.

Zweifellos war beim Umbau des Erdgeschosses der alten Stadtresidenz auf Rollstuhlgerechtigkeit geachtet worden. Der Flur war geräumig, und es stand nichts im Weg herum, die Türbreiten waren auf Rollstuhlfahrer zugeschnitten, und überall war Holzfußboden verlegt. Philip führte Lewis durch das Wohnzimmer mit offener Küche, eingerichtet mit einem Mix aus modernen und antiken Möbeln. Der neutrale Wandanstrich ließ die atemberaubende Sammlung von Gemälden gut zur Geltung kommen, die an sämtlichen Wänden hingen.

»Haben Sie die gemalt?«, fragte Lewis und versuchte, alle Bilder in sich aufzunehmen.

»Ein paar«, sagte Philip und rollte durch die Küche, die mit einer niedrigen Kücheninsel und einem Esszimmertisch ausgestattet war und dank der großen Fenster hell und freundlich wirkte. »Einige sind von Mekki. Aber die meisten sind Arbeiten von Freunden oder Stücke, die wir irgendwo entdeckt haben.«

Aus der Küche gelangte man in einen Korridor. Die erste Tür, hinter der sich das Bad befand, stand offen, zwei weitere Türen auf der gegenüberliegenden Seite waren geschlossen. Vermutlich Schlafzimmer. Lewis zögerte. Ob es so klug war, sich allein mit einem potentiellen Mörder in einem geschlossenen Raum aufzuhalten? Philip hielt den Rollstuhl vor der letzten Tür an.

»Unser Atelier«, sagte er und winkte Lewis heran. »Nur rein mit Ihnen.«

Lewis zögerte, dann öffnete er die Tür und blieb auf der Schwelle stehen. Der weiß gestrichene Raum mit luftigen Gardinen vor dem riesigen Fenster, das auf den Innenhof hinausging, war heller, als Lewis erwartet hatte, und lichtdurchflutet; er erinnerte an ein Loft. Auf dem Boden waren Farbspritzer, und die Regale, die eine Wand einnahmen, waren vollgestopft mit Mallappen, Farbtuben und unzähligen

Einmachgläsern, in denen Stifte und Pinsel steckten. Es roch nach Terpentin und Ölfarben. Ein Stapel alter Gemälde lehnte an der Wand neben der Tür, und in der Mitte des Raums standen drei Staffeleien mit Leinwänden darauf.

Es waren diese Leinwände, die Lewis sofort ins Auge fielen.

Bei der kleinen Küstenlandschaft auf der ersten Staffelei hätte er schwören können, dass es ein Monet war, während das zweite Bild, das in die Länge gezogene Porträt einer jungen Frau, im Stil von Modigliani gemalt war. Das dritte Bild war noch im Vorskizzen-Stadium, sah aber sehr nach einem Matisse aus.

Lewis, der keine voreiligen Schlüsse ziehen wollte, trat an das erste Gemälde heran. Die frisch aussehende Signatur unten lautete: *Monet*.

»Sie sind ein Fälscher.«

»Wenn Sie es so nennen wollen.«

»Wie würden Sie es denn nennen?«

Philip lachte leise. »Eine Huldigung.«

»War es das, was der Kurier abgeholt hat? Ein Gemälde?«

»Ja. Wir haben einen kleinen Nebenerwerb. Den brauchen wir, wissen Sie. Wir sind noch nicht alt genug, um in Rente zu gehen, und wir haben nicht viel gespart, als wir jung waren.«

Lewis betrachtete die Bilder. Sie waren gut, jedenfalls für sein ungeschultes Auge. Er wäre nie auf den Gedanken gekommen, dass alle von derselben Hand stammten.

»Ich verstehe nicht. Wie kommt man heutzutage damit durch? Es gibt doch Verfahren, um die Farben zu untersuchen, das Holz, die Leinwände … alles. Wer kauft solche Bilder?«

»Das ist ziemlich kompliziert, fürchte ich.«

»Ich würde es gern hören.«

»Na gut. Was wissen Sie über das organisierte Verbrechen und den Kunsthandel?«

»Ein bisschen. Kunst als Druckmittel und so.«

»Genau!«, sagte Philip beeindruckt. »Genau. Und was halten Sie davon?«

Lewis zuckte die Achseln, verwirrt über die Frage.

»Tja, schön ist es nicht, oder?«

»Nein. Es fing drüben in Europa an, und da das Verbrechen heutzutage international ist, ist die Welle hier rübergeschwappt, und mittlerweile gibt es eine starke Nachfrage unter kriminellen Banden nach Bildern alter Meister.«

»Sie malen diese Bilder für irgendwelche Mafiosi? Warum? Damit die sie gegen die Originale austauschen können?«

»Nicht ganz.« Philip kam mit dem Rollstuhl in den Raum gefahren. »Eine Freundin von mir – ich kenne sie von früher, von der Kunsthochschule – ist Kunsthändlerin. Eine Expertin – was immer gewünscht wird, sie kann es beschaffen. Egal was. Aber sie bekam zunehmend Anfragen aus zwielichtigen Kreisen, die die Kunstwerke haben wollten, um sie zu verstecken und irgendwann als Druckmittel zu benutzen. Solange der Künstler nur berühmt ist, sind diese Leute nicht wählerisch, also kam sie auf die Idee, ihnen falsche Stücke zu verkaufen, angeblich Diebesgut aus Privatsammlungen. Je größer die Sammlung, desto größer ist die Wahrscheinlichkeit, dass sie Werke zweifelhafter Herkunft enthält, folglich sind die Käufer auch nicht überrascht, wenn der Diebstahl nicht gemeldet wird. Im Gegensatz zu Museen und ähnlichen Institutionen haben sie keinen Zugang zu ausgefeilten Testmethoden, sind also leichter zu täuschen. Wir nehmen alte Leinwände als Bildträger, das erhöht die Plausibilität und reicht für rudimentäre Untersuchungen. Zudem benutzen wir alte Farben, wenn es irgendwie geht. Das funktioniert.«

»Wirklich?«

»Ja. Sollen sie ruhig ihren Monet horten, und wenn sie einen Deal damit machen wollen, kann die Polizei ruhig aufdecken, dass es eine Fälschung ist. Der Kriminelle kann nichts mehr unternehmen, da er ja ins Gefängnis wandert.« Philip lächelte. »Clever, finden Sie nicht?«

Lewis war sich da nicht so sicher.

»Aber was ist, wenn der betreffende Kriminelle Leute hinter Ihrer Freundin herschickt? Oder hinter Ihnen?«

»Wir bemühen uns sehr, anonym zu bleiben. Meine Freundin kommt nie selbst, und wir haben alle denkbaren Vorsichtsmaßnahmen getroffen. Wie Sie bemerkt haben, treffen wir uns am Tor mit dem Kurier, wo es keine Überwachungskameras gibt. Meine Freundin geht das größere Risiko ein, und sie bleibt nie lange an einem Ort.«

»Also hat Richard nicht gedroht, Sie anzuzeigen, sondern irgendwelchen kriminellen Banden von Ihnen zu erzählen?«

Philips Lächeln erlosch.

»Ja. Offenbar hätte er die Information irgendeinem äußerst unerfreulichen Individuum, das als ›der Fixer‹ bekannt ist, zukommen lassen können. Verstehen Sie mich nicht falsch«, fügte er hinzu, »das Ganze ist illegal, ob wir die Fälschungen nun an Sammler oder an Gangster verkaufen, aber wir machten uns größere Sorgen wegen der Kriminellen als wegen der Polizei.«

Lewis wusste nicht, was er dazu sagen sollte. Es ergab vermutlich Sinn, obwohl ›bizarr‹ das Ganze noch nicht einmal andeutungsweise traf. Ein Paar, noch nicht ganz im Rentenalter, das kriminelle Banden betrog?

»Die Bilder sind sehr gut, muss ich sagen. Ist wohl ziemlich lukrativ, die Sache?«

»Wir machen es nur gelegentlich, und natürlich müssen die Preise annehmbar sein, sonst würden die Kriminellen sich nicht die Mühe machen, eine dritte Partei einzuschalten, sondern die Bilder einfach selbst stehlen, aber doch, ja, es war ziemlich lukrativ. Bis Richard herausfand, was wir taten, und anfing, uns auszupressen wie eine Zitrone. Binnen eines Jahres waren all unsere Ersparnisse weg.«

»Wie hat er es herausgefunden?«

»Ebenso wie Sie. Eines Abends hat er den Kurier beobachtet und Verdacht geschöpft. Er brach hier ein, als wir unterwegs waren, und entdeckte die Bilder. Ein paar Wochen später wurde ihm eins davon zum Kauf angeboten, und er begriff, was los war. Natürlich habe ich versucht, mit ihm zu verhandeln; ich habe gedroht, ihn bei der Polizei anzuzeigen, aber das machte ihm wenig Sorgen. Er meinte, er habe seine Spuren gut verwischt und die Polizei sei nicht halb so gefährlich wie dieser andere Typ.« Er sah Lewis vorsichtig an. »Sie glauben mir doch, oder? Dass wir nichts mit seinem Tod zu tun haben? Ja, ich habe ihm den Tod gewünscht, aber wir haben ihn nicht angerührt. Und Linda hätten wir nie etwas angetan, niemals.«

Zu seiner eigenen Enttäuschung stellte Lewis fest, dass er dem Mann glaubte.

»Das tue ich«, sagte er. »Obwohl Sie sich eine Geschichte zurechtlegen sollten, wenn die Polizei bei Ihnen anklopft. Und Sie sollten die Bilder verstecken.« Er musterte die Gemälde. »Richard hat selbst Kunstwerke für Gangster beschafft. Es überrascht mich, dass er Ihnen kein Geschäft angeboten hat.«

»Oh, das hat er«, sagte Philip. »Als uns das Geld auszugehen begann, bot er an, stattdessen Bilder zu nehmen. Dieser Monet sollte für ihn sein.« Er schnaubte. »Absolut krass natürlich. Keine Phantasie. Als ob irgendjemand an einen nicht dokumentierten Monet glauben würde. Trotzdem.« Er betrachtete stolz das Bild, auf dem in der Sonne glitzernde

Wellen zu sehen waren, hinter denen sich eine grasbewachsene Steilküste erhob. »Es hat Spaß gemacht, es zu malen. Ich werde jetzt ein anderes Zuhause dafür finden müssen.«

Nachdem Lewis versprochen hatte, niemandem außer Audrey zu erzählen, was er herausbekommen hatte, kehrte er etwas geknickt in seine Wohnung zurück. Nicht, dass er *gewollt* hätte, dass die Hetheringtons schuldig waren, aber es wäre eine schöne, saubere Lösung gewesen. Aber er glaubte ihnen, besonders, was Linda anging. Jetzt blieben nur noch Mrs. Hildebrandt und Victor sowie eine Reihe unbekannter Personen aus Richards Betrugs-Rechnungsbuch.

Es war die schlimmste Plot-Entwicklung, die Lewis sich vorstellen konnte.

52
Audrey

An diesem Nachmittag musste Audrey sich zwingen, ihre Arbeit nicht zu hastig zu erledigen. Sie wurde nach Stunden bezahlt und konnte nicht früher gehen, ohne dass Mrs. Williams es bemerken und ihren Lohn entsprechend kürzen würde. Sie gehörte zu den Kundinnen, die immer irgendetwas in jedem Zimmer zu tun fanden, das Audrey gerade putzte, und ihr durchs Haus folgten, während sie es von oben bis unten reinigte. Normalerweise irritierte sie das, aber heute war sie froh darüber, weil es sie zwang, sich auf ihre Arbeit zu konzentrieren und sie so gewissenhaft wie immer zu machen.

Als sie das Haus der Familie Williams verließ, hatte der Himmel sich bereits rosa-grau verfärbt, und es begann zu dämmern. Ihr Magen krampfte sich zusammen, als ihr Handy »pling« machte und sie feststellte, dass es eine Benachrichtigung ihrer Bank war. Doch dann sah sie, dass Geld auf ihrem Konto *eingegangen* war.

Celeste.

Sie hatten nicht über die Höhe des Honorars gesprochen, weil Audrey sich gedacht hatte, wenn es genug war, um Lewis' Gehalt abzudecken, würde es locker mehr sein als ihr normaler wöchentlicher Verdienst, aber die eingegangene Summe war fast doppelt so hoch.

Audrey stand in der hereinbrechenden Dunkelheit, die Putztasche in einer Hand, das leuchtende Smartphone in der anderen, und ihr wurde fast schwindelig. Das machte den Stress und die Schwierigkeiten, die sie diese Woche mit ihren Kunden gehabt hatte, mehr als wett. Auch die Spannungen zwischen ihr und Mei. War Lewis' Verdienst jeden Monat so hoch? Wie konnte er einen derart gut bezahlten Job so hassen?

Sie beeilte sich, nach Hause zu kommen, hochmotiviert, Val anzurufen und sich das Geld zu verdienen, das Celeste ihr so großzügig überwiesen hatte. Wenn das noch ein oder zwei Wochen so weiterging, wäre sie, zusammen mit ihrem Verdienst vom Putzen, fast wieder im Plus. Nachdem sie mehrere Jahre lang ständig im Minus gewesen war, immer gezwungen, ihren Dispo voll in Anspruch zu nehmen, würde die schwarze Null eine Riesenerleichterung sein.

Audrey war so abgelenkt von ihren Gedanken, dass es eine Weile dauerte, bis sie das unheimliche Kribbeln im Nacken bemerkte, doch als sie von der Robinson Street in die Flood Street einbog, spürte sie es.

Sie blieb stehen. Die Sonne war unter den Horizont gesunken, und der Feierabendverkehr hatte eingesetzt; ein steter Strom von Vans, Autos und Taxen fuhr an ihr vorbei. Es waren zahlreiche Passanten unterwegs, von denen keiner auf sie achtete, als sie mitten auf dem Bürgersteig stand und sich umblickte. Sie setzte sich wieder in Bewegung und achtete auf ihre Umgebung.

Das Kribbeln war immer noch da, als sie die Straße überquerte, also wandte sie sich nach rechts, anstatt den Weg nach links und nach Hause einzuschlagen. Wenn jemand ihr folgte, wollte sie ihn auf keinen Fall zum Marchfield Square führen. Sie ging immer weiter geradeaus, bis sie zur King's Road gelangte, wo sie auf Mrs. Hildebrandt stieß, die an der Ecke stand und anscheinend auf jemand wartete, beladen mit Einkaufstüten.

»Ach, Audrey, Schätzchen«, sagte sie und verlagerte die Tüten von der linken in die rechte Hand. Sie trug wieder ihre Pelzkappe, unter der rotblonde Haarsträhnen hervorlugten. »Sie haben nicht zufällig Fraser gesehen? Er wollte mich hier abholen. Er fährt einen Rolls-Royce.«

Audrey versuchte, nicht die Augen zu verdrehen. Jeder im Marchfield Square hatte schon von Frasers Auto gehört.

»Nein, Mrs. H, tut mir leid. Aber ich kann Ihnen mit den Tüten helfen, wenn Sie wollen.«

»Was? Oh nein, Schätzchen, wir wollen nicht nach Hause, sondern ins Restaurant, auch wenn es dafür noch etwas früh ist. Aber wirklich süß von Ihnen, es anzubieten.«

»Ziemlich viele Einkäufe«, bemerkte Audrey und wies mit dem Kopf auf die Einkaufstüten. »Hatten Sie einen schönen Tag?«

»Einen ganz wunderbaren Tag!«, sprudelte es aus Mrs. Hildebrandt hervor. »Fraser ist so großzügig, und welches Mädel wird nicht gern verwöhnt? Ich bin wirklich ein Glückspilz!«

Das glaubte Audrey gerne. Schöne Frauen, selbst wenn sie bereits die sechzig überschritten hatten, landeten häufig wieder auf den Füßen.

»Ja, es ist schön, verwöhnt zu werden«, stimmte sie zu. »Gibt es irgendeinen besonderen Anlass?«

»Nein, nicht wirklich. Ich hatte eine kleine Pechsträhne in letzter Zeit, aber der liebe Fraser ist entschlossen, mich aufzumuntern. Wo wollen Sie denn hin?« Mrs. Hildebrandt blickte auf Audreys Putztasche. »Doch sicher nicht jetzt noch zur Arbeit?«

»Nein, ich bin gerade auf dem Heimweg. Ich habe einen kleinen Umweg gemacht.« Da bemerkte Audrey, dass das unheimliche Gefühl verschwunden war. Sie blickte sich um; die Bürgersteige waren zunehmend belebt, und der Verkehr floss stetig, aber sie konnte nichts Verdächtiges entdecken. Da war niemand. Sie seufzte erleichtert auf und lächelte Mrs. Hildebrandt an.

»Mrs. H«, begann sie und beschloss, den Stier bei den Hörnern zu packen. »Dürfte ich Sie mal was fragen?«

»Aber natürlich. Allerdings nicht nach dem Rezept für meinen Schokoladenkuchen. Das ist ein Familiengeheimnis, wie bereits erwähnt.«

»Nein, das nicht. Es geht um Richard Glead.«

Es wirkte augenblicklich. Mrs. Hildebrandt versteifte sich und schürzte die Lippen.

»Was ist mit ihm?«

»Ich habe vor kurzem herausgefunden … das heißt, jemand, den ich kenne, hat herausgefunden, dass Richard sich nebenbei mit Investments beschäftigt hat.« Sie überlegte rasch und versuchte, das Wort »Anlagebetrug« zu vermeiden. »Es gibt Leute, die dadurch ihr Geld verloren haben. Ich dachte nur, dass Sie vielleicht auch Geld bei ihm investiert haben. Ich weiß ja, dass es in letzter Zeit nicht leicht für Sie war.«

Sie errötete, als Mrs. Hildebrandt sie anstarrte, und musste gegen den Drang ankämpfen, »Schon gut« zu sagen und davonzurennen. Aber dann plötzlich bebten Mrs. Hildebrandts Lippen, und Tränen liefen ihr die Wangen hinunter.

»Ach, meine Süße, Sie sind ja so sensibel, nicht wahr?« Sie ergriff Audreys Hand. »Wie um alles in der Welt haben Sie das erraten?«

Audreys Gesicht brannte vor Scham.

»Na ja, nach dem, was Sie gerade über Ihre Pechsträhne sagten …«

»Meine Güte, da ist mein Mundwerk mal wieder mit mir durchgegangen! Ich bin praktisch ein offenes Buch.« Mrs. Hildebrandts Einkaufstüten wanderten zurück in die andere Hand, damit sie in ihrer Handtasche nach einem Taschentuch kramen konnte. »Es stimmt, ich habe mich von diesem furchtbaren Mann betrügen lassen. Nicht lange nach dem Einzug der Gleads – Sie wissen schon, bevor klar wurde, was mit ihm los war –, war ich auf der King's Road unterwegs und betrachtete im Schaufenster ein Paar Schuhe, das ich mir nicht leisten konnte, als er vorbeikam und auf einen Plausch stehen blieb. Er war ausgesprochen charmant, und ich erzählte ihm, wie ich im Marchfield Square gelandet bin, erzählte meine tragische kleine Geschichte, und da meinte er, wenn ich Ersparnisse hätte, er kenne da einen Mann, der sie in zwei Jahren verdoppeln und in drei Jahren verdreifachen könne.«

Sie schniefte und drückte ihre Nase ins Taschentuch.

»Sie hatten keinen Grund, an seinen Worten zu zweifeln«, sagte Audrey. »Ich hätte sicher dasselbe getan.«

»Das ist sehr freundlich von Ihnen, aber Sie wären bestimmt nicht so töricht gewesen. Vermutlich habe ich ihm geglaubt, weil ich ihm glauben wollte. Er hat mich seinem Börsenmakler vorgestellt, der einen sehr guten Eindruck machte, eleganter Anzug und alles. Ich habe den beiden all meine Ersparnisse übergeben. Ich dachte mir, ich schnalle einfach ein paar Jahre den Gürtel enger, und danach wird alles besser. Und er war so charmant und besorgt um mich. Aber nach einem Jahr wurde mir allmählich klar, was für ein Mensch er wirklich war, und ich bekam ein unbehagliches Gefühl bei der ganzen Sache. Ich bat ihn, mir mein Geld zurückzugeben, und da wurde er sehr unangenehm. Er sagte, wenn ich es mir jetzt ausbezahlen ließe, würde ich weniger zurückbekommen, als ich eingezahlt hätte. Also ließ ich alles so, wie es war. Aber dann suchte mich ein Mann auf, der mir erzählte, eine Verwandte von ihm sei von Richard verführt worden, und er habe sie überredet, ihr gesamtes Geld in seinen Anlagebetrug zu investieren. Er war entschlossen, Richard das Handwerk zu legen, und irgendwie hatte er herausbekommen, dass ich ebenfalls bei ihm investiert hatte. Er wollte mich warnen. Was für eine Demütigung!«

»Sie Ärmste«, sagte Audrey voller Mitgefühl. Sie wusste, wie es war, alles zu verlieren, aber auf diese Weise um die gesamten Ersparnisse betrogen zu werden? Es ließ ihr Blut kochen.

Neue Tränen traten Mrs. Hildebrandt in die Augen.

»Ich ging sofort zu Richard ins Büro und teilte ihm mit, ich wisse, dass es ein Schwindel sei. Ich verlangte mein Geld zurück, aber er weigerte sich. Er blieb bei der Geschichte, dass es ein echtes Investment wäre, und erklärte, das Geld sei für drei Jahre fest angelegt und könne nicht vorher ausgezahlt werden. Er sagte, Frauen sollten sich nicht an Börsenspekulationen versuchen, wenn sie die Ungewissheit nicht aushielten. Er hat mich praktisch aus dem Laden geworfen. Noch nie im Leben bin ich so behandelt worden! Da wurde mir endgültig klar, dass ich einem Betrug zum Opfer gefallen war. Ich kam mir so dumm vor, Audrey, ich kann Ihnen gar nicht sagen, wie dumm ich mir vorkam.«

»Es tut mir so leid, Mrs. H.« Audrey legte ihr den Arm um die Schultern. »Das ist wirklich furchtbar. Weiß Fraser davon?«

Mrs. Hildebrandt lächelte und betupfte sich die Augen, sehr vorsichtig, um ihre Wimperntusche nicht zu verschmieren.

»Oh ja, er weiß alles, und er hat ganz wundervoll reagiert. Er ist einfach ein großartiger Mann, und manchmal frage ich mich sogar, ob es das nicht alles wert war, denn sonst hätte ich ihn nie kennengelernt.«

»Glauben Sie, dass Linda darüber Bescheid wusste?«, fragte Audrey und versuchte damit, sich der Sache zu nähern, um die es wirklich ging, nämlich, wie in aller Welt sie Mrs. Hildebrandt fragen sollte, ob sie drei Menschen ermordet hatte. Fast wünschte sie, Lewis wäre hier – der wäre einfach mit der Frage herausgeplatzt.

»Nein.« Mrs. Hildebrandt schüttelte so heftig den Kopf, dass ihre Pelzkappe ins Wippen geriet. »Sie wusste bestimmt nichts davon. Sie war nicht gerade das hellste Licht auf der Torte, wenn Sie verstehen? Und sie hatte zu große Angst vor ihm, um viele Fragen zu stellen. Sie hatte nur Tiere im Kopf.«

»Ja, sie verbrachte ihre ganze freie Zeit im Tierheim. Sie wollte einen Hund adoptieren, wussten Sie das, nach Richards Tod?«

Mrs. Hildebrandt lächelte schwach.

»Ja, das habe ich auch gehört. Irgendeinen Hund mit einem albernen Namen. So eine liebe Frau. Nein, ich hegte keinen Groll gegen Linda, falls Sie darauf hinauswollen.«

Audrey entspannte sich. Natürlich hätte Mrs. Hildebrandt Linda nie etwas angetan. Sie glaubte nicht, dass die Frau irgendjemandem etwas antun könnte.

»Wer war der Mann?«, fragte sie. »Der Mann, von dem Sie wissen, dass Richard ein Trickbetrüger war?«

Mrs. Hildebrandt wollte gerade antworten, als ein diskretes Hupen ertönte. Sie drehten sich um und sahen den silberfarbenen Wagen um die Ecke biegen; die geschwungene Motorhaube glänzte im Licht der Straßenlaternen. Der Rolls-Royce fuhr gemessen zur Bordsteinkante, und Fraser, der auf dem Fahrersitz gesessen hatte, sprang heraus und eilte um den Wagen herum zu Mrs. Hildebrandt.

»Bitte entschuldige.« Er nahm ihr die Tüten ab. »Der Verkehr ist jetzt schon furchtbar. Hallo, Audrey.« Er öffnete den Kofferraum und warf die Einkäufe hinein.

»Vorsichtig, Liebling«, sagte Mrs. Hildebrandt. Sie wartete, bis Fraser ihr den Wagenschlag öffnete, und setzte sich auf den Beifahrersitz, um dann die Füße, die in neuen hochhackigen Gucci-Schuhen steckten, so elegant in den Fußraum zu heben, wie nur irgendein Filmstar des Goldenen Zeitalters es konnte. Keine abgestoßenen Pumps in Nude mehr. »Können wir Audrey nicht mitnehmen? Wir fahren doch am Square vorbei, oder?«

»Natürlich«, sagte Fraser lächelnd und öffnete den hinteren Wagenschlag. »Steigen Sie ein.«

Verlegen ließ Audrey sich auf das cremefarbene Leder des Rücksitzes sinken, stellte ihre Füße auf den dicken Teppich und behielt ihre Putztasche auf dem Schoß, aus Angst, Flecken zu hinterlassen. Sie schnallte sich an, und Fraser fädelte sich in den dahinfließenden Verkehr ein; die übrigen Autos schienen auseinanderzudriften, um ihm Platz zu machen.

Zwei Minuten später bog Fraser in die March Street ein und hielt vor dem Haupttor vom Marchfield Square. Audrey hatte bereits die Hand am Türgriff, als er heraussprang und den Wagenschlag für sie öffnete.

Sie versuchte, so anmutig zu sein wie Mrs. Hildebrandt, was ihr schmählich misslang, als sie mit ihrer Tasche gegen die Innenseite der Tür stieß. »Vielen Dank. Gehen Sie heute Abend in ein nettes Restaurant?«

»Ins Maison Lafayette«, antwortete er und schloss behutsam den Wagenschlag. Hatte er mit seiner galanten Aktion nur verhindern wollen, dass sie die Tür zuknallte?

»Wie schön.« Sie trat vom Auto weg. »Einen schönen Abend Ihnen beiden. Und vielen Dank fürs Mitnehmen.«

»Kein Problem.«

Sie schaute dem Rolls-Royce hinterher, der in Richtung Belgravia verschwand, wo das besagte exklusive Bistro lag, und zum ersten Mal fragte sie sich, wer Fraser Townsend wirklich war und wie gut der Fang war, den Brigitte Hildebrandt da gemacht hatte. Für eine Tischreservierung im Maison Lafayette reichte es nicht aus, viel Geld zu haben.

Audrey öffnete das Haupttor mit ihrer Schlüsselkarte und ging den Gartenweg hinunter. Nebel stieg über dem Rasen auf, und im goldgelben Schein der Lampen sah alles schaurig schön aus. Hinter den zugezogenen Vorhängen von Celestes Panoramafenster drang Licht hervor, warm und tröstlich.

Audrey empfand mehr Erleichterung als üblich, als sie endlich in ihrer Wohnung angelangt war. Sie sah auf die Uhr. Viertel vor fünf. Der Umweg hatte sie Zeit gekostet.

Sie rief im Tierheim an, und nachdem sie fünf Minuten in der Warteschleife gehangen hatte, fragte sie nach Valerie James, nur um von der offenbar überforderten Frau am Empfang zu erfahren, dass Valerie bei den Hunden sei und Audrey nur eine Nachricht hinterlassen könne. Wahrscheinlich würde Val nicht vor morgen früh zurückrufen, und Audrey verfluchte sich selbst wegen ihrer Paranoia.

Mei hatte schon recht damit, dass der Fall alles wieder aufwühlte, allerdings war es ihr auch bisher nicht gelungen, das Ganze hinter sich zu lassen. Das, was ihr zugestoßen war, erkannte sie mittlerweile, war eine prägende Erfahrung gewesen, und sie würde damit leben müssen. Und es war ja auch Gutes dabei herausgekommen, es war nicht alles schlecht. Da waren die Selbstverteidigungskurse, ihre Wohnung im Marchfield Square, ihr Reinigungsunternehmen. Vielleicht nicht das, was sie ursprünglich angestrebt hatte, aber dieses Gefühl hatten vermutlich die meisten Leute. Zumindest gelegentlich.

Und wenn sie dazu beitragen konnte, den Mord an Linda aufzuklären – Linda Gerechtigkeit zu verschaffen –, war auch das eine gute Sache. Selbst wenn sie in diesem Leben sonst nichts Wichtiges mehr vollbringen würde, war das mehr, als die meisten Leute von sich behaupten konnten.

Damit konnte sie leben.

53
Lewis

Lewis stand vor der Tür von Nr. 7 und wartete darauf, dass Audrey ihm aufmachte. Es war nach fünf, sie müsste eigentlich wieder zu Hause sein, und er konnte es kaum erwarten, die neueste Enthüllung mit ihr zu besprechen.

Er drückte das Ohr gegen die Tür und lauschte. Schritte waren zu hören, dann Stille, dann ging die Tür auf.

Audrey stand im Flur, in einem grünen Overall, Weste und dicken rosa Socken. Sein Besuch schien sie durcheinanderzubringen, und sie knotete rasch die Haare am Hinterkopf zusammen.

»Hi«, sagte sie. »Was ist los?«

»Ich dachte, ich berichte dir kurz das Neueste«, sagte er. »Hast du kurz Zeit?«

»Oh. Ja, klar.«

Sie ließ ihn herein, und er ging durch in die Küche, die hell erleuchtet war. Es roch nach Reinigungsmitteln, und als er sich umsah, entdeckte er eine Sprühflasche und ein Putztuch auf der Arbeitsfläche. Kurz darauf erschien Audrey, die sich einen Cardigan überzog.

»Warst du am Putzen?«, fragte er verwirrt.

»Ja, nur ein bisschen wischen.« Sie trat an die Arbeitsplatte und fuhr mit dem Putztuch darüber, dann warf sie es in die Spüle und stellte die Sprühflasche in den Unterschrank darunter. »Kaffee?«

»Ja, danke.« Er setzte sich auf einen der Hocker. Allmählich fühlte er sich in ihrer Gegenwart ein wenig entspannter, obwohl das noch nicht auf Gegenseitigkeit zu beruhen schien, der steifen Haltung nach zu urteilen, mit der sie den Wasserkocher füllte. »Du warst den ganzen Tag putzen, und wenn du nach Hause kommst, fängst du sofort mit Saubermachen an?«

»Nur ein wenig Druck abbauen.«

Ein Druckabbau-Reinemachen. Gab es sowas?

»Alles in Ordnung?«

»Ja.« Sie schaltete den Wasserkocher ein, bevor sie sich umdrehte. »Also, was ist passiert? Hast du mit Philip gesprochen?«

»Und wie.« Das würde er genießen. »Du wirst es nicht glauben. Die Hetheringtons sind Fälscher.«

»Was?«

»Kunstfälscher. Sie fälschen alte Meister, damit Leute wie Glead sie als Druckmittel erwerben können. Sie betrügen die kriminellen Banden von London.«

Ihr fiel die Kinnlade herunter.

»Du machst Witze.«

»Nein. Er hat mir die Bilder gezeigt. Sie sind verdammt gut. Jedenfalls, Glead hat es herausgefunden und angefangen, sie zu erpressen. Als sie nicht mehr zahlen konnten, mussten sie stattdessen Bilder für ihn malen.«

»Also hat er ebenfalls Gangster abgezockt?«

»So wie's aussieht, ja. Was bedeutet, es gibt eventuell noch mehr Leute, die ihn umbringen wollten.«

Audrey stöhnte und lehnte sich gegen die Arbeitsfläche. »War ja klar. Allmählich frage ich mich, wie Richard Glead es geschafft hat, so lange un-ermordet zu bleiben.«

Lewis grinste.

»Hast du die Hundefrau angerufen?«

»Val. Ja, aber ich konnte nur eine Nachricht hinterlassen. Ich habe zufällig Mrs. H getroffen, deswegen bin ich erst später nach Hause gekommen.«

»Hast du mit ihr gesprochen?«

»Ja. Sie hat zugegeben, bei Richard Geld investiert zu haben, kurz nachdem die Gleads hergezogen sind und er noch auf charmant machte. Sie hat ihm ihre gesamten Ersparnisse anvertraut. Doch dann wurde ihr die Sache unheimlich, und sie wollte sich ihr Geld zurückholen, aber er teilte ihr mit, dann würde sie alles verlieren.« Audrey nahm zwei Becher aus einem der Küchenschränke. »Kurz darauf bekam sie Besuch von einem Mann. Eine Verwandte von ihm war offenbar auch ein Opfer von Richards Anlagebetrug geworden. Deshalb hat sie ihn an jenem Tag in seinem Laden aufgesucht.«

»Wer war dieser Mann?« Lewis verfolgte, wie sie den grässlichen Instantkaffee in einen der Becher löffelte. »Der ist auf jeden Fall verdächtig.«

»Finde ich auch, aber Fraser tauchte in dem Moment auf, bevor sie es mir sagen konnte. Ich schau morgen noch mal bei ihr vorbei und frag nach.«

Er nickte.

»Aber gut zu wissen, dass wir richtiglagen. Wie wirkte sie auf dich? Wütend? Traurig? Auf Rache aus?«

»Beschämt«, sagte Audrey. »Es war ihr peinlich. Aber sie hegte keinen Groll gegen Linda. Sie bezeichnete sie als lieb und nicht sonderlich helle. Aber Fraser weiß über die Sache Bescheid und überschüttet sie mit Geschenken, also ist sie dabei, sich davon zu erholen.« Der Wasserkocher schaltete sich ab, und sie griff danach. »Ich denke übrigens, wir sollten uns Fraser mal näher ansehen.«

»Wirklich? Wieso? Sie kennen sich doch erst seit ein paar Monaten, oder?«

»Ja, aber ich glaube, an ihm ist mehr dran, als auf den ersten Blick ersichtlich ist. Klar, er ist reich, das beweisen sein Rolls, sein Stadthaus und die Geschenke für Mrs. H. Aber es ist ihm auch gelungen, für heute Abend einen Tisch im Maison Lafayette zu ergattern, und nach allem, was ich gehört habe, ist die Warteliste für eine Tischreservierung dort länger als die für eine Birkin Bag.«

»Ich weiß nicht, was das bedeutet.«

»Monate, das bedeutet es. Dieser Typ von den *Avengers* hat letzte Woche eine Online-Kritik geschrieben, und offenbar musste er fünf Monate warten, bis er einen Tisch bekam. Aber zwei alte Leutchen kommen da einfach rein, und das an einem Freitagabend? Fraser muss großen Einfluss bei irgendwem haben.«

Sie stellte den Becher vor ihm ab. »Tut mir leid, wieder nur Instantkaffee.« Sie seufzte.

»Was ist?«

»Es ist alles so kompliziert«, stöhnte sie. »Eigentlich hatte ich angenommen, dass wir es mittlerweile geschafft haben sollten, es auf ein starkes Motiv oder einen einzigen Verdächtigen einzugrenzen. Aber offenbar hatte praktisch jeder, dem Richard je begegnet ist, einen Grund, ihn umzubringen, was auch Linda in die Schusslinie geraten lässt.«

»Ich weiß. Den Gedanken hatte ich auch, aber wir kommen der Sache näher. Das müssen wir einfach.« Er schlürfte seinen Kaffee und verzog das Gesicht.

»Snob«, sagte sie, aber es klang nicht verärgert.

»Tut mir leid. Aber der schmeckt wirklich furchtbar.« Er schob ihr den Becher hinüber. »Probier mal.«

»Das brauche ich nicht, ich weiß, dass er grässlich ist.«

»Warum bietest du ihn mir dann ständig an?«

»Aus Höflichkeit.«

»Du machst mir furchtbar schlechten Kaffee, weil du höflich sein willst?«

»Ich vergesse ständig, ein neues Paket Kaffee zu kaufen, und du tauchst ständig unangekündigt auf. Es ist unhöflich, Gästen nichts anzubieten, deshalb kriegst du eben schlechten Kaffee.« Sie hob ihren Teebecher und zwinkerte Lewis zu. »Es ist also allein deine Schuld.«

»Du bist schon eine sehr seltsame Person.«

»Ich weiß.« Sie nippte an ihrem Tee. »Ich habe übrigens eine neue Spur. Nathan Roper.«

»Was ist mit ihm?«

»Jemand aus seiner Familie hat ebenfalls bei Richard Geld investiert. Zwanzigtausend Pfund.«

»Verdammt, das ist ein guter Hinweis. Woher weißt du das?«

»Aus dem Instagram-Account von Glead Antiques.« Sie holte ihr Handy hervor und begann, darauf herumzuwischen. »Vor etwa einem Jahr hat eine Frau namens Marion Roper einen Kommentar zu einem der Fotos abgegeben. In Richards Rechnungsbuch steht eine Mari R., also habe ich mich zu ihrem Account durchgeklickt und ihre Follower überprüft. Nathan Roper gehört dazu.« Sie tippte noch ein paarmal auf ihrem Handy herum und drehte es dann zu ihm um. »Ist das der Typ?«

Das Foto auf dem Display zeigte Nathan Roper, der zusammen mit einer älteren Frau an einem Strand stand, sein schulterlanges dunkles Haar vom Wind zerzaust, ein breites Lächeln im Gesicht. Die Bildunterschrift des Posts lautete: »Ein Tag am Strand mit Ma.«

»Das ist er.« Lewis trank noch einen Schluck von dem bitteren Kaffee. »Damit hätten wir zwar zwei Verdächtige weniger, aber es sind zwei neue dazugekommen. Nathan und dieser Mann, der Mrs. H über den Betrug informiert hat. Könnte sogar ein und derselbe sein. Vielleicht wollte er verhindern, dass so etwas noch anderen Menschen passiert.«

»Vergiss Victor nicht. Den konnten wir noch nicht ausschließen. Und die anderen Opfer auf der Anlagebetrugsliste.«

»Darüber habe ich nachgedacht«, sagte er. »Richard umzubringen, scheint mir eine ausgesprochen schlechte Methode zu sein, sich sein Geld zurückzuholen. Ihm folgen, ja. Beweise sammeln, um ihn vor Gericht zu bringen, ja. Aber ihn umbringen? Damit erreicht man doch gar nichts. Für die Betrugsopfer macht es keinen Sinn, ihn umzubringen.«

»Ich verstehe, was du meinst. Aber ist Mord immer logisch? Wenn du denkst, dass du dein Geld sowieso nie zurückbekommen wirst, könnte Rache das Motiv sein. Oder eine Art Präventivmaßnahme. Um Richard daran zu hindern, anderen Menschen dasselbe anzutun, so wie dieser Mann, der Mrs. H gewarnt hat.«

»Mord als Dienst an der Gesellschaft?« Lewis hätte fast gelacht. »Das glaube ich kaum.«

»Glaubst du, er könnte derjenige sein, der Linda gefolgt ist?«

»Das würde Sinn ergeben.«

»Obwohl …« Sie zögerte und sprach dann langsam weiter, als wäre sie noch dabei, die Theorie auszuarbeiten. »Wäre es nicht möglich, dass eins der Opfer beschlossen hat, eine Beziehung zu Richards Frau aufzubauen? Sich mit ihr anzufreunden. Nur mit ihr, nicht mit ihrem Mann. Sie ist ein freundlicher Mensch, nimmt Anteil. Geht in die Kirche. Wenn Richard weg wäre, würde Linda dem Betrugsopfer bestimmt sein Geld zurückgeben, wenn es ihr erzählt, was ihr Mann getan hat. Vorausgesetzt, sie findet es.«

Er starrte sie an, gleichzeitig beeindruckt und verärgert. Beeindruckt, weil ihr das eingefallen war, und verärgert, weil er nicht selbst auf die Idee gekommen war. Es war perfekt.

Ein Mann wie Richard Glead würde einen unrechtmäßig

erworbenen Gewinn nie wieder herausrücken, selbst wenn man drastische Maßnahmen ergriff. Er hatte zu viele gefährliche Freunde, man würde nie damit durchkommen. Aber die Ehefrau? Die war ein leichtes Ziel.

Man musste nur ein paar Monate während der gemeinsamen Schichten im Tierheim die Grundlagen legen, Vertrauen aufbauen, über Tiere reden. Dann erschießt man den Ehemann, wartet eine angemessene Zeit ab, drückt sein Beileid aus und lässt die Bombe platzen: »Dein Mann hat meine Familie in den Ruin getrieben, und falls du zufällig auf Gelder stoßen solltest, von denen du nicht weißt, woher sie stammen …« Nach allem, was Lewis über die weichherzige Linda gehört hatte, wäre sie eine leichte Beute gewesen.

»Wenn du mit Val sprichst, kannst du sie fragen, wie lange Nathan schon im Tierheim arbeitet?«, fragte er Audrey, als seine Gedanken sich wieder so weit verlangsamt hatten, dass er reden konnte. Es juckte ihm in den Fingern, so sehr brannte er darauf, das alles aufzuschreiben.

»Klar«, sagte sie. »Du glaubst, er hat alles arrangiert? Darum gebeten, dieselben Schichten zu bekommen wie Linda?«

»Würde mich überraschen, wenn es nicht so wäre.«

Sie nickte.

»Niemand ist so, wie er zu sein scheint, nicht wahr?«, sagte sie nach einer Pause.

»Alle verbergen irgendetwas«, sagte er. »Aber ewig können sie es nicht verbergen. Wir kommen der Sache näher, das weiß ich.«

Zehn Minuten später verließ er Audreys Wohnung, erpicht darauf, nach Hause zu kommen und mit dem Schreiben anzufangen, aber als er die Treppe herunterstieg und dabei seine Jacke enger um sich zog, bemerkte er eine Bewegung und blieb stehen. Es war noch nicht einmal sechs Uhr, aber es war dunkel und neblig. Die Temperatur war gefallen, und der Garten glitzerte bereits vor Raureif, während die Bäume leise rauschten und sein Atem sich sofort zu kleinen Wolken formte. Es war niemand in Sicht. Lewis ging weiter, aber als er den Innenhof überquerte, empfand er den Drang, erneut stehen zu bleiben.

»Hallo?«, rief er. Hinter den Lichtkegeln der Straßenlaternen war es stockfinster. Die Bäume bogen sich leicht im Wind und schufen einen endlosen Tanz der Schatten, und Lewis starrte in die Dunkelheit und fragte sich, ob da wirklich jemand war.

Verfolgungswahn, versicherte er sich, als er endlich die Wohnungstür hinter sich abschloss. Du siehst Gespenster, der Fall macht dich paranoid. Aber trotzdem zog er die Vorhänge zu und überprüfte die Schlösser an allen Fenstern, bevor er sich an den Computer setzte.

Vorsicht war besser als Nachsicht.

54
Audrey

Später am Abend aßen Audrey und Mei Pasta am Esstisch in der Küche und redeten dabei über die Arbeit, die Fortschritte bei den Ermittlungen und den Geldsegen für Audrey.

»Also ist zumindest etwas Gutes dabei herausgekommen«, sagte Mei und hob ihr Weinglas. »Und die Detektivarbeit scheint dir doch ein bisschen zu liegen, oder? Das war eine beeindruckende Leistung am Tatort.«

Audrey grinste.

»Auf jeden Fall ärgert es Lewis, ein deutlicher Hinweis darauf, dass du damit nicht ganz falschliegst.«

Es klingelte an der Tür.

»Wer ist das denn jetzt?«, sagte Audrey. Mei lief rot an, was sie sofort misstrauisch stimmte. »Ist das Sofia? Hast du ein Date?«

»Es ist Sofia«, bestätigte Mei und strebte zur Tür. »Aber nein, es ist kein Date.«

Audrey wartete am Tisch, während Mei die Tür öffnete. Kurz darauf war sie wieder da und führte Larssen in die Küche.

»Vielen Dank, dass du gekommen bist«, sagte sie, und Audrey runzelte die Stirn. »Ein Glas Wein?«

»Nein, danke«, sagte Larssen, die verlegen in der Tür stehen geblieben war. »Ich bin gewissermaßen im Dienst.«

»Dann Tee?«

»Das wäre toll, danke.«

Mei beschäftigte sich mit der Zubereitung des Tees, während Audrey einen weiteren Stuhl herauszog.

»Setzen Sie sich doch, DS Larssen«, sagte sie mit einem gezwungenen Lächeln.

»Sofia, bitte. Wir brauchen nicht so förmlich zu sein.«

Audrey nickte, setzte sich wieder und presste die Nägel in die Handflächen, um das Zittern zu unterdrücken. Was sollte das?

»Sie scheinen überrascht, mich zu sehen«, sagte Sofia. »Ich hoffe, es macht Ihnen nichts aus. Mei meinte, Sie hätten ein paar nützliche Informationen gesammelt, und ich wollte sie gern hören, also hat sie mich eingeladen, damit wir uns mal unterhalten können.«

Beide sahen Mei an, die immerhin den Anstand besaß, verlegen dreinzuschauen.

»Ich dachte nur, das ist doch einfacher, als wenn immer alles über mich läuft. Es würde Sofia helfen zu verstehen, was da los ist, Auds.«

»Also, was ist da los?«, fragte Sofia und wandte sich wieder an Audrey. Ihr blondes Haar streifte über ihre Schultern, und der Apfelduft ihres Shampoos stieg auf. »Warum ermitteln Sie auf eigene Faust?«

Sie würde Mei umbringen.

»Wegen Celeste. Sie hat sich geärgert, weil die Polizei nicht geglaubt hat, dass Linda ermordet wurde, also hat sie Lewis und mich gebeten, mal zu sehen, was wir herausfinden können. Bevor die Spur kalt wird.«

»Ich gebe zu, dass wir da zu langsam reagiert haben, aber wenn es um eine geschlossene Wohnanlage wie diese hier geht, ist die naheliegendste Antwort normalerweise die richtige. Und übrigens, danke für den Tipp wegen Paulo

Ram. Wir hätten die Verbindung früher entdecken müssen.«

»Kein Problem.«

Das kleine schwarze Notizbuch tauchte auf dem Tisch vor Sofia auf.

»Macht es Ihnen etwas aus, wenn wir ganz von vorne anfangen? Sie und Mei haben vor ihrem Tod noch mit Linda gesprochen?«

»Ja. Sie sprach von ihrer Arbeit im Tierheim und erzählte, dass sie sich einen Hund anschaffen wollte. Sie stand noch ein bisschen unter Schock, blickte aber nach vorne. Dann ging sie in die Kirche.«

»St. Luke's, richtig? Und Sie haben mit Lindas Schwester gesprochen, sagte Mei? Sie und Lewis McLennon?«

Audrey wusste, sie hatte versprochen, alles, was sie und Lewis herausfanden, an die Polizei weiterzugeben, aber nun, wo sie mit dieser zugänglichen Version von Detective Larssen konfrontiert war, stellte sie plötzlich fest, dass sie das nicht wollte.

»Ja. Wir wollten ihr unser Beileid aussprechen. Sie wissen lassen, dass wir an Linda denken.«

»Das war sehr nett von Ihnen. Worüber haben Sie gesprochen?«

»Sie waren völlig am Boden zerstört. Die Schwester und auch ihr Mann. Offenbar haben sie Linda praktisch großgezogen. Sie hassten Richard. Machten sich Sorgen wegen seiner Freunde. Sie sind überzeugt, dass sie ihn nicht umgebracht hat, und glauben nicht, dass sie sich das Leben genommen hat. Linda war gläubig und hat immer gehofft, dass ihr Mann sich ändern würde. Dass es keinen Abschiedsbrief gab, störte sie am meisten. Beide waren überzeugt, dass Linda ihnen das nie angetan hätte.«

»Sie scheinen sich ja eine ganze Weile unterhalten zu haben.« Sofia schien fast beeindruckt. »Bei uns waren sie nicht so mitteilsam.«

Verdammt. Audrey hätte nicht so viel verraten sollen. Sie war einfach davon ausgegangen, dass Jane der Polizei dasselbe erzählt hatte wie ihnen.

»Ich habe einfach so eine Art«, sagte Audrey. »Die Leute reden mit mir. Sie werden den beiden doch nicht sagen, dass Sie das von mir haben, oder? Ich will nicht, dass sie mich für eine Petze halten.« Sie sah zu Mei hinüber, aber die schnitt ihr nur eine Grimasse und goss Wasser in die Teekanne. In die Teekanne? Seit wann benutzten sie Teekannen?

»Keine Sorge. Mit wem haben Sie und McLennon noch geredet?«

Lewis würde ausrasten, wenn er davon erfuhr.

»Mit Chaz Shaw. Wir haben ihn zufällig getroffen, nachdem wir Paulos Leiche gefunden hatten, aber er glaubte, dass Richard durch einen Kopfschuss getötet worden war, schien nicht zu wissen, dass Linda tot war, und regte sich auf, weil Paulo ihn nicht zurückrief.«

»Zufällig getroffen, ja?« Sofia hob eine Augenbraue. »Wir haben ebenfalls mit Mr. Shaw gesprochen, und er hat ein Alibi für die Morde an Richard und an Paulo. Wir schließen nicht aus, dass er Linda umgebracht hat, halten es aber für unwahrscheinlich. Was ist mit Lewis McLennon?«

»Was soll mit ihm sein?«

»Wie gut kannten Sie sich, bevor Sie mit den Ermittlungen für Mrs. van Duren begannen?«

»Gar nicht. Wir hatten noch nie ein Wort miteinander gewechselt.«

»Und was für einen Eindruck macht er auf Sie?«

»Was meinen Sie damit?«

Die Ermittlerin neigte den Kopf zur Seite, als überlege sie, wie sie es am besten formulieren sollte.

»Ist er freundlich? Wie ich höre, war er der Einzige hier, der nicht beim Feuerwerk dabei war.«

Mist. Also ging es hier um Alibis.

Audrey wandte langsam den Kopf und fixierte Mei, die die Teekanne und einen Becher für Sofia auf den Tisch stellte und dann noch die Milch holte. Die Plastikflasche ruinierte den charmanten Effekt, der zweifellos beabsichtigt war. »Tut mir leid wegen der Flasche«, sagte sie und vermied es, Audreys Blick zu begegnen.

Sofia lächelte Mei warm an, bevor sie sich wieder Audrey zuwandte. »Lewis?«, drängte sie.

»Nein, er war nicht beim Feuerwerk. Manny hat ihn eingeladen, aber er hat's wohl vergessen. Er ist nicht sonderlich gesellig. Er war zu Hause und hat mit seiner Großmutter telefoniert.«

»Ja, das sagte er. Aber die einzigen Bewohner, die nicht beim Feuerwerk waren, waren Lewis und die Gleads?«

»Ja.«

Sofia blätterte zu einer neuen Seite in ihrem Notizbuch vor. »Laut Mei waren Sie beide auch am Freitagabend zusammen, aber was ist mit Dienstagabend? Als Ram umgebracht wurde?«

»Dienstag?« Audrey seufzte erleichtert auf. »Wir waren alle hier, oder, Mei? Du, ich und Lewis.«

»Ach?« Sofia blickte Mei an, die bestätigend nickte. »Tja. Das ist gut.«

»Sie können doch nicht ernsthaft annehmen, dass Lewis jemanden umgebracht hat«, sagte Audrey. »Was soll denn sein Motiv gewesen sein?«

»Sie wären überrascht«, sagte Sofia, »was Leute alles für künstlerische Inspiration tun. Er wäre nicht der erste Krimiautor, der gemordet hat, wissen Sie. Und Sie müssen zugeben, dass er ein bisschen merkwürdig ist.«

»Das ist ein furchtbarer Grund dafür, jemanden zu verdächtigen!«

»Nicht wenn er zudem drei Leichen entdeckt und kein Alibi für zwei der Morde hat. Aber seine Verbindungsdaten stimmen, und der Rechtsmediziner ist sicher, dass Ram am Dienstagabend getötet wurde, also hat er zumindest dafür ein Alibi.«

Audrey war entsetzt. Sie kannte Lewis kaum und konnte schlecht bestreiten, dass er ein bisschen merkwürdig war, aber doch nicht so merkwürdig, dass er grundlos drei Menschen ermorden würde, um sich dann dafür bezahlen zu lassen, seine eigenen Taten aufzudecken.

Auch wenn das ein guter Plot für ein Buch wäre.

»Wir haben außerdem mit dem Pastor von St. Luke's gesprochen, Reverend Fitzbride«, platzte sie heraus, um die Aufmerksamkeit der Kriminalpolizistin in eine andere Richtung zu lenken. »Linda hat sich ihm anvertraut. Offenbar glaubte sie, dass sie und Richard beobachtet wurden.«

»Beobachtet?« Sofia setzte sich gerader hin. »Von wem?«

»Das wusste sie nicht. Aber möglicherweise ...« Audrey zögerte und überlegte, ob sie das Rechnungsbuch erwähnen sollte. Ihr Instinkt sagte ihr, nein, schrie ihr geradezu zu, sie solle Sofia nichts weiter erzählen, und sie hatte auf die harte Tour gelernt, was passierte, wenn sie ihr Bauchgefühl ignorierte. Außerdem hatte Lewis es den Hetheringtons versprochen, und Mrs. H brauchte auch nicht noch mehr Stress. »Vielleicht hatte es etwas mit Richards Geschäften zu tun?«

»Die Kollegen von der Wirtschaftskriminalität haben Glead Antiques unter die Lupe genommen, aber nichts gefunden. Für einen Antiquitätenladen waren die Bücher geradezu verdächtig sauber, meinten sie. Wir vermuten, dass Glead für Ram oder einen seiner Komplizen gearbeitet hat.

Vielleicht wusste Linda etwas über seine Geschäfte und musste deswegen sterben. Oder sie hat versucht, Ram zu erpressen, und Geld für ihr Stillschweigen verlangt.«

Nicht das schon wieder.

»So war Linda nicht«, sagte Audrey.

»Ich dachte, Sie kannten sie nicht besonders gut.«

»Nur weil sie zum Opfer geworden ist, muss sie doch nicht dumm gewesen sein.« Audrey machte sich nicht die Mühe, ihren Frust zu verbergen. »Jemand hat sie und Richard ausspioniert, und Linda hatte Angst. Wenn sie wusste, dass ihr Mann Verbindungen zum organisierten Verbrechen hatte, war ihr mit Sicherheit auch klar, was es bedeuten würde, Kriminelle zu erpressen, und eine verängstigte Frau würde kaum etwas tun, was ihre Lage noch verschlimmert.«

Sofia sah sie nachdenklich an, und Audrey wartete darauf, dass sie Gegenargumente vorbringen würde, so wie Lewis es getan hatte.

»Vermutlich haben Sie recht«, meinte sie stattdessen, »aber es könnte relevant sein, herauszufinden, was Linda wusste. Und wichtig.«

»Wegen des Motivs«, warf Mei ein.

»Genau.« Sofias Augen funkelten. »Aber es ist ein guter Hinweis, und etwas, was bislang noch niemand erwähnt hat. Sie müssen sehr gut mit Menschen umgehen können.«

Audrey zuckte die Achseln. Was sollte sie dazu sagen?

»Waren Sie deshalb bei Glead Antiques?«, fragte Sofia. »Das sah nicht gut aus, wissen Sie. Dean tobt immer noch, weil Sie vor uns da waren. Er glaubt nicht, dass das Zufall war.«

»Wir nahmen an, dass der Mord an Linda etwas mit Richards Geschäften zu tun hatte, und da wir wussten, dass die Polizei den Laden bereits durchsucht hatte, dachten wir, wir schauen mal, ob uns irgendwas ins Auge springt.«

»Etwas, das uns entgangen ist, meinen Sie?« Sofia lächelte, aber ihr Blick war scharf. Audrey hatte nicht die Absicht, in diese Falle zu tappen.

»Nein, aber Sie würden ja kaum irgendwelche Informationen an uns weitergeben, oder? Im Gegensatz zu uns.«

»Nein, das stimmt.« Sofia blickte auf ihr Notizbuch hinab. »Das war wirklich hilfreich. Wir haben momentan jede Menge zu tun, aber ein Dreifachmord hat natürlich Priorität, besonders, wenn eins der Opfer Paulo Ram ist.«

»Und vorher hatte es keine Priorität?« Audrey konnte sich nicht zurückhalten. »Als es lediglich um zwei Menschen ging, die in ihrer eigenen Wohnung ermordet wurden?«

Sofia lief rot an und warf einen Blick auf Mei.

»Das ist praktisch ein Triage-System. Wie bereits gesagt, wir haben aktuell sehr viel auf dem Tisch.«

Doch anstatt wütend zu werden und über die Prioritäten der Metropolitan Police zu schimpfen, wie sie es sonst gern tat, zuckte Mei nur die Achseln.

»Wir verstehen schon, Sofia«, sagte sie. »Ihr tut euer Bestes.«

Ein strahlendes Lächeln breitete sich auf Sofias Gesicht aus, viel strahlender, als die Bemerkung es rechtfertigte, fand Audrey.

»Danke«, sagte Sofia, ohne den Blick von Mei zu wenden. »Nicht viele Menschen verstehen das.«

Audrey war zu verärgert über Mei, um die absurde Szene genießen zu können, die sich vor ihr abspielte.

»Haben Sie noch weitere Fragen an mich?«, fragte sie die Kriminalpolizistin und stand auf. »Ich glaube, ich gehe heute früh ins Bett.«

Mei blickte schuldbewusst auf. Gut.

»Oh, äh … nein, ich glaube nicht«, sagte Sofia, die es offenbar gewohnt war, diejenige zu sein, die ein Gespräch beendete. »Gibt es sonst noch etwas, das Sie wissen oder gehört haben? Irgendetwas, das relevant sein könnte?«

Audrey zögerte und dachte wieder an die Schuhspuren unter dem Sofa und das geheime Rechnungsbuch, das in Richards Büro versteckt war.

»Nein.« Sie schüttelte den Kopf. »Sonst nichts.«

55

Lewis

Noch ehe er am folgenden Morgen die Vorhänge aufzog, las Lewis noch einmal durch, was er am Abend zuvor geschrieben hatte, gepackt von seiner neuesten Idee. Er war bis fast ein Uhr aufgeblieben, hatte wie wild getippt und die Arbeit nur einmal kurz unterbrochen, um sich in der Mikrowelle etwas aufzuwärmen.

> *Harding betrachtete die Fotos, die an der Tafel hingen. In der Mitte eine Aufnahme von Lindsey, rechts und links davon ihre beiden Freunde: der Gärtner und der Ehrenamtler-Kollege im Tierheim. Der Mann, der gelogen hatte. Hatte er am Abend von Lindseys Ermordung noch Kontakt zu ihr gehabt?*
>
> *Das letzte Bild an der Tafel zeigte nur einen Schattenumriss, das leere Profilbild, das die Polizei benutzte, wenn der Verdächtige ein Unbekannter war. Wer hatte die Speens beobachtet? Aus welchem Grund war die Person ihnen gefolgt, und an wen hatte sie ihre Informationen weitergegeben?*

Auch bei Tageslicht besehen schien alles Bestand zu haben, was bohrende Fragen in den Vordergrund rückte: War Nathan der Informant von Mrs. H? Oder hatte dieser Mann auch mit Nathan gesprochen? Das würde Sinn ergeben.

Wenn Audrey ihn so leicht aufspüren konnte, dann konnten andere es auch. Lewis fiel Audreys Bemerkung über Fraser Townsend wieder ein, und er wechselte zu seinem Webbrowser. Also das war mal jemand, der den richtigen Namen trug. Er passte perfekt zu ihm, zu seinem Aussehen, seiner Sprechweise und allem, was sie über ihn wussten: dass er reich, attraktiv und privilegiert war.

Leider konnte Lewis nichts über Fraser finden. Nichts auf Social Media, keine Profile in den Netzwerken für berufliche Kontakte, keine Zeitungsartikel. Nicht direkt ungewöhnlich für einen Mann seines Alters, aber bei einem so vermögenden Mann hätte Lewis zumindest eine flüchtige Erwähnung irgendwo auf den Wirtschaftsseiten erwartet.

Die einzigen Suchergebnisse fanden sich im Personenverzeichnis des britischen Handelsregisters. Der Name Fraser Townsend tauchte dort in Verbindung mit zwei aktiven Firmen und drei Gesellschaften auf, die alle nach weniger als vier Jahren aufgelöst worden waren. Nachdem Lewis sich die Geschäftsadressen und die offengelegten Bilanzen aller fünf Firmen angesehen hatte, war er sich ziemlich sicher, dass die aufgelösten Firmen Scheinfirmen gewesen waren, während die beiden noch bestehenden Unternehmen derart gesund waren, dass sie kaum weniger dubios erschienen. Audrey hatte recht: An Fraser war mehr dran, als auf den ersten Blick ersichtlich war.

Das machte ihn natürlich nicht zum Mörder. Viele reiche Leute benutzten Scheinfirmen zur Steuervermeidung, nur neigten sie dazu, dafür Firmenadressen im Ausland zu nehmen.

Dann wandte er sich an seine Crime-Foren.

Krimiautor159
Forsche ein wenig zu Paulo Rams kürzlichem Ableben. Gibt es bekannte Komplizen?

Während er darauf wartete, dass einer seiner Mit-True-Crime-Fans antwortete, suchte er weiter. Ram hatte seit dreißig Jahren irgendwelche Geschäftsanteile gehalten, aber die einzigen, die noch aktuell waren, waren das Pfandleihhaus und ein Anteil an der Motorradwerkstatt von Chaz Shaw. Aber es gab große Lücken im zeitlichen Ablauf, und in Anbetracht von Rams Alter und seinen Kontakten musste Lewis davon ausgehen, dass es weitere Geschäftsanteile gab, vielleicht unter einem anderen Namen.

Im schwachen Tageslicht leuchtete sein Handy auf, und als er den Blick vom Bildschirm abwandte, blinzelte er, bevor er danach griff.

Die Putzfrau
Larssen ist gestern Abend vorbeigekommen.

Lewis McLennon
Was? Warum?

Die Putzfrau
Mei hat sie eingeladen. Sie wollte wissen, was wir herausgefunden haben.

Lewis McLennon
Was hast du ihr erzählt?

Die Putzfrau
So wenig wie möglich. Aber Banham verdächtigt uns. Larssen hat unsere Alibis für alle drei Morde überprüft. Glücklicherweise wurde Ram am Dienstagabend umgebracht, als wir alle zusammensaßen, aber dein Alibi für die Glead-Morde ist nicht gerade wasserdicht. Wir müssen Nathan aufspüren. Ich glaube, das hat jetzt Priorität.

Lewis McLennon
Einverstanden. Erst Nathan, dann Victor. Ich komm gleich vorbei.

Er legte das Handy hin und trommelte mit den Fingern auf dem Tisch herum. Die Alibi-Sache war ärgerlich, denn der Videoanruf würde ja beweisen, wo er sich aufgehalten hatte, aber offenbar hatte die Polizei sich noch nicht die Mühe gemacht, seine Oma zu befragen und es nachzuprüfen. Wenn man Single war, allein lebte und nicht zu irgendwelchen blöden Feuerwerks-Nachbarschaftstreffen ging, wurde man offenbar leicht zum Mordverdächtigen.

Ein paar Minuten später klopfte er an Audreys Tür, aber es war Mei, die öffnete.

»Oh. Hallo.« Es klang verärgert. »Komm rein.«

»Danke.« Er trat ein und fühlte sich unbehaglich. Warum hatte er das Gefühl, dass der Haussegen schief hing? Er hielt das Paket Kaffee hoch, das er besorgt hatte, und bemühte sich um einen fröhlichen Tonfall. »Ich habe Kaffee mitgebracht.«

Audrey tauchte auf, mit undurchdringlicher Miene. Die Atmosphäre war eindeutig frostig.

»Wir gehen«, erklärte sie.

»Äh, was?« Lewis ließ das Paket Kaffee sinken. »Aber …«

»Komm, ich brauche frische Luft.« Sie riss ihre Winterjacke vom Garderobenhaken und drängte Lewis praktisch zur Tür hinaus.

Er musste sich bemühen, mit ihr Schritt zu halten, als sie die Treppe zum Garten hinunterstampfte. Der Streusplitt, den der Hausmeister am Vortag verteilt hatte, knirschte unter ihren Füßen. Sogar um zehn Uhr morgens war die Luft noch kalt und frisch, und sein Atem formte sich sofort zu kleinen Wolken.

»Was ist denn los?«, fragte er, stopfte das Kaffeepaket in seine Jackentasche und folgte ihr, als sie an der Wohnung des Captains vorbeistürmte. »Ist es wegen Larssen?«

»Mei und ich hatten Streit.« Audrey blieb in der Nähe des Seiteneingangs stehen, wo ein Eimer mit Streusplitt stand und ein Besen an der Mauer lehnte. »Sie hat mich total überrumpelt, als sie gestern Sofia zu uns eingeladen hat. Mir blieb keine Zeit zum Nachdenken, und ich wusste ja auch nicht, was Mei ihr bereits erzählt hatte, also glaube ich kaum, dass wir sonderlich gut rübergekommen sind.«

»Oh.« Es entstand eine Pause, während er die Information verdaute. »Wenn du ›wir‹ sagst, meinst du …«

»Ich musste ihr von Jane erzählen.« Audrey griff nach dem Eimer. »Und von Shaw und unserem Gespräch mit Reverend Fitzbride. Von Nathan oder Rafik habe ich nichts gesagt, auch nicht von den Schuhspuren in der Wohnung der Gleads. Oder von dem Rechnungsbuch. Ich wollte sie nicht mit der Nase auf die Bewohner stoßen.«

Sie begann rückwärtszugehen und verteilte dabei Streusplitt auf dem Plattenweg vom Seiteneingang zum Innenhof.

»Das klingt doch gar nicht so schlecht. Hör mal kurz damit auf, ja? Was machst du denn da?«

»Ich streue.« Sie blieb stehen und holte tief Luft. »Entschuldige, aber das hat mich tierisch aufgeregt.«

»Ja, das merkt man. Hör zu, mach dir keine Gedanken wegen Mei oder der Polizei. Wir wussten von Anfang an, dass wir unsere Erkenntnisse irgendwann der Polizei würden mitteilen müssen, und die guten Sachen hast du ja für dich behalten, also sind wir ihnen vielleicht immer noch einen Schritt voraus. Jetzt beruhig dich mal.«

Der Blick, den sie ihm zuwarf, hätte töten können, aber sie holte erneut tief Luft und stieß sie in weißen Wölkchen wieder aus.

»Ich bin völlig ruhig.« Sie sah ihn böse an. »Schnapp dir den Besen und mach dich nützlich. Ich werde mal im Tierheim anrufen. Vielleicht ist Nathan ja da, oder Val. Hat wenig Sinn, da hinzulatschen, wenn er gar keinen Dienst hat.«

Während sie nach der Nummer suchte, machte Lewis sich daran, den Streusplitt mit dem Besen zu verteilen, und man hörte, wie die Borsten kratzend über die Steinplatten fegten. Eins musste er zugeben: Audrey mochte ein hochemotionaler Mensch sein, aber sie war auch pragmatisch. Er war überrascht gewesen, mit welcher Objektivität sie den Tatort analysiert hatte, und wie sie mit Chaz Shaw im Pub fertiggeworden war, war erstaunlich. Ob Celeste von Audreys Selbstverteidigungskenntnissen gewusst hatte, als sie sie mit den Ermittlungen beauftragte?

»Hallo«, sagte Audrey ins Telefon. »Könnte ich bitte mit Val James sprechen?«

Kurze Pause.

»Na gut, ich versuche es morgen noch mal. Aber könnte ich dann vielleicht mit Nathan sprechen? Nathan Roper?«

Es gab eine noch längere Pause.

»Okay, entschuldigen Sie die Störung. Ich melde mich dann wieder.« Sie beendete den Anruf, und Lewis hörte auf zu fegen. »Offenbar sind beide momentan nicht abkömmlich. Der Mann am Empfang wirkte ein wenig gestresst. Val kommt morgen wieder ins Büro, aber Nathans nächste Schicht ist erst am Mittwoch.«

»Du hättest nach seiner Adresse fragen sollen.«

Sie verdrehte die Augen.

»Die werden sie doch nicht einfach rausrücken, du Dämlack. Da wird es Regeln geben.«

»Du hättest zumindest … Hast du mich gerade Dämlack genannt?«

»Ja. Wir werden abwarten müssen, bis ich Val erreiche, vielleicht kann ich sie überreden, mir die Adresse zu geben. Aber sicher bin ich mir da nicht.«

Lewis stützte sich auf seinen Besen und überlegte.

»Ich könnte ihm am Mittwoch draußen vor dem Tierheim auflauern und ihm nach Hause folgen.«

»Aber das ist noch fünf Tage hin«, sagte sie. »Ganz zu schweigen davon, dass das ein bisschen gruselig wäre.«

Auf der anderen Seite des Platzes knallte eine Tür zu, und als sie aufblickten, sahen sie Captain Gordon, eine leuchtend rote Mohnblüte ans Revers seines Blazers gepinnt. Er sah sie im Hof stehen und hob grüßend die Hand. Sie winkten zurück.

Lewis wandte sich wieder an Audrey. »Also was schlägst du vor?«, fragte er. »Wie kommen wir dann an die Adresse?«

Aber Audrey sah ihn nicht an. Ihr Blick war immer noch auf den Captain gerichtet, der in Richtung Seiteneingang schlenderte.

»Ich weiß es nicht«, sagte sie, und plötzlich lächelte sie verschmitzt. »Aber ich kenne da jemanden, der uns weiterhelfen könnte.«

56

Audrey

Nachdem sie Captain Gordon abgefangen hatten, bevor er den Seiteneingang erreichte, hatte Audrey ihm ihr Problem erklärt, während Lewis schnaubte und finster dreinblickte. Der Captain hatte mit einem nachgerade entzückten Gesichtsausdruck gelauscht, um dann sofort kehrtzumachen und sie in seine Wohnung zu führen, die einen bemerkenswert gepflegten Eindruck machte. Grüne Damasttapeten, auf Hochglanz polierte Holzmöbel, keine Spinnwebe und kein Staubkorn in Sicht. Der Captain hatte offenbar alles fest im Griff.

Anscheinend kannte er jemanden, der ihnen Nathans Adresse besorgen konnte, wenn sie ihm außer dem Namen noch eine weitere Information lieferten: das Geburtsdatum, eine Telefonnummer oder ein Autokennzeichen. Als er feststellte, dass sie mit nichts davon dienen konnten, brachte ihn das keineswegs aus der Fassung, sondern er nahm die Sache selbst in die Hand.

Jetzt saßen sie und Lewis nebeneinander auf dem Chesterfield-Sofa, der Captain ihnen gegenüber in einem Sessel. Er hielt das auf Lautsprecher gestellte Telefon vor sich, damit alle mithören konnten.

»Guten Morgen«, begann er, sonor und großväterlich, »könnte ich bitte mit Nathan Roper sprechen? Soweit ich weiß, ist er einer Ihrer ehrenamtlichen Helfer.«

»Nathan ist momentan nicht abkömmlich«, sagte der junge Mann am anderen Ende mit einem Seufzer.

»Könnte ich dann mit der Personalabteilung sprechen?«

»Tut mir leid, aber da ist am Wochenende niemand. Sie müssten am Montag wieder anrufen.«

»Ich fürchte, bis dahin wird es zu spät sein, junger Mann.« Die Stimme des Captains klang wie die eines uralten Mannes. »Viel zu spät. Sehen Sie, mein Schwager ist kürzlich aus Übersee zurückgekehrt, aber er ist sehr krank und hat vermutlich nicht mehr lange zu leben. Allerhöchstens ein paar Tage.«

»Es tut mir leid, das zu hören«, sagte der nette junge Mann, »aber …«

»Also mein Schwager hat keine Kinder, aber er hat zwei Schwestern – das ist ja wohl offensichtlich, oder? Da ich Sie anrufe. Meine Frau und ich wurden nicht mit Nachkommen gesegnet, aber meine Schwägerin, Marion, sehr wohl. Sie ist Nathans Mutter, verstehen Sie. Wir haben uns leider aus den Augen verloren, aber mein Schwager, das heißt, Nathans Onkel Geoffrey …«

Es folgte eine außerordentlich verwickelte Geschichte – der Captain sprach von Familienzwistigkeiten, Krankenhausbesuchen und verloren geglaubten Erbstücken, um sich schließlich nach der Höhe des Versicherungsschutzes des Tierheims zu erkundigen, was den armen Rezeptionisten völlig aus dem Konzept brachte. Dann erklärte der Captain, er werde die eben erwähnten Erbstücke zum Tierheim schicken, damit Nathan Roper sie abholen könne, sobald er wieder im Haus sei, und verlieh der Hoffnung Ausdruck, man könne diese Wertsachen dort bis dahin sicher aufbewahren.

Drei Minuten später hatte der Rezeptionist aufgegeben, der Captain kannte Nathans Handynummer, und nachdem er seinen Freund, einen Mann namens Denzil, angerufen hatte, hatten sie ihre Antwort.

»Granville Gardens 11, SW11«, sagte der Captain triumphierend und stellte das Telefon zurück in die Ladeschale. »War ja nichts dabei.«

Lewis weigerte sich strikt, Audrey in seine Wohnung zu lassen. Erst behauptete er, er habe nichts zu essen im Haus, dann erklärte er, es sei zu unaufgeräumt für Besuch, folglich pilgerten sie, zu ihrer größten Verärgerung, zurück zu Nr. 7, um eine Kleinigkeit zu essen, bevor sie sich auf die Suche nach Nathan Roper machten.

Mei war in der Küche, als sie eintrafen, sie stand vor der Spüle und schaute aus dem Fenster. Die Wasserhähne waren aufgedreht, heißes Wasser lief ins Becken, und der Dampf hatte die Scheibe beschlagen lassen. Auf dem Küchentresen stand ein Teller mit einem fertigen Sandwich darauf, daneben die üblichen Sandwich-Zutaten.

»Ich habe gesehen, wie ihr den Innenhof gestreut habt«, sagte sie und stellte das Wasser ab. »Die Mühe hättet ihr euch sparen können, Rafik ist gerade gekommen.«

Sie wischte mit der Hand über die beschlagene Scheibe, um besser hindurchsehen zu können. Audrey nahm sich vor, das Glas später von den Schmierspuren zu reinigen.

»Woher sollte ich das wissen?«, fragte sie schnippisch. »Normalerweise arbeitet er am Wochenende nicht.«

»Das sollte keine Kritik sein«, sagte Mei sanft, und Audrey stutzte und fragte sich, ob der Streit beigelegt war. Dann fiel ihr ein, dass ja sie wütend auf Mei gewesen war, nicht umgekehrt, und sie seufzte und lächelte entschuldigend. Sie hasste es, wenn sie Streit mit ihrer besten Freundin hatte.

»Ich weiß.«

Mei wirkte ebenso erleichtert, wie Audrey sich fühlte,

während Lewis, der verlegen danebenstand, sich entspannte und sich an den Tresen setzte, sein Paket Kaffee vor sich ablegte und neidisch Meis Käse-Sandwich beäugte.

»Wo kommt ihr gerade her?«, wollte Mei wissen. »Es sah fast so aus, als wärt ihr aus der Wohnung des Captains gekommen.«

»Das stimmt. Er hat uns die Adresse und die Telefonnummer eines Verdächtigen besorgt.«

»Tatsächlich?« Mei wirkte erstaunt. »Wie denn?«

»Ich weiß es auch nicht genau«, antwortete Audrey. »Irgendeine Art gesprächstechnischer Hexenkunst. Er behauptet immer, er sei Scharfschütze in der Armee gewesen, aber das war offensichtlich nicht alles, was er war.«

Mei nahm zwei weitere Teller aus dem Geschirrschrank und stellte einen vor Lewis ab. Sie wies mit dem Kopf auf das bereitstehende Brot, die Butter und den Käse.

»Bedien dich«, sagte sie und schaute dann das Paket Kaffee an. »Ich setz schon mal Wasser auf, soll ich?«

Wenn Lewis auffiel, dass Mei die Augen verdrehte, ignorierte er es und fing an, sich ein Brot zu schmieren. Mei trat an die Spüle, um Wasser in den Kocher zu füllen, und schaute dabei erneut durch das immer noch halb beschlagene Fenster hinaus.

Sie erstarrte, den Wasserkocher in der Hand, dann stellte sie ihn ab und wischte über die Scheibe.

»Was ist los?«, fragte Audrey, ging um den Tresen herum und stellte sich neben Mei ans Fenster.

»Die Polizei«, sagte Mei. Es klang geschockt. »Sie sind wieder da.«

57
Lewis

Blaulicht zuckte gleichmäßig aus der Richtung der Pickering Lane. Lewis, zwischen Audrey und Mei gequetscht, beobachtete vom Küchenfenster der beiden aus, wie zwei Polizisten in voller Montur und mit vorgehaltenen Maschinenpistolen durch den Seiteneingang kamen, begleitet von zwei weiteren Polizisten, ebenfalls in sperrigen Einsatzwesten, aber mit kleineren Waffen. Ihnen folgten ein kleiner Mann, dessen Gesicht nicht zu erkennen war, und eine hochgewachsene Frau, deren langes blondes Haar trotz des bewölkten Himmels leuchtete. Banham und Larssen. Der Trupp überquerte den Platz bis zu dem kleinen Innenhof, die Bewaffneten vorneweg, und schlug zielstrebig den Weg zur Mitte des Gartens ein.

»Sie suchen nach etwas«, stellte er fest. »Oder nach jemandem.«

Hatte die Polizei den Fall bereits aufgeklärt? Enttäuschung machte sich in ihm breit, trotz des Adrenalins, das in seine Adern geschossen war. Aber schließlich hatte die Polizei Ressourcen, von denen er selbst nur träumen konnte. Es war also kaum überraschend.

Die Polizisten suchten den Square ab, gingen die Wege hinauf und hinunter, wobei sie immer wieder aus Lewis' Blickfeld verschwanden.

»Ich kann von hier kaum was sehen«, erklärte er und trat vom Fenster weg. »Ich gehe raus.«

»Aber sie sind bewaffnet!«, protestierte Audrey, als er zur Küchentür eilte. »Sie müssen die Situation für gefährlich halten.«

Er ignorierte sie, ging in den Flur und öffnete die Wohnungstür. Ein paar Sekunden später folgten erst Audrey und dann Mei, und sie standen zusammen auf dem Laubengang und blickten auf den Square hinunter.

Nacheinander gaben auch die übrigen Bewohner jeden Anschein von Zurückhaltung auf. Manny und Joe traten aus ihrer Wohnung, um vom Laubengang aus alles zu beobachten, während Captain Gordon sich zu den Hetheringtons im Innenhof gesellte und mit grimmiger Miene die Geschehnisse verfolgte. Nur Victor und Mrs. Hildebrandt fehlten, aber Lewis konnte sehen, dass die Frau an ihrem Küchenfenster stand und hinausstarrte.

»Gehen Sie wieder rein!«, brüllte DI Banham und versuchte, die Anwohner in ihre Wohnungen zurückzuscheuchen. »Zu Ihrer eigenen Sicherheit!«

Aber bevor irgendjemand reagieren konnte, hörte man Rufe vom anderen Ende des Gartens, und geschlossen wandten alle die Köpfe zum Haupttor, wo gerade Rafik Jones aufgetaucht war, seine Werkzeugtasche in der Hand. Er blieb wie erstarrt stehen, als vier Polizisten ihre Waffen auf ihn richteten.

»Tasche fallenlassen!«, brüllte Banham. »Auf die Knie. Die Hände, wo wir sie sehen können.«

Mit panischem Gesichtsausdruck gehorchte Rafik und kniete sich mitten auf dem Weg hin. Banham und Larssen liefen zügig und mit gezückten Tasern auf ihn zu.

Als sie ihn erreicht hatten, schob Larssen ihren Taser ins Holster und durchsuchte den Mann. Banham zerrte Rafik hoch, marschierte mit ihm zu einer der Bänke und drückte ihn auf die Sitzfläche nieder. Larssen sagte etwas zu ihm, aber

Lewis konnte nicht hören, was. Von Rafik kam nicht viel, er nickte nur oder schüttelte den Kopf und bewegte kaum die Lippen. Dann sprang er plötzlich auf, worauf die bewaffneten Polizisten wieder die Waffen erhoben. Rafik begann eindringlich zu sprechen, gestikulierte wild und wies erst auf das Haupttor, dann auf Lindas Wohnung und wieder auf das Tor. Lewis lauschte angestrengt, konnte aber keine Worte ausmachen.

Larssen streckte die Hände in der universellen Geste aus, die »ganz ruhig« bedeutet, und drückte Rafik wieder auf die Bank hinunter, während Banham zum Tor hinüberging. Kurz darauf kamen weitere Polizisten hereingeströmt, diesmal mit Gerätschaften ausgerüstet.

Lewis hatte bereits einmal miterlebt, wie die Polizei den Square durchsucht, in Büschen gestochert und mit Taschenlampen in die Bäume geleuchtet hatte, aber diesmal war es anders. Das hier war gezielt.

Diesmal gingen sie methodisch im Garten auf und ab und ließen einen Metalldetektor über Rafiks gepflegte Blumenbeete gleiten.

»Was um alles in der Welt geht da vor?« Audreys Gesicht war ganz weiß. »Die können doch nicht ernsthaft glauben, dass Rafik jemanden umgebracht hat!«

»Sie suchen nach der Pistole«, sagte Lewis. »Sie haben einen Tipp bekommen.«

»Woher willst du das wissen?«, fragte Mei sofort und in anklagendem Ton.

»Der Metalldetektor«, erklärte er.

Die Bewohner blieben auf ihren jeweiligen Seiten des Square und verfolgten, wie die Polizei jedes Fleckchen Erde untersuchte.

Sie brauchten nicht lange, um das Gesuchte zu finden.

Ein Ruf ertönte vom hinteren Ende des Gartens, in der Nähe des Schuppens und des Haupttors, und die übrigen Einsatzkräfte verharrten und drehten die Köpfe in diese Richtung. Eine Minute später marschierte eine Polizistin den Hauptweg herunter und hielt triumphierend eine Plastiktüte hoch. Sie trat zur Bank und überreichte sie Banham.

Rafiks verzweifelter Blick flackerte zwischen den beiden Detectives hin und her. Banham nickte Larssen zu, die nach ihren Handschellen griff.

Der Hausmeister blieb stocksteif stehen, während sie ihm Handschellen anlegte, die Augen vor Entsetzen weit aufgerissen. Sie drehte ihn zu sich herum und begann zu sprechen, wahrscheinlich erklärte sie ihm seine Rechte. Als sie fertig war, wartete sie und schaute Rafik an, dessen Brust sich rasch hob und senkte. Schließlich nickte er, und nach einem kurzen Austausch mit zwei der Bewaffneten packten ihn die Detectives bei den Armen und führten ihn ab.

Lewis starrte hinter ihnen her. Er und Audrey hatten Rafik nicht völlig als Täter ausgeschlossen; es bestand die Möglichkeit, dass er Richard umgebracht hatte, um Linda zu beschützen, und es war möglich, wenn auch wenig wahrscheinlich, dass er Linda umgebracht hatte, aber welches Motiv sollte er für den Mord an Paulo Ram gehabt haben?

Was zum Teufel hatten sie übersehen?

58

Celeste

»Ich werde das nicht dulden«, erklärte Celeste, während Dixon hinter ihrem Sessel auf und ab lief. »Das ist doch Unsinn. Ich weiß wirklich nicht, was die Polizei sich dabei denkt.«

»Die verhaften doch niemanden ohne Grund«, erwiderte Dixon mit aufreizender Ruhe.

»Aber warum hätte er das tun sollen, Dixon?«, fragte sie und ließ ihr Fernglas sinken. »Es gibt schlicht kein Motiv.«

»Vielleicht hat er eins, und Sie kennen's nur nicht.«

»Seien Sie nicht albern.«

Celeste tobte innerlich. Rafik Jones war seit über fünfzehn Jahren ein loyaler Angestellter. Die Vorstellung, dass er es sich plötzlich in den Kopf gesetzt haben könnte, ihre Mieter zu ermorden, war geradezu lachhaft.

»Er war in sie verknallt, das haben Sie selbst gesagt.«

»Er hatte sie gern, ja, das habe ich immer gesagt. Rafik ist eine freundliche und großzügige Seele, da machte er sich natürlich Sorgen um sie, bei allem, was sie durchmachen musste, aber das ist doch kein Grund, ihn festzunehmen. Und erst recht kein Grund für ihn, sie umzubringen. Was hatte er überhaupt an einem Samstag hier zu suchen? Haben Sie ihn herbestellt?«

Dixon blieb stehen.

»Nein. Hören Sie, egal, wie gut der Feldstecher da auch sein mag, was in den Köpfen dieser Leute vorgeht, können

Sie nicht wissen. Oder was sie so anstellen, wenn sie nicht hier sind. Der Schein kann trügen.«

»Und warum sollte er diesen Gauner umbringen? Diesen Ram?«

»Keine Ahnung. Aber sie haben eine Pistole gefunden, die im Garten vergraben war.«

»Eine Pistole? Oder die Tatwaffe? Aber wie dem auch sei, jemand anders muss sie da deponiert haben. Das ist ein abgekartetes Spiel. Jemand will ihm was anhängen oder wie man das nennt. Vielleicht ist es eine alte Waffe. Früher haben alle mit Pistolen geschossen. Mein Ururgroßvater war ständig in Duelle verwickelt. Vielleicht gehörte sie ihm?«

»Glaube ich kaum.«

»Pah.«

Sie starrte aus dem Fenster, ohne etwas wahrzunehmen.

Sie weigerte sich zu glauben, dass der Mörder einer ihrer Leute sein sollte. Bei der Vergabe der Wohnungen hatte sie sich einmal eine Fehleinschätzung geleistet – einmal, in fünfzig Jahren! –, aber das war kurz nach Lennys Tod gewesen, als sie nicht klar denken konnte. Zu den übrigen Mieterinnen und Mietern stand sie. Sie kannte sie. Kannte ihre Vorgeschichten, ihren Hintergrund. Sie waren alle aus einem bestimmten Grund hier. Richard Glead war die einzige Ausnahme gewesen.

Sie empfand es als kränkend, dass die Polizei annahm, sie könnte einen Mörder beschäftigen, und es kränkte sie, dass Dixon offenbar annahm, sie würde ihren Biss verlieren. Und am meisten enttäuschte sie, dass DS Larssen, von der sie eigentlich viel gehalten hatte, einen so kolossalen Fehler begehen konnte.

»Ich werde es nicht dulden«, wiederholte sie.

»Was können Sie schon dagegen tun?«

Sie erhob sich und stellte sich ans Fenster.

»Zunächst einmal werden wir Mei Chen zu ihm schicken.«

»Und wenn sie das nicht will?«

»Warum um alles in der Welt sollte sie das nicht wollen?«

»Sie hat sehr klare Ansichten über Männer, die gewalttätig gegenüber Frauen sind, Sie erinnern sich?«

»Aber Rafik war es nicht, das muss sie doch wissen! Fragen Sie sie, Dixon. Ich übernehme sämtliche Kosten. Und wenn sie nicht helfen will, holen Sie Peterson. Der macht alles, solange der Preis stimmt.«

Dixon nickte und entschwand, um die Anrufe zu tätigen. Celeste blieb am Fenster stehen und zupfte an ihrer Perlenkette.

Larssen war nicht die Einzige, die einen Fehler begangen hatte. Jemand war hier eingedrungen, in ihre geliebte sichere Enklave, um einem ihrer Leute etwas anzuhängen, und wenn Celeste herausfand, wer das gewesen war, würde sie dafür sorgen, dass er oder sie es bereute.

Niemand kam Celeste van Duren in die Quere und kam damit davon.

Niemand.

59
Audrey

Audrey saß auf dem Sofa und sah zu, wie Lewis im Wohnzimmer auf und ab tigerte. Mei telefonierte mit Dixon und hatte sich in die Küche zurückgezogen, um ungestört sprechen zu können.

»Die müssen einen Tipp bekommen haben«, wiederholte Lewis bedrückt. »Wie hätten sie das sonst so schnell rausbekommen können?«

»Das ist die Polizei, Lewis. Vermutlich haben sie alle möglichen Dinge herausgefunden, die uns verborgen geblieben sind.«

»Ich meine, Rafik stand auf unserer Liste der Verdächtigen«, fuhr er fort, ohne ihren Einwurf zu beachten. »Wir hatten ihn noch nicht als Täter ausgeschlossen, aber was soll sein Motiv gewesen sein? Richard, meinetwegen, wenn es ein Versuch war, Linda zu beschützen, aber warum dann auch sie umbringen? Und wie passt Ram ins Bild?«

»Ich weiß es nicht. Vielleicht hat Paulo Ram Linda umgebracht, weil er dachte, dass sie Richard erschossen hat, also hat Rafik auch ihn getötet?«

Er hatte gerade seine dritte Runde durchs Wohnzimmer gedreht, als Mei wieder hereinkam.

»Celeste möchte, dass ich Rafik vertrete«, erklärte sie und setzte sich. Sie wirkte gequält. »Dixon war sehr überzeugend. Offenbar ist Celeste absolut sicher, dass Rafik unschuldig ist und ihm jemand die Sache anhängen will.« Sie saß nach vorn gebeugt, die Unterarme auf den Knien. »Ich habe Dixon versprochen, ihn gleich zurückzurufen, um ihm meine Antwort zu geben, aber ich weiß einfach nicht, was ich glauben soll.« Sie richtete ihre braunen Augen auf Audrey. »Sag mir ganz ehrlich, hast du bei dem Gespräch mit Sofia irgendwas ausgelassen? Ich weiß, ich hab's dir nicht leicht gemacht, mit mir über dieses Thema zu reden, aber ich weiß auch, dass es Dinge gibt, die du verschwiegen hast. Habt ihr irgendetwas herausgefunden, das dafür sprechen könnte, dass Rafik der Täter ist?«

Audrey sah Lewis an, der die Achseln zuckte. Sie stieß die Luft aus.

»Also zunächst mal, ich … ähm … habe das Versprechen gebrochen, das ich dir gegeben habe. Wir sind zu Paulo Rams Pfandleihhaus gegangen, bevor er umgebracht wurde, und es machte den Eindruck, als wäre Richards Tod ein ziemlicher Schock für ihn. Und nachdem wir seine Leiche in Richards Antiquitätenladen gefunden haben, haben wir Chaz Shaw einen Besuch abgestattet. Er war betrunken und traurig, verwirrt, weil Ram ihn nicht zurückrief, und bestürzt über Richards Tod. Er dachte, Linda hätte ihn erschossen, weil er sie betrogen hat.«

»Okay«, sagte Mei mit zusammengebissenen Zähnen. »Du hast dein Versprechen gebrochen, darüber reden wir später. Was gibt es sonst noch?«

»Richard war ein Erpresser, und irgendeine Art Anlagebetrug hatte er auch laufen. Mrs. H gehört zu seinen Opfern, aber du darfst dir nicht anmerken lassen, dass du das weißt, sie würde in Grund und Boden versinken. Und eine Marion Roper hat er ebenfalls reingelegt. Ihr Sohn, Nathan Roper, arbeitet ehrenamtlich im Tierheim und kannte Linda. Nicht gut, wie er Lewis gegenüber behauptet hat, aber er wusste von Lindas Vorhaben, Muffin zu adoptieren. Wir halten es für möglich, dass er sich Lindas Vertrauen erschlichen hat, weil er hoffte, so das Geld seiner Mutter zurückzubekommen. Es ist nur eine Theorie, aber wenn sie stimmt, hatte er ein Motiv, Richard umzubringen. Wir arbeiten daran.«

»Das ist ja eine ganze Menge.« Mei schien wider Willen beeindruckt. »Ihr habt da wirklich viel Arbeit reingesteckt.«

»Da ist noch etwas …«, begann Audrey und fragte sich, wie Mei wohl reagieren würde, wenn sie das erfuhr. »Laut Nathan hat Linda mal einen Freund ins Tierheim mitgebracht, damit er sich Muffin den Hund ansieht, und dann erfuhren wir von Reverend Fitzbride, dass Rafik und Linda sich aus der Gemeinde kannten. Also haben wir zwei und zwei zusammengezählt und Rafik gefragt, ob er dieser Freund ist. Er hat es zugegeben, versicherte aber, dass nie mehr zwischen ihnen war.«

Meis Augenbrauen schossen in die Höhe.

»Und du hast ihm geglaubt?«

»Ja. Und ich glaube ihm immer noch. Linda hat ihm anvertraut, dass Richard ein Betrüger ist, und von ihm und von dem Pastor wissen wir, dass die Gleads sich beobachtet fühlten. Laut Rafik hat Richard es nicht ernst genommen, aber Linda hatte Angst.«

»Warum hast du Sofia verschwiegen, dass die Information von Rafik kam?«

»Ich weiß es nicht genau.« Audrey zuckte die Achseln. »Er war so traurig wegen Linda, und ich wollte nicht, dass die Polizei bei ihm reinbrettert und ihn bedrängt. Außerdem … wollte ich vermeiden, dass Sofia einen falschen Eindruck bekommt.«

»Na, das ist ja wohl nach hinten losgegangen, oder?« Lewis schnaubte.

»Wenn du nicht diesen Überfall mit Larssen arrangiert

hättest, hätten sie das von St. Luke's vielleicht gar nicht erfahren und Rafik wäre nicht ins Visier geraten.«

Audrey sah ihn entsetzt an.

»Willst du damit sagen, dass es meine Schuld ist?«

»Du hättest es der Polizei sowieso früher oder später sagen müssen.« Mei verschränkte die Arme. »Zurückhalten von Beweisen ist eine Straftat.«

»Wir haben keine Beweise zurückgehalten«, versetzte Lewis. »Das war alles nur Hörensagen.«

Sie funkelten einander böse an.

»Jedenfalls«, sagte Audrey und versuchte, nicht daran zu denken, welchen Anteil sie an Rafiks Verhaftung hatte. »Wir haben noch nicht rausgefunden, wer Lindas Stalker war, und mit Victor müssen wir auch noch reden. Es muss einen Grund dafür geben, dass er abgestritten hat, am Abend von Lindas Ermordung noch mal weggegangen zu sein.«

»Wenn wir herausfinden, wo er hingegangen ist, haben wir vielleicht ein Druckmittel gegen ihn in der Hand, das wir bei einem Gespräch einsetzen können«, sagte Lewis. »Vielleicht wusste er die ganze Zeit, dass Rafik der Täter ist, und die Polizei hat den Tipp von ihm.«

Mei sah ihn an.

»Glaubst du wirklich, dass die Polizei einen Informanten hatte?«

»Sie haben einen Metalldetektor mitgebracht und wussten, dass sie in einem Blumenbeet suchen mussten. Ob das nun wirklich Rafiks Waffe war oder ob sie ihm untergeschoben wurde – auf jeden Fall wusste irgendjemand, wo sie war.«

»Was ist mit dem Mann, der Mrs. H gewarnt hat? Er hat beide Gleads ausgespäht. Vielleicht hat er die Morde beobachtet.«

Lewis nickte nachdenklich.

»Wisst ihr … es muss da jemanden geben, den wir noch

nicht auf dem Schirm haben«, sagte er und begann wieder, im Raum auf und ab zu laufen. Audrey ertappte sich dabei, nach Anzeichen dafür Ausschau zu halten, dass Dreck im Teppich festgetreten wurde. »Dieser Jemand weiß von Richards Betrugsmasche und den Erpressungen und auch von Lindas Freundschaft mit Rafik. Wir haben die Möglichkeit schon in Betracht gezogen, ich weiß, aber allmählich glaube ich, dass es sich bei Nathan und Lindas Stalker um ein und dieselbe Person handeln muss.«

»Ich weiß, was du meinst.« Audrey seufzte. »Reden wir noch mal mit Mrs. H und stellen fest, ob ihr Schutzengel ihr seinen Namen genannt hat. Aber warum sollte der Täter, wer immer es ist, Rafik die Taten in die Schuhe schieben wollen? Er ist der Polizei doch eindeutig einen Schritt voraus.«

»Es bringt alles zu einem ordentlichen Abschluss. Du weißt doch, ich habe dir von ›dem Fixer‹ erzählt, der mit Ram zusammengearbeitet hat? Sowas in der Richtung würde der machen. Er verknotet lose Enden und schnürt ein ordentliches Päckchen, das er die Polizei finden lässt. Und die hört dann auf zu suchen. Ich hatte von Anfang an das Gefühl, dass hier jemand aufräumt. Die Tatwaffe im Marchfield Square zu deponieren, war vielleicht so eine Aufräumaktion.«

Mei lehnte sich zurück, und ihr Blick wanderte neugierig zwischen Audrey und Lewis hin und her. »Ihr seid wirklich gut in diesem Detektiv-Kram«, bemerkte sie. »Vielleicht solltet ihr einen Berufswechsel in Erwägung ziehen.«

Lewis wirkte erfreut, aber Audrey lachte nur.

»Wohl kaum«, meinte sie. »Aber als Nebentätigkeit ist es ziemlich interessant, und das Extrageld von Celeste wird eine Riesenhilfe sein.« Sofort wurde sie wieder ernst. »Wirst du Rafik helfen?«

Mei seufzte.

»Nach dem, was ihr gesagt habt, scheint es unwahrscheinlich, dass er der Täter ist. Ich fahre gleich zum Revier, damit ich bei seiner Vernehmung dabei bin, aber wenn er Linda umgebracht hat, werde ich ihn nicht verteidigen, Auds.«

»Ich weiß«, sagte Audrey. »Ich werde hier sein, wenn du zurückkommst. Wirst du uns verraten, was er gesagt hat?«

»Geht nicht, Süße«, antwortete Mei mit einem schiefen Lächeln. »Wenn Rafik will, dass ihr es erfahrt, ist das seine Sache, aber ohne seine Erlaubnis kann ich euch auf gar keinen Fall irgendwas sagen.« Lewis machte den Mund auf, aber sie schnitt ihm das Wort ab. »Ich kann nicht mal mit Celeste darüber reden, und die bezahlt mein Honorar.«

Lewis' Schultern sackten enttäuscht herab, aber er machte keinen Versuch, sie umzustimmen.

»Okay«, sagte Audrey. »Das verstehen wir. Ich hoffe inständig, dass das alles nur ein Irrtum ist.«

»Ich ebenfalls.« Mei beschrieb mit dem Kopf einen kleinen Kreis und rieb sich den Nacken. »Und was habt ihr jetzt vor?«

»Wir müssen mit Mrs. H reden.« Die Aussicht schien Lewis nicht zu begeistern. »Und wir müssen herausfinden, wer dieser verdammte Stalker ist. Er ist unser Hauptverdächtiger. Und wir müssen Nathan Roper aufspüren und herausfinden, was er wirklich im Schilde führte.«

»Na, dann viel Glück.« Mei stand auf. »Ich glaube, das werden wir alle brauchen.«

60

Lewis

Am Vormittag war es stark bewölkt gewesen, aber jetzt brach eine blasse Sonne durch und ließ den Tau auf dem Gras funkeln. Als sie vor der Tür von Nr. 6 standen, fiel Lewis auf, dass Audrey fröstelnd die Hände in die Taschen schob. Man hörte Verkehrslärm und Flugzeuge, und der Geruch nach frisch aufgegrabener Erde erinnerte daran, dass die Polizei gerade hier gewesen war.

»Oh, hallo, Audrey«, sagte Mrs. Hildebrandt, als sie ihnen die Tür öffnete. Sie trug eine bedruckte Seidentunika, dazu Leggins und schwarze Slipper mit zwei ineinander verschlungenen Cs darauf. War das Chanel? Um ihren Hals hing ein klobiger Kristallanhänger, der sie modisch und unkonventionell wirken ließ. Sie musterte Lewis abfällig. »Und Lewis schon wieder. Was verschafft mir das Vergnügen?«

Es klang fröhlich, aber Lewis sah sofort die Nervosität in ihrem Blick, als sie von ihm zu Audrey schaute.

»Hallo, Mrs. H«, sagte Audrey lächelnd. »Tut mir leid, wenn wir stören.«

»Sie stören nicht, obwohl Fraser jeden Moment kommen müsste. Möchten Sie reinkommen?«

Mrs. Hildebrandt führte sie herein, und dann standen sie in ihrem Wohnzimmer, das mit cremefarbenen Sofas und Lampenschirmen mit Fransen eingerichtet war. An den Wänden hingen Glamourfotos der Schauspielerin aus ihrer

Glanzzeit. Lewis spürte ihr Unbehagen; offenbar hatte sie eine echte Abneigung gegen ihn entwickelt.

»Tee?«, fragte sie mit aufgesetzter Munterkeit, konnte aber ihre Erleichterung nicht verbergen, als sie ablehnten.

»Wir machen es schnell, Mrs. H«, sagte Audrey. Sie hatte darauf bestanden, die Gesprächsführung zu übernehmen, weil sie offenbar befürchtete, dass Lewis die Frau irgendwie kränken könnte. »Ich weiß nicht, ob Sie es schon gehört haben, aber Celeste hat Lewis und mich gebeten, Nachforschungen zum Tod von Linda anzustellen. Als die Polizei es noch für Selbstmord hielt.«

Mrs. Hildebrandt griff nach dem Kristallanhänger, der um ihren Hals hing.

»Ja, das habe ich gehört. Nichts für ungut, Schätzchen, aber ich glaube kaum, dass Sie dafür qualifiziert sind.«

Lewis machte den Mund auf, aber Audrey warf ihm einen warnenden Blick zu, und er klappte ihn wieder zu.

»Das mag sein. Aber nach dem, was Sie mir gestern erzählt haben … also, ich würde gern wissen, wer der Mann war, der Sie vor Richard gewarnt hat.«

Die Schultern der Schauspielerin sackten herab.

»Ah. Ich hatte mich schon gefragt, ob Sie es ihm erzählt haben.«

Also das war es. Es war ihr peinlich, dass sie Audrey gegenüber zugegeben hatte, auf Richards Betrugsmasche hereingefallen zu sein, und sie hatte nicht gewollt, dass Lewis davon erfuhr.

»Nur die wesentlichen Punkte.« Audreys Stimme klang sanft. »Aber jetzt, wo die Polizei Rafik festgenommen hat, müssen wir herausfinden, wer sonst noch ein Motiv gehabt haben könnte, Richard und Linda umzubringen. Hat er Ihnen seinen Namen genannt? Der Mann, der Sie über Richards Machenschaften informiert hat.«

»Sie glauben doch wohl nicht, dass die Polizei sich geirrt hat?« Mrs. Hildebrandt runzelte die Stirn. »Sie haben die Tatwaffe gefunden und alles.«

»Aber nein. Wir wollen einfach nur gründlich sein. Wie lautet sein Name, Mrs. H? Wir wollen ihn lediglich fragen, wer sonst noch …« Sie hielt inne und suchte nach den richtigen Worten. »… mit Richard oder seinem Börsenmakler zu tun hatte.«

Mrs. Hildebrandt spielte an ihrer Halskette herum.

»Es käme mir vor wie ein Vertrauensbruch, Audrey. Ich weiß nicht, ob ich die Information preisgeben sollte.«

»Bitte.« Audrey machte wieder diese großen Kulleraugen. »Wenn Rafik unschuldig ist, müssen wir versuchen, ihm zu helfen.«

Es entstand eine Pause, dann zuckte Mrs. Hildebrandt die Achseln.

»Gut, na schön, obwohl ich glaube, dass Sie auf dem Holzweg sind. Er hieß Roper, Nathan Roper. Aber fragen Sie nicht nach weiteren Details, mehr weiß ich nicht.«

Fast hätte Lewis triumphierend die Faust in die Luft gereckt. Endlich ein Durchbruch. Nathan Roper war Lindas Stalker. Das engte den Kreis der Verdächtigen weiter ein, und zudem bewies es noch, dass er recht gehabt hatte.

»Vielen Dank«, sagte Audrey. »Wir wissen das wirklich sehr zu schätzen.«

Plötzlich drang eine weitere Äußerung von Audrey in sein Bewusstsein vor. »Was für ein Börsenmakler?«

»Wie bitte?«, sagte Mrs. Hildebrandt, und Lewis sah Audrey an.

»Du hattest vorher keinen Börsenmakler erwähnt.«

»Oh. Habe ich das nicht?« Sie warf einen Blick auf die Schauspielerin, der das alles peinlich zu sein schien. »Es war noch ein weiterer Mann beteiligt, nicht wahr, Mrs. H? An

Richards …« Sie verstummte, offenbar wusste sie nicht, wie sie den Satz zu Ende bringen sollte.

»Sprechen Sie es ruhig aus.« Mrs. Hildebrandt seufzte. »An seiner Betrugsmasche. Ja, da war noch ein Mann. Nach unserem Treffen habe ich im Internet recherchiert und seine Website gefunden, aber die gibt es jetzt nicht mehr. Vermutlich irgendein Schauspieler.«

»Wie hieß er?«, drängte Lewis. »Wie sah er aus?«

Mrs. Hildebrandt errötete, und Audrey stieß Lewis an, um ihm zu bedeuten, er solle es langsam angehen lassen.

»Jonathan Smythe«, antwortete Mrs. Hildebrandt, und Audrey versuchte, ihr mit einem Lächeln Rückhalt zu geben. »So Anfang sechzig. Weißes Haar. Ziemlich rundlich. Aufgedunsenes Gesicht.«

»In etwa wie eine Kartoffel mit Perücke?«, fragte Lewis.

»Oh. Äh, ja, so könnte man es beschreiben. Aber in einem wirklich schicken Maßanzug.«

»Paulo Ram«, sagte Lewis zu Audrey. »Er und Richard haben den Anlagebetrug zusammen durchgezogen. Möglicherweise auch die Erpressungen.«

»Erpressungen?« Mrs. Hildebrandt wirkte alarmiert. »Niemand hat irgendwas von Erpressung gesagt.«

»Richard hat alle möglichen krummen Dinger gedreht«, sagte Audrey. »Er war ein ganz furchtbarer Mann.«

Die Schauspielerin nickte.

»Sind wir jetzt fertig?«, fragte sie und blickte zwischen ihnen hin und her. »Es ist nur, weil Fraser gleich …«

»Aber natürlich«, sagte Audrey. »Vielen Dank, dass Sie mit uns gesprochen haben. Hoffentlich wird das alles bald ein Ende haben.«

»Das hoffe ich wirklich.« Mrs. Hildebrandt brachte sie zur Tür. »Ich kann es kaum ertragen, daran zu denken. Ach, da ist Fraser ja.«

Als sie nach draußen traten, kam Fraser ihnen entgegen. Er lächelte, als er sie sah.

»Hallo, noch mal.« Seine blauen Augen zwinkerten. »Was ist denn hier los?«

»Guten Morgen, Liebling.« Mrs. Hildebrandt küsste ihn auf die Wange. »Audrey und Lewis sind auf einen kleinen Plausch vorbeigekommen. Sie wollten gerade gehen.«

»Wie sind Sie hier reingekommen?«, fragte Lewis anstelle einer Begrüßung. »Wir haben den Türöffner gar nicht gehört.«

Frasers Lächeln erstarb, und Audrey stieß einen hörbaren Seufzer aus. Was für ein Problem hatte sie denn jetzt schon wieder?

»Fraser hat meinen Ersatzschlüssel.« Auch Mrs. Hildebrandt wirkte verärgert. »Es ist mein gutes Recht, ihm den zu geben. Komm doch rein, Liebling«, sagte sie. »Wir überlassen die beiden ihren eigenen Angelegenheiten, ja?«

»Gute Idee«, erwiderte Fraser. »War schön, Sie beide wiederzusehen.«

Mrs. Hildebrandt knallte ihnen nicht direkt die Tür vor der Nase zu, aber es wäre kaum möglich gewesen, sie schneller zu schließen.

»Das hat uns definitiv weitergebracht«, bemerkte Lewis. »Ich wünschte, du hättest mir früher von dem Börsenmakler erzählt. Damit hat Nathan, der Stalker, eindeutig ein Motiv, auch Paulo Ram umzubringen, denn der war am Anlagebetrug beteiligt!«

»Ich habe nicht daran gedacht«, verteidigte sie sich. »Und jetzt wissen wir, wie Mrs. H es geschafft hat, am Abend von Lindas Ermordung zweimal nach Hause zu kommen. Beim zweiten Mal muss es Fraser gewesen sein.«

»Ja, das ist sehr hilfreich.« Lewis schwieg einen Moment und dachte nach. »Du hattest recht mit ihm. Ich glaube, wir werden noch ein paar Nachforschungen über Fraser Townsend anstellen müssen.«

»Sobald wir Nathan aufgespürt haben.«

»Ich glaube, du solltest erstmal Val anrufen.« Während sie den Platz überquerten, hakte Lewis im Kopf die wesentlichen Punkte ab. »Nathan steht jetzt ganz oben auf unserer Liste der Verdächtigen, und wir müssen in Erfahrung bringen, ob es reines Glück war, dass er Linda begegnet ist, ob Val ihm von Lindas Ermordung erzählt hat oder, wie wir vermuten, ob er bereits Bescheid wusste. Komm, gehen wir wieder zu dir. Mein halb fertiges Sandwich liegt noch da.«

Während Audrey im Tierheim anrief und eine weitere Nachricht für Val hinterließ, bereitete Lewis ihnen einen sehr verspäteten Mittagsimbiss zu, und sie setzten sich an den Esstisch, um ihn zu verspeisen. Die Teller und Brotkrümel erinnerten ihn an Lindas letzte traurige Mahlzeit.

»Noch ein Verdächtiger.« Audrey sammelte einen Krümel von der hölzernen Tischplatte auf und deponierte ihn auf ihrem Teller. »Rafik und Nathan sind eindeutig verdächtig, und jetzt möglicherweise auch noch Victor und Fraser. Immer wenn wir einen von der Liste streichen können, tauchen zwei weitere auf.«

»Ja, Fraser lässt die Alarmglocken schrillen«, bestätigte Lewis. »Das einzige Haar in der Suppe ist Linda. Richard und Paulo waren Partner, also hat jeder, der mit einem von Richards Opfern in Verbindung steht, ein Motiv, beide umzubringen, aber der Mord an Linda macht immer noch keinen Sinn. Es sei denn, sie war an der Sache beteiligt, und es gibt nichts in der Wohnung oder im Antiquitätenladen, was darauf hinweisen würde.«

Audrey schwieg und nagte an ihrer Unterlippe.

»Was ist?«, fragte er. »Was beunruhigt dich?«

»Ich weiß nicht. Ich will nicht, dass der Mörder hier im Marchfield Square wohnt, aber irgendwas lässt mir keine Ruhe. Ich glaube, ich habe vor kurzem etwas gesehen. Etwas Wichtiges.«

»Was denn?«

Sie schüttelte den Kopf und schloss die Augen.

»Ich weiß es nicht. Der Eindruck ist jetzt stärker. Ich versuche ständig, es mir vor Augen zu rufen, aber jedes Mal, wenn ich glaube, es zu haben, entzieht es sich mir.«

»Ist es etwas, das du hier am Square gesehen hast? Hat es etwas mit Fraser und Mrs. Hildebrandt zu tun?«

»Möglich«, sagte sie langsam und seufzte dann. »Ich habe dir das noch gar nicht erzählt, aber gestern hatte ich das Gefühl, dass mir jemand folgt.«

Lewis setzte sich sofort aufrechter hin.

»Wann genau?«

»Am Freitagnachmittag, als ich von der Arbeit kam. Ich habe einen Umweg gemacht und bin zufällig Mrs. H begegnet. Sie und Fraser haben mich zu Hause abgesetzt.«

»Was für ein Zufall«, sagte er. »Als wir Victor beschattet haben, war ich mir sicher, dass uns ein silberner Wagen folgt.«

»Wirklich?« Sie schauderte und klaubte einen weiteren Brotkrümel auf. »Das ist nicht gut. Ich hatte gehofft, dass ich es mir nur eingebildet habe.«

Kurz zog er in Erwägung, ihr zu erzählen, dass er am Vorabend im Garten das Gefühl gehabt hatte, beobachtet zu werden, entschied sich aber dagegen. Sie hatte diese fixe Idee, dass der Marchfield Square ein sicherer Ort war, obwohl sich die Beweise für das Gegenteil in letzter Zeit häuften. Es war nicht nötig, sie noch paranoider zu machen, als sie sowieso schon war.

»Ist wahrscheinlich auch so«, sagte er mit einem Achselzucken. »Die Vorstellung, dass jemand Linda ausgespäht hat … Das macht was mit einem.«

»Ja, das tut es.«

Ihm fiel etwas wieder ein, was Audrey mal gesagt hatte.

»Deine Theorie, dass es möglicherweise zwei verschiedene Täter sind … da könnte was dran sein, weißt du. Wenn die Polizei richtigliegt und Rafik tatsächlich Richard Glead und Paulo Ram erschossen hat, könnte immer noch einer unserer anderen Verdächtigen Lindas Mörder sein.«

Audreys Handy zwitscherte, und sie zog es aus der Tasche und runzelte die Stirn.

»Wie's aussieht, werden wir das bald herausfinden. Mei ist auf dem Heimweg.«

61
Audrey

»Wie ist es gelaufen?«, fragte Audrey ihre Mitbewohnerin, als diese eine Stunde später durch die Tür kam. »Was ist mit Rafik? Darfst du darüber reden?« Es wurde langsam dunkel, und die kalte Luft, die mit Mei hereinwehte, verriet Audrey, dass die Temperatur bereits wieder fiel.

Mei seufzte, zog ihren Mantel aus und legte ihn über einen der Hocker, bevor sie antwortete. Sie wirkte müde und abgespannt.

»Entgegen meinem Rat möchte Rafik, dass ich euch und Celeste alles erzähle. Er weiß, dass Celeste an ihn glaubt, und er ist überzeugt, dass auch ihr das tut. Schließlich setzt ihr euch im Auftrag von Celeste für Linda ein.«

»Gut«, sagte Lewis.

»Das wirst du nicht mehr sagen, wenn du hörst, was sie gegen ihn in der Hand haben.« Mei zog einen Stuhl heran und setzte sich zu ihnen an den Tisch. »Ich weiß nicht mal, wo ich anfangen soll.«

Audrey griff nach ihrer Hand und drückte sie.

»Erzähl einfach alles der Reihe nach. Zunächst einmal, was hast du von Sofia erfahren?«

Mei holte tief Luft.

»Offenbar hat sie am Freitagabend nach ihrer Rückkehr ins Revier einen anonymen Hinweis erhalten. Jemand rief an und fragte ausdrücklich nach ihr. Der Anrufer sagte, Linda habe eine Affäre gehabt und Paulo Ram habe sie deshalb erpresst. Sofia fuhr ins Tierheim und dann zu St. Luke's, um mit dem Pfarrer zu reden, den du erwähnt hast, Auds. Rafiks Name fiel dann ziemlich schnell.«

Das Blut erstarrte Audrey in den Adern. Lewis hatte recht gehabt; es war alles ihre Schuld.

»Der Hauptverdächtige war jetzt also der Gärtner. Die Polizei beantragte einen neuen Durchsuchungsbeschluss für den Marchfield Square. Bei der Befragung hat Rafik natürlich alles abgestritten, aber sie haben die Pistole sofort gefunden und ihn festgenommen.«

»Was hatte er überhaupt hier zu suchen?«, fragte Lewis.

»Er behauptet, jemand habe eine Nachricht von Celeste unter seiner Tür durchgeschoben. Angeblich war ihr Aufzug kaputt, und er solle sich das mal ansehen. Er hat die Nachricht aber nicht aufbewahrt, und Dixon bestreitet, sie geschrieben zu haben. Nachdem die Polizei die Pistole gefunden hatte, bekamen sie auch einen Beschluss für Rafiks Wohnung. Bei der Durchsuchung fand Sofia in seinem Wohnzimmer unter einem Stapel anderer Kissen das Gegenstück zu Lindas beigem Samtkissen. So versteckt, dass jeder es vor Augen hat und man es gerade deshalb übersieht, meint sie. Rafik bestreitet, das Kissen je gesehen zu haben. Kurz darauf entdeckten sie Fotos von Linda, die an die Rückseite seines Nachtschränkchens geklebt waren.«

»Was für Fotos?«, fragte Audrey, und Mei seufzte wieder und rieb sich die Falte zwischen ihren Augenbrauen.

»Widerliche Fotos«, erwiderte sie nüchtern. »Aufnahmen von Linda in ihrer Wohnung, mit Teleobjektiv durchs Fenster aufgenommen. Fotos, auf denen sie vor der Kirche mit einem Priester spricht. Fotos von Linda in einem Coffeeshop und vor dem Tierheim. Wie sie den Gartenweg zum Haus ihrer Schwester hinaufgeht. Wo sie auch hinging, er verfolgte sie mit seiner Kamera.«

Es herrschte Stille, während sie das verarbeiteten, und Audreys Magen krampfte sich zusammen.

»Ein anonymer Hinweis?« Lewis klang verächtlich. »Wenn das nicht verdächtig ist, weiß ich auch nicht. Linda kannte ihn. Wie hätte er sie stalken sollen, ohne dass sie das bemerkt hätte? Ohne dass es irgendjemandem auffiel, dass er um sie herumschlich und Fotos machte?«

»Er konnte es machen, weil er der verdammte Gärtner ist«, knurrte Audrey. »Niemand nimmt ihn wahr, weil er immer hier ist und seine Arbeit macht. Niemand achtet gern auf Leute, die arbeiten. Alle stellen sich gern vor, dass Arbeit sich wie durch Magie erledigt und niemand sich die Hände schmutzig machen muss. Genauso wie wir alle bei Linda weggesehen haben, weil es uns unangenehm war, was da passierte. Und das machte auch sie unsichtbar.«

Audrey wurde fast übel. Das war weit schlimmer als alles, was sie sich vorgestellt hatte. Sogar als sie Rafik als Täter in Erwägung gezogen hatte, hatte sie an ein Verbrechen aus Leidenschaft gedacht, nicht an eine schmierige, dreckige Tat, die auf eine erschreckende Besessenheit zurückzuführen war.

»Jedenfalls«, fuhr Mei fort, »das Kissen ist im Labor, und vermutlich wird man Lindas DNA darauf finden. Also hat die Polizei jetzt beide Tatwaffen: Eine wurde in Rafiks Wohnung gefunden, die andere hier im Garten. Es gibt noch weitere Beweise dafür, dass er Linda gestalkt hat. Die Erdkrümel auf dem Teppich in der Wohnung der Gleads stammen hier aus dem Garten, und Rafiks Fingerabdrücke wurden unten am Geländer gefunden, bei der Feuertreppe.«

»Die Erdkrümel auf dem Teppich könnte jeder hier in die Wohnung geschleppt haben«, sagte Lewis. »Einschließlich der Gleads selbst. Und wenn sein Fingerabdruck nur unten am Geländer gefunden wurde, könnte er es angefasst haben, als er den Weg fegte oder die Hecke schnitt.«

»Wäre ich seine Verteidigerin, würde ich genauso argumentieren«, sagte Mei. »Aber den Rest kannst du nicht einfach abtun.«

»Sind seine Fingerabdrücke auf der Pistole? Oder auf dem Kissen?«

»Nein, aber er hätte ja Handschuhe tragen können.«

»Sogar beim Kissen?« Unterstützung heischend wandte Lewis sich an Audrey. »Das kann nicht stimmen. Es ist einfach zu glatt, darüber haben wir doch schon gesprochen. Es muss eine abgekartete Sache sein. Ist es sicher, dass es sich um die Tatwaffe handelt?«

»Ja. Sie haben bei der Ballistik Druck gemacht. Er soll Richard aus Eifersucht erschossen haben, Linda aus Wut, weil sie ihn abgewiesen hat, und Ram, weil der zu viel wusste. Rafik streitet alles ab, aber die Beweislast ist erdrückend.«

Lewis sah Audrey an, als hoffte er, dass sie sich ebenfalls für Rafik einsetzen würde, aber das konnte sie nicht. Sie wusste, wie es war, sich jede Minute des Tages beobachtet zu fühlen, zu große Angst zu haben, das Haus zu verlassen oder sogar die Vorhänge aufzuziehen. Ohnmächtige Wut erfüllte sie, Entsetzen, weil so etwas direkt vor ihrer Nase passiert war, und bei dem Gedanken, zu was es geführt hatte, wurde ihr übel. Schlimmer noch, sie empfand Scham, weil sie eigentlich einen Stalker hätte erkennen müssen, wenn er direkt vor ihr stand. Vielleicht war sie älter geworden, aber klüger eindeutig nicht.

»Er hat dagesessen und sich eiskalt angehört, wie Linda ihm erzählte, welche Angst sie hatte.« Heiße Wut kochte in Audrey hoch. »Obwohl er die ganze Zeit derjenige war, der ihr Angst machte. Sie dachte, sie würde wegen Richard ausgespäht, aber es ging die ganze Zeit um sie. Und Rafik hat sie noch getröstet, ihr gute Ratschläge gegeben.«

»Jemand versucht, ihm das anzuhängen«, beharrte Lewis unter Missachtung aller Beweise für das Gegenteil. »Irgendjemand hat diese Sachen in seiner Wohnung deponiert. Warum sollte er das Kissen mitnehmen? Warum sollte er es behalten und deutlich sichtbar zur Schau stellen? Da müsste er schon ein Psychopath sein.«

»Begreifst du denn nicht?«, sagte Audrey. »Er *ist* ein Psychopath. Es ging nicht um Linda, es ging um ihn. Sie war nur ein Objekt, auf das er fixiert war. Stalker glauben, dass ihre Opfer ihnen gehören. Sie wollen sie beherrschen. Sie wollen gewinnen. Richard war im Weg, also musste er weg, aber als Linda sich ihm nicht unterwerfen wollte, musste sie ebenfalls sterben. Das Kissen war eine Trophäe. So etwas ist krank, aber es passt ins Bild.«

Lewis starrte sie an, dann wandte er sich an Mei, die plötzlich an Audreys Seite war, als stummer Beistand.

»Das ist doch irre«, sagte er. »Heute Morgen habt ihr ihn beide noch verteidigt.«

»Die Beweise sprechen für sich«, erwiderte Mei. »Er ist nicht der Mensch, für den wir ihn gehalten haben.«

Aber Lewis schüttelte nur den Kopf und redete wütend auf Audrey ein.

»Als es eine logische Annahme war, dass Linda ihren Mann umgebracht hat, hast du dich geweigert, das zu glauben, weil es nicht zu ihrem Charakter passt. Du hast es kategorisch abgelehnt, ganz egal, was die Beweise sagten. Rafiks Persönlichkeit hat sich seit heute Morgen nicht verändert, und trotzdem schluckst du diesen Blödsinn!«

»Du warst doch derjenige, der ihn weiter für verdächtig hielt«, konterte Audrey. »Und jetzt, wo es jede Menge Beweise gegen ihn gibt, änderst du deine Meinung? Warum? Weil alles zu offensichtlich ist? Nicht clever genug für deinen Roman?«

»Psychopathen erkennt man meistens nicht.« Meis Stimme

klang müde. »Diese Leute können oft sehr charmant sein. Niemand kennt die Wahrheit außer ihren Opfern.«

»Aber glaubt ihr nicht …«

»Du gehst jetzt besser, Lewis«, sagte Audrey abrupt und musste sich abwenden, als sie sein fassungsloses Gesicht sah. »Mei ist erschöpft und ich ebenfalls. Wir reden morgen weiter.«

»Aber …«

»Es tut mir leid«, sagte Mei und schob ihn in den Flur hinaus. »Es war ein höllischer Tag, aber morgen früh sieht bestimmt alles wieder ganz anders aus.«

»Für wen?«, fragte Lewis scharf.

»Für alle.« Meis Stimme klang fest, und Audrey hörte, wie sich die Wohnungstür öffnete. Mei senkte die Stimme und sprach so leise, dass Audrey nur den Schluss ihrer Abschiedsworte mitbekam. »Okay? Lass sie heute Abend einfach in Ruhe.«

Mei drückte die Wohnungstür zu, und Audrey hörte, wie sich die Schlüssel im Schloss drehten.

»Was hast du zu ihm gesagt?«, fragte sie, als Mei wieder in die Küche kam, das Gesicht leicht gerötet.

»Nur dass du müde bist und Ruhe brauchst«, sagte sie. »Schau mich nicht so an, Auds. Von mir hat er nichts erfahren, versprochen.«

Den restlichen Nachmittag verbrachte Audrey auf dem Sofa, in eine Decke gekuschelt. Ihr Kopf hämmerte und in ihrem Magen rumorte es. Es war, als habe ihr jemand einen Schlag versetzt, direkt auf den Solarplexus.

Am Abend sahen sie sich einen schlechten Fernsehfilm auf dem Weihnachts-Kanal an, doch als die vorhersehbare Handlung vor ihnen ablief, konnte Audrey nur an eins denken: Rafik Jones. Wie in aller Welt hatte sie sich so in ihm täuschen können?

62

Lewis

Er wäre fast ausgerutscht, als er die Außentreppe hinunterstampfte, auf der sich bereits eine Eisschicht bildete. Das ließ ihn an Rafik denken, der das Pflaster vor Celestes Haus immer so gründlich gestreut hatte. Es hatte ihn geärgert, dass Audrey andere Leute nur deshalb für unschuldig hielt, weil sie ihr sympathisch waren, aber nun, wo er sich mit dieser Wendung konfrontiert sah, wollte er einfach nicht glauben, dass ein Mann, der so besorgt um das Wohlergehen anderer war, ein dreifacher Mörder sein sollte.

Der Himmel war klar, und die ersten Sterne wurden sichtbar, als die Sonne hinter der Skyline unterging. Die Straßenlaternen waren noch nicht angegangen, und es war so kalt, dass Lewis in seiner Jacke fröstelte.

Als er fast beim Innenhof angelangt war, bemerkte er aus dem Augenwinkel eine Bewegung beim Seiteneingang und drehte gerade noch rechtzeitig den Kopf, um jemanden durchs Tor verschwinden zu sehen. Er wusste nicht, wer das war, aber in seinem aufgewühlten Zustand war ihm das egal. Lewis lief zum Tor, öffnete es und schaute in beide Richtungen, um festzustellen, wer da gerade gegangen war.

Es war Victor, der die Straße entlangeilte, eine große Tasche in der Hand. Lewis sah ihm nach. Vier Uhr nachmittags an einem Samstag, das passte nicht zu Victors vorherigen nächtlichen Exkursionen, aber vielleicht sollte er ihm trotzdem folgen. Zumindest konnte er damit beweisen, dass er im Beschatten doch nicht so schlecht war. Lewis schlüpfte durchs Tor.

Da es noch nicht ganz dunkel war, fiel es ihm dieses Mal leichter, den Mann im Auge zu behalten. Er folgte ihm, als Victor nach rechts auf das Embankment einbog, und als dieser die Kreuzung bei der Albert Bridge überquerte, wurde Lewis immer aufgeregter.

Er folgte Victor weiter bis zur Battersea Bridge und murmelte dabei vor sich hin: »Geh nach rechts, geh bitte nach rechts.« Als Victor tatsächlich in die Beaufort Street einbog, jubilierte Lewis innerlich. Victor nahm denselben Weg wie neulich Abend.

Auf der Fulham Road begann Lewis, dichter zu Victor aufzuschließen, entschlossen, seine Beute nicht erneut entwischen zu lassen. Allmählich taten ihm vor Anstrengung schon die Augen weh. Kurz vor Duke's Burgers blieb Victor vor einer schwarz gestrichenen Tür neben dem Eingang zur Bar stehen, und Lewis trat schnell zur Seite, um nicht entdeckt zu werden.

Er beobachtete, wie Victor auf eine in die Mauer eingelassene Klingel drückte, und wartete. Die Tür öffnete sich, Victor trat ein, und sobald die Tür wieder geschlossen war, eilte Lewis hin. Gleich würde das Rätsel gelöst werden.

Aber dem war nicht so. Auf dem Klingelschild stand nur »Bühneneingang«.

Lewis trat etwas zurück und sah sich das Haus näher an. Die Bar neben der Tür – Proud Maggie's – war ein Drag-Club, und nun, wo Lewis nicht mehr auf Victors Rücken starrte, fiel ihm ein Schild davor auf, das verkündete: »Cabaret am Samstag, 17.00 – 23.00 Uhr«. Er stutzte. Das konnte doch nicht sein.

Er musterte die Tür, und nach kurzem Überlegen seufzte

er und drückte auf die Klingel. Er hatte genug davon, subtil vorzugehen.

Ein kleiner alter Mann öffnete die Tür.

»Ja?«

»Ich will zu Victor«, sagte Lewis. »Victor DeFlore.«

Er erwartete, dass ihm Fragen gestellt wurden oder er aufgefordert wurde, sich auszuweisen, aber der Mann trat einfach zur Seite und winkte ihn durch.

»Kommen Sie rein. Den Gang entlang, dritte Tür rechts.«

Zunehmend verwirrt ging Lewis den Gang hinunter, der in einem schmuddeligen Senfgelb gestrichen war. An den Wänden hingen unzählige gerahmte Aufnahmen spektakulär aussehender Dragqueens. Die erste Tür stand offen, und er sah in einen großen Raum mit zahlreichen Schminkspiegeln und Schminktischen, jeder Tisch mit kleinen Lämpchen umrandet und mit mehr Make-up beladen, als Lewis je zuvor gesehen hatte. Zwei Stühle waren bereits besetzt, beide von Künstlerinnen mit Haarbändern. Die erste trug mit einem Schwämmchen Grundierung aufs Gesicht auf, die zweite strich sich quietschblauen Lidschatten auf die Augenlider.

Der zweite Raum war mit Kleidungsstücken vollgestopft, aber es befand sich niemand darin. An den Wänden reihten sich Kleiderständer, an denen dichtgedrängt federgeschmückte Fummel, paillettenbesetzte Jumpsuits und nicht näher identifizierbare Klamotten mit Leopardenmuster hingen. Der dritte Raum beherbergte wieder Schminkspiegel, dazu ein Dutzend Perücken auf Ständern.

Und Victor.

»Du bist ein bisschen früh dran, Schätzchen«, sagte Victor, steckte eine Haarsträhne an einer blonden Perücke auf, trat einen Schritt zurück und begutachtete sein Werk. »Ich habe gerade erst angefangen …« Als er Lewis im Spiegel erblickte, schien er zu erstarren. Dann drehte er sich langsam zu ihm um.

»Hallo, Victor«, sagte Lewis und hob etwas verlegen die Hand.

»Sind Sie mir gefolgt?«, fragte Victor scharf und kniff die Augen zusammen.

»Ja.«

Victor stieß ein bellendes Lachen aus. »Zumindest sind Sie ehrlich. Dürfte ich fragen warum?«

»Verdächtige Einträge in den Zutrittsprotokollen«, sagte Lewis. »Zum Zeitpunkt von Lindas Ermordung. Wir mussten das überprüfen.«

»Das ist doch Aufgabe der Polizei.« Victor ließ sich auf einen der Frisierstühle sinken. »Ich habe bereits ausgesagt, dass ich den ganzen Abend hier war, und Maggie und die Mädels haben das bestätigt. Außerdem ist doch gerade jemand verhaftet worden.«

»Könnte sein, dass die Polizei den falschen Mann hat«, sagte Lewis und schaute sich um. »Sie machen hier also die Haare und das Make-up?«

»Kein Make-up. Ich bin Haartechniker. Habe ich in der Navy gelernt.«

»Wie bitte?«

»Die Mannschaft hat immer ein Unterhaltungsprogramm auf die Beine gestellt, und dazu putzten sie sich heraus. Ich bin kein großer Performer, aber ich mag die Perücken. Man braucht ziemliches Geschick, um ein Haarteil zu kreieren, wissen Sie? Es muss ausbalanciert sein, damit die Perücke auch noch sitzt und nicht verrutscht, wenn man damit tanzt und sich bewegt. Und Mann, diese Jungs konnten vielleicht tanzen. Und jetzt arbeite ich drei Abende die Woche hier, und beim Cabaret am Wochenende. So komme ich mal aus dem Haus und lerne neue Leute kennen.« Er schaute Lewis an, der sein eigenes entgeistertes Gesicht im Spiegel sehen konnte. »Was haben Sie denn gedacht, was ich mache?«

»Also … ich weiß nicht.« Er zuckte die Achseln. »Um ehrlich zu sein, dachte ich, dass Sie irgendwelche krummen Dinger drehen. Sie haben sich ja ziemlich bedeckt gehalten.«

Victor lächelte.

»Ich schäme mich nicht deswegen, aber ich bin auch nicht mutig genug, Leuten zu erzählen, dass ich in einem Drag-Club arbeite. In meiner Generation wird so etwas oft noch nicht akzeptiert.«

»Das verstehe ich. Hören Sie, es tut mir leid, dass ich Ihnen gefolgt bin. Ich werde niemandem was erzählen, wenn Sie das nicht wollen.«

»Nicht mal Audrey?«

»Audrey vielleicht schon«, räumte Lewis ein.

»Könnte sein, dass Sie sich wegen Rafik irren«, sagte Victor, der unbehaglich dreinblickte, nach einer kurzen Pause.

»Ach? Und warum?«

»Zu dem Zeitpunkt habe ich mir nichts dabei gedacht, aber am Abend von Lindas Tod, ich war gerade durchs Haupttor reingekommen und ging am Geräteschuppen vorbei, glaubte ich etwas zu sehen. Nur ein kurzes Aufblitzen von Weiß hinter der Hecke. Ich habe nachgesehen, aber da war nichts, also ging ich nach Hause und dachte nicht weiter darüber nach.«

»Was glaubten Sie, was es war?«

»Ein Vogel vielleicht, oder dass es an meinen Augen lag. Wir werden alle nicht jünger, stimmt's? Aber jetzt …«

»Aber jetzt glauben Sie, dass es Rafik war. Der mit der Mordwaffe in der Hand den Square verließ.«

»Gestern hätte ich noch geschworen, dass das unmöglich ist. Aber die Polizei weiß, was sie tut. Sie sollten denen die Sache überlassen.«

Lewis seufzte. Jeder, der Zugang zum Marchfield Square hatte, hätte in der Dunkelheit beim Geräteschuppen herumlungern können, allerdings war der immer abgesperrt. Und das verschwundene Kissen war in Rafiks Wohnung gefunden worden. Das fehlende *beige* Kissen.

Victors Miene hellte sich auf. »Sie können sich gern die Vorstellung ansehen, wenn Sie wollen. Ich kann Freikarten vergeben, was ich aber noch nie getan habe.«

»Oh. Tut mir leid, heute kann ich nicht.« Lewis fühlte sich schuldig, als er Victors enttäuschtes Gesicht sah. »Aber vielleicht nächste Woche? Ich könnte Audrey mitbringen. Ich meine, ich könnte sie fragen, ob sie mitkommt. Vielleicht würde sie die Vorstellung gern sehen.«

»Wann immer Sie wollen«, sagte Victor mit einem Achselzucken. »Geben Sie mir nur vorher Bescheid.«

Lewis überließ ihn seinen Perücken und trat aus der schwarzen Tür auf die Fulham Road hinaus. Wieder ein Verdächtiger weniger, und er hatte es ohne die Putzfrau geschafft und ohne langes Drumherumgerede. Jetzt blieben nur noch Nathan und Fraser.

Als er das Embankment erreichte, gingen die Straßenlaternen an, und er blickte auf die Themse hinaus, über deren grauen Wassern sich Nebelschleier zu bilden begannen. Als sein Nacken kribbelte, drehte er sich automatisch um und erhaschte gerade noch einen Blick auf einen silbernen Wagen, der um die Ecke bog.

Der Fall fing an, auch ihm zu schaffen zu machen, erkannte er. Er schloss das Tor auf und überquerte den Innenhof, und dabei blickte er zu Audreys Wohnung hinauf. All dieses Gerede darüber, beobachtet zu werden, und über Fremde, die ungesehen hier hereingelangten, hatte sie ganz klar nervös gemacht, und jetzt färbte es auch auf ihn ab. Er war es gewöhnt, wenig von seiner Umgebung wahrzunehmen, und das gefiel ihm so. Dass es plötzlich einen Menschen gab, wegen dem er sich Sorgen machte, war eine unangenehme, beunruhigende Entwicklung.

An diesem Abend kramte er seine Kopfhörer wieder hervor.

63
Audrey

Audrey war noch im Bett, als am Sonntag um zehn Uhr morgens ihr Handy klingelte. Bis halb vier hatte sie sich herumgewälzt, und als sie dann endlich eingeschlafen war, hatte sie von einer Hand geträumt, die ihr die Kehle zudrückte. Später war sie hochgeschreckt, die Bettdecke eng um sich gewickelt.

Widerstrebend streckte sie einen Arm unter der Decke hervor und griff nach dem Handy. Sie brauchte zwei Anläufe, bis es ihr gelang, den Anruf anzunehmen, dann presste sie das Gerät ans Ohr.

»Hallo?«, murmelte sie.

»Hallo, spreche ich mit Audrey? Hier ist Val. Valerie James.«

»Oh, hallo, Val!« Audrey kämpfte sich in eine sitzende Position hoch und rieb sich die Augen. Die letzten schockierenden Entwicklungen hatten sie ganz vergessen lassen, dass sie noch einen Anruf erwartete.

»Sie haben ein paarmal um Rückruf gebeten? Tut mir leid, dass es ein bisschen gedauert hat. Wir hatten die Polizei hier, und auch sonst war diese Woche viel los, also bin ich ein bisschen im Verzug. Sonntags bin ich eigentlich immer bei den Hunden. Was kann ich für Sie tun?«

»Es geht um Nathan Roper«, erklärte Audrey. »Das klingt jetzt vielleicht ein wenig seltsam, aber bei unserem Treffen letzte Woche sagten Sie, Sie würden Nathan über Lindas Tod informieren. Haben Sie ihn angerufen?«

»Das würde ich nie tun. Ich habe gewartet, bis er zu seiner Schicht gekommen ist, aber ich hätte mir keine Gedanken machen müssen. Er wusste bereits Bescheid. Hatte es in den Nachrichten gesehen. Warum?«

»Kein bestimmter Grund. Nur ... äh... ich versuche, Lindas Schwester zu helfen, eine Liste für die Trauerfeier zusammenzustellen. Ich wollte sichergehen, dass Nathan es weiß.«

Audrey verzog das Gesicht. Das war ziemlich plump, aber Val schien nichts aufzufallen.

»Gestern war die Kriminalpolizei hier, um mit uns zu sprechen«, sagte Val, und Audrey hörte Papiergeraschel im Hintergrund. »Offenbar war es doch kein Selbstmord.«

»Das haben wir auch gehört. Was wollten die Detectives denn wissen?«

»Mit wem Linda zusammengearbeitet hat, mit wem sie befreundet war, ob sie ihren Mann mal mitgebracht hat. Sie haben mit allen hier gesprochen.«

»Auch mit Nathan? Was hat er gesagt?«

»Nicht viel. Er hat erzählt, dass Linda mal einen Typen mitgebracht hat, um ihm Muffin zu zeigen. Der Mann hieß wohl Jones. Und dass Linda oft in die Kirche ging. Das wusste ich gar nicht.« Vals Stimme klang traurig.

Audrey stockte der Atem. Nathan war es also gewesen, der die Polizei auf Rafik aufmerksam gemacht hatte, nicht Reverend Fitzbride. Nathan, der behauptet hatte, nicht zu wissen, wie Lindas Bekannter hieß.

»Arbeitet Nathan denn schon lange ehrenamtlich bei Ihnen?«, fragte sie.

»Seit einem halben Jahr etwa. Allerdings werden die Helferinnen und Helfer gründlich eingewiesen, das wird ein paar

Wochen gedauert haben, und er konnte auch nur bestimmte Schichten übernehmen.«

»Haben Linda und er immer dieselben Schichten übernommen? Zusammen?«

Es entstand eine Pause, während Val überlegte.

»Meistens, ja. Warum?« Misstrauen schlich sich in ihre Stimme. »Warum stellen Sie mir all diese Fragen? Sie glauben doch nicht etwa, dass Nathan etwas mit Lindas Tod zu tun hat, oder?«

»Nein, nichts dergleichen«, versicherte Audrey hastig. »Lindas Schwester wollte nur wissen, ob sie ihn zur Trauerfeier einladen sollte. Wenn er ein Freund von Linda war.«

»Ach so.«

»Nur noch eins«, sagte Audrey. »Haben Sie Nathan erzählt, dass Linda Muffin adoptieren wollte?«

»Nein, warum sollte ich das tun? Wäre das jetzt alles? Ich habe noch ziemlich viel zu erledigen, bevor ich zu den Hunden gehen kann.«

»Entschuldigen Sie. Ja, das ist alles. Vielen Dank für Ihre Hilfe.«

»Kein Problem.« Val seufzte. »Tut mir leid, dass ich Sie eben angefahren habe. Die Polizei hat mich ganz nervös gemacht, und ich habe es auch noch nicht geschafft, Lindas Schichten alle neu zu besetzen.«

»Ich helfe gern aus, wenn es nötig ist«, bot Audrey an und fügte scherzhaft hinzu: »Lewis ebenfalls.«

»Vielen Dank, das ist nett von Ihnen, aber Sie müssten erst die Schulung durchlaufen. Passen Sie auf sich auf, und sagen Sie Bescheid, wann die Trauerfeier stattfindet.«

»Das mache ich, Val. Danke noch mal.«

Audrey legte auf, warf das Handy aufs Bett und schlang die Arme um ihre Knie.

Nathan Roper war ein Lügner.

Über Lindas Tod war nicht berichtet worden. Sie hatte es selbst überprüft, mehrmals. Kein Wort in den Medien. Also hatte Nathan Val angelogen. Lewis gegenüber hatte er behauptet, nicht zu wissen, wer Lindas Bekannter war, und dann, fünf Tage später, hatte er der Polizei Rafiks Namen genannt.

Audrey holte tief Luft und versuchte, ihre Gedanken zu sortieren. Es war immer noch möglich, dass Rafik all das getan hatte, was man ihm zur Last legte. Sie wusste nur zu gut, dass der äußere Schein bei Menschen oft trog. Er hatte die Gelegenheit und ein Motiv gehabt, und die Pistole war hier im Garten gefunden worden. Dass er der Schuldige war, war immer noch die wahrscheinlichste Variante.

Aber Nathan Roper hegte einen Groll gegen die Gleads und hatte sich monatelang bei Linda eingeschmeichelt, um dann Rafik gründlich reinzureiten. Und dafür fiel ihr nur ein einziger Grund ein.

Er wollte den Verdacht von sich ablenken.

64
Lewis

Lewis wurde davon geweckt, dass jemand an seine Tür klopfte. Er saß immer noch auf seinem Bürostuhl, blinzelte verwirrt und schaute auf die Uhr. Noch nicht mal elf. Stand wieder die Polizei vor der Tür, um ihn zu befragen?

Er tapste in den Flur und gähnte dabei so heftig, dass sein Kiefer knackte.

Als er die Tür öffnete, sah er Audrey davorstehen. Sie trug einen weiten Pullover und Jeans, die Haare hatte sie zu einem unordentlichen Knoten hochgebunden. Die Schatten unter ihren Augen verrieten, dass auch sie nicht gut geschlafen hatte.

»Äh, hallo«, sagte er und fuhr hastig mit den Fingern durch seine wirre Mähne. Warum hatte sie ihm nicht geschrieben? Er trug noch die Sachen von gestern, und, noch entscheidender, auch das Deo von gestern. »Was ist los?«

»Ich bin zum Saubermachen gekommen.«

»Was?«

Lächelnd hielt sie eine Tasche hoch, die mit Staubwedeln und Reinigungsprodukten vollgestopft war. »Du hast gesagt, deine Wohnung sei dreckig, also bin ich gekommen, um hier sauberzumachen.«

»Nein. Nein, nein.« Er durfte nicht zulassen, dass sie seine verdreckte Bude zu Gesicht bekam. »Auf keinen Fall. Außerdem kann ich mir das nicht leisten.«

»Es ist umsonst.« Audrey seufzte. »Hör zu, du hattest recht. Mit Rafik. Möglicherweise jedenfalls. Es kann sein, dass jemand ihm das angehängt hat.«

Lewis verschränkte die Arme.

»Wieso hast du deine Meinung geändert?«

»Val hat mich vorhin zurückgerufen. Nathan Roper hat ein paar Monate nach Linda als Ehrenamtlicher im Tierheim angefangen. Er wollte ausdrücklich nur bestimmte Schichten übernehmen. Und als Val am Mittwoch mit ihm gesprochen hat, wusste er bereits von Lindas Tod. Und von Muffin hat sie ihm auch nichts erzählt.«

»Verdammt.«

»Und noch etwas. Die Polizei hat das ganze Team im Tierheim befragt, und laut Val war es Nathan, der ihnen von Rafik erzählt hat. Er hat ihnen den Namen des Mannes genannt, den Linda mal mit ins Tierheim gebracht hatte: Es war Rafik Jones.«

»Aber mir gegenüber hat er behauptet, er wisse nicht, wer der Mann ist!«

»Genau. Nathan Roper ist ein Lügner.«

Einen Moment lang sahen sie einander an. Es war großmütig von Audrey, zu ihm rüberzukommen und zuzugeben, dass sie sich geirrt hatte.

Also machte Lewis ebenfalls ein Versöhnungsangebot. »Ich habe auch Neuigkeiten. Gestern Nachmittag bin ich Victor wieder gefolgt. Ich weiß jetzt, warum er wegen seiner nächtlichen Ausflüge so geheimnisvoll tat.«

»Ach?«

»Dieser Drag-Club an der Fulham Road, Proud Maggie's. Er arbeitet dort.«

Audrey blinzelte. »Wie bitte?«

»Er ist Haartechniker, arbeitet an den Perücken und so weiter. Hat er offenbar bei der Navy gelernt. Jedenfalls, am

Abend von Lindas Ermordung hat er etwas im Garten gesehen. Ein Aufblitzen von Weiß in der Nähe des Schuppens. Könnte der Täter gewesen sein, der sich mit der Mordwaffe davongemacht oder sie irgendwo versteckt hat.«

»Und nur Rafik ist öfter im Schuppen, also können wir ihn noch nicht ausschließen.« Es entstand eine Pause, in der Audrey die neuen Informationen verarbeitete. Dann grinste sie plötzlich. »Victor stellt tatsächlich Perücken her? Und frisiert Dragqueens?«

»Ja.«

»Glaubst du, er könnte uns Karten besorgen?«

Lewis lachte. »Hat er schon angeboten.« Er blickte auf die Putztasche in ihrer Hand. »Warum willst du bei mir saubermachen?«

»Ich muss nachdenken, und Putzen hilft mir dabei.« Sie versuchte, an ihm vorbei in die Wohnung zu schauen. »Und jetzt lass mich meine Arbeit machen.«

Aber Lewis blieb standhaft und verwehrte ihr den Eintritt. »Auf gar keinen Fall.«

Sie funkelten einander böse an, dann hielt Audrey eine Sprayflasche hoch.

»Das ist eine hochgradig ätzende Reinigungslösung. Ich habe den Sprühkopf um genau fünfundvierzig Grad gedreht, was heißt, die Flasche ist geladen und entsichert. Du willst mir nicht im Weg stehen, wenn das hier losgeht, glaub mir.«

»Könntest du das Dings bitte wieder zudrehen?«

Ihre grünen Augen fixierten ihn auf eine Weise, die er beunruhigend fand. Ihre Finger lagen auf dem Plastik-Sprühkopf.

»Na schön«, seufzte er und trat zur Seite, um sie einzulassen. »Aber ich möchte festhalten, dass ich das eigenartig finde.« Audrey preschte an ihm vorbei Richtung Küche. »Hochgradig eigenartig!«

»Ist das nicht schön?«, sagte sie glücklich, stand auf und goss das Schmutzwasser aus der Schüssel in den Ausguss.

»Vielen Dank dafür. Aber inwiefern hilft dir das beim Denken?«

»Es hilft mir einfach, meine Gedanken zu sortieren. Als Nächstes nehme ich mir das Kochfeld vor.«

»Möchtest du einen Kaffee, bevor du wieder mit Chemie hantierst?« Er schob sich in den kleinen Raum. »Tee habe ich keinen da, aber ich könnte dir einen Latte machen.«

»Danke, das wäre schön.«

Sie zog die Gummihandschuhe aus und wusch sich die Hände, dann drückte sie sich an ihm vorbei und ging ins Wohnzimmer. Die oberen Wohnungen gingen über zwei Etagen und hatten zwei Schlafzimmer und ein Bad im zweiten Stock, aber die Erdgeschosswohnungen waren ebenfalls recht geräumig. In Lewis' Wohnzimmer war genug Platz für ein Sofa und einen Sessel, dazu einen Couchtisch, einen riesigen Fernseher und einen Schreibtisch in der Ecke beim Fenster, das zur Straße hinausging. Davor stand der größte, luxuriöseste lederne Drehstuhl, den Audrey je gesehen hatte.

Als Lewis mit ihrem Kaffee hereinkam, hatte sie sich in den Drehstuhl gekuschelt, und er blieb abrupt stehen.

»Dieser Stuhl ist der Wahnsinn«, bemerkte sie. »Ich kann verstehen, wieso du darin eingeschlafen bist.«

»Ja, er ist sehr bequem.« Er reichte ihr den Becher und setzte sich auf den Sessel. »Worüber hast du nachgedacht? Beim Saubermachen?«

»Nathan Roper. Er muss der Mörder sein, oder?« Lewis nickte. »Aber wie hat er es gemacht? Er muss ja mindestens drei Mal in den Marchfield Square rein- und wieder rausgelangt sein: einmal, um Richard zu ermorden, einmal, um Linda umzubringen, und noch einmal, um die Tatwaffe zu vergraben. Und er musste bei Rafik einbrechen, um die belastenden Fotos dort zu deponieren. Außerdem war er in der Bonfire Night im Tierheim.«

»Darüber habe ich beim Duschen nachgedacht«, sagte Lewis. »Wäre es nicht möglich, dass er gar nicht die ganze Zeit im Tierheim war? Er wusste ja, dass Linda nicht zu Hause war, also könnte er sich rausgeschlichen haben, ist dann hierhergefahren und hat die Tat begangen. Mit dem Taxi dauert die Fahrt so spätabends höchstens zehn Minuten, und jemanden zu erschießen, dauert nur wenige Sekunden. Vielleicht ist er hinter einem der Mieter reingeschlüpft, als alle durch das Feuerwerk abgelenkt waren.«

»Aber das wäre doch ziemlich riskant. Wie konnte er sicher sein, dass er überhaupt reingelangen würde? Und warum sollte er danach auch noch Linda umbringen? Der Mord an ihr scheint eher eine spontane Tat gewesen zu sein, nicht geplant. Vielleicht wollte sie ihm das Geld nicht zurückgeben, und da ist er ausgerastet. Aber dann war er geistesgegenwärtig genug, nicht am Tor zu klingeln und nach der Tat das Kissen mitzunehmen? Das kommt mir … komisch vor.«

»Finde ich auch. Es sei denn, man ist ein Profikiller. Aber denkbar wäre es schon. Sobald Nathan klar wird, was er getan hat, meldet sich der Selbsterhaltungstrieb, und er fängt an aufzuräumen. Aber das mit den Türen lässt mir keine Ruhe. Wenn er an Lindas Wohnungstür geklopft hätte, hätte sie ihn reingelassen, also was sollte die Geschichte mit der Feuertreppe? Und wenn er über die Feuertreppe reingekommen ist, warum ist er dann nicht auf demselben Weg wieder verschwunden? Je länger es dauert, bis die Leiche gefunden wird, desto schwieriger wird es für die Polizei, also warum hat der Mörder die Wohnungstür offen gelassen? Um uns auf eine falsche Spur zu locken?«

»Vielleicht war es das.« Sie nippte an ihrem Kaffee. »Vielleicht ist er cleverer, als wir es ihm zutrauen. Und was ist mit Ram?«

»Ich weiß es nicht. Vielleicht hatte er vor, Ram umzubringen, weil er am Anlagebetrug beteiligt war, oder er hat ein Treffen arrangiert und ihm gedroht – ein letzter Versuch, doch noch das Geld zurückzubekommen. Ram weigerte sich, da hat er ihn erschossen. Damit sind alle Beteiligten tot. Stell dir vor, du bist der Täter. Nur du bist noch übrig. Was machst du jetzt?«

Sie griff den Faden auf. »Du brauchst einen neuen Plan. Du darfst nicht zulassen, dass die Polizei das alles selbst herausfindet, weil sie dann auf dich kommen würden, aber wenn es dir gelingt, den Verdacht auf jemand anders zu lenken, bist du aus dem Schneider. Du weißt Bescheid über Lindas guten Freund Rafik, und vielleicht hat Linda dir erzählt, dass er im Marchfield Square arbeitet. Ram ist ein Stolperstein, aber wenn du die Polizei davon überzeugen kannst, dass Linda eine Affäre hatte, sieht es nach Erpressung aus.«

»Genau.« Lewis nickte. »Du hast keine Chance mehr, das Geld deiner Mutter zurückzubekommen, aber zumindest wanderst du nicht wegen dreifachen Mordes ins Gefängnis.«

Sie schauten einander an, und Audrey musste unwillkürlich lächeln. Sie hatten es tatsächlich geschafft, den Mord aufzuklären! Gerade wollte sie fragen, was sie als Nächstes tun sollten, als Lewis den Mund aufmachte.

»Darf ich dich etwas fragen?« Irgendetwas in seiner Miene ließ sie sofort auf der Hut sein.

»Klar.«

»Deine Reaktion auf die Vorwürfe gegen Rafik … Dir ist mal irgendwas zugestoßen, oder?«

Sie spürte, wie sie rot wurde, nahm noch einen Schluck Kaffee und drehte sich mit dem Stuhl von ihm weg.

»Schon gut«, sagte er. »Du musst es mir nicht erzählen. Aber irgendetwas ist passiert, oder?«

Eine Weile antwortete sie nicht, und es war plötzlich sehr still im Raum.

»Mei und ich haben uns auf der Uni kennengelernt«, begann sie schließlich. »Sie hat Jura studiert, ich Statistik. Nach dem Abschluss habe ich ein Praktikum bei einer großen Versicherung in Manchester ergattert und Datenanalysen gemacht. Der erste Schritt auf der Karriereleiter und so. Ich habe in einem riesigen Großraumbüro gearbeitet, bestens ausgestattet mit POD-Kaffeemaschinen, kleinen Nischen und Teppichboden. Einer der Chefs – Ross Farmer – war jung, attraktiv, charmant. Er hat morgens Gebäck mitgebracht und Pizza für alle bestellt, wenn es mal später wurde. Wir bekamen ein Arbeitshandy, damit wir Arbeit und Privates trennen konnten, jedenfalls sagte er das. Alle mochten ihn, aber … ich weiß nicht. Ich fand ihn ein wenig zu intensiv. Eines Abends, eine Gruppe hat noch bis spät gearbeitet, hat er mich angebaggert. Ich war geschmeichelt, sagte ihm aber, ich wolle unsere Beziehung auf einer beruflichen Ebene belassen. Er versicherte, das würde er verstehen. Aber auf dem Nachhauseweg sah ich ihn in der Nähe meines Hauses auf der Straße stehen. Es war dunkel, und ich war müde, also dachte ich, dass ich mich vermutlich geirrt hatte, aber in den folgenden Wochen tauchte er überall auf. Vor meinem Lieblings-Coffeeshop, vor meinem Friseur, nachts draußen vor dem Haus. Er sagte nie ein Wort, stand nur da und beobachtete mich. Bei der Arbeit benahm er sich total normal. So ging das einige Monate, bis ich ernsthaft zu fürchten begann, den Verstand zu verlieren.«

Sie machte eine kurze Pause. »Ich habe es Mei erzählt, und sie kam mit dem nächsten Zug von London nach Manchester. Sie hat mich jeden Abend von der Arbeit abgeholt und dafür gesorgt, dass ich nie allein war. Eines Abends, als er mehrere Stunden lang in seinem Wagen vor dem Haus saß, rief sie die Polizei. Doch als die Polizei kam, war er verschwunden. Die Polizisten fragten mich immer wieder, was ich zu ihm gesagt oder sonst getan hätte, dass er einen so falschen Eindruck gewinnen konnte. Offenbar waren sie der Meinung, ich hätte ihn ermutigt oder mit ihm geflirtet, um befördert zu werden. Sie nahmen die Sache nicht ernst. Irgendwann kam Mei auf den Gedanken, sich zu fragen, woher er immer wusste, wo ich war. Wir entdeckten eine App auf meinem Arbeitshandy, die ihm meinen Aufenthaltsort verriet. Ich ging zur Personalabteilung. Ganz inoffiziell, ich wollte mir nicht meine Karrierechancen verderben. Die Personalchefin sagte, wenn ich nicht offiziell Beschwerde einlegen wolle, könnten sie nicht viel tun, aber wenn ich wolle, würde sie mal mit ihm reden. Er gab zu, mich gefragt zu haben, ob ich mit ihm ausgehen wolle, behauptete aber, ich hätte überreagiert. Doch er hörte auf, mich zu stalken. Er hörte auf, mir zu folgen und vor meinem Haus herumzulungern. Es war, als wäre das alles nie passiert. Ich merkte zwar, dass er mich im Büro manchmal beobachtete, redete mir aber ein, ich würde vielleicht tatsächlich überreagieren, wie er behauptet hatte, und versuchte, mit meinem Leben weiterzumachen.«

Audrey holte tief Luft. »Am Abend vor einer großen Präsentation bekam ich dann eine Mail von seinem Assistenten, in der stand, alle würden bis spät arbeiten und ob ich etwas zu essen besorgen könne. So etwas passierte öfter, also habe ich mich nicht groß darüber gewundert. Ich besorgte also ein paar Sandwiches und kehrte ins Büro zurück. Aber als ich in den Konferenzraum kam, war sonst niemand da. Nur er. Er sagte, mein Praktikum sei ja bald zu Ende, aber wenn ich wolle, könne er mir eine feste Stelle besorgen. Ich müsse nur aufhören, mich gegen die ›Chemie‹ zwischen uns zu wehren. Ich lehnte das Angebot ab, warf ihm vor, dass er mich stalken würde, und wollte gehen, aber er warf mich auf den Tisch und fing an, mich zu würgen.«

Audrey hörte, wie Lewis nach Luft schnappte, fuhr aber mit ihrem Bericht fort. Sie musste das alles mal loswerden.

»Ich griff nach dem Telefon, das auf dem Konferenztisch stand, hieb es ihm über den Kopf und rannte weg. Er lag blutend auf dem Fußboden. Eine der Putzfrauen sah mich und brachte mich zur Polizei, aber er hatte bereits einen Rettungswagen gerufen und behauptete, ich hätte ihn angegriffen. Angeblich war ich durchgedreht und hatte ihn geschlagen, und er habe mir die Hand an die Kehle legen müssen, um mich abzuwehren. Die Male an meinem Hals waren nichts verglichen mit seiner Kopfverletzung, aber er bot an, auf eine Anzeige zu verzichten, wenn ich meine Anzeige zurückzog und ich mir ›Hilfe für meine Störung‹ suchen würde. Also zog ich die Anzeige zurück und verließ Manchester. Mein Vermieter bot an, mich früher aus dem Mietvertrag zu entlassen, wenn er das Haus sofort wieder vermieten konnte, aber als er den Zustand des Hauses prüfte, war alles verwüstet. Die Möbel waren kaputtgeschlagen, an den Wänden waren Schmierereien, Farbe auf den Teppichen … Ross Farmer muss eingebrochen sein und alles demoliert haben. Ich verlor die Kaution und musste weiterhin Miete zahlen, während der Vermieter das Haus vollständig renovierte. Ich kam bei Mei unter und versuchte, einen neuen Job zu finden, aber er hatte überall Kontakte und sorgte dafür, dass ich nirgends im Versicherungswesen eine Stelle fand. Schließlich habe ich bei einer Reinigungsfirma angefangen, aber die putzten vor allem Büroräume – nach Büroschluss, an Abenden und Wochenenden –, und ich fühlte mich die ganze Zeit einfach nicht sicher. Also putze ich jetzt in Privathaushalten. Es wird schlecht bezahlt, ich kann mir kaum die Miete leisten und schon gar nicht meine Schulden abbezahlen, aber es könnte schlimmer sein. Zumindest mag ich meine Arbeit.«

Lewis schwieg eine Weile, und sie wagte es nicht, ihn anzusehen. Sie fragte sich, ob er sie bedauern würde oder ob er es herunterspielen und ihr erklären würde, sie müsse mittlerweile doch längst darüber hinweg sein.

Aber er tat nichts dergleichen.

»Es tut mir leid, dass dir das passieren musste.« Seine Stimme klang angespannt und zornig. »Sie hätten den Kerl einsperren sollen.«

Audrey zuckte mit den Achseln, ganz aus der Fassung gebracht, weil er so ungewohnt emotional reagierte.

»Bei diesem Thema bin ich vermutlich immer noch ein wenig empfindlich.«

»Nur zu verständlich. Und von Ross Farmer hast du nie wieder etwas gehört?«

»Weißt du, es ist schon komisch. Kurz nach meinem Umzug nach London sah ich ihn immer noch überall. Mei und ich waren auf Wohnungssuche – ich musste einen Kredit aufnehmen, um die Mietkaution aufbringen zu können –, und er tauchte ständig an den merkwürdigsten Stellen auf, wie ein Phantom. Sogar bei unserem Vorstellungsgespräch mit Celeste glaubte ich, ihn draußen gesehen zu haben. Ich geriet in Panik und hatte Angst, dass er irgendwie unsere Chancen ruinieren könnte, die Wohnung zu bekommen, und da habe ich ihr die ganze Geschichte erzählt. Du kennst ja Celeste, sie war so mitfühlend und verständnisvoll, stellte viele Fragen. Sie hat uns die Wohnung auf der Stelle zugesichert und mir versprochen, im Marchfield Square würde ich sicher sein, und ich glaubte ihr. Danach habe ich ihn nie wiedergesehen.«

Sie vollführte eine halbe Drehung mit dem Bürostuhl, hielt den Blick auf den Boden gerichtet und hoffte, dass er jetzt nicht irgendetwas Nettes sagen würde, aus Angst, dann in Tränen auszubrechen. Doch als sie schließlich aufblickte, sah sie, dass er eifrig etwas in sein Handy tippte.

»Machst du dir etwa Notizen?«, kreischte sie, und er fuhr zusammen.

»Nur ein paar.« Sein Gesicht hatte die Farbe von Roter Bete angenommen, und er legte das Handy weg. »Du hättest den Typen umbringen sollen, und wenn ich die Geschichte schreibe, wird genau das passieren. Auch wenn ich vermutlich einen Briefbeschwerer nehmen muss. Ich glaube, ein Telefon in einem Konferenzraum ist nicht schwer genug, um das zu bewerkstelligen.«

Sie versuchte, nicht zu lachen, aber das misslang ihr gründlich, womit sie zumindest einen guten Grund hatte, sich die Augen zu wischen.

»Also, was unternehmen wir?«, fragte sie. »Wegen Nathan? Gehen wir zur Polizei?«

Er schüttelte den Kopf.

»Wir brauchen mehr Beweise. Ich würde vorschlagen, wir konfrontieren ihn damit. Treiben ihn in seiner Wohnung in die Enge und zeichnen das Gespräch auf. Wahrscheinlich streitet er alles ab, aber wenn wir ihn zwingen können, einen neuen Zug zu machen, könnte ihn das zu Fall bringen – Rafik sitzt ja in Untersuchungshaft.«

Sie versuchte, den Kloß zu ignorieren, der sich in ihrem Hals bildete.

»Wir konfrontieren ihn.«

»Ja. Die Pistole hat er nicht mehr, das wissen wir, und es dürfte nicht so leicht für ihn sein, sich eine neue Waffe zu besorgen.« Es sollte zuversichtlich klingen, aber er wirkte besorgt. »Aber du solltest lieber hierbleiben. Wenn ich nicht zurückkomme, kannst du der Polizei alles erzählen.«

»Sei nicht albern«, sagte sie, seltsam gerührt von seinem

Angebot. Lewis war sehr gut darin, den Eindruck eines sozial gestörten Blödmanns zu erwecken, aber offenbar besaß er sehr wohl ein bisschen Einfühlungsvermögen. »Wir gehen beide. Allerdings«, fügte sie hinzu und biss sich auf die Lippen, »hinterlasse ich Mei eine Nachricht. Für alle Fälle.«

66
Lewis

Sie nahmen den Bus nach Battersea, ohne einen Gedanken ans Mittagessen zu verschwenden. Es war kalt und grau, als sie an der Haltestelle ausstiegen, die Luft war feucht und roch nach Autoabgasen. Der Wind blies ihnen bitterkalt ins Gesicht, und Lewis war froh, dass er in eine gute Winterjacke investiert hatte. Audreys Jacke war zu dünn, sie schlang die Arme um sich, um sich vor der Kälte zu schützen.

Granville Gardens, das Haus, in dem Nathan wohnte, lag in der Granville Street, in der ausschließlich Apartmentgebäude standen. Ganz am Ende der Straße (sie waren unter anderem an einer Baustelle mit einem Schild vorbeigekommen, auf dem über hundert neue »Luxuswohnungen« angekündigt wurden) stellten sie mit Erleichterung fest, dass Granville Gardens das kleinste, am schäbigsten wirkende Haus war.

Lewis blieb vor der Eingangstür stehen, musterte die Klingelschilder, trat ein paar Schritte zurück und blickte am Haus hoch.

»Wir brauchen einen Plan«, erklärte er und zählte die Fenster. »Zunächst mal müssen wir reinkommen und dafür sorgen, dass er nicht abhauen kann.«

»Und wie stellen wir das an?«

»Ich nehme mir ein Beispiel an dir«, sagte er und drückte auf einen Klingelknopf. »Ich zocke. Mal sehen …«

Sie runzelte die Stirn, schwieg aber, als er bei den Wohnungen 6 und 7 klingelte und dann abwartete. Sein Herz hämmerte gegen die Rippen.

»Was ist?«, blaffte eine Frauenstimme aus der Gegensprechanlage. »Ich versuche, das Baby zum Schlafen zu bringen.«

»Ein Paket für Sie«, sagte Lewis in den Lautsprecher. »Ich kann es gerne in den Flur legen, wenn Sie wollen.«

»Okay, danke.«

Der Summer ertönte. Lewis drückte grinsend die Tür auf.

»Woher hast du gewusst, bei wem du klingeln sollst?«, fragte Audrey erstaunt.

»Hinter einem der Fenster im zweiten Stock klebten Kinderfotos. Es gibt vier Wohnungen in jeder Etage. Zum Glück waren sie zu Hause.«

Sie betraten das Gebäude. Innen war es weniger schäbig als von außen, aber düster, ohne natürliches Licht und mit Brandschutztüren aus dunklem Holz in jeder Etage. So schnell und leise wie möglich liefen die beiden in den dritten Stock hoch, damit nicht noch eine der Parteien, bei denen Lewis geklingelt hatte, herauskam und nach einem Paket Ausschau hielt.

Vor Nr. 11 blieben sie stehen, und Lewis hörte, wie Audrey tief Luft holte.

Er klopfte an die Tür.

Einen langen Moment lang dachte er, niemand wäre zu Hause. Er presste das Ohr gegen die Tür, aber in der Wohnung war es völlig still. Er sah Audrey an.

»Mist«, murmelte sie, und er sah, wie ihre Schultern herabsackten, als sie sich entspannte. »Er ist nicht da.«

Doch bevor Lewis etwas entgegnen konnte, ging die Tür auf. Nathan Roper stand stirnrunzelnd vor ihnen. Er trug einen verblichenen schwarzen Hoodie und Cargohosen, das Haar war zu einem kurzen Pferdeschwanz gebunden.

Alle Farbe wich aus seinem Gesicht, als er von Audrey zu Lewis blickte und ihn erkannte. Er riss erschrocken die Augen auf. »Was zum …«

»Wir wollen nur reden«, sagte Lewis und hob die Hände.

»Über was?«

»Über Ihre Mutter, Marion«, sagte Audrey. »Und über Linda Glead.«

Erneut pendelte sein Blick zwischen ihnen hin und her, und kurz befürchtete Lewis, Nathan würde auf sie losgehen.

»Wir wissen alles, Nathan«, sagte er und schob entschlossen einen Fuß in die Tür. »Die Polizei weiß, dass Rafik Jones niemanden umgebracht hat. Sie haben Richards Unterlagen, und wenn sie das mit Ihrer Mutter herausfinden, wird man die Fotos zu Ihnen zurückverfolgen. Wenn Sie mit uns reden, geben wir Ihnen einen Vorsprung.«

Nathan traten praktisch die Augen aus dem Kopf. »Warum sollte ich einen Vorsprung brauchen?«

»Weil Sie Richard und Linda Glead sowie Paulo Ram umgebracht haben.«

»Was? Ich habe diese Leute nicht umgebracht! Ich habe niemanden umgebracht!« Er ballte die Fäuste. »Wenn Sie das gegenüber der Polizei behaupten, verklage ich Sie!«

»Hören wir uns doch die ganze Geschichte an, Nathan, wie wär's damit?«, schlug Audrey vor. »Können wir reinkommen? Dieses Gespräch sollten wir nicht im Hausflur führen.«

Nathan trat widerstrebend zur Seite und schloss mit zitternden Händen die Tür hinter ihnen. Er führte sie ins Wohnzimmer, einen unordentlichen, vollgestopften Raum mit Postern von Sportwagen an den Wänden und feucht riechender Wäsche auf dem Sofa. Audrey hockte sich neben Lewis, die Ellbogen gegen den Körper gedrückt, um nur ja nichts zufällig zu berühren.

»Sie haben keine Haustiere?«, sagte sie, sobald Nathan ihnen gegenüber Platz genommen hatte. Es klang gemein und sarkastisch. »Kein Tier aus dem Tierheim adoptiert?«

Nathan lief rot an.

»Der Vermieter erlaubt keine Haustiere.«

Lewis konnte Audreys Feindseligkeit gut verstehen. Vor ihnen saß der Mann, der so getan hatte, als wäre er ein Freund von Linda, ein Tierfreund, aber stattdessen hatte er zu ihrer Furcht und ihrem Elend beigetragen. Der Mann, der ihr ein Kissen aufs Gesicht gedrückt hatte, bis sie aufgehört hatte zu atmen. Lewis ließ die Hand in die Hemdtasche gleiten und aktivierte die Aufnahmefunktion seines Handys.

»Sollen wir Ihnen erstmal erzählen, was wir wissen, Nathan?«, begann Audrey. Ihr Ton war hart. »Sie können mich ja unterbrechen, wann immer Sie wollen.«

Lewis runzelte die Stirn, schwieg aber. Er hatte sich vorgestellt, dass er die Gesprächsführung übernehmen würde, spürte aber, dass es Audrey wichtig war, den Fall darzulegen. Nathan atmete schwer, seine Nüstern bebten, die dichten Augenbrauen waren zusammengezogen.

»Richard Glead hat Ihre Mutter um ihre gesamten Ersparnisse betrogen. Zwanzigtausend Pfund, um genau zu sein. Sie suchten ihn in seinem Laden auf und drohten ihm, zur Polizei zu gehen, aber er hat Sie nur ausgelacht. Das war sein Stil. Also fingen Sie an, ihn zu beobachten. Ihn und Linda. Sie sind beiden gefolgt, haben Fotos gemacht, herausgefunden, wo sie hingingen. Sie wollten herausfinden, was Richard mit dem Geld gemacht hatte, denn irgendwo angelegt war es ganz sicher nicht. »Aber Richard war nicht so leicht zu durchschauen. Sie merkten ziemlich schnell, dass Linda Angst vor ihm hatte, aber dann dachten Sie sich, dass Sie vielleicht über seine Frau an ihn rankommen konnten. Zu dem Zeitpunkt hatten Sie die beiden seit Wochen ausgespäht und wussten, dass Linda ehrenamtlich im Tierheim arbeitete, also haben Sie sich als ehrenamtlicher Helfer gemeldet und die Schulung durchlaufen, um sich dann für dieselben Schichten einzutragen wie Linda.«

Audrey atmete tief ein. »Sie haben sich mit Linda unterhalten, während sie beide die Hunde versorgt haben, sich nach ihrem Privatleben erkundigt und sie glauben lassen, Sie wären ein Freund. Wussten Sie, dass sie Rafik erzählt hat, dass sie sich nur im Tierheim sicher fühlte? Das lag daran, dass das Tierheim der einzige Ort war, wo Sie ihr nicht zu folgen brauchten.«

Nathan wand sich auf seinem Stuhl und schaute zu Boden.

»Allmählich kannten Sie die Kontakte der Gleads«, fiel Lewis ein, der nicht außen vor gelassen werden wollte. »Zum Beispiel Paulo Ram alias Börsenmakler Jonathan Smythe und Brigitte Hildebrandt. Und Rafik, Lindas einzigen Freund. Abgesehen von Ihnen natürlich. Irgendwann wurde Ihnen klar, dass Linda tatsächlich nichts über Richards Geschäfte wusste. Sie interessierte sich nur für Hunde. Also mussten Sie sich etwas anderes einfallen lassen.«

»Wenn es Ihnen gelang, Richard Glead aus dem Weg zu räumen, würde Ihre Freundin Linda alles erben«, sagte Audrey. »Sie war ein guter Mensch, das wussten Sie. Sie würde Ihnen sicher das Geld zurückgeben, sobald sie erfuhr, was Richard getan hatte. Also haben Sie sich in der Bonfire Night, als Linda mit den Hunden beschäftigt war, rausgeschlichen, haben sich Zutritt zum Marchfield Square verschafft und Richard Glead erschossen.«

»Ich habe nie …«, setzte Nathan an, aber Audrey beachtete ihn nicht.

»Linda wird zur Vernehmung aufs Revier gebracht, aber sobald sie wieder frei ist, statten Sie ihr einen Besuch ab. Sie erzählt Ihnen von ihren Hoffnungen für die Zukunft und von ihrem Plan, Muffin zu adoptieren. Linda hält sie immer noch für einen Freund. Dann erzählen Sie ihr von Ihrer Mutter und Richards Anlagebetrug und bitten Sie, ihr das Geld zurückzugeben, aber Linda weiß von nichts. Sie hat keine Ahnung, wo das Geld ist oder was Richard damit angefangen haben könnte. Sie haben einen Mord begangen, und jetzt weiß seine Frau von nichts. Da rasten Sie aus und ersticken sie mit einem Kissen.«

Lewis hörte, wie ihre Stimme brach, und übernahm. Nathans zitternde Hände und sein entsetzter Gesichtsausdruck verrieten ihm, dass ihre Taktik funktionierte.

»Aber jetzt sind Sie erledigt«, sagte Lewis. »Die Polizei kann leicht feststellen, dass Sie Kontakt zu Linda hatten, und Brigitte Hildebrandt weiß von Ihrer Verbindung zu Richard. Es ist nur eine Frage der Zeit, bis Sie zur Vernehmung einbestellt werden. Sie geraten in Panik. Sie müssen es so aussehen lassen, als wäre Linda von einem Unbekannten ermordet worden, also öffnen Sie den Zugang zur Feuertreppe und hinterlassen schmutzige Fußabdrücke, um zu suggerieren, dass jemand auf diese Weise in die Wohnung gelangt ist. Das Kissen nehmen Sie mit, da Sie nicht wissen, ob Sie Ihre DNA darauf hinterlassen haben. Und dann versuchen Sie aufzuräumen«, fuhr er fort. »Sie brechen bei Glead Antiques ein und suchen nach Richards Rechnungsbüchern, können sie aber nicht finden. Da rufen Sie Paulo Ram an und drohen ihm, der Polizei von dem Anlagebetrug zu erzählen, wenn er sich nicht mit Ihnen trifft. Aber er weigert sich, Ihnen die Unterlagen auszuhändigen, und da erschießen Sie ihn. Jetzt haben Sie drei Menschen umgebracht, und der einzige Verdächtige sind Sie.«

Lewis machte eine kurze Pause. »Aber Sie haben die Tatwaffe und die Fotos von Linda, also können Sie jemand anders die Schuld in die Schuhe schieben. Rafik ist nicht nur der perfekte Kandidat, er ist mittlerweile der einzige Kandidat. Am Freitagabend schleichen Sie sich in den Marchfield Square und vergraben die Pistole in einem Blumenbeet, und am Samstag schieben Sie ihm eine Nachricht unter der Tür durch, in der er gebeten wird, zur Arbeit zu kommen. Als er weg ist, brechen Sie in sein Haus ein, deponieren das Kissen und die Fotos und beseitigen den Rest. Jetzt müssen Sie nur noch mit einem anonymen Hinweis die Polizei darüber in Kenntnis setzen, dass Rafik und Linda befreundet waren. Erledigt. Goodbye, Rafik Jones.«

Sie starrten den schwitzenden Nathan Roper an, Audrey mit einem grimmigen, wenn auch etwas beklommenen Lächeln im Gesicht. Es gab ein paar Dinge, die diese Geschichte nicht erklärte, beispielsweise die Schuhabdrücke am Sofa oder die Frage, wie genau es Nathan gelungen sein sollte, so oft unentdeckt in den Marchfield Square einzudringen. Vielleicht hatte er Lindas Schlüssel gestohlen, nachdem er sie ermordet hatte. Abgesehen von diesen Details war ihre Beweisführung sehr solide.

»Ich …«, begann Nathan. »Ich habe nicht … Ich meine, so etwas hätte ich nie gekonnt.«

»Sie hätten was nicht gekonnt?«, fragte Lewis. »Sie wollen doch nicht ernsthaft behaupten, dass wir uns irren?«

»Doch!«, rief Nathan und sprang auf die Füße, was sie beide zusammenzucken ließ. »Es stimmt, dass ich den Gleads gefolgt bin, und ich habe im Tierheim angefangen, um mit Linda in Kontakt zu kommen, aber doch nur, um mehr über Richard in Erfahrung zu bringen. Ich schwöre, in der Bonfire Night war ich die ganze Zeit im Tierheim. Es gibt bestimmt sechs Leute, die das bezeugen können. Ich hatte Linda gern, ich hätte ihr nie etwas antun können.«

»Was ist mit Ram?«

»Ich habe ihn nie angerufen! Ich bin dem Mann nie begegnet. Ich wusste nicht mal, dass er tot ist, bis Sie es eben gesagt haben!« Ein inständiges Flehen lag in seiner Stimme. »Ich habe niemanden umgebracht. Und ich habe auch niemandem etwas angehängt. Das ist die Wahrheit, ich schwöre es.«

Lewis sah Audrey an. Wenn Blicke töten könnten, wäre Nathan Roper jetzt auf der Stelle tot umgefallen.

»Blödsinn!«, sagte sie. »Ihre Fotos von Linda wurden bei Rafik gefunden. Wie sind die denn dort hingekommen, wenn Sie sie nicht in seiner Wohnung deponiert haben? Und woher wussten Sie das von Muffin?«

»Ich … Muffin? Was meinen Sie damit?«

»Sie wussten, dass Linda Muffin adoptieren wollte.«

»Und?«

»Linda hat den Beschluss erst am Freitagnachmittag gefasst, und um Mitternacht war sie schon tot. Wenn Sie sie also am Freitag nicht gesehen haben, woher wussten Sie, dass sie den Hund adoptieren wollte?«

»Oh.« Nathan wirkte erleichtert. »Ach, das ist einfach. Durch Bridget.«

»Bridget?«

»Sie hat mir das von Muffin erzählt. Als sie mir sagte, dass Linda tot ist.«

67

Audrey

Das fassungslose Schweigen, das auf diese Worte folgte, schien ewig zu dauern. Leichter Schwindel ergriff Audrey, und sie packte haltsuchend die Stuhllehne. Lewis räusperte sich.

»Was?«

»Bridget rief mich an«, sagte Nathan und lehnte sich zurück. »Sie fragte, ob wir uns am Dienstag treffen könnten. Von ihr erfuhr ich, dass Linda tot war – wahrscheinlich ermordet. Bridget meinte, dass der Verdacht auf mich fallen könnte, und riet mir, meine Beweise loszuwerden.«

»Warten Sie, warten Sie«, sagte Lewis. »Mal ganz langsam. Wann hat Bridget Sie angerufen?«

»Äh, am Montag, glaube ich.« Nathan tippte auf seinem Handy herum. »Ja. Sehen Sie?« Er hielt das Gerät hoch, damit sie die Anrufliste sehen konnten. Zwei Anrufe von Bridget H. »Am Montagabend.«

»Und am Dienstag haben Sie sich mit ihr getroffen? Woher wusste Bridget denn von den Beweisen, die Sie gesammelt hatten?«

»Ich hatte ihr alles gezeigt. Bei unserem ersten Treffen. Die Namen und die Aussagen der anderen Opfer. Die Fotos. Glead hörte nicht auf, verstehen Sie. Traf sich mit Frauen. Betrog sie um ihr Geld. Mit einigen hat er geschlafen. Aber Bridget meinte, da Linda jetzt tot sei, sollte ich das besser alles loswerden.«

»Und das haben Sie getan?«

»In gewisser Weise.«

»Was soll das heißen?«

Nathan blickte unbehaglich drein.

»Also … Ich wollte nicht einfach alles wegwerfen. Ich dachte, sobald sich die Lage wieder beruhigt hat, kann ich damit vielleicht zur Polizei gehen und so einen Teil des Geldes wiederbeschaffen. Also gab ich ihr die Sachen zur Aufbewahrung.«

»Auch die Fotos?«, fragte Audrey. »Sie haben Brigitte Hildebrandt die Fotos von Linda übergeben?«

»Ja.« Nathans Blick huschte zwischen ihr und Lewis hin und her. »Aber ich wusste ihren Namen nicht – Hildebrandt. Sie hat ihn mir nie gesagt. Sie hat versprochen, alles sicher aufzubewahren, bis zum Abschluss der Ermittlungen. Ich schwöre, ich habe niemals falsche Beweise platziert. Und ich hatte in meinem ganzen Leben noch keine Pistole in der Hand!«

Audrey spürte Lewis' Blick auf sich, und als sie den Kopf wandte, erkannte sie, dass er ebenso geschockt war wie sie.

»Es ist einer der beiden«, murmelte sie. »Mrs. Hildebrandt oder Fraser. Entweder deckt sie ihn oder er sie.«

»Es ist perfekt.« Lewis schien fast ehrfürchtig. »Eine perfekte Platzierung falscher Beweise mit einem perfekten Back-up. Wenn mit Rafik irgendwas schiefläuft, haben sie schon den nächsten Sündenbock parat.«

Beide schauten Nathan an.

»Mich?«, fragte er erschrocken. »Bridget will mich ans Messer liefern?«

»Noch nicht.« Lewis sprang auf. »Aber sobald wir beweisen, dass Rafik unschuldig ist, sind Sie der Nächste auf der Liste. Komm.« Er packte Audrey bei der Hand und zog sie hoch. »Wir müssen zurück zum Marchfield Square.«

»Was ist mit mir?«, rief Nathan hinter ihnen her, als sie zur Tür liefen. »Was soll ich denn jetzt machen?«

»Gehen Sie zur Polizei«, rief Lewis über die Schulter zurück. »Und bleiben Sie dort. Hier sind Sie nicht sicher.«

»Ich verstehe nichts mehr«, sagte Audrey, als sie die Treppe hinunterliefen und durch die Tür von Granville Gardens stürmten. »Warum ist Nathan hier nicht sicher?«

»Weil Fraser uns gefolgt ist«, erklärte Lewis und packte ihre Hand, und sie rannten die Straße hinunter. »Er weiß jetzt, dass wir mit Nathan gesprochen haben, und wird wieder versuchen aufzuräumen.«

»Das silberne Auto.«

»Er ist uns mit seinem brandneuen Rolls-Royce gefolgt und vermutlich auch mit anderen der verdammten Luxuskarossen, mit denen Mrs. H so gern angibt.« Er schüttelte bewundernd den Kopf. »Ich fass es nicht.«

»Warte, mal langsam.« Sie waren wieder oben an der Straße angelangt, und Audrey blieb stehen. Ihr Herz hämmerte. »Wie sieht der Plan aus? Wir wissen, wo Mrs. H wohnt, also warum rennen wir?«

»Weil sie abhauen werden. Hör zu, wenn Fraser der ist, für den ich ihn halte, ist er gut. Richtig gut. Und in diesen Kreisen bleibst du nicht irgendwo hocken, wenn irgendwas nicht so läuft wie geplant, du verschwindest.«

»Und für wen hältst du ihn?«

»Für den Fixer. Ich glaube nicht, dass er Richard umgebracht hat. Wenn er das Geld von Mrs. H zurückgefordert hätte, hätte Richard es ihm gegeben. Ohne Probleme zu machen. Ich glaube, sie hat Richard umgebracht, und Fraser hat hinter ihr aufgeräumt, und das tut er seitdem. Aufräumen. Linda, Paulo … beide müssen das von Mrs. H gewusst haben, und Fraser hat dafür gesorgt, dass sie es niemandem erzählen können.«

Einen kurzen Augenblick war Audrey ein klein wenig eifersüchtig auf Brigitte Hildebrandt. Weil sie einen Mann gefunden hatte, der sie genug liebte, um zwei Menschen für sie zu ermorden, trotz ihrer uralten Pelzkappe und den abgestoßenen Schuhen.

Den Schuhen. Oh mein Gott.

Sie packte Lewis am Arm.

»Die Schuhe! Die Spuren unten am Sofa. Nicht Fraser hat Linda umgebracht, sondern Brigitte.«

»Sie besitzt hellbraune Schuhe?«

»Nein, nicht hellbraun. Nude.« Fast hätte sie über seine verwirrte Miene gelacht. »Ihre Schuhe sind nude! Eine Art bräunliches Rosé, soll neutral aussehen, abhängig vom Hautton. Passt zu allem. Sie trägt diese Schuhe seit Jahren, weil sie von Chanel sind, aber als ich Mrs. H nach Lindas Tod sah, waren sie abgestoßen. Und dann trug sie ihre Pumps plötzlich nicht mehr.« Audrey stöhnte. »Fraser hat ihr vor Kurzem neue Schuhe gekauft. Und ihr Parfüm. In Lindas Wohnung habe ich Parfüm gerochen, aber der Duft war so schwach, dass ich es nicht erkannt habe. Ich bin ein Dummkopf!«

Sie setzten sich wieder in Bewegung, und diesmal bemerkte Audrey weder die feuchte Kälte noch den Verkehrslärm auf der stark befahrenen Straße.

»Okay.« Lewis dachte laut nach. »Mrs. H bringt Richard um und dann Linda, weil sie ihr nicht verraten will, wo das Geld ist. Sie ruft Fraser an – die Zutrittsprotokolle zeigen, dass jemand den Square nach Mitternacht betreten hat, vermutlich er mit ihrem Zweitschlüssel –, und er nimmt das Kissen an sich und hinterlässt die Fußabdrücke, um die Polizei zu verwirren. Die Pistole deponiert er im Pfandleihhaus. In der Auslage liegen bereits weitere Waffen, also wird es vielleicht niemandem auffallen, aber wenn doch – der zwielichtige Ram mit seinen engen Verbindungen zu Richard ist ein ausgezeichneter Sündenbock. Aber Ram entdeckt die Pistole und erkennt sofort, dass jemand ihm die Tat anhängen will, also bringt Fraser ihn um und verwendet Nathans Fotos, um die Sache Rafik in die Schuhe zu schieben. Und er weiß, wenn irgendwas schiefläuft, kann er den Verdacht mit Leichtigkeit auf Nathan lenken.«

»Zwei Punkte«, sagte Audrey. »Warum sollte er Ram töten? Du sagtest, er und der Fixer seien Freunde.«

»Ich weiß es nicht. Vielleicht weil er an dem Anlagebetrug beteiligt war? Vielleicht wollte Ram Richards Versteck im Antiquitätenladen leer räumen und hat sich geweigert, das Rechnungsbuch rauszurücken. Mittlerweile ist Fraser bereit, alles zu tun, um Mrs. H zu beschützen.«

»Aber sie haben das Rechnungsbuch nicht bekommen, das wissen wir.«

»Also, wir können nicht alles wissen. Was ist der zweite Punkt?«

»Sobald die Polizei das Rechnungsbuch durchgesehen hat, werden sie noch einmal mit Nathan reden. Würde er ihnen nicht genau das sagen, was er uns gerade gesagt hat? Dass er Mrs. H die Fotos übergeben hat?«

Lewis machte ein grimmiges Gesicht. »Etwas sagt mir, dass sie Nathan Roper nur noch tot aufgefunden hätten.«

Sie blieben an der Bushaltestelle stehen.

»Ich glaube, wir sollten die Polizei benachrichtigen«, sagte Audrey nach kurzem Nachdenken. »Ich denke, es wird Zeit.«

»Einverstanden. Ich bin nicht scharf darauf, Fraser Townsend ohne Verstärkung gegenüberzutreten. Kannst du Mei anrufen und sie fragen, ob sie DS Larssen holen und sich mit uns im Marchfield Square treffen kann?«

»Bin dran.« Sie zückte ihr Smartphone und bemerkte, dass er nach seinem Handy griff. »Was machst du?«

»Ich versuche, das letzte Stück der Beweiskette zu besorgen. Ich glaube, wir werden es brauchen.«

Der Bus kam. Sie stiegen ein, zogen ihre Karten durch und fanden einen Sitzplatz in der Nähe der Tür. Audreys Wange streifte Lewis' Schulter, als sie verfolgte, wie er auf seinem Handy herumtippte.

»Der Fixer operiert von Paulo Rams Laden aus«, erklärte er. »Das macht er seit Jahren, aber niemand kennt seinen Namen. Niemand außer Ram. Der hat seit Jahrzehnten seine Finger überall drin und zahlreiche Connections.«

»Inwiefern hilft uns das?«

»Wenn du nicht gerade in einen kriminellen Clan reingeboren wirst, warst du irgendwann mal ein unbescholtener Bürger. Die richtigen Namen dieser Leute existieren irgendwo. Diese Banden haben eine lange Geschichte und ein noch längeres Gedächtnis. Es wird irgendjemanden geben, der etwas weiß. Ich brauche nur einen Einstieg, deswegen habe ich die Experten gefragt. Aha.«

Er reichte ihr sein Handy. Auf dem Bildschirm war ein altmodisches Nachrichtenbrett zu sehen.

Krimiautor159
Forsche ein wenig zu Paulo Rams kürzlichem Ableben. Gibt es bekannte Komplizen?

TruCrimeFan99
Chaz Shaw, Peter Guest, Mama Jack, Neil Leonard, Ray Ricketts, Frank Tapper, Mikey Willmont

LilNarco

Neil Leonard ist tot. Wurde unten bei Gravesend aus der Themse gefischt. Ray Ricketts wurde vor acht Jahren wegen Steuerbetrugs eingebuchtet, hat bei seinem Prozess viele Leute mit reingeritten und ist im Gefängnis gestorben. Gerüchten zufolge ist Guest in Spanien, aber Willmont und Tapper sind noch in der Gegend, wenn man weiß, wo man suchen muss. Mama soll Tapper vor ein paar Jahren engagiert haben, als es Probleme mit einem ihrer Jungs gab.

CasualALien1983

Habe ich auch gehört. Damals hat er den Namen Toser benutzt.

»Kandidaten für den Fixer?«, fragte Audrey und gab ihm sein Handy zurück.

»Möglicherweise. Willmont ist unwahrscheinlich. Zu bekannt. Aber Frank Tapper …«

»Wer ist das?«

»Keine Ahnung, aber er hat dieselben Initialen wie Fraser.«

»Erst Tapper, dann Toser und jetzt Townsend?«

»Jede Wette«, sagte Lewis. »Aber um sicherzugehen, brauchen wir ein Foto. Hoffen wir mal, dass LilNarco uns weiterhelfen kann.«

Während Audrey eine detaillierte Textnachricht an Mei verfasste, schrieb Lewis ebenfalls eine Nachricht.

Krimiautor159
Was ist die Spezialität von Tapper?

LilNarco
Troubleshooting.

Krimiautor159
Existieren irgendwo im Internet Fotos von ihm?

Als sie aus dem Bus gestiegen waren und in Richtung Marchfield Square gingen, begann sich Nebel zu bilden, und Audrey musste Lewis am Ärmel packen und führen, damit er nicht mit Passanten zusammenstieß, da er etwa sechs Mal pro Minute nachsah, ob eine Antwort gekommen war. Sie waren fast am Haupttor angelangt, als LilNarco doch noch mit der Information rüberkam.

LilNarco
LES. 17.04.2004.

»Was soll das bedeuten?«, fragte Audrey, während Lewis den Link anklickte.

»*London Evening Standard*. Im Archiv.«

Er lehnte sich gegen das schmiedeeiserne Geländer. Audrey rückte näher an ihn heran, um mitlesen zu können.

Anführer einer »Gangsterbande« in Abwesenheit verurteilt

Der Anführer einer kriminellen Bande in East Peckton wurde heute nach einem zwei Wochen dauernden Prozess in Abwesenheit zu einer zehnjährigen Gefängnisstrafe verurteilt. Noddy Broning, der vor Beginn des Verfahrens aus dem Justizgewahrsam flüchtete, wurde wegen bewaffneten Raubüberfalls und Bandenkriminalität verurteilt. Richter Markham sprach von einer »Gangsterbande«, die von einem verlassenen Flugzeughangar in East Peckton aus operierte.

Der Artikel wurde von zwei Fotos begleitet, dem Fahndungsfoto des erwähnten Noddy Broning und einer Aufnahme von ihm an einem schönen Tag auf der Rennbahn, umgeben von einer Gruppe anderer Männer, die alle in die Kamera blickten.

»Ach du Scheiße«, hauchte Audrey, als sie das zweite Foto sah.

Hinten in der Gruppe von Anzugträgern stand der Mann, den sie als Fraser Townsend kannten, größer als die anderen und deutlich jünger als heute, aber trotzdem unverkennbar.

»Er ist es«, stieß sie verblüfft hervor. »Zwanzig Jahre jünger, aber er ist es. Du hattest recht.«

»Wir hatten recht.«

»Und womit«, fragte eine Stimme hinter ihnen, »glauben Sie recht zu haben?«

68

Lewis

Lewis hörte, wie Audrey nach Luft schnappte, als Fraser aus dem Nebel auftauchte. Er trug einen Mantel und wirkte breiter als sonst. Das Augenzwinkern war verschwunden und hatte einem eisblauen Blick Platz gemacht, der Lewis erstarren ließ.

»Hallo, Fraser«, sagte Audrey, etwas atemlos und mit gezwungener Munterkeit. »Sie haben mich erschreckt.«

»Tatsächlich?«, fragte er sanft, und sein Blick pendelte zwischen ihr und Lewis hin und her. »Sie müssen abgelenkt gewesen sein. Ich stehe bereits seit ein paar Minuten hier.«

Lewis Körpertemperatur schien um mehrere Grade gesunken zu sein. Er trat näher an Audrey heran und suchte in der Jackentasche nach seinen Schlüsseln.

»Die Hände bitte so, dass ich sie sehen kann.« Urplötzlich hatte Fraser eine Pistole in der Hand. »Tun Sie nichts Unüberlegtes.«

»Was ist denn los?«, fragte Audrey, und Lewis bewunderte ihre Fähigkeit, unter Druck zu handeln. Er selbst war zu beschäftigt damit, die Waffe anzustarren, eine kleinkalibrige Sig Sauer, wie es schien. Mit Schalldämpfer. »Wieso haben Sie eine Waffe?«

»Spielen Sie nicht die Dumme, Audrey«, sagte Fraser missbilligend. »Das steht Ihnen nicht.«

Ein Geräusch hinter Fraser ließ ihn den Kopf wenden. Eine Autotür schlug zu. Dann waren Schritte zu hören.

»Steig wieder ins Auto, Brigitte«, rief Fraser in den Nebel hinein, aber die Schritte hielten nur kurz an und wurden dann lauter.

»Was um alles in der Welt machst du da, Liebling?«, fragte Mrs. Hildebrandt, die aus dem Nebel auftauchte, im Trenchcoat und mit ihrer Pelzkappe. Sie bemerkte Audrey und Lewis, die vor dem Tor standen. »Oh, hallo, Audrey. Lewis.«

»Hallo, Mrs. H«, sagte Audrey.

»Warum steht ihr hier alle herum?«, fragte Mrs. Hildebrandt und wandte sich an Fraser. »Was …« Ihr Blick fiel auf die Pistole, und ihr Gesicht wurde aschfahl. »Oh, Fraser. Was machst du denn?«

»Ich beschütze dich, Liebling. Und jetzt steig bitte wieder ins Auto.«

Mrs. Hildebrandt begann zu zittern.

»Aber du kannst doch nicht …«, sagte sie. »Das ist doch Audrey.«

Lewis erstarrte, als er sich so ausdrücklich nicht erwähnt hörte. War es das, was es einem einbrachte, zu Nachbarschafts-Festivitäten zu gehen? Man wurde nicht von irgendwelchen waffentragenden Gangstern ermordet?

»Das ist egal«, sagte Fraser. »Ich werde tun, was getan werden muss. Bitte steig wieder ins Auto.«

»Aber Fraser, Liebling …« Sie legte ihm die Hand auf den Arm. »Es muss doch einen anderen Weg geben.«

»Es gibt keinen«, versicherte er mit Überzeugung. »Und jetzt steig endlich wieder ein!«

Kurz blieb Mrs. Hildebrandt zögernd stehen, dann senkte sie den Kopf und trat beiseite. Gleichzeitig tat Audrey einen kleinen, aber schnellen Seitenschritt in Richtung Torpfosten. Lewis hörte, wie das Schloss mit einem gedämpften Klacken entriegelt wurde. Billige Jacken hatten auch ihre Vorteile.

Schnell schoben er und Audrey sich rückwärts durchs Tor, aber sie waren kaum einen Meter weit gekommen, als Fraser ihnen nachsetzte und Audrey packte. Sie schrie auf, als er sie zu sich heranzog, umdrehte und den linken Arm um ihren Hals legte. Fraser hielt sie in festem Griff und drückte ihr die Pistole gegen die Schläfe.

Lewis erstarrte. Er hob die Hände.

»Bitte«, sagte er. »Das ist doch nicht nötig.«

»Ich glaube schon.« Obwohl Frasers Augen bedrohlich funkelten, klang seine Stimme völlig ruhig. Wie oft hatte er so etwas wohl schon getan?

»Sie können abhauen.« Lewis versuchte, einen ebenso vernünftigen Ton anzuschlagen wie Fraser. »Wenn Sie sofort gehen, bleibt Ihnen reichlich Zeit, das Land zu verlassen.« Er wies mit dem Kopf auf Mrs. Hildebrandt, die jetzt unter einem der Bäume stand, die Augen erschrocken weit aufgerissen. »Sie beide. Ein neues Land, neue Namen.«

»Oh, wir werden gehen«, sagte Fraser, »keine Sorge. Aber das mit der neuen Identität ist gar nicht so einfach, wenn einer der Beteiligten ein Filmstar ist.«

»Aber …«, begann Lewis und bemerkte, dass Audrey ihm einen alarmierten Blick zuwarf. »Im Grunde ist sie doch längst kein Filmstar mehr, oder? Würde sie heute noch irgendjemand erkennen?«

Als Audrey gequält die Augen schloss, dämmerte ihm, dass er das Falsche gesagt hatte, noch bevor Wut in Frasers Gesicht trat.

»*Ich* habe sie erkannt«, knurrte er. »Jeder Mensch mit nur einem bisschen Geschmack und Kultur würde sie sofort erkennen.«

»Klar«, versicherte Lewis rasch, »selbstverständlich. Ich meinte nur …«

»Ich schlage vor, Sie halten die Klappe.« Fraser richtete die Waffe auf Lewis. »Und jetzt umdrehen und in Bewegung setzen.«

Verwirrt wandte Lewis sich um und ging im dichten Nebel vorwärts. Er versuchte, sich zu erinnern, was sich in dieser Ecke des Squares befand, zwischen den Hecken, den Bäumen und dem Plattenweg, aber er war schon fast angelangt, als es ihm klar wurde. Der Hausmeister-Schuppen war so gut versteckt durch dichte Sträucher, dass es schon an ein Wunder grenzen würde, wenn jemand sie hineingehen sah, besonders bei dem dichten Nebel, der vom Boden aufstieg.

»Was haben Sie vor?« Sein Herz hämmerte. »Rafik ist in U-Haft. Also wird niemand glauben, dass er uns beseitigt hat.«

»In wenigen Stunden wird man nach uns suchen«, sagte Audrey.

»Beides ist korrekt.« Fraser richtete die Pistole wieder auf ihren Kopf. »Aber die Polizei hat den Schuppen bereits durchsucht. So schnell werden die nicht wieder herkommen, und das verschafft mir Zeit. Ich kann also in Ruhe überlegen, was ich mit den Leichen anfangen soll.«

»Nathan ist gerade in diesem Moment auf dem Weg zum Polizeirevier.« Lewis ballte die Hände zu Fäusten, damit man das Zittern nicht sah. »Ihm können Sie es nicht anhängen.«

Frasers Blick blieb hart und unnachgiebig.

»Wie bedauerlich«, sagte er. »Ich fand, ich hatte das sehr schön eingefädelt. Aber ich habe stets einen Plan C parat. Ein paar Textnachrichten an Celeste und an die Mitbewohnerin von der hier« – er packte Audrey noch fester –, »von Ihren Handys geschickt, sollten ausreichen. Alle werden glauben, dass Sie eine Spur entdeckt haben, und ihr nachgehen.

Amateure, die sich selbst in Schwierigkeiten gebracht haben. Könnte Wochen dauern, bis die Polizei Sie aufgespürt hat.« Sein Haifischlächeln war eiskalt. »Oder sollte ich lieber sagen, es *wird* Wochen dauern?«

»Fraser, Liebling«, stammelte Mrs. Hildebrandt mit zitternder Stimme. Er blickte überrascht auf. »Du musst damit aufhören. Das ist nicht richtig.«

»Nicht richtig? Brigitte, du hast zwei Menschen auf dem Gewissen. Was sind da schon zwei mehr?«

»Aber das war etwas anderes«, sagte sie flehend. »Bei Linda habe ich die Beherrschung verloren, ich wusste nicht, was ich tat, und das mit Ram war ein Unfall. Wenn er die Pistole nicht mitgebracht hätte, wäre es nie passiert. Das hier ist etwas ganz anderes, das musst du doch einsehen.«

Lewis und Audrey horchten auf. Paulo Ram hatte die Pistole mit zu Glead Antiques gebracht?

»Brigitte«, sagte Fraser mit unerklärlicher Geduld. »Ich bin Problemlöser, das ist mein Beruf. Bitte hör jetzt auf zu streiten und mach dich nützlich. Öffne die Schuppentür.«

Lewis sah, wie Audrey sich in Frasers Griff versteifte, und musste gegen den Impuls ankämpfen, sich auf ihn zu stürzen. Wenn die Waffe losging, würde die Kugel Audrey treffen. Zumindest momentan.

Mrs. Hildebrandt eilte zum Schuppen hinüber und fing an, am Türschloss herumzuwerkeln.

»Er ist abgesperrt«, sagte sie ängstlich. »Mit einem Vorhängeschloss.«

»Vier – acht – null – sieben«, sagte Fraser und grinste Lewis an. »Ich gebe immer Acht.«

»Könnten Sie Ihren Griff ein wenig lockern?«, bat Lewis und wies mit dem Kopf auf Audrey, die aussah, als würde sie gleich hyperventilieren. »Sonst wird sie noch ohnmächtig.«

»Wäre vielleicht besser für sie«, sagte Fraser, aber er lockerte seinen Griff etwas, und Audrey sog gierig die frische Luft ein. Hinter sich hörte Lewis ein Klirren, als Mrs. Hildebrandt das Vorhängeschloss öffnete, und er begriff, dass er weiter versuchen musste, Fraser zum Reden zu bringen. Wenn sie erstmal im Schuppen waren, waren sie erledigt. Aber wenn es ihm gelang, Zeit zu schinden und dafür zu sorgen, dass Fraser sich auf ihn konzentrierte, würde vielleicht zumindest Audrey entkommen können.

»Richard Glead haben Sie also nicht getötet?«, rief er Mrs. Hildebrandt zu, die gerade die knarrende Schuppentür aufzog. Sie kehrte an Frasers Seite zurück, die Augen weit aufgerissen.

»Natürlich nicht«, verwahrte sie sich, so gekränkt, als hätte sie nie gemordet. »Das war Ram.«

»Ram?«, fragte Lewis. »Wieso?«

»Wer weiß das schon?«, sagte Mrs. Hildebrandt. »Keine Ehre mehr unter Dieben, vermute ich mal.«

»Paulo hat es abgestritten, Brigitte«, sagte Fraser. »Er sagte, Linda habe die Waffe in seinem Laden platziert, um ihn zu belasten. Sie war keine Unschuldige, sie wusste genau, was sie tat.« Er deutete mit der Pistole erst auf Lewis und dann auf den Schuppen. »Rein mit Ihnen.«

Lewis machte ein paar Schritte, blieb dann stehen und wandte sich wieder an Mrs. Hildebrandt.

»Haben Sie Linda deshalb umgebracht? Weil Sie dachten, dass sie an der Sache beteiligt war?«

Ihre Hand fuhr zittrig an ihre Kehle.

»Nein! Ich … bin hochgegangen, um ihr mein Beileid auszusprechen und sie nach Richards Investitionen zu fragen, vielleicht war ja noch was von meinem Geld übrig. Aber sie beteuerte immer nur, dass sie von nichts wisse. Es täte ihr leid, dass ihr Mann mich betrogen habe, meinte sie, aber da ginge es uns beiden gleich, ihr und mir. Dieses jämmerliche

Mäuschen verglich sich mit mir!« Ihr Blick flackerte, und Lewis konnte einen Hauch der Raserei erkennen, in die sie an jenem Abend geraten sein musste, voller Wut über Lindas Unwissenheit. »Sie schwafelte irgendwas daher, von wegen, dass wir aus unseren Fehlern lernen würden und dass Gott etwas mit uns allen vorhabe, und dann fing sie an, über Hunde zu reden. Hunde! Offenbar hatte sie vor, irgendeinen räudigen Köter aus dem Tierheim zu adoptieren. Dann weiß ich nur noch, dass ich mit einem Kissen in der Hand vor ihr stand und …« Sie presste die Hand auf den Mund. »Es muss irgendeine Art Zusammenbruch gewesen sein. Ich wusste nicht, was ich tat. Ich habe nie zuvor im Leben irgendjemandem etwas angetan.«

Lewis runzelte die Stirn. Sie war sehr überzeugend, zugegeben, aber schließlich war sie Schauspielerin.

»Und dann gerieten Sie in Panik und riefen Fraser an, stimmt's? Er kam vorbei, um aufzuräumen, nahm das Kissen an sich und legte die Schuhabdrücke als Spur, um die Polizei zu verwirren. Er brachte Sie dazu, sich mit Nathan zu verabreden, den Sie mit Lindas Ermordung und der Polizei in Angst und Schrecken versetzten, damit er Ihnen seine Akten übergab. Er kannte Ihren vollen Namen nicht, wenn es also hart auf hart ging, konnten Sie abstreiten, ihm je begegnet zu sein. Dann mussten Sie sich nur noch Richards Rechnungsbücher besorgen und vernichten, und Sie wären aus dem Schneider. Bis Sie dann auch noch Ram umbrachten.«

Mrs. Hildebrandt stieß ein ersticktes Wimmern aus.

»Er war gerade dabei, die Pistole in Richards Antiquitätenladen zu verstecken, als ich …« Sie verstummte abrupt und schluckte. »Ich habe ein Geräusch gehört, also versteckte ich mich in der Küche, aber dann kam er rein, die Waffe in der Hand. Ich erkannte ihn wieder. Es war Jonathan Smythe,

Richards falscher Börsenmakler, und er erkannte mich auch. Es … kam zum Streit, und die Waffe ging los.«

»Das waren Sie«, sagte Audrey und versuchte, sich aus Frasers Umklammerung zu lösen. »An dem Tag im Pfandleihhaus. Paulo hat Sie gebeten, die Pistole für ihn zu beseitigen.«

»Das stimmt«, bestätigte Fraser. »Ich saß bei Paulo im Hinterzimmer. Stellen Sie sich meine Überraschung vor, als ich plötzlich Ihre Stimmen vorne im Laden hörte. Zuerst konnte ich mir keinen Reim darauf machen, aber dann bekam ich mit, dass Sie den Marchfield-Bewohnern Fragen stellten, und begriff, dass Sie versuchten, den Fall aufzuklären. Ich dachte, es könnte ganz amüsant sein, Sie dabei zu beobachten, aber wie sich herausstellte, waren Sie besser im Detektivspielen, als ich erwartet hatte.«

»Und warum hat dann Ram die Pistole zu Glead Antiques gebracht?«, wollte Lewis wissen.

»Weil ich beschäftigt war.« Fraser warf einen Blick auf Mrs. Hildebrandt. »Paulo war die geringste meiner Sorgen.«

»Bis Brigitte Sie erneut anrief und Sie ein zweites Mal aufräumen mussten. Das wird Ihnen nicht leichtgefallen sein. Paulo war ein Betrüger, aber er war immer noch Ihr Freund.«

»Das stimmt, es fiel mir nicht leicht«, sagte Fraser ruhig, und Mrs. Hildebrandt sah voller Liebe zu ihm auf, ohne Audrey zu beachten, deren verängstigtes Gesicht in seine Armbeuge gepresst war. »Aber das war es wert. Weshalb es mich auch keine Minute meines Schlafs kosten wird, Sie beide zu beseitigen.« Er setzte sich in Bewegung, wobei er Audrey mitschleifte, und zielte mit der Waffe auf Lewis. »Also rein da. Sofort.«

Lewis sah Audrey an, und ihre Augen richteten sich auf ihn.

»Das ist alles deine Schuld«, sagte sie, und er blinzelte.

»Was?«

»Ich habe dir gesagt, dass das eine blöde Idee ist und uns in echte Schwierigkeiten bringen wird, aber du wusstest es ja besser.«

»Also warte mal …«

»Und jetzt werde ich erschossen und in einem Schuppen abgelegt. In einem SCHUPPEN, Lewis.«

»Mich wird er auch erschießen. Und nur der Fairness halber, es war Celestes Idee.«

»Aber du hast zugestimmt. Ich habe gesagt, dass das totaler Schwachsinn ist, aber du hast nicht zugehört. Das ist so typisch für dich.«

»Genug jetzt«, blaffte Fraser. »Vorwärts.«

Lewis rührte sich nicht.

»Was soll denn das bedeuten?«, fragte er scharf.

»Du bist sowas von arrogant«, zischte Audrey. »So überzeugt davon, dass du immer cleverer bist als alle anderen. Und jetzt sieh dich an.«

»Du hättest ja jederzeit aussteigen können.«

»Und dich unbeaufsichtigt lassen? Wohl kaum.«

»Oh, weil das mit der Beaufsichtigung ja so gut geklappt hat?«

»Genug, sagte ich«, brüllte Fraser, machte einen Schritt vorwärts und schob Audrey dabei leicht zur Seite, um die Pistole auf Lewis richten zu können. Das war alles, was sie brauchten.

Lewis stürzte sich auf Fraser und startete einen geduckten Rugby-Angriff, während Audrey sich aus Frasers Umklammerung drehte, sich duckte und ihm das Knie in die Weichteile rammte. Gleichzeitig rammte Lewis seine Knie und warf ihn um. Plötzlich löste sich ein Schuss. Es war nicht der laute Knall, den Lewis erwartet hatte, sondern wegen des Schalldämpfers nur ein gedämpftes Plopp. Sie wälzten sich alle zusammen auf dem kalten, nassen Boden, während Mrs. Hildebrandt kreischte und zur Seite sprang.

»Audrey?«, schrie Lewis. Er versuchte, Fraser am Handgelenk zu packen und ihm die Pistole zu entwinden.

»Ich bin okay«, keuchte sie, während sie beide mit dem Mann auf dem Boden rangen, der versuchte, sich loszureißen, sich aufbäumte und sie mit Schlägen eindeckte. Lewis nahm vage wahr, dass Audrey aufstand, dann schrie Fraser auf. Aus dem Augenwinkel sah Lewis, dass Audrey einen Fuß auf Frasers Handgelenk stellte, dann kickte sie ihm mit dem anderen Fuß die Pistole aus der Hand und in die Büsche. Lewis gelang es, sich in eine sitzende Position zu bringen und Fraser unter sich festzunageln.

»Polizei!«, rief eine Stimme von irgendwo aus dem Nebel. »Keine Bewegung, sonst machen wir von der Schusswaffe Gebrauch! Alle runter auf den Boden, und wir wollen die Hände sehen! Sie sind umzingelt.«

69

Audrey

Audrey erstarrte, hob die Hände und blickte auf Lewis hinunter, der hastig von Fraser wegkrabbelte, sich auf die Knie aufrichtete und die Hände hinter dem Kopf verschränkte. Fraser jedoch ließ sich einfach auf den feuchten Boden fallen und lachte.

»Unglaublich«, sagte er.

DS Larssen tauchte aus dem Nebel auf, einen Taser in der Hand. Unter dem Blazer trug sie eine schusssichere Weste. Audrey hielt nach dem Rest des Einsatzkommandos Ausschau, konnte aber niemanden entdecken. Mrs. Hildebrandt stand zitternd beim Haupttor. Tränen liefen ihr über die Wangen, und Audrey ertappte sich bei dem Wunsch, zu ihr hinzugehen und sie zu trösten.

Was stimmte bloß nicht mit ihr?

Sofia nahm den Anblick in sich auf, der sich ihr bot, und sah dann Audrey an. »Alles in Ordnung?«, fragte sie.

»Mir geht's gut«, sagte Audrey. »Danke.«

»Sie können aufstehen, Mr. McLennon«, sagte Sofia zu Lewis. »Und Mr. Tapper, bitte setzen Sie sich auf und legen Sie die Hände auf den Rücken.«

»Tapper?«, murmelte Mrs. Hildebrandt.

»Ich glaube nicht, dass ich das tun werde, wenn's Ihnen nichts ausmacht, Detective«, sagte Fraser und war mit erstaunlicher Schnelligkeit auf den Beinen. Sofort war er an

Mrs. Hildebrandts Seite und legte beschützend den Arm um sie.

»Zurück, Mr. Tapper«, befahl Sofia und richtete ihren Taser auf ihn. »Ich will Ihre Hände sehen.«

Er ignorierte sie und flüsterte Mrs. Hildebrandt beruhigende Worte ins Ohr. Lewis stand auf und kam zu Audrey hinüber. Er roch nach nassem Gras und hatte Dreck im Gesicht. Seine Jacke war schlammverkrustet.

»Mr. Tapper, ich sage es nicht noch einmal.«

»Townsend«, korrigierte Fraser sie, ließ Mrs. Hildebrandt los, hob die Hände und trat von ihr weg. »Der Taser ist nicht notwendig, ich bin unbewaffnet.«

»Seine Pistole liegt da drüben«, sagte Lewis und deutete auf die Waffe, die ein paar Schritte entfernt unter einem Busch gelandet war, aber Sofia hielt den Blick und den Taser weiter auf Fraser gerichtet.

»Umdrehen und Hände auf den Rücken«, rief sie, ohne ihre Waffe zu senken. Fraser tat wie geheißen, und Sofia schob rasch den Taser ins Holster und legte ihm Handschellen an. Dann wandte sie sich Mrs. Hildebrandt zu, die zitterte wie Espenlaub.

»Sie ebenfalls.« Sofia holte ein zweites Paar Handschellen aus der Tasche am Gürtel. »Umdrehen und Hände auf den Rücken. Ich nehme Sie beide fest wegen Verdacht auf Mord und Vereitelung der Strafverfolgung.«

Mrs. Hildebrandt sah zu Fraser hinüber, in dessen Augen es zornig aufblitzte, aber er nickte. »Tu, was sie sagt, Brigitte.«

Zitternd drehte Mrs. Hildebrandt sich um. Sofia legte ihr Handschellen an und belehrte sie über ihre Rechte.

»Wo sind ihre Kollegen?«, flüsterte Lewis Audrey zu. »Hat sie geblufft?«

»Ich weiß es nicht«, sagte Audrey. »Aber sieh mal, dahinten bewegt sich was.«

Ein Schatten schlich im Garten umher, tief im Nebel verborgen, und Audrey spähte angestrengt in den undurchdringlichen Dunst. Wer mochte das sein?

Nachdem Sofia Fraser und Mrs. H über ihre Rechte belehrt hatte, zog sie einen Spurensicherungsbeutel und einen Einweghandschuh aus der Tasche und bewegte sich rückwärts zu der Stelle, wo Frasers Pistole im Gras lag, ohne den Blick von den beiden Festgenommenen zu wenden. Als sie die Pistole eintütete, begann Fraser zu lachen.

»Gütiger Gott«, sagte er und verdrehte die Augen. »Sie sind ganz allein, oder?« Er sah Mrs. Hildebrandt an und schüttelte den Kopf. »Was wir nicht alles aus Liebe tun.«

Da ertönte Sirenengeheul, entfernt erst, doch es wurde schnell lauter und dringlicher, und kaum eine Minute später zuckten grelle blaue Lichter durch den Nebel. Als Audrey sich umdrehte, löste sich eine Gestalt aus dem Dunst und kam auf sie zu, und ihr Herz machte einen ängstlichen Satz.

»Mei!«, rief sie aus und presste die Hand ans Herz. »Du hast mich zu Tode erschreckt! Was machst du denn hier?«

»Du hast mich gebeten, euch zu treffen und Sofia zu holen«, erwiderte Mei, »und das habe ich getan. Sie wollte, dass ich mich im Hintergrund halte, bis die Situation unter Kontrolle ist. Alles in Ordnung mit dir?«

»Mir geht's gut.«

Mei starrte Mrs. Hildebrandt an, die weinend auf dem Plattenweg stand, die Hände hinter dem Rücken.

»Ist sie wirklich die Täterin?«, fragte sie. »Sie hat Linda und den Pfandleiher umgebracht?«

»Ja«, bestätigte Audrey. »Ich kann es selbst kaum glauben.«

»Mr. McLennon«, rief Sofia, ohne den Blick von Fraser und Mrs. Hildebrandt zu wenden. »Würden Sie bitte das Tor öffnen?«

Audrey und Mei sahen Lewis im Nebel verschwinden,

und kurz darauf strömten Polizisten in den Garten. Sofia packte Frasers Arm und eskortierte ihn auf dem Plattenweg zum Haupttor, gefolgt von einem Kollegen, der Mrs. Hildebrandt abführte. Schon nach wenigen Schritten wurden die Gestalten vom dichten Nebel verschluckt.

»Ich glaube, Sie gehen besser rein«, sagte Sofia, als sie zu ihnen zurückkehrte. »Du auch, Mei. Es wird eine Weile dauern, bis wir bei diesem verdammten Nebel das Areal gesichert haben. Es wäre gut, wenn alle sich an einem Ort versammeln könnten, damit ich nachher die Aussagen aufnehmen kann.«

»Gut«, sagte Mei. »Gehen wir zu uns?«

»Nein«, sagte Audrey mit einem Blick auf Lewis. »Zu Celeste. Das ist ihre Ermittlung, und sie will sicher die Wahrheit erfahren. Also auf zu Celeste.«

70
Lewis

»Damit ich das richtig verstehe«, begann die erschöpft wirkende DS Larssen und blickte von Audrey zu Lewis. Es war schon spät, und Audrey, Mei und Lewis hatten bei Celeste mehrere Stunden lang auf die Detectives gewartet. Sie saßen in Celestes Wohnung um den Esszimmertisch herum, Celeste am Kopf der Tafel, Larssen ihnen gegenüber, das Notizbuch aufgeschlagen vor sich. Dixon stand hinter Celeste, während DI Banham mit finsterem Gesicht auf und ab marschierte. Gelegentlich blieb er stehen, um alle böse anzustarren, bevor er seinen Trott wieder aufnahm. »Als Sie die Leiche von Paulo Ram entdeckten, hatten Sie vorher auch sein Rechnungsbuch gefunden, es abfotografiert und wieder zurückgelegt.«

»Ja.«

»Warum haben Sie uns das verschwiegen?«

Audrey rutschte unbehaglich auf ihrem Stuhl hin und her.

»Wir dachten, sonst würden wir noch größere Probleme bekommen als sowieso schon«, sagte sie. »Lewis war sicher, dass Sie es finden würden.«

»Selbstverständlich haben wir es gefunden«, knurrte Banham und blieb stehen, um sie und Lewis böse zu fixieren. »Wir verstehen unsere Arbeit.«

»Wie haben Sie herausgefunden, wer Mari R ist?«, erkundigte sich Larssen.

»Über den Internetauftritt von Glead Antiques in den sozialen Medien. Ich entdeckte Marion Roper auf Instagram und erkannte den Nachnamen wieder. Nathan hat alle Schichten mit Linda zusammen gemacht.«

Larssen biss sich auf die Lippen. »Ja, wir haben uns erst wieder mit dem Tierheim befasst, als Sie uns den Tipp wegen Lindas Freund gaben.«

Celeste lächelte, ein wenig zu zufrieden, wie Lewis fand. »Sie wollten ja nicht glauben, dass Linda ermordet worden war.«

»Wir haben mit Mrs. Hildebrandt gesprochen«, sagte Lewis, »und erfuhren von ihr, dass Nathan der Mann war, der ihr von dem Anlagebetrug erzählt hatte. Er habe Fotos und Aufzeichnungen von Befragungen, meinte sie. Wir hielten ihn für den Täter.«

»Und statt zur Polizei zu gehen, flitzten Sie mal kurz rüber nach Battersea, um einen Mann zu stellen, den Sie für einen dreifachen Mörder hielten.« Banhams Froschaugen traten hervor. »Erklären Sie mir das bitte.«

Audrey schrak zurück, aber Lewis zuckte nur die Achseln.

»Wir hatten ja keine Beweise«, erklärte er. »Also dachten wir uns, wir locken ihn aus der Reserve und hören uns an, was er zu sagen hat. Wir haben die Vernehmung aufgezeichnet.«

Larssen schloss kurz die Augen und holte tief Luft.

»Das war keine Vernehmung«, blaffte Banham.

Larssen öffnete die Augen wieder. »Bitte schicken Sie mir die Aufnahme, Mr. McLennon«, sagte sie. »Aber das war wirklich ziemlich fahrlässig, milde ausgedrückt.«

»Er hat abgestritten, dass er es war«, berichtete Audrey. »Erst haben wir ihm nicht geglaubt, weil er über Muffin Bescheid wusste, verstehen Sie. Aber dann erklärte er, dass er es von Mrs. H erfahren habe. Und da wussten wir Bescheid.«

»Muffin?« Larssen war verwirrt.

»Der Hund.« Mei seufzte, als fände sie die ganze Muffin-Geschichte ebenfalls absurd. »Am Freitagnachmittag hatte Linda sich entschieden, einen Hund aus dem Tierheim zu adoptieren, Muffin. Aber obwohl sie nur wenige Stunden später ermordet wurde, wussten erstaunlich viele Leute darüber Bescheid.«

»Ein Hund«, wiederholte Larssen schwach. »Verstehe.«

»Linda hatte es Mrs. H erzählt, als sie ihr am Abend einen Besuch abstattete«, erläuterte Lewis, »und die erzählte es Nathan, als sie sich mit ihm traf, um ihn zu warnen, die Polizei könne ihn verdächtigen. Sie bot ihm an, die Beweise zu verstecken, die er zusammengetragen hatte. Als ihnen klar wurde, dass wir weiter ermittelten, beschloss Fraser, Rafik die Schuld in die Schuhe zu schieben. Er vergrub die Pistole im Garten und fälschte eine Nachricht von Celeste, in der Rafik gebeten wurde, am Samstag zur Arbeit zu kommen. Dann wartete Fraser, bis Rafik weg war, brach in sein Haus ein und deponierte dort die Fotos, die ihn als Stalker erscheinen ließen.«

»Und Sie sind voll darauf hereingefallen.« Celeste stand auf, trat ans Panoramafenster und starrte in die Dunkelheit hinaus. War sie traurig wegen Brigitte Hildebrandt? Die Frau hatte schließlich seit Jahren hier gewohnt, und Celeste betrachtete sie vermutlich als Freundin.

»Wenn Ihre Amateurdetektive uns diese Erkenntnisse mitgeteilt hätten«, konterte Banham und hörte auf, durch den Raum zu stapfen, »hätten wir vielleicht mehr Grund gehabt, daran zu zweifeln.«

»Es lagen allerdings stichhaltige Gründe für unseren Verdacht vor«, sagte Larssen. »Jones hatte uns seine Freundschaft mit Linda verschwiegen, und das Ganze passte ins Profil eines besessenen Stalkers.«

»Der Fixer ist gut in dem, was er tut«, bemerkte Lewis.

»Wie ist es Ihnen gelungen, seine Identität herauszufinden?« Banham wirkte plötzlich viel weniger feindselig. »Wir waren seit Jahren auf der Suche nach Tapper, aber es gab keinerlei Hinweise, von keinem unserer Kontakte, nicht mal Gerüchte.«

»Ich habe herumgefragt und ein bisschen gegoogelt, und dabei bin ich auf einen alten Zeitungsartikel mit einem Foto von ihm gestoßen. Reines Glück.«

Er spürte, wie alle Blicke sich auf ihn richteten.

»Ein bisschen gegoogelt«, wiederholte Banham. »Erwarten Sie, dass ich das glaube?«

Lewis schwieg, aber er bemerkte das Lächeln, das über Audreys Gesicht huschte.

»Was passiert jetzt mit Mrs. H?«, fragte sie. »Ich glaube wirklich nicht, dass sie irgendjemanden vorsätzlich ermordet hat.«

»Das wird das Gericht entscheiden.« Banham blickte wieder finster drein.

»Ein vollumfängliches Geständnis würde helfen«, sagte Larssen. »Das würde auch bedeuten, dass Sie beide nicht vor Gericht aussagen müssen. Ich habe einen Teil des Gesprächs gehört, das Sie im Garten geführt haben, bevor es zur Festnahme kam, und Nathan Roper hat eine vollständige Aussage gemacht, als er vorhin in der Polizeistation Lavender Hill auftauchte. Für einen Prozess sollte das reichen. Wir durchsuchen immer noch Hildebrandts Wohnung, aber bislang haben wir keine Spur der Beweisakte gefunden, die Sie eben erwähnten.«

»So blöd würde Fraser nie sein«, sagte Lewis.

»Nein, vermutlich nicht. Aber wir haben ein Paar Schuhe gefunden, das zu den Kratzern passt, die Sie unten am Sofa entdeckt haben.«

»Ich werde Brigitte einen Anwalt bezahlen«, erklärte Celeste, wandte sich vom Fenster ab und kehrte zum Tisch zurück. »Die Frau hat ganz offensichtlich die Nerven verloren, und ich gebe mir selbst die Schuld daran.« Ihre Wangen röteten sich leicht. »Weil ich den Gleads eine Wohnung vermietet habe, meine ich. Ich übernehme die volle Verantwortung für alles, was danach vorgefallen ist. Selbstverständlich muss sie für ihre Taten büßen, aber sie sollte beim Prozess von einem guten Anwalt vertreten werden.«

Banham und Larssen wechselten einen Blick, und das Stirnrunzeln beider ließ darauf schließen, dass sie Celestes Verhalten für mehr als exzentrisch hielten. Aber wie ihre Mieterinnen und Mieter wussten, war so etwas für Celeste van Duren ganz selbstverständlich.

Nachdem sie Larssen ihre Fotos und Sprachaufnahmen gemailt hatten, erhoben sich die beiden Detectives. Banham strahlte immer noch Wut aus und bestand darauf, dass sie am folgenden Tag aufs Revier kamen, um eine offizielle Aussage zu machen. Aber Larssen lächelte und schüttelte ihnen die Hand, und Lewis hätte schwören können, dass sie Audrey ein »Gut gemacht« ins Ohr raunte, bevor sie ging.

»Sofia hat recht«, sagte Mei, als Dixon die beiden Detectives hinausbegleitete. »Ihr habt Erstaunliches geleistet.«

»Danke«, sagte Lewis.

»Ich hoffe, wir müssen nicht vor Gericht erscheinen«, meinte Audrey. »Es wäre furchtbar, gegen Mrs. H aussagen zu müssen.«

»Aber sie hat Linda umgebracht«, stellte Mei fest.

»Richtig«, sagte Celeste. »Trotzdem wird es nicht leicht werden. Ich bin sehr stolz auf Sie beide. Jetzt steht es Ihnen frei, Ihre regulären Jobs wieder aufzunehmen.«

»Oh«, sagte Lewis enttäuscht und dachte an sein Buch. Er grinste Audrey an. »Wir hätten uns mehr Zeit lassen sollen.«

»Unsinn!«, erklärte Celeste, gerade als Dixon wieder ins

Zimmer kam. »Ich habe versprochen, Sie für den ganzen Monat zu bezahlen, und das werde ich auch tun. Zugegeben, ich hatte angenommen, Sie würden ein wenig länger brauchen, aber niemand sollte wegen Effizienz bestraft werden.«

Lewis, der Bedenken hatte, Celestes Geld anzunehmen, blickte zu Dixon, aber der nickte.

»Nehmen Sie es ruhig«, sagte er. »Sie haben es sich verdient.«

Audrey errötete leicht. Das Honorar würde einen enormen Unterschied für sie machen, das wusste Lewis.

»Wie wär's mit einem Kaffee, Dixon?«, fragte Celeste und trat ans Sideboard. »Oder vielleicht ein kleiner Schlummertrunk?«

»Gut«, sagte Dixon mit einem Lächeln. »Aber nur einen.«

»Aber Celeste!«, rief Audrey plötzlich aus. »Ihre Hüfte! Sie brauchen den Stock ja gar nicht mehr.«

Dixon stutzte und sah Celeste an, als sei das auch für ihn überraschend.

»Oh.« Celeste schien kurz verwirrt und hielt nach ihrem Gehstock Ausschau, der am Sessel beim Fenster lehnte. »Ja, meine Hüfte ist jetzt viel besser. So gut wie neu. Nun, das ist sie ja auch.«

»Sie hatten eine Hüft-OP?« Audrey wirkte überrascht. »Wann denn?«

»Vor ein paar Monaten. Als wir in der Schweiz waren.«

»Ich dachte, Sie hätten Ferien gemacht. Sie haben gar nichts erzählt.«

»Oh! Ich dachte, ich hätte es erwähnt.« Celeste lächelte sie alle an. »Muss mir wohl entfallen sein, ich bin ja nicht mehr die Jüngste.«

Lewis fand es etwas seltsam, dass Celeste nichts von ihrer Hüft-OP erwähnt hatte, aber Audrey schien völlig perplex zu sein. Sie runzelte noch eine ganze Weile die Stirn, als würde sie über irgendetwas nachdenken, und als sie wenig später Marchfield Square 1 verließen und in den gefrierenden Nebel hinaustraten, blieb sie unter einer der Laternen stehen.

»Weißt du, wir haben Celeste nie verdächtigt, etwas mit Richards Ermordung zu tun zu haben«, sagte sie. »Weil sie so schlecht Treppen steigen kann. Aber jetzt stellt sich heraus, dass sie leicht in den ersten Stock hätte gelangen können.«

Lewis dachte darüber nach.

»Vermutlich«, räumte er ein. »Aber warum hätte sie uns dann beauftragen sollen, den Fall zu untersuchen?«

»Ja, ich weiß.« Audrey zuckte die Achseln. »Der Gedanke kam mir nur, das ist alles.«

»Ihr habt den Fall aufgeklärt.« Mei blickte zu Mrs. Hildebrandts Wohnung hinüber, die hell erleuchtet war. Dunkle Gestalten, die sich im Nebel bewegten, verrieten ihnen, dass die Polizei noch bei der Arbeit war. »Ihr habt Linda Gerechtigkeit verschafft, genau wie ihr es wolltet.«

»Aber wir konnten nie beweisen, dass die Münze Richard gehörte.« Er lachte. »Vielleicht ist Celeste ja der Engel!«

»Sehr komisch.« Audrey verdrehte die Augen. »Ich mein ja nur.«

Die Wirkung des Whiskeys ließ nach, und Lewis begann zu frösteln.

»Es ist kalt«, sagte er und schob die Hände in die Taschen. »Ich gehe jetzt rein. Ich habe nicht mal drei Wochen Zeit, um die Rohfassung zu schreiben, dann muss ich wieder ins Büro. Ich sollte mich an die Arbeit machen.«

Er hatte erst ein paar Schritte getan, als Audrey hinter ihm herrief: »Ich komm dann morgen Nachmittag vorbei.« Als er sich umdrehte, war sie schon fast im dichten Nebel verschwunden.

»Weswegen?«

»Auf einen Kaffee natürlich.« Ihre Stimme wurde schwächer, als sie sich entfernte. »Und vielleicht nehme ich mir den Flur vor, wenn ich schon mal da bin.«

Den Flur?, dachte er, als er seine Wohnungstür aufschloss. Was stimmt nicht mit meinem Flur?

Aber als er sich vor den Computer setzte und die Datei mit dem Romanmanuskript öffnete, stellte er fest, dass er die Idee mit der Kaffeepause ganz angenehm fand. Pausen sind gut, sagte er sich. Jeder braucht mal eine Pause.

Lewis knackte mit den Fingern und betrachtete die Wörter auf dem Bildschirm.

Er schrieb.

71

Celeste

Celeste und Dixon saßen nebeneinander auf ihren Sesseln vor dem Panoramafenster. Wegen des Nebels und der späten Stunde war es fast pechschwarz draußen, doch die schwachen Rechtecke dunkelgelben Lichts verrieten Celeste, dass ihre Mieter sich in ihren Wohnungen befanden und Marchfield Square jetzt wieder ein sicherer Ort war.

»Sprechen Sie's ruhig aus«, sagte sie zu Dixon, der sehr wortkarg gewesen war, seit die Kinder gegangen waren.

»Wenn Sie Richard nicht getötet hätten, wäre Linda vielleicht noch am Leben.«

»Glauben Sie, ich wüsste das nicht? Wie hätte ich denn ahnen sollen, dass Brigitte ihm ihre ganzen Ersparnisse überlassen hatte? Wie hätte ich das wissen können?«

»Sie können nicht alles über die wissen, das habe ich Ihnen doch gesagt.« Wie immer wurde Dixons Yorkshire-Akzent stärker, wenn er sich aufregte. »Es war arrogant, zu denken, dass Sie alles über sie wissen. Und sowas von arrogant, zu glauben, dass Ihnen als Einzige die Sache mit dem Zugang zur Feuertreppe einfallen würde, und noch arroganter, die Münze zu hinterlassen.«

»Das weiß ich jetzt auch. Obwohl ich noch nie im Leben einen Schuhabdruck hinterlassen habe.«

»Ich fühle mich auch ein bisschen verantwortlich«, fuhr Dixon fort. »Ich hielt es für einen guten Plan, Ram die

Schuld in die Schuhe zu schieben – zwei kriminelle Fliegen auf einen Streich, sozusagen –, aber wenn ich nicht die Pistole in seiner Pfandleihe deponiert hätte, hätte er sie nicht in Richards Laden gebracht, um sie loszuwerden, und Brigitte würde nur wegen einem Mord einfahren und nicht wegen zwei.«

»Sein Pech, wenn er die Pistole mit sich rumschleppt«, sagte Celeste kurz angebunden, die keinerlei Schuldgefühle wegen des Todes von Paulo Ram empfand. »Geschieht ihm recht. Er wollte schließlich Linda den Mord anhängen.«

»Das war unser Glück. Wenn ihm das gelungen wär, hätte man Linda beschuldigt, ihren Mann umgebracht zu haben, Alibi hin oder her. Aber so werden alle glauben, dass Ram es war. Brigitte Hildebrandt kommt für die Tat ja nicht in Frage, schließlich können alle hier bezeugen, dass sie's nicht war.«

»So wie von mir geplant. Aus ebendiesem Grund habe ich bis zur Bonfire Night gewartet. Ich wusste, Linda würde im Tierheim sein und alle anderen würden sich zusammen das Feuerwerk anschauen. Aber ja, es stimmt, da hatte ich Glück.« Sie seufzte. »Um ganz ehrlich zu sein, Dixon, so furchtbar schuldig fühle ich mich wegen Brigitte nicht. Lieber Himmel, sie hat Linda mit einem Kissen erstickt. Und dabei dachte ich die ganze Zeit, die Gleads wären unser einziges Problem. Unglaublich, dass wir uns so irren konnten, Lenny und ich. Aber schließlich hatte er immer eine Schwäche für Frauen in Nöten.«

»Genau wie Sie.«

Celeste schürzte die Lippen. Seine Klugheit gehörte zu den Eigenschaften, die sie an Dixon bewunderte, aber sie fand es weniger angenehm, wenn er sie selbst durchschaute.

»Die Welt ist besser dran ohne Leute wie Ross Farmer«, sagte sie. »Sogar Sie werden zugeben müssen, dass Audrey einfach wunderbar ist, und durch diese schreckliche Angelegenheit ist sie endlich aus sich herausgekommen. Und sie hat Lewis aus seinem Schneckenhaus geholt, was ich für einen kleinen Triumph halte.«

»Audrey wär Ihnen fast auf die Schliche gekommen. Als ihr das wegen Ihrer Hüfte klar wurde. Ich konnte es ihr vom Gesicht ablesen.«

»Ich weiß. Ich fand es ziemlich aufregend.«

Beide schwiegen für eine Weile, aber Celeste konnte Dixon geradezu grübeln hören.

»Sie haben noch Pläne mit den beiden, oder?«, fragte er schließlich, und diesmal lächelte sie.

»Vielleicht, vielleicht auch nicht. Aber nächstes Mal werde ich alles gründlich durchdenken, keine Sorge. Es von allen Seiten betrachten, von oben, unten, links, rechts und verkehrt herum.«

»Um es dann trotzdem zu machen.«

Celeste van Duren lächelte in die Dunkelheit jenseits des Panoramafensters.

»Ein ruhiges Leben fand ich schon immer unerträglich, Dixon«, sagte sie. »Schon immer.«

Ein Krimidinner mit einem echten Toten

Colleen Cambridge
DER KRIMIDINNERMORD
Agatha Christies
Haushälterin ermittelt
Grandiose Spannung mit
britischem
Downton-Abbey-Flair und
Humor
Aus dem amerikanischen
Englisch von
Angela Koonen
368 Seiten
ISBN 978-3-7577-0065-2

»Heute Abend wird in Beecham House ein Mord geschehen« – so das Motto der Einladung, die gerade in das Haus von Agatha Christie geflattert kam: Als neue Nachbarn der *Queen of Crime* geben sich die Wokesleys mit einem Krimidinner die Ehre. Da ihre Herrin abwesend ist, wird Phyllida Bright, Agatha Christies energische Hausdame, zugegen sein. Offiziell, um der überforderten Haushälterin der Wokesleys unter die Arme zu greifen. Vor allem aber will Phyllida ihrer Leidenschaft für kriminalistische Rätsel frönen. Ihr besonderer Spürsinn kommt schon bald zum Einsatz, als der Hausherr in der Rolle der Leiche auch im wahren Leben – tot ist …

Lübbe

Drei Frauen und ein Patriarch mit dunklem Geheimnis

Mo Malo
INTRIGEN IN SAINT-MALO
Die Breizh Brigade. Ein Bretagne-Krimi.
Sommerflair an der Smaragdküste und ein unkonventionelles Ermittlerinnentrio
Aus dem Französischen von Ulrike Werner-Richter
320 Seiten
ISBN 978-3-404-19448-3

Die Sonne strahlt von einem leuchtend blauen Himmel, als eine gewaltige Explosion vor der Küste die Altstadt von Saint-Malo erschüttert. Maggie, Louise und Énora, die als Dreigenerationenteam das charmante *Corrigan Inn* leiten, wissen bald, dass Bürgermeister Lemoine auf seinem Boot Opfer eines Attentats wurde. In der gemütlichen Bar des *Corrigan Inn* werden manche Besucher redselig, und so erfahren die drei, dass Lemoine sich mit eigennützigen Entscheidungen zu lukrativen Bauprojekten einige Feinde gemacht hatte. Noch ehe die Polizei zum Zuge kommt, sind die Corrigan-Frauen einer stadtweiten Verschwörung auf der Spur, die auch sie selbst in Gefahr bringt …

Lübbe